从萧门到韩门

中唐通儒文化研究

李桃 著

中国社会科学出版社

图书在版编目(CIP)数据

从萧门到韩门:中唐通儒文化研究/李桃著. —北京:中国社会科学出版社,2023.4

ISBN 978-7-5227-1915-3

Ⅰ.①从⋯ Ⅱ.①李⋯ Ⅲ.①中国文学流派—文学流派研究—唐代 Ⅳ.①I209.99

中国国家版本馆 CIP 数据核字(2023)第 084456 号

出 版 人	赵剑英
责任编辑	刘志兵
责任校对	王佳玉
责任印制	李寡寡
封面题字	蒋 寅

出　　版	中国社会科学出版社
社　　址	北京鼓楼西大街甲 158 号
邮　　编	100720
网　　址	http://www.csspw.cn
发 行 部	010-84083685
门 市 部	010-84029450
经　　销	新华书店及其他书店

印刷装订	三河市华骏印务包装有限公司
版　　次	2023 年 4 月第 1 版
印　　次	2023 年 4 月第 1 次印刷
开　　本	710×1000　1/16
印　　张	21.5
插　　页	2
字　　数	320 千字
定　　价	108.00 元

凡购买中国社会科学出版社图书,如有质量问题请与本社营销中心联系调换
电话:010-84083683
版权所有　侵权必究

序

陶文鹏

李桃的书稿《从萧门到韩门——中唐通儒文化研究》即将付梓问世了，她请我写一篇序。李桃是我们文学所的年轻学者，她的导师蒋寅先生是我的挚友。我年届八旬，老眼昏花，思维衰退，行文迟钝，但仍想向年轻人学习新知识，汲取朝气和灵气，所以欣然允诺作序。

李桃书稿的研究内容聚焦在唐宋变革时代。唐宋变革或曰唐宋转型，是中国古代史学与文学研究的一个热点课题。1910年，日本学者内藤湖南发表了《概括的唐宋时代观》一文，从经济、政治、学术、思想、文学、艺术、风俗等方面论述了唐宋社会的变革。一百年来，在中国和日本、欧美的史学界和文化界引起较大反响，产生诸多有关的学术著作，取得了丰硕的研究成果。李桃博士也要从唐宋变革的视野来研究中唐文学和史学，可见其眼光独到，有胆有识，有一股要在大课题老课题中突破创新的锐气。她焚膏继晷，研读了大量有关唐宋变革的论著和唐代的文献，从中发现在唐宋变革初期，即安史之乱后的中唐社会，从萧颖士及其子弟到韩愈及其子弟一共七代人，构成了中国古代历史上前所未有的一个文学流派。这个流派的成员都具有同一种共性，这就是他们在礼官身份、史官身份、传奇作家、经济人才、幕府智囊、地方循吏等各方面展现出来的"通儒"特征。而这种"通儒"，迥然有别于盛唐时期以二张、孙逖、裴耀卿、杜甫等人为典型代表的"文儒"。于是李桃进而推导出萧—韩流派成员作为中唐通儒代表，如何开启唐宋变革视野下的士人身份转型，从而在旧课题中找到了前人和今人尚未专门研究的新角度、新领域、新问题，为论著的学术创新奠定了基础。

胆识兼备的李桃力求透视中唐通儒在思想、政治、科举、文学、社会变革中的种种表现，分析他们身上延续士人传统的共性和作为有别于盛唐文儒的通儒型官僚群体的个性，尽量避免重复前人和今人对这个流派中代表人物韩愈、柳宗元等人的研究成果，在写作中充分辨识与论证通儒身份特征，并与北宋士大夫官僚形态和宋学的特征相比较，寻找二者的相似、相通、相同之处，从而多方面多层次地论证出以萧—韩流派成员为代表的中唐通儒对北宋官僚士大夫形态和宋学形成的影响。这是李桃书稿具有的重要学术价值和创新。

在这部书稿中，李桃表现出了她对文学理论的重视和独立思考的精神。现当代学术界对文学流派有诸多不同的认识。刘扬忠先生在《唐宋词流派史》中提出，文学流派必须具备如下几个基本条件和因素："一、必须有一位创作成就卓特、足为他人典范且个人具有较大凝聚力与号召力的领袖人物作为宗主；二、在这位领袖人物周围或在他身后曾经聚集过一个由若干创作实践十分活跃并各自有一定社会影响的追随者组成的作家群；三、这个作家群的成员们尽管各有自己的创作个性和艺术风采，但从群体形态上看却有着较为一致的审美倾向和相近的艺术风格。"李桃认为："这种流行的看法将流派的三个要素归结为领袖、追随者和一致的艺术风格三点，强调了流派审美理念的统一，但忽略了流派成员之间的代际传承关系，更接近群体而非流派的概念。"李桃又引述郭英德先生《中国古代文人集团与文学风貌》一书中关于文学流派的论析，指出："郭先生将文学流派视为文学社团的高级形态，高级之处的关键在于作家之间的密切交往、互相切磋并由此形成的理论兴趣和创作风格的一致，这个定义强调创作上的自觉性，没有突出流派代际间的连续性和承继性。"李桃还引述了许总先生《论宋诗的宗派意识》一文，指出许、郭二位先生都认为宋代的江西诗派是中国古代诗歌史上第一个具有自觉意识的文学流派，也是文学流派真正成熟的标志。但他们的看法忽视了中唐从萧李到韩门弟子这一文人群体具有的流派性特征。其后，李桃又评论了2010年出版的《中国古代文学流派辞典》，指出这部辞典解释了并称的文学家、有一定影响的文学思潮、作家群、文学社团，以及文学体裁等，可谓兼容并蓄；然而只有少数条目涉及了文学流派的真正指向，如萧李、韩柳、元白，只对流派的代表成员加以简单介绍，并没有从传承中讨论流派的发展。因此，该辞典不适用于文学流派的专门研究。李桃在寻找、发现和认定中国文学史上第一个真正意义上的文学流派——萧—韩流派的过程中，明确了文学流派的定义，即：流派成员生活在一段相对连续的历史时期内，以血缘姻亲师生等方式完成代际传承，几代成员之间有着明确的宗主师承关系，在艺术思想、文学理念、创作风格乃至性情喜好、社会身份上相似相容，并通过大量的作品和一以贯之的理论在当时和后世产生巨大的影响。她从这个定义中分解出文学流派的五个要素，并指出其中较为明确的师承关系和传承时间上的延续性这两项将文学流派与松散的文人并称、文人集团清晰地区分开来，成为构成文学流派的最重要特征。从以上的叙述，可见李桃的文学史研究有两个很可贵的特点：其一，她不迷信学术权威，不盲从流行的观点，自己努力钻研，直到形成真知灼见。这种独立思考的精神是从事学术研究必须具备的。其二，在古代文学研究界，有不少学人只重视文献的搜集、整理与研究，而忽视对辩证唯物主义和历史唯物主义的学习与运用，也忽视对古今中外文学理论的学习与运用。由于欠缺理论素养，其研究成果多是就事论事，没有理论的概括、提升与创新。而李桃舍得投入大量精力学习和运用文学理论，使我欣喜地看到了她这部文学史论著闪射出理论的绚烂光彩。

　　李桃的学术专业是文学，但在她这部文学史论书稿中，我发觉她对唐代史学、礼学、政治、经济都有比较丰富的知识储备，对史学尤有兴趣。她在书稿中评述中唐萧—韩文学流派的主要成员，从第一代到第七代的核心人物，他们的血缘和师承、交游对象，还有他们的主要代际关系，都显得了如指掌。她娓娓道来，如数家珍。她在书稿中畅达地论述唐玄宗到宪宗朝知贡举礼官对萧—韩流派形成的影响，又论述了流派礼官对中唐复礼中兴的意义；她为我们介绍这个流派出任过史官的众多文人，进而论证史家家传和师承观念与萧—韩流派形成的关系，再探讨流派作家的史作及其历史观。她还给读者介绍作为循吏的萧—韩流派作家，如刘晏、戴叔伦、刘长卿、张继、穆宁等帝国经济之才，介绍萧颖士、李华、吕諲、杨炎、陈兼、权皋、李舟、元结、李翰、柳浑、杜佑、权德舆、皇甫湜、韩愈、杨凝、柳冕、王建、樊宗师、杨巨源、崔群、沈传师、沈亚之、孙樵等人，都是唐代幕府的智囊；而流派中的第二代核心人物如独孤及，独孤及的萧门同道戴叔伦、弟子唐次，还有韩愈及其弟子李翱，他们在担任治守一方的郡、州、道行政长官时都善政于民，在恢复国计民生的事业中成为功留青史的循吏。中国古代文、史、哲不分家，三者紧密联系，彼此发明，相互影响。李桃具有文、史、哲三个学科的知识储备，使得她能够承担唐宋变革视野下的中唐通儒文化研究这个大课题，并且取得了令人刮目相看的优秀成果。

让我这个一向坚持文学本位研究的老人更欣喜的是，李桃并没有忽视文学研究。这部书稿的第三章第三节专论萧—韩流派礼官对中唐科举文风的改变；第四章第五节专论流派作家的史官意识对古文运动的影响，都立足于文学本位研究。尤其是第五章"作为传奇创作者的萧—韩文学流派作家"共三节：第一节"从小说到传奇——流派作家的传奇创作"；第二节"交织的身份与创作思想——史家与传奇作家"；第三节"实录—传闻—虚构：流派作家与渐变的传奇文体"。这一章专论流派作家很多成员兼为传奇创作者，他们的创作与唐传奇从初盛到定型同步成熟，在理论和实践上都对该文体的发展起到推动作用，使传奇文体发生了由实录到传闻再到虚构的渐变。最后，以文为戏、娱情至上、文辞瑰丽成为传奇文成熟的真正标志。其中，流派第四代代表人物沈既济在其代表作《任氏传》中"著文章之美，传要妙之情"，使这篇传奇的狐女任氏形象生动，性格鲜明，在爱情故事中表现出丰富的情感活动，通篇故事曲折动人，语言典雅瑰丽，具有令人荡气回肠的艺术魅力。这一章为唐传奇研究开辟了新的视角，我认为是全书最具文学审美性、创新性的精彩篇章。

一部优秀的文学研究专著，应当是构思缜密，结构严谨，有条不紊，层层深入的。李桃这部书稿就有这些优点。开篇是绪论，提示本书的研究内容、研究对象和研究方法，明确地告诉读者全书的研究内容统摄在通儒的概念之下。正文第一章论述从盛唐文儒到中唐通儒的演变；第二章论述由中唐通儒组成的萧—韩文学流派的形成；第三、四、五、六章，分别研究作为礼官、史官、传奇创作者和循吏的萧—韩文学流派作家；第七章研究唐宋变革视野中的萧—韩文学流派。第七章层层递进，第一节先介绍唐宋变革的多元内涵；第二节论述从中唐通儒到北宋官僚士大夫的身份认同；第三节则着力说明萧—韩文学流派对北宋官僚士大夫政治形态和宋学形成的影响，从而比较完整地体现出对萧—韩文学流派亦即唐宋变革视野下的中唐通儒文化研究。

最后，我还想指出，李桃实事求是的良好学风，也彰显于她对历史文献资料的收集、整理与巧妙运用之中。这部书稿在七章正文中，一共加入了她精心制作的七个表格，即：二十四史中的"通儒"所指的具体人物及其特长；萧—韩文学流派从第一代到第七代的核心人物、血缘师承关系列表；流派中的礼官列表；流派中的史官列表；流派二代宗主独孤及的诗文语料对前四史的引用情况；流派中的传奇创作者及成文时代；流派成员入幕时间及幕府主。这七个表格为书稿所论述的问题提供了有力证据，使读者一目了然。此外，李桃还在书稿后附录了萧—韩文学流派成员活动年表，计四万余字，其治学用功之勤，心思之细，让我感佩不已。

以上，是我对李桃这部书稿的赞赏。古谚云：金无足赤，玉有微瑕。我也感到书稿有一些缺点。唐代是中国古代文学发展的第一高峰，尤其是唐诗，是唐代文学最辉煌的成就，因此闻一多先生称唐代为"诗唐"。但这部研究中唐萧—韩文学流派的书稿对这个流派的文学思想和文学创作的论述仅有"传奇"一章，就显得单薄。书稿中有"流派作家的历史观"篇目，却没有"流派作家的文学观"专节。流派中除了被人们作了较多研究的韩愈、柳宗元外，还有独孤及、戴叔伦、梁肃、权德舆、李翱、张籍、王建、皇甫湜、孙樵等人，难道他们没有具备中唐通儒特征的文学观与诗文创作成果吗？整部书稿，只引证了传奇作品《湘中怨解》中穿插的三首楚调诗歌和杜甫的《忆昔》，可见著者忽略了题材与思想内涵丰富深厚、艺术表现高超的唐诗。我想，只要认真深入地研究，是可以在萧—韩流派成员的诗歌中找到展现出通儒特征的作品来研究的。当然，作者在绪论结尾提出，流派成员对中唐佛教发展和转型的影响，也是值得探讨的课题。这部书稿文笔畅达，但尚可精练些；为了使人读来更有兴味，一些过长的文言引文可略作删节或换成著者转述的白话文。在说到传奇文典雅瑰丽语言时，应引出一两段小幅原文予以赏析。文学研究论著应该更有文学性、审美性、可读性，这也是我一直坚持的观念，希望能引起著者的注意。

最后，我这个"80后"的老者，衷心祝愿"80后"的年轻学者李桃在学术园地上更加辛勤地挥洒心血汗水，收获更硕大甜美的蟠桃！

2022 年序于北京

目　录

绪　论 ……………………………………………………………（1）

第一章　从盛唐文儒到中唐通儒 ………………………………（20）
第一节　中唐危机 ………………………………………………（20）
第二节　应时而生的通儒 ………………………………………（23）
第三节　中唐通儒的礼学、史学、吏能特征 …………………（37）
第四节　中唐通儒与盛唐文儒之身份辨析 ……………………（40）
第五节　中唐通儒的身份认同对后世的影响 …………………（48）

第二章　文学流派在中唐的起步 ………………………………（51）
第一节　文学流派的研究意义和研究现状 ……………………（51）
第二节　文学流派的前身和发展 ………………………………（57）
第三节　中国古代文学流派的定义和特征 ……………………（67）
第四节　萧—韩文学流派的形成 ………………………………（69）
第五节　萧—韩文学流派的主要成员 …………………………（73）
第六节　萧—韩文学流派代际关系 ……………………………（75）
小　结 …………………………………………………………（108）

第三章　作为礼官的萧—韩文学流派作家 …………………（109）
第一节　萧—韩流派作家的礼官身份 …………………………（111）
第二节　流派礼官对中唐复礼中兴的意义 ……………………（119）

第三节　萧—韩流派礼官对中唐科举文风的改变 ……………（128）
　小　结 ……………………………………………………………（135）

第四章　作为史官的萧—韩文学流派作家 ……………………（137）
　第一节　萧—韩文学流派作家的史官身份 ……………………（137）
　第二节　史家家传和师承观念与流派的形成 …………………（141）
　第三节　流派作家的史作 ………………………………………（144）
　第四节　流派作家的历史观 ……………………………………（151）
　第五节　流派作家的史官意识对古文运动的影响 ……………（158）
　小　结 ……………………………………………………………（171）

第五章　作为传奇创作者的萧—韩文学流派作家 ……………（173）
　第一节　从小说到传奇——流派作家的传奇创作 ……………（173）
　第二节　交织的身份与创作思想——史家与传奇作家 ………（178）
　第三节　实录—传闻—虚构：流派作家与渐变的
　　　　　传奇文体 ………………………………………………（188）
　小　结 ……………………………………………………………（200）

第六章　作为循吏的萧—韩文学流派作家 ……………………（201）
　第一节　帝国经济之才 …………………………………………（202）
　第二节　幕府智囊 ………………………………………………（209）
　第三节　吏治一方 ………………………………………………（216）
　小　结 ……………………………………………………………（220）

第七章　唐宋变革视野中的萧—韩文学流派 …………………（221）
　第一节　唐宋变革的多元内涵 …………………………………（221）
　第二节　从中唐通儒到北宋官僚士大夫的身份认同 …………（228）
　第三节　萧—韩文学流派与官僚士大夫政治形态的形成 ……（235）
　小　结 ……………………………………………………………（245）

附录一　萧—韩流派成员活动年表(735—836 年) ……………（247）
附录二　流派中人物生平考证等前人研究成果综述 …………（317）
参考文献 ……………………………………………………………（323）
后　　记 ……………………………………………………………（331）

绪　论

　　中唐是整个古代社会政治、文化、阶层转型期的开启，有百代之中的称号。自从日本学者内藤湖南注意到中唐到北宋在中国历史乃至东亚历史中的重要性，并提出"唐宋变革说"的概念之后[1]，各类研究成果层出不穷，比如日本学界对唐宋变革期政治体制、经济形态、风俗文化的关注，欧美学者对士大夫阶层流动和学术思想演变的著述，以及国内学者对宋学、宋型文化特征的研究。这些政治、经济、教育、思想、文学艺术方面的改变都源自组成社会的个体——人的转型，尤其是士人的转型，因为士人是古代社会精神文化的承担者，所有决策制定、经济改革、政令执行、艺术创造，都要通过他们来完成，士人自我身份的认知和追求直接决定了他们与社会变革的关系。唐宋转型最重要的现象之一就是出现大批思想学术、文学辞章、政事吏能集于一身的新型士人，造就历史上第一个"复合型人才"盛世。前辈学人关于唐宋变革期的研究成果多集中在思想史、文化史领域，涉及作为实践者的中唐到北宋士人，讨论焦点都在他们的社会地位、教育出身、阶级流动等方面，很少有研究触及这一时期士人身份追求改变的话题。其实，从中唐开始萌生的通儒型士人发展成为北宋崛起的官僚士大夫

---

[1] 内藤湖南（1866—1934）于1910年在日本《历史与地理》杂志第9卷第5号上发表了《概括的唐宋时代观》一文，较全面地论述了唐宋之间的巨大差异。他认为：唐代是中世的结束，宋代则是近世的开始，其间包含了唐末至五代一段过渡期，又强调中国中世和近世的大转变出现在唐宋之际，是读史者应该特别注意的地方。

的过程，是一个中国古代士人群体从被动接受社会环境改造变成主动建立内心秩序和自我期许的过程，作为构成社会最基础的单元，每一位士人、每一个士人群体的改变最终汇成社会之大变革，对这一时期士人自我认同心态的探求应该成为唐宋变革研究的重要一环。本书的研究内容聚焦于中唐时期涌现出的通儒型人才，选取从萧门子弟到韩门子弟之间的数代传承者作为代表人物，从他们的流派性、身份特征入手，厘清流派主要成员和传承谱系，以及他们作为通儒型人才所具有的共性，包括在礼官身份、史官身份、传奇作家、经济人才、幕府智囊、地方循吏等各个方面展现出来的经国济世才能，进而推导出萧—韩流派成员作为中唐通儒群体的代表，如何在唐宋变革背景下开启士人身份转型，并影响宋代官僚士大夫政治体系之定型。

一　从独孤及到中唐通儒群体

本书选题思路最早来自读书期间，硕士学习阶段机缘巧合做过大历时期士人独孤及《毗陵集》的整理校注工作，并以此书注文为数据基础完成了《毗陵集》的语料分析。独孤及上承萧颖士、李华，后启韩愈的老师梁肃和权德舆，是衔接天宝时期古文复兴风潮和中唐韩柳古文运动的关键人物，他的文集中出现的师友弟子在盛唐到中唐文风变化时期都是很有代表性的人物。笔者沿着他的交游谱系搜集史料信息，注意到这批士人常常出现在前人讨论古文运动的论著中，作为文章复古先驱被泛泛提及，但并没有专门的文献研究这几代人除了古文创作理念之外的共性和身份特征。事实上，从萧李及萧门弟子一直到韩愈及其再传弟子，这批经史文礼兼有造诣的士人在一段连续的历史时期内以明确的师承关系传承了几代，发展成一个文学流派——萧—韩文学流派，流派成员的个人文学成就虽然不是每一位都熠熠生辉，但却在中唐，也就是整个古代社会的转型期成为影响时代风潮的重要力量。而面对一个流派，除了关注其成员相似相容的文学思想之外，笔者同样关注他们用何种方式把思想理念一代一代传承推广出去，他们在社会身份上有着怎样的互相认同、互相提携，他们的能力和特征在中唐这个特殊的时代有何种意义。从这个模糊的研究目标出发，笔者以独孤及的生平交游事迹和作品为原点，着重盘点了从他的老师萧颖士到韩愈再传弟子生活时期的这段历史中出现的相关人物，注意到在中唐复兴的关口出现了一批与初盛唐文儒不同类型的士人——通儒群体，他们在乱后成长起来，目睹山河巨变和残酷现实，在精神面貌上早已抛弃了盛唐文士的高昂优雅，也不再追求形式至上的强国礼乐，而是怀着对政治时局清晰的洞察力和救民水火的决心直面时弊，用理性与务实能力担起中兴重任。这批士人最大的特征是通经致用，才学吏干兼备，他们是最早一批由文儒转变成通儒的士人。

中唐通儒群体包括但不限于萧—韩流派成员。在明确了士人身份从文儒到通儒的转变后，本书的研究范围就再次扩大了一些，将萧—韩文学流派成员作为通儒士人代表，从流派内部以及外部志同道合的士人身上寻找影响中唐复兴乃至宋型文化形成的原始基因。本书的研究内容统摄在通儒的概念之下。笔者统计了出现在"二十四史"中的通儒，发现通儒这一士人身份最早出现在东汉，本指博通经史、学以致用的大儒，可惜在两汉尊经崇学的时代里很少有鸿儒去践实和发挥这个身份中务实的那一面。直到安史之乱以后，在盛唐文儒文化熏陶下成长起来的中唐士人既有博通经史的学识，又有入世救民的儒家理想和实干精神，在特定的时代终于用自己的政务能力使通儒的形象丰满起来。中唐通儒和盛唐文儒最大的区别在于，文儒的理想是礼乐治国、弥纶王事，他们强调的通经致用多停留在理论和制度层面，而中唐通儒受现实所迫，除了从经义礼制、史家意识中寻求人心归向、救民水火之道，还自觉提高自身吏能，他们的关注点不再是高高在上的礼乐王道，而是落到实处，在重建礼制、恢复生产、地方行政等方面完成"基层"政事，推动国家政治和文化重建。

通儒的出现顺应历史发展趋势。安史之乱的八年浩劫开启了坍塌式的王朝末路，曾经雄厚的国力财政被扫荡一空，社会危机全面爆发，层出不穷。朝廷之外大大小小藩镇林立，军权财权被分化瓦解，朝廷内部宦官专政、党争不断。此时此刻，只有思综通练、敏于吏事的人才能挽救时局，我们从初盛唐和中唐选相的诏令可以捕捉到这一巨变期朝廷选择人才标准的转变。命相，政令里要求的都是综理百司、经邦纬国的王佐大才，具体到个人品行才能，初盛唐文儒领衔时代看重的是"识量弘博、风度峻远"①，要"有八龙之艺术、兼三冬之文史"②，比如盛唐文儒代表张说，他的中书令委任状写着"道合忠孝，文成典礼，当朝师表，一代词宗。有公辅之材，怀大臣之节"③，"履道体正，经邦立言"④，强调的是张说自身文合礼乐、修身立言的特征。另两位文儒大家张九龄、裴耀卿，因"含元精之体、体度宏远……挺天生之秀，器识通明"⑤而受到玄宗青睐。总的来说，开天时代器重的是既精于经典学术，气度宏远，又文才出众，可发挥宸翰的人才。而到了中唐百废复兴之际，宰辅更需要具有通经致用、力挽狂澜的能力。比如肃宗为苗晋卿加侍中时，称他"体文雅之宏量，负经通之远识"，并表彰他"自艰难之际，叶赞有劳，早契风云之期，备陈匡济之术"⑥，特嘉其匡复济民之手段。在代德二朝力撑财政危局的刘晏，"文为君子之儒，器韫通人之量"，掌均输之时"变而能通，弘适时之务；居难若易，多济物之心"⑦。短短一封命诏两次强调他的通变之能，可见通识练达已经成为中唐选贤的重要标准。更具典型通儒特征、独孤及的入室弟子齐抗，《旧唐书》本传说他"明闲吏事，敏于文学"，大历中在张镒幕下为判官时智计百出，多有筹划。贞元初还入职财政系统，为水陆运副使，督江淮漕运以给京师，在多种岗位上都能把所学经义活用于民。权德舆为他起草的命相制称其"精达政理，详明典彝。才器可以济时，忠正可以激俗"⑧，可以看成是权德舆这位中唐通儒代表对同门前辈的认可和称赞。

---

① 《长孙无忌司徒制》，（宋）宋敏求《唐大诏令集》，中华书局 2008 年版，第 216 页。以下版本从略，只注页码。
② 《狄仁杰内史制》，《唐大诏令集》，第 217 页。
③ 《张说兼中书令制》，《唐大诏令集》，第 218 页。
④ 《张说中书令王晙同三品制》，《唐大诏令集》，第 222 页。
⑤ 《裴耀卿张九龄平章事制》，《唐大诏令集》，第 222 页。
⑥ 《苗晋卿侍中制》，《唐大诏令集》，第 224 页。
⑦ 《刘晏平章事制》，《唐大诏令集》，第 225 页。
⑧ 《齐抗平章事制》，《唐大诏令集》，第 228 页。

绪　论

中唐时代的士人身份追求、价值取向和官员评价体系应时代召唤而改变，我们在很多文献史料中都可以察觉到风向流转。德宗朝名相杜佑所撰《通典》，内容涉及丧礼、明堂建制、祭祀、五服、历法等儒家重要礼法，他却独创性地把食货放在第一位，表明生民的物质生活条件对文化制度的决定性作用，并提出"教化之本，在乎足衣食"这样一个通儒关心的基本命题和"实采群言，征诸人事，将施有政"的富国安民之术[①]。后来以杜佑为楷模的宋代史学家马端临效仿《通典》所著《文献通考》也将食货列于首类，并在序文里说："考制度，审宪章，博闻而强识之，固通儒事也。"[②] 以此标榜自己的通儒身份。财相刘晏在拣选自己财政系统吏员时有"通敏精悍"这一固定标准，他曾说："办集众务，在于得人。故必择通敏、精悍、廉勤之士而用之。至于句检簿书、出纳钱谷，事虽至细，必委之士类。"[③] 可见"通"是中唐经济人才的重要标准。只要学识德行和政能打通，一通则百通。贞元年间由权德舆门下中进士的沈传师，授职史馆修撰时曾得到"博学通识"的美誉[④]，与韩愈同列"龙虎榜"的崔群也因其"道合时中，识通政本"晋升为右仆射太常卿。[⑤] "唐朝的贤能观念大体是经历了一个从重德行、到重文学再到重吏干的过程。"[⑥] 在汉代出现的"通儒"一词，它原本就应该具有的通晓经书、识务达政两方面内涵终于在中唐时代的一部分士人身上全部体现出来。

[①] （唐）杜佑：《通典》，中华书局1988年版，序第1页。

[②] （宋）马端临：《文献通考》，中华书局1986年版，自序第1页。

[③] 《资治通鉴》卷二二六，中华书局2011年版，第7403页。本书所引《资治通鉴》内容，均来自此版本。

[④] （唐）白居易《授沈传师左拾遗史馆修撰制》："庶职之重者，其史氏欤！历代以来，甚难其选。非雄文博学，辅之以通识者，则无以称命。"《全唐文》卷六六〇，中华书局1983年版，第6713页。本书所引《全唐文》内容，均采用此版本。

[⑤] （唐）李虞仲《授崔群右仆射兼太常卿制》："（崔群）道合时中，识通政本，含五行之秀气，为一代之伟人。文学致名，公忠莅职，清贞不挠，方廉自持。"《全唐文》卷六九三，第7116页。

[⑥] 毛汉光：《中国中古贤能观念之研究》，收入《中国史学论文选集》第三辑，台北：幼狮文化事业公司1979年版，第333页。

二 通儒士人的代际构成及群体特征

安史之乱后的唐代社会危机四伏，秉承儒学精神的士人面临着十分严峻的社会局势，将所学经义转化为救治时弊的根本是士人自我反省和思变图强的必然结果。士人自身的痛苦改造和调适一般都发生在社会开始转型之际，而萧—韩流派的成员能够先于同时代大部分士人，随着时局变化迅速调整个人能力，成为最早从文儒蜕变为通儒的群体，与流派之初奉行的教育理念有关。前辈学者在涉及盛唐文儒群体时，常常把萧颖士、李华二人交游网络中的柳冕、元德秀诸友，以及萧门弟子独孤及、戴叔伦等人列入其中。其实从萧李和萧门子弟的文学、儒学思想观念以及在实际政治生活中展现出来的能力判断，他们这一群体可以看成中唐通儒的雏形。无论是早期的萧李，还是独孤及、独孤及弟子梁肃等人，都强调君子之儒，文道结合。只是他们对文道观的要求更全面一些，追求对政事有所指导的"道"，这从他们对大儒的评判标准可见一斑。早期流派交游网络中的柳冕认为汉代董仲舒属于"文而知道"的大君子："文而知道，二者兼难，兼之者大君子之事，上之尧舜周孔也，次之游夏荀孟也，下之贾生董仲舒也。"[①] 董是汉代极少数真正做到通经致用的大儒，其文为"通儒之文也，发明经术，究极天人"[②]。这种对儒道中经世济民的追求一直是流派心之所向。从萧颖士授业以孔门四科为旨归开始，文学和吏才联合培养的理念始终贯穿萧门教化："（戴叔伦）初抠衣于兰陵萧茂挺，以文学、政事见称于萧门。"[③] "宰、赐言语，冉、季政事，古莫两大，繄公兼之。"[④] 在这种理念下成长起来的流派子弟有着传统儒生积极参政的热忱和务

[①]（唐）柳冕：《答徐州张尚书论文武书》，《全唐文》卷五二七，第5358页。
[②]（唐）裴度：《寄李翱书》，《全唐文》卷五三八，第5461页。
[③]（唐）权德舆：《朝散大夫使持节都督容州诸军事守容州刺史兼侍御史充本管经略招讨制置等使谯县开国男赐紫金鱼袋戴公墓志铭并序》，《全唐文》卷五〇二，第5115页。
[④]（唐）独孤及：《祭相里造文》，《毗陵集校注》，刘鹏、李桃校注，辽海出版社2006年版，第431页。本书所引《毗陵集》，均来自此版本，余下只注页码。

实能力，萧门弟子独孤及、戴叔伦都是兼备文学家、礼学家身份，且有吏干的士大夫。

事实上，中唐通儒群体的诞生和壮大与萧—韩流派的创立传承是同步发展起来的。如上所述，流派创立之初，第一代宗主萧颖士、李华就将政事文学列为同等重要的教习目标，他们的交游网络包括贾至、元结、柳芳、苏源明、权德舆的父亲权皋、点中大部分萧门学子登第的阳浚（杨浚）等人。这一批人代表了整个流派的发展方向和传承方式，他们在中唐文学变革乃至唐宋转型中有着首创之功，在文学复古、士风自省和政事能力培养等方面都为即将到来的巨变做出了准备。流派早期的这几位代表人物在唐人心里就已经声名显著，裴敬会昌年间撰《翰林学士李公墓碑》（《全唐文》卷七六四），举出唐朝"以文称者"五人，其中三人即流派内的萧颖士、元结、苏源明。宋初姚铉编《唐文粹》，以李华《含元殿赋》为开卷首篇，贾至、李翰、元结、独孤及、梁肃、权德舆等也都被称为"文之雄杰"。更不用说现当代很多文学史给予的肯定。① 而且，他们重视教育，广收门徒，奖掖后人的态度影响了后来的独孤及、梁肃、权德舆、韩愈等人，使流派的师徒传习绵延百年。

流派第二代核心人物当属独孤及、戴叔伦，他们二人可以看成中唐第一代通儒代表。独孤及在当时的文坛政坛负有盛名。天宝十三载（754），及以洞晓玄经登科。"故相房琯方贰宪部，请公相见，公因论三代之质义，问六经之指归，王政之根源。宪部大骇曰：'非常之才也！'赵郡李华、扶风苏源明并称公为词宗。由是翰林风动，名振天下。"② 三十岁时所作《古函谷关铭》《仙掌铭》广为流传，"格高理精，当代词人，无不畏服"。③ 后来官居左拾遗，掌太常博士期间政论奏议类文章堪称一时典范，所写《谏表》在以精简著称的《资治通

---

① 如孙昌武《唐代古文运动通论》（百花文艺出版社1984年版）和乔象钟、陈铁民《唐代文学史》（人民文学出版社1995年版）等著作。

② （唐）梁肃：《朝散大夫使持节常州诸军事守常州刺史赐紫金鱼袋独孤公行状》，《毗陵集校注》，第459页。

③ （唐）崔祐甫：《朝散大夫使持节常州诸军事守常州刺史赐紫金鱼袋独孤公神道碑》，《毗陵集校注》，第456页。

鉴》中几乎被全文引用①，可以说"绍三代之文章，播六学之典训；微言高论，正词雅音，温纯深润，溥博宏丽，道德仁义，粲然昭昭"②。文学成就之外，《新唐书》本传也记录了独孤及斐然的政绩，除了在谏官和礼官的职位上恪尽职守，他外刺濠、舒、常三州长达十年之久，是当时有名的循吏，可谓文政双通。戴叔伦，大历贞元诗坛享有盛誉的诗人，梁肃撰《戴公神道碑》言其"聪明好学，能属辞。兰陵萧茂挺名重一时，罕所推揎，拔公于诸座之上，授以文史，由是令闻益炽"③。叔伦娴于吏事，永泰二年（766）春入大唐财相刘晏盐铁转运使幕，有经济之才，贞元初又先后为抚州刺史和容州刺史，"缓其赋，使其人舒；平其役，使其人劝……权豪除，盗贼屏，教之以让也；斗讼止，商旅至，教之以和也"④。离任后抚人为叔伦建遗爱碑，可见治理之能。及、叔伦二人将萧门弟子文学政事双优的能力展露无遗，而独孤及在州牧期间开帐收徒，培养出包括梁肃、朱巨川、高参、赵璟、崔元翰、陈京、唐次、齐抗等名士在内的优秀门生，将流派的这一优良传统延续到第三代。

　　三代的宗主为梁肃和权德舆，此二人在传承中真正起到承上启下的作用，他们的特别之处在于不仅在文学理论和吏事政能上接续了父师辈的能力，还在贞元、元和年间利用主持贡举的机会为流派选拔了一大批新生力量，从入室弟子扩展到门生故吏，将复古风潮和吏能培养推广到整个文坛。包弼德先生就曾经指出："梁肃卒于793年，随着他的去世，这个故事分化了，第一条线在这时由权德舆在朝廷延续，继承了李华、独孤及和梁肃的传统而在文方面享有权威，另一条线始于那些在8世纪90年代处于长安士人圈之外的人（指孟郊、韩愈等人），通过文章复古来完成个人对社会的拯救方面。"⑤ 梁肃（753—

---

① 《资治通鉴》，第7291页。
② （唐）崔元翰：《与常州独孤使君书》，《全唐文》卷五二三，第5321页。
③ 本书不见于《全唐文》，蒋寅先生抄录于金坛县文管会所藏《重修戴氏宗谱》，收入《大历诗人研究》，北京大学出版社2007年版，第493页。
④ （唐）陆长源：《唐东阳令戴公去思颂》，《全唐文》卷五一〇，第5185页。
⑤ ［美］包弼德：《斯文：唐宋思想的转型》，刘宁译，江苏人民出版社2001年版，第126页。

793），字宽中，一字敬之，安定（今甘肃泾川）人，《新唐书》有传。肃少时师事湛然，受天台佛学。十八岁在常州守父丧时以文投谒前辈。"赵郡李遐叔、河南独孤至之始见其文，称其美，由是大名彰于海内。"① 建中元年（780）高中文辞清丽科，贞元六年（790）从杜亚幕中回京任监察御史，转右补阙，后加翰林学士。李观、韩愈、李绛、崔群等均游于其门。李观又荐孟郊、崔宏礼等于梁肃。据《唐会要》："贞元七年，兵部侍郎陆贽权知贡举，时崔元翰、梁肃文艺冠时，贽输心于肃与元翰，推荐艺实之士。"② 次年由梁、崔二人辅佐陆贽录取的科举点中了韩愈、欧阳詹、李观、崔群、李绛、王涯等四方名士，时称"龙虎榜"。一榜之中，王涯、崔群、李绛先后任职宰相，冯宿累任剑南东川节度使，韩愈、庚承宣、邢册、李观皆为京官，真是藏龙卧虎。梁肃在京居官期间不遗余力识拔人才，流派中王涯和皇甫湜舅甥（《新唐书·王涯传》）、李翱等均获推奖③。梁肃对流派壮大贡献不俗，但如果以文坛、政坛地位和在流派内外对后进提携教化之功来论，权德舆可谓更胜一筹。权德舆（759—818），字载之，一门三代都在萧—韩文学流派的传承谱系之中。祖父权倕，以艺学与初代成员苏源明相善，父亲权皋，洁身于乱世，与李华、独孤及、柳识等相交结友，门风文风醇厚，为权德舆的成材奠定了良好基础。④ 德舆早慧，四岁能诗，曾以所作文字为《童蒙集》十卷谒独孤及于常州郡斋，与独孤及门下梁肃、唐次、高参、齐抗、陈京、赵璟、崔元翰等多有交游。在经过了杜佑水陆转运使幕下从事和李兼江西观察使判官的幕府职事历练之后，权德舆入京为官，从太常博士转左补阙。入职当年即上《论度支上疏》弹劾裴延龄之奸，朝野震动。贞元十年权德舆兼知制诰，主考制科，七年内间续四典贡举，放李翊、侯云长、韦纾、尉

---

① （唐）崔元翰：《右补阙翰林学士梁君墓志》，《全唐文》卷五二三，第5322页。
② （宋）王溥、牛继清校正：《唐会要校正》，三秦出版社2012年版，第1188页。
③ 贞元九年李翱通过了州府考试，明年即将赴长安考试，九月向梁肃献文求推荐。《感知己赋序》："贞元九年翱始就州府之贡与人事。其九月执文章一通谒于右补阙安定梁君。当是时梁君之誉塞满天下，嘱辞求进之士奉文章造梁君之门下者，盖无虚日。"
④ 事迹参见韩愈《唐故相权公墓碑》，《全唐文》卷五六二。

迟汾、侯喜等大部分韩门弟子入榜，为流派的壮大作出重要贡献。元和中，权德舆官至礼部尚书同中书门下平章事，政治生涯达到顶峰。权德舆没有像萧李、独孤及一样收有入门弟子，但他数次知贡举的经历提携了许多青年才俊，登堂干谒者甚众，史云："德舆身不由科第，尝知贡举三年，门下所出诸生相继为公相，号得人之盛。"① 后辈如刘禹锡贞元十年呈近作《献权舍人书》等十余篇干谒文，元稹元和十二年（817）呈权德舆《上兴元权尚书启》等诗文五十多篇，都自称门生。韩愈《燕河南府秀才诗》云："昨闻诏书下，权公作邦桢。丈人得其职，文道当大行。"（《全唐诗》卷三三九）以此观之，德舆在当时就是众多举子的进阶龙门。权德舆拜相后，他的文坛领袖地位也更加显赫，成为当时文章正体的代表，从学者甚众，并对唐代赠内诗、赠序文体的定型产生重要影响。②

　　萧一韩流派传承到第三代，文风道德理念和成员的身份认同基本成型，随着流派的日渐壮大，中唐通儒型士人群体也开始逐渐形成规模。前文提到的几代宗主都以身示范，将所学文史经义与国祚复兴期的基层职事吏干相融合，从实务中寻求儒家教义之旨归。在他们的影响下，流派成员完成了从追求文儒身份到追求通儒身份的转变，把致君尧舜的理想暂时封存在心底深处，投身于具体事务的解决中，向支撑国家基础的礼教、道义、文风、史家意识、经济生产、地方管理等方面辐射自己的才能，试图把破碎的邦国重新缝补起来。

　　从通儒型士人所具有的综合特征来看，萧一韩流派成员礼学素养深厚，他们在乱后礼制复兴的道路上起到关键作用。流派中曾经担任礼官的成员多达三十多人次③，他们在肃宗至宪宗朝占据了礼部的重要官职，以职任重建社会秩序，发掘儒家经义的本质及现实功能，期待回归一统，从各个方面努力重建中央权威。一个很典型的例证是德

---

① （宋）王谠著，周勋初校正：《唐语林校正》，中华书局2008年版，第362页。
② 详见蒋寅《权德舆与唐代的赠内诗》，《山西大学师范学院学报》1999年第1期；《权德舆与唐代赠序文体之确立》，《北京大学学报》2010年第3期。
③ 详见本书第三章第一节。

宗朝的禘祫祭祀之争①，卷入大量精研礼学的中唐通儒，分为两派阵营，一派是以独孤及、柳冕、陆质、张荐和独孤及的弟子陈京为代表的太祖神主派，另一派是以儒学世家出身、时任山陵使的颜真卿和韩愈为代表的献祖神主派。透过双方看似不相容的礼法争论，在执着于以何代君王为神主的表象之下，体现的是中唐礼官们面对藩镇分权的严峻现实，从不同思路巩固皇族权力、恢复集权的政治意识。另外，战乱之后的唐王朝制度方略和文化引导都转向务实强国，这一时期执掌贡举的流派礼官整顿科场浮靡文风，制定新的文学标准，重塑士林风气。他们竭力改变以往教育内容中重经文、轻实用的状况，主张应试文章要有经世之道，于政治有所补益，选拔培养真正具备道德修养和政治才能的务实型人才，从朝廷制度上完成了古文理论的传播，规范和制约了天下文士的文体选择和文风倾向，使流派的影响扩大到整个文坛。比如权德舆本人作为文坛盟主，在礼部侍郎的职任上三掌贡举，加重试题中经义与时事考核的分量，所题进士、明经、崇文生等策问凸显功利与吏能，柳冕、杨绾等人也先后有批判科举考试轻经义、重浮华的奏疏，为天下文士的进学之路指出通经致用的新方向。

除了礼官，萧—韩文学流派中有很多作家曾经担任过史官职位，精研史学，才堪删述。史学一向有以古鉴今、思齐内省的作用。古代社会对史官的要求很高，需雄文、博学、通识兼备，他们不仅要掌握历史知识，还要贯通古今，通晓历史发展、变化及事物之间的联系，充当统治者的政治顾问，能在中唐承担这种重任的非通儒不可。从流派第一辈中的韦述、萧颖士，到梁肃、李翰，再到后起如独孤郁、韩愈、李翱、蒋乂、蒋係、沈既济、李汉等人都担任过史馆修撰，杨绾、崔祐甫曾任监修国史。他们把持着从天宝到大中年间史馆的多数史职②。这些流派成员在众多作品中展示了自己的历史观念：或为史作，如韩愈、蒋係所编实录；或讨论如何做史臣，如何写史书，如韩柳史官之辩；或在论述中展现其自觉的史官心态，强调正统之道，发挥史作的经世致用之效。以

---

① 详见本书第三章第二节。
② 详见本书第四章第一节。

从萧门到韩门

萧—韩流派作家为代表的中唐通儒们把史官意识带入立言立功的行动中去，把"文用"功能在史学界提到一个新的高度，他们所提倡的重实际、讲沿革，可付诸实用的史学在乱后重振期显得格外活跃，他们的史官身份和史官视角始终伴生着古文运动的兴起和发展，不但影响到宋代文学、历史作品的创作，更启发了后世桐城派的古文义法。

除了重振礼教、以史鉴今，吏能也是中唐通儒与盛唐文儒最大的区别。古代士人都在儒家教义中成长，内圣外王的理想灌注入血液，但成功地把佐王辅政的目标转化为处理实际政务的手段，并不是人人具有的能力，而且在社会危机的胁迫之下，除了学识和道义，还要有政治担当意识。生活在大唐盛世刚刚落幕时代的房琯，论文采，有被张说击节赞赏的《封禅书》，论政坛地位，官至宰辅，在身份上可以算是盛唐最后一代文儒。他空有一腔复兴宏愿，却不通兵事，不善用人，兵败陈涛斜，错失平叛良机，且为人好空谈，不理事务。"时国家多难，而琯多称病不朝谒，不以职事为意，日与庶子刘秩、谏议大夫李揖，高谈释、老，或听门客董庭兰古琴"①，是典型的"无实用而好谈经济者"，临事而不济②，操守有余，吏能不足。而在中唐以前，中古时代和玄宗朝有过几次文吏之争，"有学业者，多不习世务，习世务者，又无学业"③。有的士人虽长于吏事，而不知大体，"以谓为国家者，帑廪实，甲兵完而已，礼乐文物皆虚器也"④，也只能看成纯粹的"吏"，不能承担救时之任。在中唐时代出现的通儒则不同，他们不但追随前代文儒的精神气息，从恢复礼制、文章复古、史法龟鉴等方面做出中兴的努力，更重要的是，通儒士人奋战在王朝政体的各个岗位，与那些身居高位、终极理想是王图霸业，成就礼乐之邦的盛唐"大人物"相比，他们更懂得用学识夯实民生基础的重要。前文提到的大唐财相刘晏，自天宝末拜度支郎中，三次掌出纳、监岁运，知

---

① 《资治通鉴》，第7142页。
② "无实用而好谈经济者，临事恐不能济事。"（清）林昌彝著，王镇远、林虞生点校：《射鹰楼诗话》卷一二，上海古籍出版社1988年版，第265页。
③ 《隋书·柳庄传》，中华书局1973年版，第1552页。
④ 《新五代史·杨邠传》，中华书局1974年版，第333页。

左右藏（《新唐书·食货志》），在他主管财政和漕运时期，一手确立了天下财赋分理、院场相望的财政机构基础，奠定了唐后期百余年东西财赋分掌制的基本态势[1]，且"每岁运米数十万石以给关中"，大大缓解了国库入不敷出的急难，《资治通鉴》对其评价很高，称："唐世推漕运之能者，推晏为首，后来者均遵其法度云。"[2] 刘晏选材以通敏为标准，他非常看重以文学政事著称萧门的戴叔伦，征召他进入自己的盐铁转运使幕中效力，"总赋税量入之职，算盐铁倍称之利"[3]。计算盐利是转运使判官之职掌，也是转运任务的核心，叔伦能力超群，可承此重任。像戴叔伦这种"早以词艺振嘉闻，中以财术商功利，终以理行敷教化"[4]，既以文才出道，可以胜任转运使判官、转运使留后官等财赋系统职位，又在容州等地方官治理岗位上获得嘉奖的人，最称得上中唐通儒的代表。叔伦的萧门学友独孤及，被很多研究者划为盛唐后期的"文儒"代表，但事实上，独孤及除了文学和儒学、玄学功底深厚，也能很快适应乱后新的政治环境，发挥通经致用的实干才能。他历任濠、舒、常三州刺史，熟练处理地方政务，精于吏治，还积极进行地方税务改革，开创"两税法"先声，这样的吏干型官吏是治理地方的基石，也是国家复兴、社会进步的中坚力量。

通儒自萧李、独孤及开始就具有强烈的身份认同感，并通过授业、举荐、科举选拔等方式形成师弟传承和同气相求之声。与此同时，随着流派成员增多、文坛政坛影响力扩大，他们身上觉醒的通儒身份特征带动士林风气为之一变，一些并非与流派宗主有血缘或师承关系的士人，也因为志同道合、气质身份相类，通过交游互助网络与流派发展联结在一起。比如德宗朝大手笔陆贽，对流派中的梁肃、崔元翰都很推崇，邀请二人辅榜科举，以通经实用为选贤标准，共同造就贞元八年"龙虎榜"盛世。他的通榜取士方式为权德舆所效仿，权三次选

---

[1] 李锦绣：《唐代财政史稿》第四册，社会科学文献出版社2007年版，第49页。
[2] 《资治通鉴》，第7283页。
[3] （唐）陆长源：《唐东阳令戴公去思颂》，收录于蒋寅《大历诗人研究》，北京大学出版社2007年版，第489页。
[4] （唐）权德舆：《戴公墓志铭》，《全唐文》卷五〇二，第5115页。

人均用此法。陆贽还曾与权德舆共同声讨权奸裴延龄，反对他任度支使，可惜德宗不曾采纳。陆贽留下来的《翰苑集》中收有《均节赋税恤百姓六条》《三奏量移官表》《论沿边守备事宜状》等大量关于民生、选官、军事等国策建议，他特别看重"通""变"的重要性，在其《论两河及淮西利害状》中言"见其情而通其变"，《请减京东水运收脚价于缘边州镇储蓄军粮事宜状》中言"故能动作协变通"，这些公文奏章从各个方面展示他以古鉴今、精于吏治、通权达变的思想和行政能力。又如贞元名相杜佑，史载"敦厚强力，尤精吏职……为政弘易，不尚矙察，掌计治民，物便而济，驭戎应变，即非所长。性嗜学，该涉古今，以富国安人之术为己任"（《旧唐书》本传）。所纂《通典》一书，不尚空言，注重实效，深含经世致用思想。杜佑与萧—韩流派成员李翰交好，邀请其为《通典》作序，李翰称这本史著"施于文学，可为通儒；施于政事，可建皇极"，准确地抓住了杜佑本身的吏能特征和著书的初衷，代表了乱后国祚恢复期中唐士人对"富国安人"之术的迫切追求。杜佑在建中元和年间两度执掌财计，"综领经制，变而通之"[①]，显示出他与萧—韩流派成员共同追求的通变学识和经国济民能力。

中唐通儒士人在大历、贞元年间不断涌现，形成规模。作为其中代表群体的萧—韩文学流派也迎来了第四代的领袖韩愈，他对之前萧李、独孤及、梁肃三代复古先驱的文学理论、道统思想有所继承发扬，在礼学、史学、幕府事务中也多有建树，将流派的思想、道德、责任担当继续传教给韩门学子及再传弟子。韩愈不仅是流派的集大成者，更是中唐通儒群体之集大成者，其开天辟地的才学和领袖气魄非旁人所及，他对儒学、文学、政事表现出的热情和使命感，以及"开启赵宋新儒学新古文之文化运动"的历史意义甚至超过同时代作品流传更广的元白[②]。"唐代之史可分前后两期，前期结束南北朝相承之旧局

---

① 《杜佑诸道盐铁等使制》，《唐大诏令集》，第 270 页。
② 陈寅恪《论韩愈》："退之官之低于元，寿龄短于白，而身殁之后，继续其文其学者不绝于世，元白之遗风虽或尚流传，不至断绝，若与退之相较，诚不可同年而语矣。……退之发起光大唐代古文运动，卒开后来赵宋新儒学新古文之文化运动，史证明确，则不容置疑者也。"《金明馆丛稿初编》，生活·读书·新知三联书店 2015 年版，第 332 页。

面,后期开启赵宋以降之新局面,关于政治社会经济者如此,关于文化学术者亦莫不如此。退之者,唐代文化学术史上承先启后转旧为新关捩点之人物也。"① 所谓"文起八代之衰,而道济天下之溺,忠犯人主之怒,而勇夺三军之帅",正是宋人从文学、儒学、政事三个方面对韩愈所代表的中唐通儒形象的祭奠。自北宋始,人们对于韩愈是儒者还是文人的问题常有争论,这意味着韩愈代表的中唐通儒群体在两种身份塑造上都达到相当的成就。从中唐开始萌生的通儒群体发展成为北宋官僚士大夫群体的过程,是一个中国古代士人群体从被动接受社会环境改造变成主动建立内心秩序和自我期许的过程,事功和文学,在北宋的士大夫身上逐渐完美融合。从唐宋变革的研究视野看,中唐特殊时代造就的通儒群体是中古向近世转型期多重身份士人的发起者,他们具有在乱世危局中以礼学重振朝纲、以文学复古明道、以吏干兼济天下的身份特征,以独孤及、戴叔伦、权德舆等,尤其是韩愈为代表。中唐通儒的多领域成就和综合素质受到宋代士人的推尊,并自觉以他们作为人生楷模。北宋前期由于士大夫社会阶层流动和人数的增多,出现大批思想学术、文学辞章、政事吏能集于一身的复合型士人,比如最具影响力的思想人物、政治角色范仲淹、欧阳修、王安石和司马光,都是具有通才特征的宋代官僚士大夫。他们在新的社会环境中组成官僚士大夫阶层,同时掌握着国家的思想、文化、政治、经济多方资源,具有文化承担者和行政官僚(尤其是文官)的双重属性,是国家精英文化建设和各项具体政策的制定者和执行者,"政治主体、文学主体和学术主体"集于一身②。宋代士大夫的身份特征和精神认同从中唐通儒而来,却比中唐通儒的社会地位更高,因此在本阶层逐渐壮大之后,也承载起比唐代先贤更多的社会责任。自宋以降,从明代到晚清,北宋确立的士大夫政治形态都主导着中国历史发展的走向,导致其后自"国家之制,民间之俗,官司之所行",到"儒者之所

---

① 陈寅恪:《论韩愈》,《金明馆丛稿初编》,生活·读书·新知三联书店2015年版,第332页。
② 沈松勤:《北宋文人与党争》,人民出版社1998年版,第115页。

守",皆与宋相近①,由此奠定了中国近世历史文化的基本风貌。

三 本书研究层面与小小创新

本书主要从三个不同层面展示中唐时代文化史的发展脉络和士人身份转型情况。

(一) 政治文化史层面

文学从创作到接受是一个社会文化思想发展的过程,这一过程受到政治事件的影响,浸润着社会思潮,反映社会风貌,直接导致社会组成单元——人的变化。唐宋变革初期,在安史之乱这一政治事件冲击下,中唐士人发生了从精神面貌到身份认同之全面转型。通儒型官僚在这一时期应运而生。以萧—韩流派成员为代表的中唐通儒既是那个时代的文化承担者,也是政务管理者,他们集智识、文采与基层吏能于一身,有治国安邦之才,为解决各种社会危机行走于地方管理系统、幕府机构、与财赋相关的重要岗位,这种从文儒到通儒的身份觉醒,正是萧—韩文学流派成员的显著特征,他们在中唐时代恢复经济生产、治理地方、充当幕府智囊等方面扮演着重要角色。

(二) 社会史层面

八年安史之乱肆虐,唐王朝遭受到极大破坏,政治、军事、文化、民生都处于分崩离析之中,统一结构的经济基础发生动摇,百废待兴。这次的内乱不仅仅是唐代帝国发展的转折点,更是整个古代社会政治、文化、阶层转型期的开启,在这个被过去很多研究者命名为"唐宋变革"的过程中,最基础和最显著的变革就是文化的承担者——士人的转型。许多中唐士人在时代巨浪的推动下形成对通儒身份的追求,如萧—韩文学流派的独孤及、戴叔伦、梁肃、权德舆、崔祐甫、沈既济、韩愈等人,本书的第三章到第六章介绍了他们在文学家、思想家、礼官、史官、传奇作家和循吏等身份上展示出的综合素质,他们发扬儒家礼教的内在精神改革文风,"以学干政",把经义面向现实政治,发

---

① (明)陈邦瞻:《宋史纪事本末》附录一,中华书局1977年版,第1191页。

挥对现实政治的参与意识和批判精神，兼有吏才。这样的通儒能力给北宋士人群体树立了追摹的榜样，在宋初涌现了一大批如范仲淹、欧阳修、王安石、司马光等兼擅文章、经术、吏干的综合性官僚，士人与官僚正式合流，并开启了中国古代真正意义上的官僚士大夫政治形态。北宋士人从萧—韩文学流派成员身上继承了士大夫政治意识与现实关怀，即从文儒到通儒、从士人到官僚士大夫的精神追求，完成了唐宋转型中士人身份的转变及其自我认同。这是本书从社会史层面解读萧—韩文学流派发展得出的重要结论。

（三）流派史层面

在中国文学史上，标榜文学流派的现象很晚发生。本书的第二章首先回顾了古代文学流派形成的两条路径：（1）学术流派—政治流派—文人群体—文学流派；（2）松散的文人并称—文人群体—文人集团—文学流派，进而得出文学流派的定义：一个生活在一段相对连续的历史时期内并形成代际传承的文人群体，如果几代成员之间有明确的宗主师承关系，在艺术思想、文学理念、创作风格乃至社会身份上相似相容，并通过大量的作品和文艺理论在当时和后世产生巨大的影响，可以称之为文学流派。这个概念中，较为明确的师承关系和传承时间上的延续性这两项要素将文学流派与松散的文人并称、文人集团清晰区分开来。从这个意义上讲，中国古代文学流派的起始并不是传统研究中认为的江西诗派，而是中唐时期从萧门到韩门的师友弟子，他们以萧颖士、李华为起点，通过门生座主、师友交游方式联系在一起，一共传承了七代，以韩愈广收门徒，震慑文坛，化及两宋为余波，构成中国文学史上第一个文学流派——萧—韩文学流派。该流派成员从天宝年间开始陆续登上历史舞台，直到贞元年间韩愈接过宗主大旗，带领弟子完成历史使命，本书的第二章详细考证了七代成员之间相对明确的师承关系。站在流派史的角度，萧—韩文学流派的生成具有里程碑意义，而且这个流派的成员大都是唐宋变革肇始期的士人主体，他们志趣相投、联系紧密，并且在个人才能和人生理想方面都显示出通儒的身份特征，非常适合作为一个整体来考察唐宋文化转型视野下的士人思想与身份变化。需要说明的是，将萧门到韩门的师友子弟命名为文学流派，从某种程度上限制了他们的能力和身份，流派成员除了在文坛声名显赫，同时还兼备很多其他的社会角色——儒者、礼官、史官、循吏，这些角色使萧—韩文学流派成员在经学界、史学界、官僚体系中都占有重要位置，他们的综合素质和全面的能力使这个流派更像一个综合性的"学派"——包含了文学、儒学、史学、经世之学等一系列要素的全能"学派"。本书的流派史研究不局限于成员的文学主张和具体作品分析，也更关注流派之所以在中唐形成的原因和方式，因此在第三章流派成员的礼官身份和第四章流派成员的史官身份中设有专门小节，论述礼官知贡举和史学家传等政治文化现象对流派形成的影响。

  本书力求从不同的层面透视通儒在思想、政治、科举、文学、社会变革中的种种表现，并且把中唐通儒置于纵向历史发展和横向同时代士人形态比较中，分析其身上延续士人传统的共性和作为通儒型官僚群体的个性，尽可能探索百代之中士人身份变化的历史规律。全书尽量避免重复前人对流派中的大家如韩柳等人思想作品的研究成果，并且没有对中唐时代同样对宋人有重大影响的白居易、刘禹锡等流派外士人过多着墨，而是将讨论重心放在流派整体的身份特征方面，关注七代成员的社会共同属性、综合素质以及在唐宋变革期对宋代士人心态和自我身份认同的影响。

  在前人研究的基础之上，本书在以下几个方面有小小推进。

  第一，充分辨析通儒身份。这个概念是学界"文儒"研究的内涵延伸，本书详细研究了中唐士人身上所展现的和文儒不一样的身份特征，并且论证了以萧—韩流派成员为代表的中唐通儒对北宋士大夫官僚形态和宋学形成的影响。

  第二，从流派概念的演变过程讲起，从理论上论述了中国文学史上第一个真正的文学流派——萧—韩文学流派的产生和发展。

  第三，整体考察作为礼官的萧—韩文学流派成员在乱后礼制重建方面所起到的作用，以及他们在发掘儒家思想的现实功能，确立士林风气等方面的表现。

  第四，整体考察作为史官的萧—韩文学流派成员对中唐史学的贡献，流派历史观中包含的史家义法、道德心术对后世文学、史学影响深远。本书第四章第五节还尝试用语料库研究方法对独孤及《毗陵集》中史籍引用情况加以分析，从数据上直观展示流派初期成员在文章写作上向史书文笔靠拢的倾向。

第五，流派很多成员兼为传奇作家，他们的创作与唐传奇从初盛到定型同步成熟，在理论和实践上都对该文体的发展起到推动作用，其中流派成员沈既济的《任氏传》更是被视为唐传奇文体成熟的标志。

第六，发掘萧—韩文学流派成员的循吏特征（经济人才、地方治理人才、幕府人才），从他们对通儒身份的追求看唐宋转型中的士人身份和自我认同的转变。

第七，附录以独孤及生平和作品编年为基础完成一个流派成员活动的合谱，以姻亲、师从、墓志为主要线索梳理人物关系，了解流派的发展脉络。

关于萧—韩文学流派的研究还有很多可深入探讨的方向，比如流派成员对中唐佛教发展和转型的影响：李华、梁肃之于天台宗，吕温、陆淳、韩柳之于净土教，权德舆之于洪州宗。佛教与文学的问题涉及知识背景广阔，由于笔者目前学力有限，积淀尚浅，未敢在本书中展开讨论，只将现有陋识出示，盼请研究界各位方家学人指正。

第一章　从盛唐文儒到中唐通儒

第一节　中唐危机

元和三年（808）科举考试，韩门子弟皇甫湜高中"贤良方正能直言极谏"科，策文被列为上等。当时的朝廷为适应时事，复兴国事，选拔人才的标准已经从盛唐时期的诗赋取士向考察治事能力倾斜，旨在发现兼具学识和政能的人才。这一年的对策问难内容涉及儒家治国理念、历史经验教训以及现有经济、军事、吏政等问题的解决方案，皇甫湜的策文针砭时弊，句句刀光直指要害，成为治国理政的名篇。以下摘录数条，可以清晰展示乱后的唐帝国正面临哪些危机：

> 今宰相之进见亦有数，侍从之臣，皆失其职，百执事奉朝请以进，而律且有议及乘舆之诛，未知为陛下出纳喉舌者为谁乎，为陛下爪牙者为谁乎？……夫裔夷亏残之微，褊险之徒，皂隶之职，岂可使之掌王命，握兵柄，内膺腹心之寄，外当耳目之任乎？

> 陛下省徭役，而输劳者未艾，小惠未遍，而有司长吏或壅而未承故也。若陛下加惠而俯察之，则物力何惧乎不丰，劳者何忧乎未艾？

> 陛下蠲田租以厚农室，而人犹艰食者，生者犹少而费者犹多故也。商乘坚而厌肥，工执轻而仰给，兵横行而厚禄，僧道无为而取资，劳苦顿瘁，终岁矻矻，滨于死而为农者，亦愚且少矣。况乎两税不均，失变通救弊之法，百端横赋，随长吏自为之政乎？

若均工商老释之劳逸，轻田野布帛之征税，蠲横暴之赋，减镇防之兵，则耕者如云，积者若山矣。

今昆夷未平，边备未可去，中夏或虞，镇防未可罢，若就其功，则莫若减而练之也。今之将帅，胜任而知兵者亦寡矣，怙众以固权位，行赂以结恩泽，因循卤莽，保持富贵而已，岂暇教训以时，服习其事乎？今若特加申令，使之教阅，简奋勇秀出之才，去屠沽负贩之党，则十分之士，可省其五矣。多而无用，曷若少而必精乎？又若州府虚张名籍，妄求供亿，尽设其给，以丰其私。今若核其名实，纠以文法，则五分之兵，又可省其半矣。夫众之虚，曷若寡之实乎？一则以强兵，一则以寡赋。若江淮州郡，远寇戎，属清平，自非具使令备仪注者，一切可罢，以其经费代征徭，荡逋悬，然后慎择长吏，曲加绥抚，不四三年，而家给人和，则横暴不作，赋敛自均，至理而升平矣，尚何虞于人犹艰食乎？

陛下葺国学以振儒风，而微言犹郁者，盖其所由干禄而得仕者，以章句记读而不由义理故也。若变其法，则可以除其弊矣。

今职备而不举，法具而不行，谏诤之臣备员，不闻直声；弹察之臣塞路，未尝直指。公卿大夫，则偷合苟容，持禄养交，为亲戚计迁除领簿而已。与利之臣，专以聚敛计数为务；共理之吏，专以附上剥下为功，习而为常，渐以成俗。标异而圭角者，悔吝立及，和光而涅泥者，富贵立须。虽陛下焦劳聪明，如此之切至，将何益焉？

伏惟陛下申敕朝廷州府，令每岁各举所知于礼部，礼部于计偕常选之中，访察推择，得其人，则待以不次之位，遇以非常之恩，不得其人，则必行殿罚，以惩逾滥，则周之以甯，舜之以封，坐而致矣，乏才之叹，何有于圣朝哉！

今之取士，以文字记读为法，其素履实行，则无门而知，使由文字而进者，往往犯奸赃为枭獍，以成其弊也。乾元以还，版籍斯坏，所以游寄，莫知从来。伏惟敕天下人士，未归者一皆复贯，愿留者则令著藉，置乡校县学州庠，以教训其子弟，长育其才，自乡升之县，自县升之州，自州升之礼部。公卿子弟长于京辇者,则使之必由太学,然后登有司。如是,其幼弱,其壮老,发言举足,云为进取,可得而知矣。然后参以才艺,试以器用,诚取人之急务,伏惟陛下裁之。若资考之限,其章句之庸才,资荫之常调者,仍宜旧贯,贤能之士,则行臣向者之谋,从有司长吏之举,其赏必行,其罚信焉可也。

臣闻古者山林薮泽,皆有时禁,动作之为,无差《月令》,则六气以序,百祥以来,而生生之类,莫不跻仁寿之域矣。今舍此而不务,杀胎毁卵,伤仁挠和,而奉胡夷之法,以正月、五月、九月断天下之屠,欲蕃物产而祈福祐,斯亦无谓矣。伏惟陛下动遵《月令》,前训可据之文也;事稽时禁,当代易从之道也。施之而不已,执之而有恒,则帝皇之美,远惭于今日矣。①

短短千字,尽数宪宗初期权宦、朝政、赋税、藩镇、吏治、科考、礼法等一系列重大社会问题,皇甫湜为他的激切直言付出惨痛代价,凡与此次考试有关联的人,包括皇甫湜舅舅王涯在内均遭贬谪。"贬翰林学士王涯虢州司马,时涯甥皇甫湜与牛僧孺、李宗闵并登贤良方正科第三等,策语太切,权幸恶之,故涯坐亲累贬之。"②

唐帝国如何一步步沦落至此?时光退回五十年。至德二年(757),此时距离安史叛乱已有两年,战火蔓延北方半壁江山,万民涂炭。这一年安禄山被其子安庆绪夺权所杀,又三年,史思明为其子史朝义所杀,两大祸首相继死于血亲之手,叛军内部离散,唐军终于迎来战场转机。宝应元年(762)十月代宗继位,命仆固怀恩借回纥兵收复洛阳,史朝义率五千骑逃往范阳,走投无路之下于林中自缢而死,历时七年的安史之乱结束。叛乱平息之后的政局再也不复开天时代之盛景。朝廷任命田承嗣为魏博节度使,李怀仙为卢龙节度使,李宝臣为成德节度使,薛嵩为相卫节度使,唐朝从此进入藩镇割据的局面,李宝臣、

---

① 《对贤良方正直言极谏策》,《全唐文》卷六八五,第7013页。
② 《旧唐书·宪宗纪》,中华书局1975年版,第425页。本书所引用《二十四史》文字,均采用中华书局本,以下只注页码。

李正己、田承嗣、梁崇义等方镇拥兵数万，自治封地，联姻互助，随时准备反叛，中央政权岌岌可危。另外，帝国外患不绝，吐蕃从陇右侵入西北各县，又有回纥借平乱之功索封无度，贪得无厌，军费负担逐年升高，朝廷不得不增收重税，民众不堪重负。代宗平庸，面对本已内忧外扰的国家，他却无心整治，苟且偷安，致使李辅国、程元振、鱼朝恩等宦官权倾朝野甚至把控军权，元载、杜鸿渐等官员身居宰职却只顾党争倾轧，不图复兴。上元至大历年间，先后有刘展、周智光、杨子琳、朱希彩、哥舒晃、裴志清、李希烈等叛将蜂起，战事频仍，就连侥幸躲过安史之乱的江淮地区也难保稳定发展的局面，致使作为战后国家经济命脉的漕运几度停摆，国库亏空严重。建中元年（780）德宗即位，这位满怀励精图治的君主上任之初颁布一系列政令，包括要求中央政府开源节流、罢除朝廷及地方大员的奢侈用度、打击宦官的骄横、积极削藩、任命杨炎分掌经济，初步实施"两税法"等，这些改革虽然无法从根本上解决问题，而且还由于过分强硬的削藩政策导致多地兵乱，但在一定程度上恢复了中央政府的主动性和权威，积累了财政和军事资源，给命悬一线的唐王朝注入了一剂强心针，步履维艰撑到元和中兴。

这就是皇甫湜参加策论考试那一年唐帝国所呈现的积弱面貌。在乱后成长起来的中唐士人经历过山河巨变，目睹过残酷的社会现实，他们早已抛弃了盛唐文士高昂的精神气象和飘扬在云端的礼乐理想，而是怀着对政治时局清晰的洞察力和救民水火的决心直面时弊，用时代为他们打造的理性与务实能力来展示从文儒到通儒的转变。

第二节　应时而生的通儒

面对礼法涣散、疆域不宁、经济疲弱、民不聊生的时代现状，一批怀有儒家救世除弊理想的士人挺身而出，他们在盛唐文儒余晖中成长，秉持入世仁爱之心，将儒家的观念和理想融入日常行政事务之中。除了必须具备的文学素养之外，他们具备礼学素养，能积极恢复传统礼制，加强中央集权，改变科举风向；他们具备史学素养，可以以史为鉴，规劝帝王勿蹈覆辙；他们有经国济世手段，能够改革漕运税法，恢复国家收入，稳定民生基础；他们有战略眼光，可以辅佐藩镇，智计百出；他们有行政能力，可以吏治一方，安民定心。如果要用一个称谓来指代中唐这些一身多能的有识之士，最恰当的只有通儒。

一　通儒的定义

通儒，最早在汉代文献中出现，常与博学、硕识连用，称谓能述一家之言，对儒家经典熟练掌握的人，如："班固通儒，述一代之书，斯近其真。"[1] 但这个称谓的内涵远不止博洽多闻这么简单。东汉应劭在《风俗通义》中对儒者做了分类："儒者，区也，言其区别古今，居则习圣哲之辞，动则行典籍之道，稽先王之制，立当时之事，纲纪国体，原本要化，此通儒也。若能纳而不能出，能言而不能行，讲诵而已，无能往来，此俗儒也。"[2] 也就是说，通儒不仅要熟悉圣哲典籍之道，更要将之用于当时之事，有助国体纲纪，否则就是只会讲诵的俗儒。通经致用，除了从经典中获取最直接的解决方法、操作技巧，也要取得普遍规律性的指导原则。正如孔子所言："诵《诗》三百，授之以政，不达；使于四方，不能专对，虽多，亦奚以为？"[3] 一个人即使能够背诵《诗》经，派他做官却不能独立处理政务，派他出使也不会办理外交事务，书读得再多又有什么用？从这些秦汉古籍中的只言片语，我们可以看到儒家先圣对经世致用能力的重视——只有能够解决社会矛盾和危机者才称通达儒者。

通儒的理想形象在中唐时代逐渐清晰丰满起来。德宗朝名相杜佑得开元中刘秩所作《政典》，寻味厥旨，广其条目，加以开元礼乐书，凡三十年而成二百卷，曰《通典》（《旧唐书·杜佑传》）。杜佑的幕僚好友李翰为之序：

---

[1] 《后汉书·百官志》，中华书局1965年版，第3623页。
[2] （东汉）应劭撰，王利器校注：《风俗通义校注》，中华书局1981年版，第619页。
[3] 《论语译注》，杨伯峻注，中华书局2002年版，第135页。本书所引《论语》文字，均采用此版本。

> 君子致用在乎经邦，经邦在乎立事，立事在乎师古，师古在乎随时。必参今古之宜，穷终始之妙，始可以度其终，古可以行于今。问而辨之，端如贯珠；举而行之，审如中鹄。夫然，故施于文学，可为通儒；施于政事，可建皇极。……若使学者得而观之，不出户，知天下；未从政，达人情；罕更事，知时变。①

序文中出现的"通儒"一词，在中唐时代有其特殊的历史意义。

李翰赞扬杜佑的著述"施于文学，可为通儒；施于政事，可建皇极"。又批评旧式儒生"习之不精，知之不明；入而不得其门，行而不由其道"。并列举同类史书，评曰："《御览》《艺文》《玉烛》之类……比于《通典》，非其伦也。"就是称赞这部史书对文学政事都有建树之功，强调的是学习它不但可以掌握文艺经术，更可以经邦治国、定帝王统治天下之准则，比《御览》《艺文》《玉烛》等文艺性的类书要高出一等。这些赞美所言非虚。史载："佑性敦厚强力，尤精吏职……为政弘易，不尚皦察，掌计治民，物便而济，驭戎应变，即非所长。性嗜学，该涉古今，以富国安人之术为己任。"② 李翰的序文准确地抓住了杜佑本身的吏能特征和著书的初衷，代表了乱后国祚恢复期中唐士人对"富国安人"之术的迫切追求。既能广经术，又能施政体，我们基本上可以借用郭绍虞先生的话来对中唐的"通儒"下一个定义："真能识时务、达政体者称为通儒。"③

二 史书中的"通儒"

史家对"通儒"这一称谓的使用情况很值得思考。笔者统计了出现在二十四史中的"通儒"一词，发现从汉代到中唐，再到后世，通儒身份的内涵发生过几次变化，在不同的时代，史书中的通儒指代的

---

① 《全唐文》卷四三〇，第 4378—4379 页。
② 《旧唐书·杜佑传》，第 3982 页。
③ 郭绍虞：《从汉代的儒法之争谈到王充的法家思想》，《学习与批判》1973 年第 4 期。

是具有不同能力的人，下表将会列出史书中"通儒"所指的具体人物以及他的特长，择要分析：

书名	成书时代	频次	卷名	所指人物	原文
汉书	汉	1	卷二七《五行志》上	泛指通礼制的儒生	罢太上皇孝惠帝寝庙皆无复修，通儒以为违古制。
后汉书	南朝宋	12	卷五五《卓茂传》	卓茂	卓茂字子康，南阳宛人也。……习诗礼及历算，究极师法，称为通儒。
			卷五七《杜林传》	杜林	林从竦受学，博洽多闻，时称通儒。（注：《风俗通》曰儒者，区也。言其区别古今，居则玩圣哲之词，动则行典籍之道，稽先王之制，立当时之事，此通儒也。若能纳而不能出，能言而不能行，讲诵而已，无能往来，此俗儒也。）
			卷六六《贾逵传》	贾逵	逵所著经传义诂及论难百余万言，又作诗颂，学者宗之，后世称为通儒。（注：应劭《风俗通义》曰授先王之制，立当时之事，纲纪国体，原本要化，此通儒也。）
			卷七〇《班彪传》	班彪	论曰：班彪以通儒上才，倾侧危乱之间，行不踰方，言不失正，仕不急进，贞不违人。
			卷九〇《马融传》	马融	融才高博洽，为世通儒，教养诸生，常有千数。
			卷九四《卢植传》	马融	臣少从通儒故南郡太守马融受古学，颇知今之礼记特多回冗。
			卷九四《卢植传》	班固、贾逵、郑兴父子	中兴以来，通儒达士班固、贾逵、郑兴父子，并敦悦之。
			卷一〇六《刘宠传》	刘丕	父丕博学，号为通儒。宠少受父业以明经举孝廉。
			卷一〇八《蔡伦传》	刘珍	太仆四年，帝以经传之文多不正定，乃选通儒谒者刘珍及博士良史诣东观各雠校汉家法，令伦监典其事。
			卷一〇九《董钧传》	董钧	钧博通古今，数言政事。永平中为博士时，草创五郊祭祀及宗庙礼乐，威仪章服，辄令钧参议，多见从用，当世称为通儒。

续表

书名	成书时代	频次	卷名	所指人物	原文
			卷一〇九《李育传》	李育	育以公羊义难贾逵，往返皆有理证，最为通儒。
			卷一一二《方术列传》	泛指儒生	是以通儒硕生，忿其奸妄不经，奏议慷慨，以为宜见藏摈。
三国志	晋	2	《魏志》卷二五《杨阜传》	泛指儒生	可命群公卿士通儒，造具其事以为典式焉。
			《蜀志》卷一二《杜琼传》	谯周	虽学业入深，初不视天文有所论说，后进通儒谯周常问其意。
宋书	梁	1	卷一二《历志》	泛指精通历法的儒生	尚书令陈群奏以为历数难明，前代通儒多共纷争。
南齐书	梁	3	卷九《礼志上》	泛指儒生	江左以来，通儒硕学所历多矣。
			卷九《礼志上》	泛指儒生	通儒达识，不以为非。
			卷一〇《礼志下》	泛指儒生	含闰之义，通儒所难。
魏书	齐	8	卷六四《郭祚传》	郭祚祖先郭淮	先人以通儒英博，唯事魏文。
			卷六五《李平传》	泛指儒生	简试通儒，以充博士。
			卷八四《孙惠蔚传》	泛指儒生	臣学阙通儒，思不及远。
			卷八四《李业兴传》	李业兴	李业兴硕学通儒，博闻多识。
			卷九〇《李谧传》	泛指儒生	广搜通儒之说，量其当否。
			卷九〇《李谧传》	郑玄	郑康成汉末之通儒，后学所宗正释五室之位。……通儒之注，何其然乎？
			卷九一《儒林传》	泛指儒生	请付中秘通儒达士，定其得失。
			卷一〇九《乐志》	泛指精通礼乐的儒士	雅声古器，几将沦绝。汉兴制氏，但识其铿锵，鼓舞不传其义……故王禹、宋晔上书切谏，丙强、景武显著当时通儒达士，所共叹息矣。

续表

书名	成书时代	频次	卷名	所指人物	原文
晋书	唐	4	卷一七《律历》	泛指精通历法的儒生	尚书令陈群奏以为历数难明，前代通儒多共纷争。
			卷九一《儒林·王欢传》	王欢	欢守志弥高，遂为通儒。
			卷九五《艺术·索紞》	索紞	索紞字叔彻，敦煌人也。少游京师，受业太学，博综经籍，遂为通儒。明阴阳天文，善术数占候。
			卷一一三《苻坚传》	泛指才堪干事的儒生	坚广修学宫，召郡国学生通一经以上充之公卿，已下子孙并遣受业，其有学为通儒，才堪干事，清修廉直，孝弟力田者，皆旌表之。
梁书	唐	2	卷四〇《司马褧传》	司马褧	天监初，诏通儒治五礼，有司举褧治嘉礼。
			卷四八《严植之传》	严植之	高祖诏求通儒治五礼，有司奏植之治凶礼。
陈书	唐	2	卷一六《蔡景历传》	泛指通儒	文人则通儒博识，英才伟器。
			卷一六《谢岐传》	谢峤	岐弟峤笃学，为世通儒。
隋书	唐	6	卷一〇《礼仪志五》	泛指精通礼制的儒士	司马彪志亦云："汉备五辂，或谓德车，其所驾马，皆如方色。"唯晋太常卿挚虞独疑大辂，谓非玉辂。挚虞之说理实可疑。而历代通儒混为玉辂，详其施用，义亦不殊。
			卷一二《礼仪志七》	泛指精通礼制的儒士	在外常所著者通用杂色祭祀之服，须合礼经宜集，通儒更可详议。
			卷三八《卢贲传》	泛指精通礼乐的儒士	贲以古乐宫悬七八损益不同，历代通儒，议无定准。
			卷四九《牛弘传》	泛指精通礼制的儒士	宋齐已还，咸率兹礼，此乃世乏通儒，时无思术，前王盛事于是不行。
			卷五六《杨汪传》	泛指儒生	帝令百寮就学，与汪讲论天下，通儒硕学多萃焉，论难锋起，皆不能屈。

第一章　从盛唐文儒到中唐通儒

续表

书名	成书时代	频次	卷名	所指人物	原文
			卷七五《刘焯传》	刘焯、刘炫	故时人称二刘焉……以为数百年已来，博学通儒，无能出其右。
南史	唐	6	卷六二《贺玚传附贺琛传》	贺琛	世习礼学，究其精微，古述先儒，吐言辩絜，坐之听授，终日不疲……往复从容，义理该赡，溉叹曰通儒硕学。
			卷六二《司马褧》	司马褧	梁天监初，诏通儒定五礼，有举褧修嘉礼。
			卷六八《谢岐传》	谢岐	弟峤笃学为通儒。
			卷七一《儒林·严植之传》	严植之	少善庄老，能玄言，精解《丧服》《孝经》《论语》。及长遍习郑氏《礼》《周易》《毛诗》《左氏春秋》。……梁天监二年，诏求通儒修五礼，有司奏植之主凶礼。
			卷七一《儒林·顾越传》	泛指儒生	弱冠游学都下，通儒硕学，必造门质疑，讨论无倦。
			卷七五《隐逸·陶玄景》	泛指擅长礼法的儒生	又以历代皆取其妣母后配飨地祇，以为神理宜然，硕学通儒，咸所不悟。
北史	唐	10	卷三〇《卢同传附卢贲》	泛指精通礼乐的儒生	以古乐宫县七八损益不同，历代通儒议无定准。
			卷三三《李伯效传附李谧传》	泛指儒生	乃藉之以礼传，考之以训注，博采先贤之言，广搜通儒之说。
			卷三三《李伯效传附李谧传》	郑玄	郑康成汉末之通儒，后学所取正释五室之位谓土居中木火金水各居四维。……通儒之注，何其然乎？
			卷四三《郭祚传》	郭祚祖先	昔臣先人以通儒英博，唯事魏文。
			卷四三《李崇传附李平传》	泛指儒生	劝课农桑，修饰太学，简试通儒，以充博士，选五郡聪敏者以教之。
			卷七四《杨汪传》	泛指儒生	帝令百寮就学与汪讲论，天下通儒硕学多萃焉，论难锋起，皆不能屈。
			卷八一《儒林传小序》	泛指儒生	虽通儒盛业，不逮晋魏之臣，而风移俗变，抑亦近代之美也。

续表

书名	成书时代	频次	卷名	所指人物	原文
			卷八一《儒林传·李业兴》	李业兴	李业兴硕学通儒，博闻多识，万门千户所宜询访。
			卷八二《儒林·刘焯传》	刘焯、刘炫	论者以为数百年已来，博学通儒，无能出其右者。
			卷八二《儒林·刘炫传》	刘炫	刘炫字光伯，河间景城人也。少以聪敏见称，与信都刘焯闭户读书，十年不出。炫眸子精明，视日不炫，强记默识，莫与为俦。左画圆，右画方，口诵，目数，耳听，五事同举，无所遗失。周武帝平齐，瀛州刺史宇文亢召为户曹从事，后刺史李绘署礼曹从事，以吏干知名。（传论：刘炫学实通儒，才堪成务，九流七略，无不该览。）
旧唐书	五代	9	卷二一《礼仪志一》	指唐初制定礼仪的大儒	当时通儒议功度德，尊神尧克配彼天，宗太宗以配上帝，神有定主，为日已久。
			卷二二《礼仪志二》	泛指汉代精通礼仪的儒生	太室虽有五名而以明堂为主，汉代达学通儒，咸以明堂太庙为一。
			卷二五《礼仪志五》	泛指初唐礼制大儒	武德之初议宗庙之事，神尧听之，太宗参之，硕学通儒森然在列，而不议立皋陶凉武昭之庙，盖知其非所宜立也。
			卷二六《礼仪志六》	泛指儒生	何必拘滞隔三正乎？盖千里一失，通儒之蔽也。
			卷七〇《王珪传》	王颇	季叔颇当时通儒，有人伦之鉴尝，谓所亲曰："门户所寄，唯在此儿耳。"
			卷九二《韦安石传·附韦陟传》	韦陟	永泰元年，诏曰：……韦陟敦敏直方，端严峻整，弘敷典礼，表正人伦，学冠通儒，文合大雅。
			卷一一九《杨绾传》	泛指儒生	其国子博士等，望加员数，厚其禄秩，选通儒硕生间居其职。
			卷一三八《贾耽传》	泛指通晓地理的儒生	或名号改移，古来通儒罕遍详究。
			卷一九〇《贾至传》	泛指儒生	其国子博士等，望加员数，厚其禄秩，通儒硕生间居其职。

第一章 从盛唐文儒到中唐通儒

续表

书名	成书时代	频次	卷名	所指人物	原文
新唐书	宋	6	卷四四《选举志》	泛指儒生	请增博士员，厚其廪，稍选通儒硕生间居其职。
			卷九八《王珪传》	王颇	季父颇通儒，有鉴裁，尤所器许。
			卷一〇一《萧瑀传》	柳顾言、诸葛颖	通儒柳顾言、诸葛颖叹曰："是足针孝标膏肓矣。"
			卷一〇七《赵元传》	赵揆	祖揆，号通儒，在隋与同郡刘焯俱召至京师。
			卷一四五《黎干传》	泛指唐初精通礼制的大儒	唐家累圣历祀百年，非不知景帝为始封，当时通儒巨工尊高祖以配天，宗太宗以配上帝，人神克歆，为日既久。
			卷一九八《儒学传序》	指南北朝时经学大师	帝又雠正《五经》缪阙，颁天下示学者，与诸儒粹章句为义疏，俾久其传。因诏前代通儒梁皇侃、褚仲都、周熊安生、沈重、陈沈文阿、周弘正、张讥、隋何妥、刘炫等子孙，并加引擢。
宋史	元	3	卷二六五《张齐贤传》	指有政务能力的官员	臣忠群臣多以纤微之利，克下之术侵苦穷民以为功能，至于生民疾苦，见之如不见，闻之如不闻，敛怨速尤，无大于此。伏望慎择通儒，分路采访两浙江南荆湖西川岭南河东，凡前日赋敛苛重者改而正之，因而利之，使赋税课利通济可经久而行，为圣朝定法。
			卷三九七《薛叔似传》	薛叔似	薛叔似通儒也。不幸以开边事累之。
			卷四三八《儒林·王应麟传》	泛指有政务能力的官员	王应麟，字伯厚，庆元府人，九岁通六经，淳祐元年举进士，从王野受学。调西安主簿，民以年少易视之，输赋后时。应麟白郡守，绳以法，遂立办。丁父忧，服除，调扬州教授。初，应麟登第，言曰："今之亨举子业者，沽名誉，得则一切委弃，制度典故漫不省，非国家所望于通儒。"
明史	清	3	卷一一六《诸王传》	泛指儒生	乃访求海内通儒，缮写藏弆。

· 31 ·

续表

书名	成书时代	频次	卷名	所指人物	原文
			卷一三七《桂彦良传》	桂彦良	帝曰："彦良所陈，通达事体，有裨治道。世谓儒者，泥古不通，今若彦良可谓通儒矣。"
			卷二八五《王冕传》	王冕	王冕，字符章……冕因去依僧寺夜坐佛膝上映长明灯读书，会稽韩性闻而异之，录为弟子，遂称通儒。

如上表所列，前后两《汉书》中出现的"通儒"称谓有13次，指的都是博古通学的大经术家，如杜林、马融、班固、贾逵、郑兴郑固父子等，他们在历史上多以经学、史学大师身份留名，所传也都是埋头所著的史作、注疏、历法等经史作品，没有太多机会展示自己的政务能力。① 这是因为两汉皇家主推修经，风向所引，由此兴起的章句之学冲淡了儒家思想中的务实理念，通经和致用甚至被儒生和文吏之争所割裂，通儒的内涵略有稀释。这一现象直到中唐时期才有改观。

从三国到初唐所修八史中，通儒共计出现44次，有一半泛指儒生，另外一半有特定对象，指代那些有某种特长的经学家，如擅长天文数术之学的谯周和李业兴、注疏五经的郑玄、明晓阴阳占候的索紞、博学通经的刘焯和刘炫、世习礼学究其精微的贺琛、遍习《礼》《周易》《毛诗》《左氏春秋》的严植之等，这些人物中只有刘炫在史传记录中除了有博通经籍的学术能力之外兼有吏干，但是他的史事能力和通儒身份在史官笔下是被分开书写的：

> 刘炫字光伯，河间景城人也。少以聪敏见称，与信都刘焯闭户读书，十年不出。炫眸子精明，视日不炫，强记默识，莫与为俦。左画圆，右画方，口诵，目数，耳听，五事同举，无所遗失。

---

① 关于东汉通儒的研究，详见赵国华《说通儒》（《河南大学学报》1991年第1期），该文对东汉儒生进行详细比较，说明了通儒概念的兴起、内涵，以及在汉代的特征。

第一章　从盛唐文儒到中唐通儒

> 周武帝平齐，瀛州刺史宇文亢召为户曹从事，后刺史李绘署礼曹从事，以吏干知名。①
>
> 刘炫学实通儒，才堪成务，九流七略，无不该览。②

此外，《晋书·苻坚传》记载坚广修学宫，旌表有学之士时，"学为通儒""才堪干事"也是作为两项"考核指标"被记载的，也就是说，在魏晋南北朝隋代和唐代初期，通儒的盛名之下依然只有通晓经义一个层面而已，"成务""干事"并没有被当成通儒的特征。初唐王通所著《中说》，对"儒"的概念有超越同时代史官的认识，他崇尚儒学，重视文化秩序的建设，认同儒家思想中学以致用的初衷："通之儒业，乃承两汉之风，通经致用，以关心于政道治术者为主。"③ 但是他想要致用的方向只有礼乐大道治国之术，吏能被认为是无学无能之为，这其实堵住了大部分通儒以经义为现实服务的道路，不足以称为真正的"通"。

五代、宋时史官写到唐朝通儒，初唐的代表都是礼法大家，到了中唐，也就是李翰为杜佑撰《通典》序文的时代，"通儒"的意义陡然加宽，能称为通儒的人身上除了具有儒学修养深厚的特征之外，还肩负处理实务，可以施政于民，有补国体的能力。比如上表中列出的韦陟和贾耽。韦陟，字殷卿，与弟斌皆为神童，中书令张九龄引为舍人，与孙逖、梁涉并司书命，时号"得才"。韦陟有台辅之望，生逢李林甫、杨国忠两大奸相把持朝政，只能沉沦于牧守、采访使、御史大夫、礼部与吏部官员之间。肃宗即位，韦陟被钦点为辅弼人才，又因回护杜甫的直言进谏而忤逆上意，未能登列宰阁。乾元二年（759）史思明逼进洛阳，李光弼议守河阳，作为东京留守的韦陟以一己之能率东京官属入关避之，诏授吏部尚书，未几卒，年六十五。永泰元年（765）诏曰："韦陟敦敏直方，端严峻整，弘敷典礼，表正人伦，学

---

① 《北史·儒林传下·刘炫传》，第 2763 页。
② 《北史·儒林传下·传论》，第 2771 页。
③ 钱穆：《读王通〈中说〉》，《中国学术思想史论丛》卷四，安徽教育出版社 2004 年版，第 10 页。

冠通儒，文合大雅。"赐谥忠孝（《旧唐书·韦安石传·附韦陟传》），得其"通儒"之名。如果说韦陟还未能在合适的职位上展示自己的全部才华和能力，那历经唐朝玄、肃、代、德、顺五朝的名相贾耽可以算是通儒的典范。贾耽（730—805），字敦诗，沧州南皮人。天宝十年（751）耽以通晓两经登第。乾元元年，因日常政务出色受太原尹王思礼赏识，升任度支判官。大历十四年（779），在梁州刺史、山南西道节度观察度支营田等使任上平定梁崇义叛乱。建中四年（783）与江南西道节度使、曹王李皋一同任应援招讨副使，俄为东都留守，迁义成节度使。淄青李纳每有异心，畏耽之德，不敢谋。贞元九年（793），以尚书右仆射同中书门下平章事封魏国公，相位上，贾耽曾为德宗出谋划策，认为方镇帅缺应从中央任命，如果出自军中恐生背向之心，帝深然之。永贞元年卒，年七十六，赠太傅，谥曰元靖。贾耽不但通晓经义，而且在地方官、节度使的职位上善治一方，且有军事才能，洞察时局，能谋善断。更值得一提的是，贾耽对战后纷乱的边境时事多有忧虑，常怀"率土山川，不忘寝寐"之心，他除了日常处理政务，多年来潜心研究帝国地势地貌，著有《海内华夷图》、《古今郡国县道四夷述》、《皇华四达记》（十卷）、《吐蕃黄河录》（四卷）等地理图集文册，为唐代军事和疆域规划作出极大贡献（两《唐书》本传）。有识之士对贾耽的评价也都是聚焦在他文能专经，武能安边，有兼济之能、通儒之才上，稍晚的另一位德宗名相常衮如此称赞贾耽：

  燕赵环奇之士，儒雅之才，循良秉懿，冲用经远。著安边之上策，佐分阃之中权，行达理体，精详法度。论兵契要，先务于止戈；馈运惟艰，且闻于足食。累书嘉绩，备洽令猷，素推兼济之能，允叶至公之举。①

宋代史官把贾耽和另两位通儒杜佑、令狐楚列入《新唐书》同传相提并论，评价他们：大衣高冠，雍容庙堂，道古今，处成务，可也。

---

① 《授贾耽太原少尹制》，《全唐文》卷四一二，第4228页。

第一章　从盛唐文儒到中唐通儒

中唐时代的士人身份追求、价值取向和官员评价体系应时代召唤而改变，正史之外的很多其他文献中也有体现，比如杜佑《通典》，内容涉及丧礼、明堂建制、祭祀、五服、历法等儒家重要礼法，但是他却把食货放在第一位，表明生民的物质生活条件对文化制度的决定性作用，并提出"教化之本，在乎足衣食"这样一个通儒关心的基本命题和"实采群言，征诸人事，将施有政"的富国安民之术[①]。以杜佑为楷模的宋代史学家马端临效仿《通典》所著《文献通考》也将食货列于首类，并在序文里说："考制度，审宪章，博闻而强识之，固通儒事也。"[②] 以此标榜自己的通儒身份。经济基础决定上层建筑，真正通达政体者，都有财税方面的远见和经济改革能力，所谓庙堂之上，无非经济之才（《旧唐书·玄宗纪》）。中唐著名财相刘晏在拣选自己的财政系统吏员时就有"通敏精悍"这一固定标准，他曾说："办集众务，在于得人。故必择通敏、精悍、廉勤之士而用之。至于句检簿书、出纳钱谷，事虽至细，必委之士类。"[③] 可见"通"之必要。只要学识德行和政能打通，一通则百通。贞元年间由权德舆门下中进士的沈传师，授职史馆修撰时曾被白居易称为"博学通识"，与韩愈同列"龙虎榜"的崔群也因其"道合时中，识通政本"晋升为右仆射太常卿。[④] "唐朝的贤能观念大体是经历了一个从重德行、到重文学再到重吏干的过程。"[⑤] 而在汉代出现的"通儒"一词，它原本就应该具有的通晓经书、识务达政两方面内涵终于由中唐士人全部实现。

兼具吏事能力的通儒是中唐优秀士人的代表，他们不论身处庙堂中心还是远在地方执政，都在特殊的时代用学识承担着更多的社会责任，从盛唐文儒演进成了中唐通儒。而以中唐时代韩愈、白居易为精

---

① （唐）杜佑：《通典》，中华书局1988年版，自序第1页。
② （宋）马端临：《文献通考》，中华书局1986年版，自序第1页。
③ 《资治通鉴》，第7403页。
④ （唐）李虞仲《授崔群右仆射兼太常卿制》："奉常正卿之选也……必资重贤。……崔群，道合时中，识通政本，含五行之秀气，为一代之伟人。文学致名，公忠莅职，清贞不挠，方廉自持。"《全唐文》卷六九三，第7116页。
⑤ 毛汉光：《中国中古贤能观念之研究》，收入《中国史学论文选集》第三辑，台北：幼狮文化事业公司1979年版，第333页。

神偶像的宋代士大夫，继承了通儒的全部身份特征，除了具有儒家思想、诗赋文采之外，还精通吏干。所以《宋史》中提到"通儒"时，都默认是带有吏事能力的官员，并以此为选材标准。比如上表中提到的张齐贤传记中记录："臣虑群臣多以纤微之利，克下之术侵苦穷民以为功能，至于生民疾苦，见之如不见，闻之如不闻，敛怨速尤，无大于此。伏望慎择通儒，分路采访两浙江南荆湖西川岭南河东，凡前日赋敛苛重者改而正之，因而利之，使赋税课利通济可经久而行。"朝廷需要的通儒是有巡访调查能力，可通济课税，使国家经济久安的人才。又如《儒林传》中的王应麟，九岁通六经，淳祐元年（1241）举进士入仕，少时曾言："今之事举子业者，沽名誉，得则一切委弃，制度典故漫不省，非国家所望于通儒。"① 他心中的通儒形象是不沽名钓誉，对国家制度典故都守持有度，精于吏政的人。从《宋史》中的通儒楷模已经可以看出，古代模范官僚形象有一个从通经博学者到执政有方者的巨大转变。

　　通达的官僚素质到了明代更加受到朝廷重视。《明史·桂彦良传》载朱元璋称赞彦良"通达事体，有裨治道"，还说"世谓儒者，泥古不通，今若彦良可谓通儒矣"。② 此评价完全可以看成是这位开国君主为明帝国官员树立的风向标——只有通达事体，有益政道的通儒才是帝国需要的人才。事实上，朱元璋也是这样推广他的选官理念的。他为了让官员务实，给国子学加了一条"监外历练政事"的规矩，要求国子监学生在读期间必须以"吏事生"（又叫"历事监生"）的身份到各个部门实习，熟悉政务，这些政事磨炼可以让他们在学习书本经义的同时就接触到将来入仕后要从事的业务，为成为国家需要的通儒早做准备。

　　从上述统计结果分析可以看出，通儒在古代文献中是一个流动的概念。这个称谓最初被汉代学者提出时是带有通经致用内涵的，可惜在尊经崇学的时代里很少有大儒去践行和发挥务实的那一面，直到安

---

① 《宋史·儒林传八》，第 12987—12988 页。
② 《明史·桂彦良传》，第 3949 页。

史之乱以后，在盛唐文儒文化熏陶下成长起来的中唐士人既有博通经史的学识，又有入世救民的儒家理想和美德，在特定的时代终于用自己的政务能力支撑起通儒所有特征。中唐的通儒第一次发挥主观能动性，把思想层面的道统复兴和现实中的强国之愿统一起来，在礼制重建、经济重振、文化重整等方面承担重任，开启唐宋变革时代的政治文化转型和士人身份转型。

第三节　中唐通儒的礼学、史学、吏能特征

活跃于中唐政坛的士人大多带有浓厚的儒家色彩并且重视诗赋文采，因为他们在盛唐文儒风范影响下成长，并且很多人在开天时代受到过文儒大员的提拔，如果没有天宝战乱，他们会和先辈们一样怀揣着礼乐治国的理想，用经史礼法之学和斐然文采打造自己的前程。很多早期还未能从自主意识上进入通儒角色的中唐士人都带有明显的盛唐文儒特征——轻视吏事、高悬儒法礼乐治国之心。以主要活动在天宝时期的萧颖士为例。他青年时"为金坛尉也，会官不成；为扬州参军也，丁家艰去官；为正字也，亲故请君著书，未终篇，御史中丞以君为慢官离局，奏谪罢职；为河南参军也，僚属多嫉君才名，上司以吏事责君，君拂衣渡江。遇天下多故，其高节深识，皎皎如此"[①]。透露出颖士因授小吏而郁郁不快的心情。他的理想是"丈夫生遇升平时，自为文儒士，纵不能公卿坐取，助人主视听，致俗雍熙，遗名竹帛，尚应优游道术，以名教为己任，著一家之言，垂沮劝之益"[②]，或者"思文陛下，光五圣之嗣，启运应期之符，吊人伐罪之义，制礼作乐之本，郊天禅地之位"[③]。因此在期冀以儒家经典礼义致君尧舜的理想破灭后，萧颖士转而学习孔圣人以名教为己任，著一家之言。另一位天宝大儒元德秀以德行著于时，"以为王者作乐崇德"乃

---

① （唐）李华：《扬州功曹萧颖士文集序》，《全唐文》卷三一五，第3198页。
② （唐）萧颖士：《赠韦司业书》，《全唐文》卷三二三，第3275页。
③ （唐）萧颖士：《为陈正卿进续尚书表》，《全唐文》卷三二二，第3267页。

"天人之极致"①。元德秀的从弟元结，自谓"少不学为吏，长又著书论自适"②，都是承袭初盛唐文儒高谈王霸、不屑吏事的表现。然而现实却是在他们初入仕途之时，国家政体遭逢重创，礼崩乐坏，民不聊生。残酷的现实让后来的一部分中唐士人迅速成长，并激发出救世之志，他们把前半生所学的经史奥义用于民生政事，讲求务实之风，成为朝廷治国理政的中坚力量，在礼制复兴、图强除弊、经济改革、恢复生产等方面都做出突出贡献，彻底完成从文儒到通儒的转变。

　　蒋寅先生在《大历诗人研究》中指出："贞元后期，烽火稍歇，矛盾的焦点就转移到典礼方面来。如果说大历至贞元前期，是由刘晏盐铁转运府中的人才充任政治、文学舞台上的主角，那么贞元后期则是由权德舆周围的由礼官出身的人才充任政治、文学舞台上的主角。"③ 权德舆，贞元后期政坛盟主、文坛盟主，通儒典范，他是从萧颖士、李华门下弟子到韩柳之间传承的重要人物。权德舆左右围绕着一批礼官出身的文士，如冯伉、陈京、张荐、韦武、柳冕、李伯康、韦夏卿、陆质等，这些人作为礼官的职事责任与社会角色使得他们对儒家文化的传承革新有一种比其他官员更强烈的使命感和实践精神，他们的政治活动、文学活动代表了时代对礼制复兴的思考和诉求。权德舆本人作为文坛盟主，在礼部侍郎的职任上三掌贡士，加重试题中经义与时事考核的分量，所题进士、明经、崇文生等策问凸显功利与吏能，体现了通儒在中兴时期论文讲究经国济世的价值取向。另外，柳冕、杨绾等人也先后有批判科举考试轻经义、重浮华的奏疏，为天下文士的进学之路指明通经致用的新方向。通过新的标准获得官职的士子们不但可以解读经书，依经取义，更可以发挥儒家思想对现实政治的干预作用。这个转变为中唐士人以时代精神追求儒家的先王之道，联系社会现实重新确立儒学传统价值观念开辟了道路。权德舆本人对文学政事相结合的人才培养形式十分重视，他赞扬后辈邱颖"而之子

---

① （唐）李华：《三贤论》，《全唐文》卷三一七，第3214页。
② （唐）元结《与吕相公书》，《全唐文》卷三八一，第3871页。
③ 蒋寅：《大历诗人研究》，北京大学出版社2007年版，第369—377页。

世父冠貂蝉，叔父冠惠文，皆以清词重当世。则文学政事，子之家法"①，就出于这样一点。另外，德宗朝的禘祫祭祀之争，也卷入大量精研礼学的中唐通儒，分为以独孤及、柳冕、陆质、张荐和独孤及的弟子陈京为代表的太祖神主派，和以儒学世家出身、时任山陵使的颜真卿和韩愈为代表的献祖神主派。透过看似不相容的礼法争论，在执着于以何代君王为神主的表象之下，是中唐礼官们从不同思路巩固皇族权力、维护国家统一的政治意识的集中体现。

  史学一向有以古鉴今、思齐内省的作用。古代社会对史官的要求很高，需雄文、博学、通识兼备，他们不仅能掌握历史知识，还能够贯通古今，通晓历史发展、变化及事物之间的联系，充当统治者的政治顾问，能在中唐承担这种重任的非通儒不可。中唐通儒代表杨绾、崔祐甫都曾任监修国史。杜佑、李翰大历五年前后同在淮南韦元甫幕，共同讨论史家巨著《通典》撰写的体例和意义，以施政体、建皇极为己任。独孤郁、韩愈、李翱、蒋乂、蒋系、沈既济、李汉都曾以文艺德行出众者的身份担任史馆修撰。史学家柳芳，开元二十三年（735）进士，与萧颖士友善，乾元年间与韦述续成吴兢国史，李华称赞其"该练故事"，他的这部史作给《通典》《旧唐书》等史书提供了初唐历史唯一的重要资料。② 中唐通儒们把史官意识带入立言立功的行动中去，把"文用"功能在史学界提到一个新的高度，他们所提倡的重实际、讲沿革，可付诸实用的史学在乱后重振期显得格外活跃。

  吏能是中唐通儒与盛唐文儒最大的区别。中唐通儒不但追随前代文儒的精神气息，从恢复礼制、文章复古、史法龟鉴等方面做出中兴的努力，更重要的是，他们都奋战在王朝政体的"基层"，与那些身居高位、终极理想是辅佐君主皇图霸业，成就礼乐之邦的盛唐"大人物"相比，中唐通儒更懂得夯实民生基础的重要性。前文提到的大唐财相刘晏，天宝末拜度支郎中，领江淮租庸事，上元元年（760）至广德二年（764）任度支使、判度支、盐铁转运诸使，大历十四年

---

① （唐）权德舆：《送邱颖应制举序》，《全唐文》卷四九三，第5027页。
② ［英］崔瑞德编：《剑桥中国隋唐史》，中国社会科学出版社2007年版，第39页。

(779) 至建中年间任盐铁转运使并判度支,三度掌出纳、监岁运,知左右藏(《新唐书·食货志》)。在这二十多年间,他一手确立了天下财赋分理、院场相望的财政机构基础,奠定了唐后期百余年东西财赋分掌制的基本态势。① 刘晏着力提拔重用的戴叔伦,是萧颖士的得意弟子,"以文学政事,见称萧门","早以词艺振嘉闻,中以材术商功利,终以理行敷教化"②。像戴叔伦这种以文才出道,可以胜任转运使判官、转运使留后官等财赋系统职位,又在容州等地方官治理岗位上获得嘉奖的人,最可称得上中唐通儒的代表。叔伦的萧门同道独孤及,被很多研究者划为盛唐后期的"文儒"代表,但事实上,独孤及除了文学和儒学、玄学功底深厚,在乱后新的政治环境中也能很快适应,发挥通经致用的实干才能。他历任濠、舒、常三州刺史,熟练处理地方政务,精于吏治,还积极进行地方税务改革,开创"两税法"先声,这样的吏干型官吏是治理地方的基石,也是国家复兴、社会进步的中坚力量。

以上提到的诸位称得上通儒的中唐士人,在师承血缘、门生座主等方面有着千丝万缕的联系,他们的家传、师承都被通儒身份背后的思想观念统摄,并且在礼官、史官、传奇作家、循吏等身份上有诸多相似相容之处,本书将在后面的章节中详细论述。

第四节　中唐通儒与盛唐文儒之身份辨析

一　盛唐文儒群体的形成和代表人物特征

最早将"文儒"连用的历史人物是东汉王充,他在《论衡·书解篇》中对当时以世儒和文儒为主的两种知识分子类型进行比较,并以文儒为重要概念提出了学者在文化创新中所应有的价值和作用:

---

① 李锦绣:《唐代财政史稿》第四册,社会科学文献出版社2007年版,第49页。
② (唐)权德舆:《戴公墓志铭》,《全唐文》卷五〇二,第5115页。

> 著作者为文儒,说经者为世儒……世儒业易为,故世人学之多,非事可析第,故官廷设其位。文儒之业,卓绝不循,人寡其书,业虽不讲,门虽无人,书文奇伟,世人亦传。彼虚说,此实篇。折累二者,孰者为贤?①

王充笔下的文儒意为治儒家经书而有著述之文者,相比于世儒讲"虚说",文儒更重"实篇"。《论衡·效力篇》又说:"文儒之力过于儒生,况文吏乎?"②可见王充眼中的文儒是一种胜于儒生和文吏的身份。文儒怀先王之道,含百家之言,不仅在学术上能著文立说,还具有出众的处理实际政务的才干,可以承担文吏所负之责,合文吏与儒生之两长,政治实用功能突出,这种强调有著文之才且关注现实的核心观念给予后代士人很大启迪。王充口中的文儒,与同样出现在两汉时代的通儒形象很类似,都是博通经史,能著书立言又有能力通经致用的大儒。但是由于汉代经学研究的专精化,儒家学者的注意力都集中在钻研理论、疏经解义上,并没有出现几位真正能够使用经典解决实际政务的"文儒"或"通儒"典范。在魏晋文学刚刚脱离经学独立的时代,文学作品中的审美抒情特性迅速发展,立功立言的特质逐渐势衰,儒生和文人分离为两个群体,士人的身份追求在两者之间摇摆,非此即彼,一直到唐代初期也没有统一标准。太宗继位后,在正殿之左置弘文馆,精选天下俊杰,令以本官兼署学士,一时间"宇内文儒重,朝端礼命优"③。这种文馆学士虽标榜兼擅诗文与儒学,仍然只是一种形式上的结合,没有在精神追求层面引领士人更深入的追求。真正的文儒意味着能够根据儒家思想中的礼乐文化观念把文章创作和国家建设紧密结合起来,使作品既能保留文学的审美特征,又可达到礼乐治世的目的,这样的文儒直到盛唐才开始形成规模。

关于盛唐文儒研究,前人成果丰硕。对此问题考察最全面和有创

---

① (东汉)王充著,陈蒲清点校:《论衡》,岳麓书社2006年版,第362页。
② (东汉)王充著,陈蒲清点校:《论衡》,岳麓书社2006年版,第169页。
③ (唐)李乂:《故西台侍郎上官公挽歌》,《全唐诗》卷九二,中华书局1960年版,第997页。本书所引《全唐诗》文字,均出自此版本,以下只注卷数、页码。

见性的当代学者应属葛晓音先生，其《盛唐"文儒"的形成和复古思潮的滥觞》① 一文奠定了唐代文儒研究的基调，文中将文儒解释为"儒学博通及文词秀逸"者，借指"盛唐活跃于政坛和文坛上的一批文辞雅丽、通晓儒学的文人"。葛晓音先生发现，"文儒"型的知识阶层在开元年间形成，盛唐普及的礼乐观念是导致相当多的文人重儒的主要根源。开元五年（717），制科专设"文儒异等科"，孙逖赞王敬从"德义之所府聚，文儒之所膏润"②、韦抗称张说"英宰文儒叶"③、王维誉裴耀卿"文儒之宗伯"④ 等都是这种现象的注脚。总的来说，"开元文儒较重视文，而天宝文儒则多侧重于儒。'文'与'儒'已有分离之势"。⑤ 对于文儒的具体特征，李德辉先生如此描述："（他们）特长是既精于经史之学，又文才出众；既能出侍乘舆，入陪宴私，即兴赋诗，又能入掌纶诰，发挥宸翰，其中杰出者甚至能在政务决策过程中发挥作用。他们既达到了相当高的仕宦成功度，又拥有优等文化，具有政治的与文化的双重身份，政坛骨干与文坛精英双重属性。"⑥ 其他如李伟《唐前"文儒"概念的生成》（《贵州师范大学学报》2009年第4期）和《初唐史官对"文儒"的认识》（《山东大学学报》2009年第3期）、欧阳明亮《论孙逖"文儒"身份形成之渊源》（《皖西学院学报》2007年第6期）、夏晴《以"文儒"视角审视贞观重臣》（《求索》2010年第5期）、刘顺《回向自我——中唐文儒的危机应对与儒学转型》（《南昌大学学报》2013年第4期）等论文，从文儒的渊源、两种身份结合方式以及他们在调和文学与政治、审美与教化之间的作用等方面阐述了文儒与盛唐气象生成的必然联系，以及这个身份研究的重要性。文儒概念的衍生和发展从儒家思想中尚文特性而来，初盛唐文儒的兴盛标志着古代士人在社会角色、政治功能方面

---

① 发表于《文学遗产》1998年第6期。
② 《太子右庶子王公神道碑》，《全唐文》卷三一三，第3177页。
③ 《奉和圣制送张说上集贤学士赐宴》，《全唐诗》卷一〇八，第1117页。
④ 《裴仆射齐州遗爱碑》，《全唐文》卷三二六，第3305页。
⑤ 葛晓音：《盛唐"文儒"的形成和复古思潮的滥觞》，《文学遗产》1998年第6期。
⑥ 李德辉：《唐代文馆制度及其与政治和文学之关系》，上海古籍出版社2006年版，第350页。

自我意识的觉醒。

文儒在中唐以前有很多代表人物。初唐时期河汾王氏家族的精英王勃就是其一,以继承祖父王通续儒家经典事业为己任,曾言:"君子以立言见志,遗雅背训,孟子不为,劝百讽一,扬雄所耻。"① 又说:"故文章经国之大业,不朽之能事。而君子所役心劳神,宜于大者远者,非缘情体物,雕虫小技而已。"② 这是典型的儒家立言思想。加之他本人文章宏丽,各体兼通,被同时代人赞为"长风一振,众萌自偃。遂使繁综浅术,无藩篱之固;纷绘小才,失金汤之险。积年绮碎,一朝清廓;翰苑豁如,词林增峻"③,位列"初唐四杰"之冠。惜天不假年,英年早夭,没有机会在文儒的道路上登顶政坛。贞观重臣魏征,论文主张"若能掇彼清音,简兹累句,各去所短,舍其两长,则文质斌斌,尽善尽美矣"④,也是从儒家思想出发,为文学代言的典型人物。魏征声名显赫,他的文学观在文坛和政坛都可起到指令性的作用。盛唐时代文儒辈出,以张说、张九龄、裴耀卿、孙逖等人为代表。玄宗在东宫时,张说就作为侍读陪伴左右,向当时还是太子的玄宗灌输了许多倡导儒学和礼乐的思想,所谓"谁能定礼乐,为国著功成"⑤。玄宗继位之初,张说针对武后时重明堂大礼而废学轻儒的问题,明确地提出了崇礼兴学、重道尊儒的文化方针和引进文儒的人才政策:"臣闻安国家、定社稷者,武功也;经天地纬礼俗者,文教也。社稷定矣,固宁辑于人和;礼俗兴焉,在刊正于儒范。顺考古道,率由旧章。……臣愚伏愿崇太学、简明师,重道尊儒,以养天下之士。……伏愿博采文士,旌求硕学,表正九经,刊考三史,则圣贤遗范,粲然可观。"⑥ 这个时期的文儒"动有礼乐之运,言有雅颂之声"⑦,"文"

---

① (唐)王勃:《上吏部裴侍郎启》,《全唐文》卷一八〇,第 1829 页。
② (唐)王勃:《平台秘略论十首之三文艺篇》,《全唐文》卷一八二,第 1855 页。
③ (唐)杨炯:《王勃集序》,《全唐文》卷一九一,第 1931 页。
④ 《隋书·文学传序》,第 1730 页。
⑤ (唐)张说:《赦归在道中作》,《全唐诗》卷八八,第 976 页。
⑥ (唐)张说:《上东宫请讲学启》,《全唐文》卷二二四,第 2266 页。
⑦ (唐)张九龄:《大唐故光禄大夫右散骑常侍集贤院学士赠太子少保东海徐文公神道碑铭》,《全唐文》卷二九一,第 2953 页。

正是从这个意义上与"儒"结合起来。由张说一手拔擢的张九龄,中宗初年进士,在说去世后继任丞相之职,其礼乐治国、修身立言的理念与张说一脉相承。张九龄强调典礼背后的政治意义和伦理精神,主张依据人情和现实情况变革礼法,"宗庙致享,务在丰洁,礼经沿革,必本人情"①。这就是清代史学家赵翼所称赞的"考古义以断时政,务为有用之学,而非徒以炫博也"②。张九龄还终生推行文、儒结合的人才培养方式。开元十三年(725)玄宗下令改集仙殿为集贤殿,改丽正书院为集贤殿书院,张九龄对此称颂曰:"及乎鸿生硕儒博文多识之士,自开元肇建以迄于今,大用征集,焕乎广内,而听政馀暇,式燕在兹。"③在盛唐文儒代表当中,张九龄的文学声望最高,尤其是古诗。王士禛认为,唐五言古诗"夺魏、晋之风骨,变梁、陈之俳优,陈伯玉(子昂)之力最大,曲江公继之,太白又继之"④。沈德潜也说,五言古诗"陈伯玉力扫俳优,仰追曩哲……张曲江、李供奉(白)继起……唐体中能复古者,以三家为最"⑤。盛唐文儒中最接近中唐通儒特征的是裴耀卿。耀卿,两《唐书》有传,河东裴氏名门出身,幼年聪敏过人,中童子举,弱冠即任秘书正字,不久为相王府典签,人称"学直",很受当时的相王、后来的睿宗皇帝李旦器重。后历任国子主簿、检校詹事府丞、考功员外郎、长安令等职,出为济州刺史,转宣州、冀州刺史,还担任过江淮、河南的转运使,开元二十一年拜相。裴耀卿是一位兼具文学与儒家经世才能的官员。他最早在盛唐歌舞升平的表象下发觉国库亏空危机,担任转运使期间,他为整顿漕运以补充国家经济所需前后三次上书,历时多年建议才被玄宗采纳。在任期间盈额创隋唐漕运史上的最高纪录,与中唐计相刘晏的改革成果交相辉映。孙逖,唐代文儒到通儒发展历程中的关键人物,两

---

① (唐)张九龄:《藉田赦书》,《全唐文》卷二八七,第2920页。
② (清)赵翼撰,曹光府校点:《廿二史札记》,凤凰出版社2008年版,第294页。
③ (唐)张九龄:《集贤殿书院奉敕送学士张说上赐燕序》,《全唐文》卷二九〇,第2945页。
④ (清)王士禛:《带经堂诗话》,人民文学出版社1963年版,第93页。
⑤ (清)沈德潜:《说诗晬语》,凤凰出版社2010年版,第99页。

《唐书》有传。史载其幼有文,先后举文藻宏丽、贤良方正等科,开元二十一年为考功员外郎,主贡举两岁,多得俊才,与裴耀卿一同提拔萧颖士、李华、赵骅、柳芳、杨拯、李崿、李顾、张南容等古文中坚,为通儒阶层形成奠定基础。逖"掌诰八年,制敕所出,为时流叹服"。"议者以为自开元已来,苏颋、齐澣、苏晋、贾曾、韩休、许景先及逖,为王言之最。"① 孙逖继承并发扬了以开元时期二张重礼尚文的思想观念,通过自己的政治影响力为天宝文儒的兴盛打下基础,颜真卿称其为"人文之宗师,国风之哲匠"②。

由上述人物简述可以看出,初盛之际的文儒代表基本上是以礼乐统合诗文,有能力在政治文化体系中确立儒学与文学的契合点,使政教与文学、治国与修身之间达到相对平衡的朝廷大员,基本上可用三个特征来概括:重礼乐、美文章、居高位。他们突破了以往文人在国家政治生活中或娱上或边缘的地位,凭借身居政治高位的有利条件,推动儒学与文学的结合,从这个意义上讲,很多初盛唐时代同样兼具儒家学识和文学成就的士人,比如葛晓音先生大作中提到的、依靠诗文交游网络联结在文儒圈中的杜甫、元结等人,并不能作为盛唐文儒最典型的代表,无论他们在后代的文学史中地位多么重要,他们都不是在当时影响文风世态的关键人物。

二 文儒向通儒的渐变

从文儒和通儒的概念我们可以看出,盛唐文儒身份的核心价值在于文辞雅丽、通晓儒学,尤其是通过书写雅正文章达到礼乐治国的目的,而中唐通儒身份的核心价值是修复战乱中缺损的礼制典法,增强国家集权凝聚力,在实际恢复生产的过程中能够识时务、达政体,更擅于用儒家经术来解决实际社会问题。这种核心价值的转变主要来自社会变革的冲击。

---

① 《旧唐书·孙逖传》,第5044页。
② 《尚书刑部侍郎赠尚书右仆射孙逖文公集序》,《全唐文》卷三三七,第3416页。

从萧门到韩门

安史之乱的影响是深重的，它的直接后果就是把集权稳定、富饶强盛的唐王朝变成了一个藩镇割据、民生凋敝、充满危机和分裂的国家。安史之乱以前的唐王朝"海内富实，米斗之价钱十三，青齐间斗才三钱，绢一匹钱二百。道路列肆，具酒食以待行人。店有驿驴，行千里不持尺兵"[1]。开元盛世时"稻米流脂粟米白，公私仓廪俱丰实。九州道路无豺虎，远行不劳吉日出"[2]。而大乱之后的景象是"兵宿中原，生人困竭，耗其大半，农战非古，衣食罕储"[3]。社会陷入了普遍的思考之中，时代呼唤有实际政务能力的吏才来解决民生问题，恢复国家的经济基础。

初盛唐时期的文儒，擅长用礼乐雅颂体现"皇王之道"，其中虽不乏政绩的实干家，但大都志向高远，不屑吏事，看重"润色王道""赞佐政本"。比如唯一展现过经济才能的裴耀卿，主要的成就也在于"弥纶帝绩"，直言"岂徒润色吏事而已"[4]。他们的儒者心态大多体现在追求皇极大道上，在人才选用上也坚持"文儒"的标准，偏向于可以直接为儒学服务的文学而漠视吏能，初盛唐时期制科盛行"词标文苑科""文可以经邦""藻思清华科""文词雅丽科"，对比建中元年以后常设的"贤良方正能直言极谏科"，不难分析出盛唐文儒喜以王佐之才自居而缺乏真正的济世之能的原因。葛晓音先生说，文儒原不是一个稳定的合成名词。它之所以出现在盛唐，就因为"文"与"儒"能够以平衡求结合。一旦失去其赖以平衡的时代条件，便会发生不同方向的倾斜。[5] 这种平衡被战乱打破，崩坏的国家基础需要文学政事兼擅，既有良好的道德和文采，也有实际为政效用的新型人才来恢复建设，于是中唐士人转而开始了对通儒身份的追求。

前辈研究者在涉及盛唐文儒群体时，常常把萧颖士、李华二人交游网络中的柳冕、元德秀诸友，以及萧门弟子独孤及、戴叔伦等人列

---

[1]《新唐书·食货志一》，第1346页。
[2]（唐）杜甫：《忆昔》，《全唐诗》卷二二〇，第2325页。
[3]（唐）罗让：《对才识兼茂明于体用策》，《全唐文》卷五二五，第5332页。
[4]（唐）孙逖：《唐齐州刺史裴公德政颂》，《全唐文》卷三一二，第3172页。
[5] 葛晓音：《盛唐"文儒"的形成和复古思潮的滥觞》，《文学遗产》1998年第6期。

入其中。其实从萧李和萧门子弟的文学、儒学思想观念以及在实际政治生活中展现出来的能力，他们这一群体可以看成中唐通儒的雏形。无论是早期的萧李，还是独孤及、独孤及弟子梁肃等人，都强调君子之儒，文道结合。只是他们对文道观的要求更全面一些，追求对政事有指导意义的道，这从他们对大儒的评判标准可见一斑。推崇儒学的柳冕认为汉代董仲舒属于"文而知道"的大君子："文而知道，二者兼难，兼之者大君子之事，上之尧舜周孔也，次之游夏荀孟也，下之贾生董仲舒也。"[1] 董是汉代极少数真正做到通经致用的大儒。"董仲舒、刘向之文，通儒之文也，发明经术，究极天人。"[2] 崔祐甫也说："欲以文经邦者宜董、贾，欲以文动俗者宜扬、马。"[3] 萧李流派的人物都认为董仲舒得大君子之道，主要就在于他的文章可以经邦治国，究极天人。这种对儒道中治国经术的追求成了中唐新型人才标准。从萧颖士授业以孔门四科为旨归开始，文学和吏才联合培养的理念始终贯穿萧门教化："（戴叔伦）初抠衣于兰陵萧茂挺，以文学、政事见称于萧门。"[4] "宰、赐言语，冉、季政事，古莫两大，繄公兼之。"[5] 在这种理念下成长起来的萧门子弟有着传统儒生积极参政的决心和务实能力，代表人物独孤及、戴叔伦都是兼备文学家、礼学家身份的循吏。

我们也可以从文学作品中看到从文儒到通儒转型初期的士人心态，元结为《文编》作序，说自己的作品是救时劝俗之所需的（《全唐文》卷三八一），梁肃的入室弟子吕温说："所曰书者，非古今文字之舛，大小章句之异也，必可以辨帝王、稽道德、补大政、建皇极者。"[6] 权德舆赞扬崔祐甫"是惟无作，作则有补于时"[7] 的写作态度，又在《送三从弟况赴义兴尉序》中云："汉廷诸公，皆附经术而施政事，其

---

[1] （唐）柳冕：《答徐州张尚书论文武书》，《全唐文》卷五二七，第5358页。
[2] （唐）裴度：《寄李翱书》，《全唐文》卷五三八，第5461页。
[3] （唐）崔祐甫：《穆氏四子讲艺记》，《全唐文》卷四〇九，第4193页。
[4] （唐）权德舆：《戴公墓志铭》，《全唐文》卷五〇二，第5115页。
[5] （唐）独孤及：《祭相里造文》，《毗陵集校注》卷二〇，第431页。
[6] （唐）吕温：《与族兄皋请学春秋书》，《全唐文》卷六二七，第6333页。
[7] （唐）权德舆：《唐银青光禄大夫守中书侍郎同中书门下平章事赠太傅常山文贞公崔祐甫文集序》，《全唐文》卷四九三，第5031页。

有猷有为，不疚不惧。"① 韩愈推荐友人樊宗师，称其不仅"善为文章"，同时"又习于吏职"，"非如儒生文士，止有偏长"②，这些都从各个侧面昭示着中唐时期为政为文的风气逐渐向务实吏能方向转变。

  总的来说，初盛唐文儒理想是礼乐治国、弥纶王事。未经历政治动乱和社会巨变的盛唐文人葆有积极与进取的激情，但很难主动对行政事务的妥善完成进行深入思考。他们强调的通经致用多停留在理论和制度层面，其高远志向和王霸手段流淌在上书制诰、宏文诗篇之中，要"上书献赋、制诛镌铭，皆以褒德序贤，明勋证理"③，要"乐由内作，礼自外成，可以安上治民，可以移风易俗"④，连出兵征战都要冠以礼乐之名："盐梅推上宰，礼乐统中军。"⑤ 中唐时代尤其德宗朝也有大量议礼复制活动，但是与初盛唐时礼乐安民、赞颂王制的目的不同，中唐礼官议礼的目的是重正礼教集合人心，构建国家基础，恢复中央君权统治。⑥ 盛唐文儒缺少能够具体实操吏政事务的代表，与此相对，中唐通儒受现实所迫，除了从经义礼制、史家意识中寻求人心归向、救民水火之道，还自觉提高自身吏能，他们的关注点不再是高高在上的礼制，而是落到实处，直面时弊，完成下层政事，以实才吏干推动国家政治和文化重建。

第五节　中唐通儒的身份认同对后世的影响

  通儒群体是中唐最有影响力的一批士人，如独孤及、戴叔伦、梁肃、权德舆、崔祐甫、陆贽、韩愈等，他们的政治、文学活动给文化界带来了务实变革的新风气，可称为经世致用、务实革新的士人精英。

---

  ① 《全唐文》卷四九二，第5024页。
  ② （唐）韩愈：《与袁相公书》，《全唐文》卷五五四，第5604页。
  ③ 《隋书·李谔传》，第1544页。
  ④ 唐太宗：《颁行唐礼及郊庙新乐诏》，（宋）宋敏求编，洪丕谟、张伯元、沈敖大点校《唐大诏令集》卷八一，学林出版社1992年版，第420页。
  ⑤ （唐）席豫：《奉和圣制答张说南出雀鼠谷》，《全唐诗》卷一一一，第1143页。
  ⑥ 关于盛唐和中唐的礼制文化差异，参见于俊利《唐代礼制文化与文学》（中国社会科学出版社2014年版）、刘顺《中唐文儒的思想与文学》（中国社会科学出版社2013年版）。

通儒型士人发扬儒家礼教的内在精神改革文学,"以学干政",把经义面向现实政治,发挥对现实政治的参与意识和批判精神,兼有吏才,这种对通儒身份的认同延续到了以他们为楷模的北宋士人身上。

宋初的朝廷重臣多为由文章词学进身的文学高才,他们既是文官政治的基础,也是文坛的核心,在能力上注重文章诗赋与经术道德、吏能政事的结合,出现了如范仲淹、欧阳修、王安石、三苏、司马光等大批兼擅文章、经术、吏干的综合性官僚,文士与官僚正式合流,并由此奠定了中国历史上真正意义上的士大夫政治形态。前文史书通儒列表中提到的北宋名臣张齐贤,先后担任通判、枢密副使、兵部尚书、吏部尚书等职,为相二十一年,还曾亲率边军作战,有极高的军事素养。他眼中的通儒,是具有巡访调查能力,可通济课税,使国家经济久安的人才,曾上书:"臣虑群臣多以纤微之利,克下之术,侵苦穷民,以为功能。至于生民疾苦,见之如不见,闻之如不闻,敛怨速尤,无大于此。伏望慎择通儒,分路采访两浙、江南、荆湖、西川、岭南、河东,凡前日赋敛苛重者,改而正之,因而利之,使赋税课利通济,可经久而行,为圣朝定法"①,为国家拣选通达吏事的人才。神宗朝变法革新的王安石,"以文章节行高一世,而尤以道德经济为己任"(《宋史·王安石传论》),两度为相,变风俗、立法度,以发展生产、富国强兵为中心发动"熙宁变革",涉及社会、经济、政治、军事、文化各个方面,思想前卫。南宋薛叔似,不但穷道德性命之旨,有天文、地理、钟律、象数之才,还能够在转运使任上明察税弊,进言蠲免两浙身丁钱,《宋史》称为通儒。从某种程度上说,苏轼所言"问汝平生功业,黄州惠州儋州"(《自题金山画像》),也代表了北宋士人对通儒身上地方官循吏品质的认同。有了人才的转变,才有士大夫偶像的转变,宋代出现的大量"复合型人才"契合了自中唐以来的士人渴望在继承文化传统的基础上为国家生民谋发展的精神追求,也符合士大夫渴望重振世风、伦理纲常体系的社会责任意识。有研究者

---

① 《宋史·张齐贤传》,第9152页。

认为"宋代文学具有强烈的政治性格"[①]，说的就是从中唐通儒身上继承下来的士大夫主体意识与现实关怀。这种从盛唐文儒到中唐通儒，从士人到官僚的精神追求，可以看成唐宋变革视野下对士人身份转变的另一种解读。正如柳诒徵先生所言："盖宋之政治，士大夫之政治也。政治之纯出于士大夫之手者，惟宋为然。"[②] 关于中唐通儒群体对唐宋变革、宋代士大夫政治体系形成的影响，我们会在最后一章展开讨论。

[①] 王水照：《王水照自选集》，上海教育出版社2000年版，第16页。
[②] 柳诒徵：《中国文化史》，中国人民大学出版社2012年版，第601页。

第二章 文学流派在中唐的起步

第一节 文学流派的研究意义和研究现状

在中国文学史上，标榜文学流派的现象是很晚才发生的。中古以前，称某个有一定文化职能，或相近创作风格，或相同思想理念的团体时，似乎极少用"派"来定义。比如后世被命名为儒家学派的孔门师徒，史书中只记为"弟子盖三千焉，身通六艺者七十有二人"。文学史中最早出现与文学流派相关的诗派概念，是从宋代吕本中《江西诗社宗派图》才开始的。但是关于文学史中宗族和流派的研究是有着重要意义的，把握住了一种流派的渊源、产生和发展，相应的文学思潮、关键人物、重要作品才会了然于心，其所催生的文学活动以及在历史长河中的作用才会彰显。文学流派研究不仅能指出同一历史时期内文学横的分化，而且也能看清前后不同时期内文学纵的关联，比仅仅罗列和串联单个作家作品的传统文学研究方法更加清晰简明、提纲挈领。"尽管流派史远远不是文学史的全部，但它却无疑是文学发展史中脉络最清楚、特点最鲜明的部分。"[①] 所以不论是一时风光也好，文史流芳也罢，每一个流派所承载的内容都是我们把握文学发展脉络的重中之重，一个流派的前世今生，有时候就是一段文学史的主线。

关于文人的群体性、流派性，前人的讨论不可谓不多。虽然文学流派的概念出现很晚，但讨论由相似诗风构成趣味相投的诗人群体及

---

① 刘扬忠：《唐宋词流派史》，福建人民出版社1999年版，第3页。

其个体差异却早现端倪。在魏晋文学自觉时代开启之后，钟嵘《诗品》最先讨论文人作品体格风貌与共同审美趣味，并且在诗学发展史上溯以源流，列举同辈。钟序中多有"陈思为建安之杰，公干、仲宣为辅。陆机为太康之英，安仁、景阳为辅。谢客为元嘉之雄，颜延年为辅"①之类的论断。纪昀更明确指出"钟嵘《诗品》阴分三等，各溯其源，是为诗派之滥觞"②。到了唐代，文人因为审美趣味一致、诗风相似等原因得以并称的现象更为普遍，以一种明确的风格导向或体貌特征为创作追求的诗人群体性聚合，在当时形成一定的规模和声势。明人胡震亨云："唐人一时齐名者，如富吴、苏李、燕许、萧李、韩柳、四杰、四友、三俊，皆兼以文笔为称。其专以诗称，有沈宋、钱郎，又有钱郎、刘李、元白、刘白、温李、贾喻、皮陆、吴中四士、庐山四友、三舍人、大历十才子、咸通十哲等目。至李杜、王孟、高岑、韦孟、王韦、韦柳诸合称，则出自后人，非当日所定。"③唐末张为所做《诗人主客图》，追本溯源，试图对诗坛加以总体把握，明确地将众多诗人分门别类，从而概括归纳出整个唐代中后期诗歌创作的几大流向。归类准确与否后人多有争论，但其中明确的诗派意识确是文学史上的创举。宋代吕本中所作《江西诗社宗派图》，是第一次由本派内弟子总结的诗派传承源流图，此后文学流派便有了更为成熟的概念和组建方向。明清两代的文学流派不胜枚举，并且扩展到了文学体裁的各个领域，诗派、词派、曲派、文派无一不有。发展到乾嘉时代，终于有了中国历史上规模最大、延续时间最长的综合性流派——桐城派。桐城派的义理思想、古文义法、文宗观念和师门传承扩张方式代表了文学流派组建和发展的巅峰形态，也激起了现当代学者对流派研究的兴趣。

现当代讨论各种文体流派史的专著和论文层出不穷，关于文学流派的定义也各有偏重。刘扬忠先生在《唐宋词流派史》中提出："一

---

① （南朝梁）钟嵘：《诗品》，收入何文焕辑《历代诗话》，中华书局1981年版，第2—3页。
② （清）纪昀：《纪晓岚文集》，河北教育出版社1995年版，第201页。
③ （明）胡震亨：《唐音癸签》，周维德辑《全明诗话》第5册，齐鲁书社2005年版，第3784页。

第二章 文学流派在中唐的起步

般认为,文学流派,应是指这样一种作家群体:他们共同处于一段特定的时期,在思想倾向、艺术追求和创作风格上相近或相似,从而形成了在当代和后世都有影响的一股势力。"[①] 它必须具备如下几个基本条件和因素:"一、必须有一位创作成就卓特、足为他人典范且个人具有较大凝聚力与号召力的领袖人物作为宗主;二、在这位领袖人物周围或在他身后曾经聚集过一个由若干创作实践十分活跃并各自有一定社会影响的追随者组成的作家群;三、这个作家群的成员们尽管各有自己的创作个性和艺术风采,但从群体形态上看却有着较为一致的审美倾向和相近的艺术风格。"[②] 这种流行的看法将流派的三个要素归结为领袖、追随者和一致的艺术风格三点,强调了流派审美理念的统一,但忽略了流派成员之间的代际传承关系,更接近群体而非流派的概念。郭英德先生《中国古代文人集团与文学风貌》一书,详尽勾勒中国历史上各种类型的文人群体发生发展的过程。在"文学流派"一章中,他给出的定义是"文学流派是有着相同或相近的创作风格和理论主张的作家群体"[③],并且强调:"文学流派的基础是文学风格,而文学风格本于作家人格。当一批作家的群体人格在文学创作上形成某种相同或相似的文学风格,并自觉地加以理论的体认和表述时,文学流派才得以形成。"[④] 郭先生将文学流派视为文学社团的高级形态,高级之处的关键在于作家之间的密切交往、互相切磋并由此形成的理论兴趣和创作风格的一致,这个定义强调创作上的自觉性,没有突出流派代际间的连续性和承继性。郭先生认为"文学流派的真正成熟,当以江西诗派为标志。江西诗派树立了中国古代文学流派的典范,沾被后世,非一代也"[⑤]。持有类似观点,认为江西诗派为文学流派开端的还有许总先生,他在《论宋诗的宗派意识》一文中写道:"江西诗派的形成,实际上成为整个中国古代诗歌史上第一个具有自觉意识的文

---

① 刘扬忠:《唐宋词流派史》,福建人民出版社1999年版,第30—31页。
② 刘扬忠:《唐宋词流派史》,福建人民出版社1999年版,第32页。
③ 郭英德:《中国古代文人集团与文学风貌》,北京师范大学出版社1998年版,第183页。
④ 郭英德:《中国古代文人集团与文学风貌》,北京师范大学出版社1998年版,第183页。
⑤ 郭英德:《中国古代文人集团与文学风貌》,北京师范大学出版社1998年版,第191页。

学流派的确立，因此，其意义也就远远超出了宋代的范围，而在整个文学史特别是文学流派史上成为了一种标志。"① 继而总结宋诗体派大体可以分为三类：第一类指某一特定时期普遍性倾向的诗风；第二类指若干趣味相投的个体诗人通过交游酬唱等社交应酬性联系而聚合为规模或大或小的诗人群体，这种类型最接近文学流派意义上的诗人群体；第三类是指某些诗人之间当时并未意识到在创作题材或艺术体性方面的类似，而为后人确认为一种独特的体格或流派。而参照郭先生、许先生的观点，中唐时代的萧门、韩门也适用于他们对文学流派的定义，但仍被归于文学集团一类。事实上，许先生对宋诗体派第三种类型的定义套用在中唐时代从萧门到韩门弟子这一文人群体身上也完全合适，他们就有着较为明确的师承关系，后世认为他们在创作题材和艺术性方面都有一致性，具备流派的属性。可见文学史中将江西诗派视为文学流派开端，对中唐时期的作家群实在有所忽视。近年来专门研究唐代文人群体的专著有吴怀东先生的大作《唐诗流派通论》，将流派的核心内涵定义得较为宽泛："一是具有比较鲜明的创作相似性或一致性，并不一定要求艺术风格的一致，只要某些方面如体裁、题材、艺术技巧或思想观念甚至作家身份近似或一致就可以；二是不能仅仅表现为一种思潮，而应该有以文学创作活动为中心内容的、一定数量的作家群体。至于是否处于自觉结派、是否有理论号召、是否有中心任务以及风格是否完全一致、是否有过密切的人际接触等，都不是判断和衡量的必要条件。"② 这样的区分更方便唐代众多的诗人群体的分类研究，却不太利于区分真正的文学流派与松散的文人团体或齐名并称的现象。2010 年，山西人民出版社出版了《中国古代文学流派辞典》，所收词条起自先秦，迄于清末，共介绍文学流派、风格、作家群 297 条，涉及作家 1000 余人。全书共分先秦两汉、魏晋南北朝、隋唐五代、宋、辽金元、明、清七大部分，每一部分首先概述该时期文学流派的发展脉络，之后依次介绍文学流派与相关作家、作品，不

---

① 许总：《论宋诗的宗派意识》，《人文杂志》2008 年第 6 期。
② 吴怀东：《唐诗流派通论》，新华出版社 2004 年版，第 24—25 页。

可谓不兼容并蓄。但是在辞典的出版说明中,编者特意指出,书中"所指文学流派不仅包括文学史上公认的文学流派,也包括并称的文学家、有一定影响的文学思潮、作家群、文学社团以及文学体裁等"①。中唐时段的相关目录如下:

大历十才子
　　钱起　卢纶　吉中孚　韩翃　司空曙　李端　苗发　崔峒　耿湋　夏侯审
韦刘·韦柳
　　刘长卿　韦应物
会稽二清
　　皎然　清江
中唐边塞诗
　　李益
萧李
　　萧颖士　李华
韩柳·古文运动
　　韩愈　柳宗元
韩孟·孟诗韩笔·郊寒岛瘦·姚贾
　　孟郊　贾岛　姚合
张王乐府
　　张籍　王建
三舍人·二王
　　令狐楚　王涯　张仲素
元白·元和体·长庆体·新乐府运动
　　元稹　白居易
刘白·刘柳

---

① 于志鹏、成曙霞:《中国古代文学流派辞典》,山西人民出版社2010年版,前序出版说明页。

刘禹锡

三李

李白　李贺　李商隐

温李·三十六体

李商隐　段成式

小李杜

杜牧

唐传奇

沈既济　李公佐　李朝威　元稹　陈玄祐　白行简　蒋防

皮陆

皮日休　陆龟蒙

江东三罗

罗隐　罗邺　罗虬

其中有以政治身份名世的十八学士、三舍人，有以地域命名的会稽二清，有以写作题材相同而聚合的中唐边塞诗、张王乐府，还有宗族兄弟合称的江东三罗，最常见的是因为同时代名声、身份特征相近而并举的现象，如李杜、篋中体、刘柳等，只有少数涉及了文学流派的真正指向——萧李、韩柳、元白，而且该辞典只对流派的代表成员加以简单介绍，并没有从传承中讨论流派的发展，不适用于文学流派的专门研究。

迄今为止，文学流派研究经过了几个发展阶段：最初是古代评论家对松散的文人群体特征的概括总结，如《文心雕龙·明诗》中所列的从上古乐辞作者到晋世群才之评述[①]，这时期的并称、群体性合称都是比较模糊的概念，并没有文学流派的意义；后来逐渐发展成《诗品》中对几代作家在文体、文学审美承继性上的考察；进而延伸出

[①] （南朝梁）刘勰著，范文澜注：《文心雕龙注》上册，人民文学出版社1958年版，第65页。

"由体到派"的概念，详见许总先生《唐诗体派论》① 以及陈才智先生博士学位论文《元白诗派成立之研究》（2000年）；最后是严谨的文学流派概念的产生。当前很多关于流派的研究成果还是更多专注于流派中宗主或者集大成者的生平和作品来开展的，但是罗列、介绍单个作家并不是流派史应该完成的任务，文学流派史应该进一步把藏在这些作家作品背后的更本质的社会文化原因揭示出来，需要厘清流派兴起、演变、传承的根由和方式，发现和总结流派发展的规律和经验。

第二节　文学流派的前身和发展

一　何为流派？

要研究什么是文学流派，首先要搞清楚什么是流派。流派之"流"，本属会意字，水体流动之态，推演出流布、扩散之意。《尔雅·释言》疏文有解："水之流必相延及。"而后有"派"。派，《说文解字》云："别水也"，即分支的水流。左思《吴都赋》言"百川派别"，用其本意。又有"流派"连用之说，最早见于《尚书·禹贡》，用来描述山川水道疏浚工程，包含源头、主水系、流向和分支等含义，总之都是取"标名资上善，流派表灵长"中水系支流之意。② 流和派最早衍生出宗派、门户之意，见《汉书·艺文志》，其《诸子略》小序中有"儒家者流，盖出于司徒之官""道家者流，盖出于史官""阴阳家者流，盖出于羲和之官"等言。"《汉志》最重学术源流"[3]，将天下学术分成九家，是为三教九流的出处。后世沿袭此传统。在中国古代文论中，最早从宋代开始用"流派"这个概念的本意借喻学术传承，此后便常用来形容各种文化、政治、艺术等方面有独特风格的相关群体。如《现代汉语词典》中，"流派"解释为"学术思想或文艺

---

① 发表于《文学遗产》1995年第3期。
② （唐）张文琮：《咏水》，《全唐诗》卷三九，第504页。
③ （清）章学诚、王重民解：《〈校雠通义〉通解》，上海古籍出版社2009年版，第47页。

创作方面的派别"①。《古今汉语词典》中,"流派"解释为"学术、文艺等方面的派别"②。从这些最初的字源和定义我们可以看到,能被称为流派的群体至少包含两个基本要素:第一,有至少两个以上成员;第二,立场、思想、风俗、习气相近。流派中的"流",强调归一性、顺流性、连续性,取河流源远流长、支脉众多、同气相求之气象。而流派中的"派",强调分支性和承继性,只有一个人,影响再大也是不能称为派的,只能称××体,如后世诗学中的上官体、书法中的颜体等,必须有一定的人数基础,成员之间才能是相似相容而成群体。

与流派相近的概念还有很多,比如:

门派、派别、宗派、门庭、门户:指从家门出发,在政治、学术、文艺、宗教等方面有群体特性的人。

家数:指家法传统,多用于诗、文、技艺等。

朋党:多指因政治立场相同而聚合的人群。

从这些相近概念中我们可以看出,流派的类型众多,文学流派只是其中一个分支,而且由于中国文学从经学、史学等学术中独立出来的时间要远远晚于门户、派别观念的出现,所以对文学流派的溯源要从文学"出现"之前开始。

二 文学流派的前身:学术流派和政治党派

中国历史上最早诞生的派别是学术性流派。

西周早期,各级学校都是由官府组织在中央和地方兴办起来的,专门招收贵族子弟入学,并指定内容和教师统一授业。这一时期统治者将教育这一精神统治工具牢牢掌控在自己手中,以求统一稳定。春秋时期,随着周王室的衰落,天子已无力维护庞大的宗法等级制,权势下移,官学衰落,与此相伴生的就是学术下降到私家,贵族文化开始流散民间,私学以燎原之势兴起,蓬勃发展,大成于孔子讲学授徒。

---

① 《现代汉语词典》,商务印书馆2004年版,第812页。
② 《古今汉语词典》,商务印书馆2002年版,第905页。

第二章　文学流派在中唐的起步

春秋末年私学各学派之间为了生存和发展，使自己的思想和治国主张能得到广泛宣传，争相实行孔子"有教无类"的方针，无论是没落的贵族还是有志平民，都在教育之列，形成一个特殊的知识阶层——士阶层。诸子学说创始者们广收门徒，私人讲学及私人著述都是这一时期文化传播的主要途径，成为中国学术流派的原始形态。这样的学术流派从先秦延续到明清，门户森严，学讲有源，直到清初黄宗羲还在说："古之释奠于先师者，必本其学之所自出。非其师勿学也，非其学勿祭也。"① 可谓源远流长，是古代文化体系中最重要的现象。这种起于私学讲授，以聚徒从师、师弟联结、传播理念为主要方式和目的的私学教育正式促成中国学术流派的诞生，而且我们可以看到，在所有流派的鼻祖——学术流派的发展过程中，师承和讲学是其重要的特征和手段，有代际传承是流派得以成立和延续的必要条件，这也是中国历史上后来所有类别流派的基础。

学术流派的进阶产物是政治党派。

战国时期，学派林立，为成一家之言，开宗立派，某些学说创始者不惜剑走偏锋，故作独断之语，标新立异，惊世骇俗。历史上的学派纷争、讲会辩难屡见不鲜。秦朝一统天下后，法家弟子李斯主理朝政，严禁私学，以法为教，以吏为天下师。他曾言："私学而相与非法教，人闻令下，则各以其学议之，入则心非，出则巷议，夸主以为名，异取以为高，率群下以造谤。如此弗禁，则主势降乎上，党与成乎下。"② 李斯言明了学派纷争与社会稳定之间的互动联系，大一统的政治只需要大一统的思想作为治民利器。于是，为了本门学说可以致用天下，成为学术和政治生活的主流，各学派弟子开始在仕途上求取显达，争夺行政话语权，学林纷争转眼变为政坛风云。到了汉代，儒学成为统治阶级的治国纲领。董仲舒罢黜百家，独尊儒术，并设立学官，诱以利禄，通经致仕成了士人最直接的参政方式。当然，经典学说虽然统一，对经典的解释权却成了新的竞争对象。各种经学流派自然出

---

① 《黄宗羲全集》第 10 册，浙江古籍出版社 2005 年版，第 129 页。
② 《史记·秦始皇本纪》，第 255 页。

现，今、古文之辨就是最典型的代表。这些有着经生、文士等杂糅身份的人物凭借其特有的社会关系，如亲族乡党、太学师生、科举同年、门生座主、书院诸生等，逐渐组成政治朋党，权力斗争从学术斗争中独立出来，相对"纯粹"的政治党派应运而生，学派从此转向党派。

最早的政治党派在东汉末年出现，一批通过学术致仕的文人作为不可忽视的社会力量登上政治舞台，并发挥重要的参政功能，同时与旧有贵族阶级发生激烈倾轧，终于导致党锢之祸。类似的历史在后世不断重演，唐代的牛李党争，宋代的新旧法之变，明代的东林与阉党之争，莫不如是。"中国古代的知识阶层在经济上并没有形成完全独立的阶级或阶层，在政治上又是属于统治阶级与被统治阶级之间的一个中间阶层……中国古代的学派是很难保持其学术性的贞操的，它每每在文化传统的感化下，不由自主地或自觉自愿地和政治野合。"① 政治流派从学术流派发展而来，是流派斗争中权力斗争部分的集中体现，也是中国士人阶层文人和官僚双重身份所引发的必然结果。值得注意的是，在政治党派的发展过程中，除了学术上师出同源之外，血缘、宗族、同属一个利益阶层也成为党派成员聚合的重要依据。

三 纯文学性群体的产生和进化：从文人并称、文学集团到体派

比较纯粹的文学性群体出现得远比学派和党派晚，从"修身齐家治国平天下"的学者理想到"盖文章，经国之大业，不朽之盛事"的明确信念，文学从经术中分离出来经历了一段很长的时间，文人的人生观、价值观也相应地有一个漫长的转变过程。到魏晋南北朝这个文学的自觉时代，纯文学性群体才开始出现和发展，文人集团竞相崛起，盛况空前。但是这个时期的文人，多是因为宫廷应制活动、闻名方式或者人物风神相似而被世人标记为某一松散的群体，要发展到以师承为基础，集团内部作家之间密切交往、互相切磋并由此自觉形成理论

---

① 郭英德：《中国古代文人集团与文学风貌》，北京师范大学出版社1998年版，第2—3页。

兴趣和创作风格的一致，进化成为真正的文学流派，则要等到中唐时期才完成。

我们先来辨析几个常见文学性群体的概念，并附以历史上的成例，因为宋以后真正的文学流派渐趋增多，故主要举以五代之前故实。

（1）齐名并称：文学性群体最常见的集合形式、归类方式有很多，同姓、同里、同官职，名望相埒或擅长同一种文体，等等，这种群体形式出现得最早，也最为松散，自由度极高，没有一定之规，甚至不需要一个互有交集的作家实体群。例如：孔孟、老庄、屈贾、三班、陶谢、三十六体、姚贾、会稽二清、唐宋八大家，等等。

（2）文人群体：一个实体性的作家群，通过一定的文学特征被标记在一起，比如社会身份、文学活动方式、交游等，但没有明确标榜他们属于一个集团，也很少谈及或宣传他们的文学主张。这样的文人群体中会有代表人物，并无公认的宗主和大师，也没有代际传承关系，成员之间是并列平等的，以相互切磋、相互倾慕的交往方式为主。例如：建安七子、竹林七贤、北地三才、初唐四杰、文章四友、饮中八仙、竹溪六逸、大历十才子、咸通十哲，等等。

（3）文学集团：关系紧密的实体作家群，在精神上有十分鲜明的集团意识，以某种因缘聚合在一起，比如宗族关系、同乡、为相同文化职能部门工作的僚属等。集团中的成员有十分突出的同类心态，归属感比较强，在政途上也往往一荣俱荣、一损俱损，但是成员间没有文化传承关系，也不会提出明确的文学主张。例如：孔门七十二贤、二十四友、竟陵八友、唐初十八学士、吴中四士，等等。

（4）文体/体派：文体和体派是两个互有交集，在文学理论研究中又很容易被归类到其他概念中的词汇，与文学流派的关系非常紧密，我们来着重分析一下。文体，在中国固有的文学批评中指文章的体裁、体制、体例，后来渐渐衍生出作品的内容、风格、辞藻、时代性等相关延伸意义。在中国古代文学批评的某些语境中，文体中的"体"和流派的"派"界限十分模糊，但一般而言，"体"偏向于文体、风格，"派"侧重于派别。"体"完全可以代指单独文体或个人的特征，如骚体、上官体；"派"则必然包含群体性特征，一个人的风格辞藻绝不能成派，它天然带有社会性，是一种有目的和比较明确的创作意识选择的结果。在中国的文学批评史上，《文心雕龙》和《诗品》分别是最早给个体风格定义和对相似风格溯源的著作，二者由单纯品评个体风格转到对彼此相承相传之"流别"关系的注意，其中钟嵘《诗品》是由文体到流派嬗变过程中的重要一环。"体""派"的概念发展到明代有了更全面的内涵。许学夷《诗源辩体》开宗明义："统而论之，以三百篇为源，汉、魏、六朝、唐人为流，至元和而其派各出。析而论之，古诗以汉、魏为正，太康、元嘉、永明为变，至梁、陈而古诗尽亡；律诗以初、盛唐为正，大历、元和、开成为变，至唐末而律诗尽敝。"[①] 从正变论的角度赋予了"诗体"以诗歌体式、文学传统、时代风尚、诗歌流派等多重意义。

而体派是在文体概念基础上进化而来的。比如从唐人起，诗论家对诗体的思辨以及后世对唐代诗体的研究中可以看到一种由诗歌体式向风格体貌偏移的倾向，也就是从纯文体概念向审美趣味相投转向。高仲武评以钱起为代表的大历诗歌"体格新奇，理致清赡"，即着眼于大历诸家风尚与开天盛世诗坛的最重要变化。白居易自云"诗到元和体变新"，亦指元和诗之风变异尚怪的趋势这个审美取向。这个时候的"体"就有了可以代表群体性风格的意义，即一个在思想倾向、审美追求和创作风格上相近的作家群体，可以视为文学流派的初级形态，得到一个比较宽泛的流派概念——体派。[②] 体派可以是有组织的，也可以是无组织的，无论是松散还是紧密，他们都是在某一段时间内实际存在的作家群体，一般具备以下几个基本条件：第一，至少有一位在文坛有号召力的领袖人物；第二，由一群创作实践活跃并各自有一定社会影响力的追随者组成的作者；第三，群体成员作品有着较为一致的审美倾向和相近的艺术风格。但是现代体派的概念是为了包罗前流派时代的多种群体倾向，它并没有分割出唐代新出现的文学性群

---

① （明）许学夷：《诗源辩体》，人民文学出版社1998年版，序言。
② 关于体派概念研究，参见许总《唐宋诗体派论》，江西人民出版社2008年版；郭英德《中国古代文人集团与文学风貌》，北京师范大学出版社1998年版。

体的特异性，这个概念仍是两个单独的词并举，就像诗词、辞赋一样，其实不能作为一个全新的概念代表某一种特殊的现象。

以许总先生为例，他在《唐诗体派论》一文中认为唐诗体派大抵可以分为三种类型：第一种类型是指某一特定时期带有普遍性与倾向性的诗坛风气与审美时尚。严羽《沧浪诗话·诗体》在"以时而论"中分唐诗为"唐初体""盛唐体""大历体""元和体""晚唐体"五体，实即概括五大阶段之诗风特征。第二种类型是指若干趣味相投的个体诗人通过交游酬唱等社交应酬性联系而聚合为规模或大或小的诗人群体。严羽《沧浪诗话·诗体》在"以人而论"中列唐代二十四体，除专指个体作家诗风者外，如"沈宋体""王杨卢骆体""韦柳体""元白体""张籍王建体"之类，大抵都是名闻当时的诗人群体。第三种类型是指某些诗人之间当时并未意识到在创作题材或艺术体性方面的类似，而为后人确认为一种独特的体格或流派，如边塞诗人、田园诗人等。① 可以看到，许总先生的体派概念是从诗歌创作风格和审美特征入手的，没有涉及一个有传承的文学流派应该具有的师承渊源和文学主张等特性。许先生认为："唐诗体派表现为诗人群体的有意识组合，但与后世诗派相比，却缺乏那种明确的自觉的宗派意识乃至具有排他性的创作纲领，因此，其群体的构成只是一种准流派性质，或者干脆就是某一特定时代的艺术风尚的表征。"② 相比于后世纷涌的文学流派，许著看到了唐代诗派的模糊性和宽泛性，却忽略了中唐时期那些不以诗闻名，却有着严格传承谱系，为同一文学主张紧密联系在一起的文学家们，他们身上体现着比体派更为严谨的流派要素，已经使文学史上第一个文学流派的成立成为可能。

如上，我们叙述了文学流派的两个渊源：

一个是从学术流派—政治流派—文人群体演变而来。

一个是从松散的文人并称—文人群体—文人集团进化而来。

从学术流派、政治流派，到文人群体、文人集团，这些出于各种

---

① 许总：《唐诗体派论》，《文学遗产》1995 年第 3 期。
② 许总：《唐诗体派论》，《文学遗产》1995 年第 3 期。

原因结合在一起的士人群体在进化过程中发生了很多改变，但有一些作为流派形成根基的特性却从未改变，并一直持续发挥作用，直到孕育出真正的文学流派。

其一是血缘性和宗族性。

作为中国古代士人群体的最高级形态，文学流派和其他群体之间有着非常相似的聚合原因，其中最重要的就是群体成员之间的氏族血缘性和宗族性。早期人类社会都是依据血统治理的，生养有序，是为氏族时代。"中国古代，几乎各种类型的社会团体都不由自主地向血缘宗法类型的家族看齐，以家族结构作为集团构成的外部规范和内在凝聚力。"① 从贵族的地位到民间的手艺，从世袭的官位到家传的珍宝，家族的嫡子都是传承的最优人选。以西周的宗法为例："天子世世相传，每世的天子都是以嫡长子的资格继承父位，奉戴始祖，是为大宗；他们的众子（包括嫡长子的诸母弟与庶子）封为诸侯，为小宗；每世的诸侯也是以嫡长子的资格继承父位，奉始祖为大宗；他们的众子封为卿大夫，为小宗；每世的卿大夫也以嫡长子的资格继承父位，奉始祖为大宗；他们的众子各有食地为小宗。"② 武术技能上，中国武术门派大盛始于明清，宗族性质的民间结社亦大盛于明清，武林中盛行的"宗""门""家""派"等名称，明确地显示了家法与武术的关系。"事实上诸如洪拳、陈氏太极之类就是直接从宗族结社内生发出来的，连名称亦如此。还有所谓名门、正宗、正派的极其讲究，无疑也是宗法习俗。"③ 相应地，到了学术文化领域，即使没有真正的血缘，一个联系紧密的团体中的每位成员也会自发地向家族结构靠拢，所谓的门生座主的流派也有大量血缘关系在其中。异姓兄弟结拜、"一日为师终身为父"的教诲、学术流派以"家"来标称（儒家、道家等）都是这种家法门户观念的有力佐证。一个团体和流派是否有嫡传性是检验其正宗和影响力大小的重要标志。

---

① 郭英德：《中国古代文人集团与文学风貌》，北京师范大学出版社1998年版，第215页。
② 童书业：《春秋史》，山东大学出版社1987年版，第7页。
③ 程大力：《武术门派流派形成直接与宗法社会结构有关》，《搏击·武术科学》2007年第7期。

其二是重视家传与私学教育。

家法之家是由婚姻血缘关系结成的社会生活基本单位，我国传统社会一向重视家庭品格培养，将家庭看成与邦国相持的社会根本性实体。齐家治国平天下，这就是古人理想中士人成长的三个阶段。家法门户观念起源于家传和私学教育，而家传与私学对于学术流派以及由其衍生的文人政治集团和文学流派有着至关重要的作用。

家传，犹家数，"世之技艺，犹各有家数"[1]。值得一提的是，流派的家传特性在艺技领域显露得更为早熟。以书法为例，南朝宋书法家羊欣著有《采古来能书人名》一书，收录了前朝历代书家70人，血亲善书者就有36人，占50%以上。自书家成批涌现的汉代起，历代书家皆有家族传统，或父子相承，或兄弟俱名，蔡邕与其女文姬，钟繇与其子钟会，张芝与其弟昶，西晋卫恒，其祖父卫觊，父亲卫瓘，儿子卫璪、卫玠，世有书名，四世家风不坠。而"文宗"之称始自范晔《后汉书》，他以史家特有的敏锐首次在《崔骃列传赞》中使用"文宗"一词褒扬崔氏一族的渊博家学：崔为文宗，世禅雕龙。宗指宗族，文宗即文章宗族。世禅雕龙则言其一族文章的世代承传。传记中记录了崔氏宗族，包括崔篆、崔骃、崔瑗、崔寔、崔烈一族四代的政治和文学事迹。魏晋时期形成世族门阀体制。"当时门第传统共同理想，所希望于门第中人，上自贤父兄，下至佳子弟，不外两大要目：一则希望其能有孝友之内行，一则希望其能有经籍文史学业之修养，此两种希望，并合成为当时共同之家教。其前一项表现，则成为家风，后一项之表现，则成为家学。"[2]

古人最重家学。"叙列一家之书，凡有涉此一家之学者，无不穷源至委，竟其流别，所谓著作之标准，群言之折衷也。"[3] 家学教育的核心就在于长幼之间的传习。《国语》将家庭授教主体概定为父兄之

---

[1] （宋）严羽：《沧浪诗话·答吴景仙书》，收入（清）何文焕辑《历代诗话》，中华书局1981年版，第707页。

[2] 钱穆：《略论魏晋南北朝学术文化与当时门第之关系》，收入《中国学术思想史论丛》，台湾：东大图书公司1980年版，第171页。

[3] （清）章学诚著，叶瑛校注：《文史通义校注》，中华书局2014年版，第1125页。

教、子弟之学："少而习焉，其心安焉，不见异物而迁焉。是故其父兄之教，不肃而成，其子弟之学，不劳而能。"① 而《史记·司马相如传》中写得更为明确："人之度量相越，岂不远哉！然此非独行者之罪也，父兄之教不先，子弟之率不谨也；寡廉鲜耻，而俗不长厚也。"② 这种起于长幼之间的学术传承是古代文化发展的基础，汉魏六朝时期的京兆韦氏、赵郡李氏、吴郡陆氏、河汾王氏，都是这样将家学传至唐代，继续开枝散叶的。钱穆先生指出："一个大门第，决非全赖于外在之权势与财力，而能保泰盈持达于数百年之久，更非清虚与奢汰，所能使闺门雍穆，子弟循谨，维护此门户于不衰。当时极重家教门风，孝悌妇德，皆从两汉儒学传来。"③

与家传相比较，私学教育自春秋后期兴起，也一直持续发展，私学师生是汉初文职官吏的重要来源。自汉武帝起，以经术选士，利禄相诱，学子竞趋。迨及东汉，《后汉书》所载诸儒门下受业者，动辄数千盈万，弟子不及千人者，反而少见。到隋唐开科举取士，以血缘关系为基础的门阀世族在权力再分配的过程中已明显处于劣势。血统的尊贵渐为知识的荣誉所取代。社会等级的变化引起世俗风尚的转移，文人的人格意识也有了变化，士大夫之流不再仅仅以血统高贵相标榜，而是以学术源流和文学才能呼应聚合，文学流派的真正形成从这里起步。至于宋元明清，私学甚至有凌驾于官学之上的态势，各种民间书院纷纷涌现，既造就了著名学者文人，也造就了学派集团。明代中后期东林书院更是不但独成学派，还能左右朝政，算是空前绝后的壮举。

这种由私学而起，门生座主自成系统的师生关系成为中国传统社会血缘宗族性的一个扩大体现，是中国的氏族宗法观念在学术艺术领域的延伸，对流派的规范起着强有力的约束作用和凝聚作用，促使流派成员自觉地把道德意识、学术思想内化为个人的自我意识，形成一

---

① 张永祥译注：《国语·齐语》，上海三联书店2014年版，第123页。
② 《史记·司马相如传》，第3045页。
③ 钱穆：《国史大纲》，商务印书馆1996年版，第309—310页。

个个相对稳固的宗法性群体，他们自有和社会互动的关系，凝聚力极强，守师承，传学旨。郭英德先生曾将以师门子弟关系为纽带的学院制度特点总结如下：一是集团的道德规范；二是师长与门徒一起确立门庭，形成学派这种实体化的学术性社会团体。① 以上，我们可以看到血缘、宗法性，家传和私学在文学流派形成过程中的各个阶段所体现的进化功能和不可替代性。那么究竟什么样的文人群体才能称为文学流派呢？

第三节 中国古代文学流派的定义和特征

经过上文梳理从流派到文学流派的产生过程，并分析得出家传私学教育和血缘宗法性对构成流派不可或缺的意义，本书认为，一个真正的文学流派应该是这样一个文人群体：他们生活在一段相对连续的历史时期内，以血缘姻亲师生等方式完成代际传承，几代成员之间有着明确的宗主师承关系，在艺术思想、文学理念、创作风格乃至性情喜好、社会身份上相似相容，并通过大量的作品和一以贯之的理论在当时和后世产生巨大的影响。这个概念中的几个要素在于：流派的传承有时间上的延续性；要有开宗立派的领袖人物；几代成员之间有较为明确的师承关系；有一个创作实践活跃，追随者众多的作家实体；艺术理念和作品风格要有一定的相似性和继承性。

（1）时间上的延续性：流派成员要生活在一段相对连续的历史时期之内，要区别于后代学人追慕前人的文体风格自行模仿的行为。比如钟嵘《诗品》这种传统的分类方式，由作家风格入手追溯其渊源或师承关系，同一渊源或师承关系者为一"宗流"，即一种诗歌的风格流派。这样的方法太过笼统，很容易把远绍遗言与亲承音旨等同对待。

（2）领袖宗主：即指在理论上对社会关心的文学问题有明确论述和倡导，创作上成就斐然，得到文坛认可，并且有能力团结一批追随

---

① 郭英德：《中国古代文人集团与文学风貌》，北京师范大学出版社1998年版，第68页。

者进行文学变革。

（3）连续几代成员之间有相对明确的师承关系：这是文学流派从两个渊源中继承来的必然性，正是上一节中详细论述过的血缘、宗法性、家传和私学在文学流派形成过程中的各个阶段渗透的结果。

（4）创作实践活跃的作家实体：要成为流派，有兴起发展和流传，就必然不是个体所能成事。一个创作实践活动比较活跃的实体作者群是流派成形的必要因素之一。

（5）艺术理念和作品风格相似：成为流派中的一员，必然在文学观念和创作手法上有所趋同，艺术眼光、审美取向、创作方式和偏好的文体，都是世代承继和互相影响的结果。

我们应该看到，现代的流派概念是被应用到各个学科领域的，只要是形成有独特风格的群体，都被冠以流派之名。那么文学以外的其他的学科都是以哪些要素来定义流派的呢？以管理学为例，一种主流的方式是以"历史背景、指导思维与研究方法"三个视角为经，以系统剖析人类历史上各主要管理流派思想的形成与内容、成熟与发展，以及思想与历史评价为纬，来直观展现管理思想体系的内在规律及研究方法。① 这是从理论的产生和应用着手考虑的，比较类似文学思想的分类方式。而法学方面，"所谓法学流派，是指对某种独特的研究方法为基点而得出的对学术及社会产生较大影响的系统化的法学观点"②。定义中强调方法、观点、理论范式等，与管理学一样，从理论应用出发。在《国际关系理论流派概论》一书中，我们可以看到作者认为衡量和界定国际关系理论流派的标准是："（1）具有共同知识传统或知识谱系的学者共同体；（2）共同的研究主题；（3）共同的研究方法；（4）核心概念；（5）理论倾向；（6）理论的思想渊源；（7）与其他理论流派的分歧。"③ 这个比较全面的定义标准中涉及了流派的成员——学者共同体，研究对象，方法、理论、渊源和特异性，和文学

---

① 王力、赵渤：《管理学流派思想评注图鉴：历史、方法、趋势》，社会科学文献出版社2011年版，第1页。

② 谢晖：《创建我国的法学流派初论》，《法商研究》1995年第6期。

③ 白云真、李开盛：《国际关系理论流派概论》，浙江人民出版社2009年版，第6—7页。

流派定义可以互相参考。而到了艺术领域，就大多以创始人的技法或是创作主题分流别了，比如书法绘画史上的二王、颜体、元四家山水、花鸟画派，京剧表演中的四大名旦梅流派，武术门派中的陈氏太极，等等，其中世代传承都是其基本特征和必要条件。与之比较，文学流派的概念中，关于师承渊源和传习谱系延续性上要求更严谨，对作品的要求更高，而对于成员持有共同的理论观念、创作特征等方面的诉求与各学科的要求殊途同归。

总之，上述文学流派五要素中较为明确的师承关系和传承时间上的延续性这两项将文学流派与松散的文人并称、文人集团清晰地区分开来。由此被称为流派成员的士人之间，人物风神和文化趣味一般都很相似，社会身份和地位也有所关联，不论是政治见解还是文学理念，身处同一利益方的人总是有着共同的努力方向，而符合这些要素的文人群体，在中唐已经悄然出现。

第四节　萧—韩文学流派的形成

上一节我们从文学流派的产生和两个渊源入手，总结出了文学流派的定义：生活在一段相对连续的历史时期内的一个文人群体，几代成员之间有着明确的代际承传和宗主、门徒师承关系，在艺术思想、文学理念、创作风格乃至性情喜好、社会身份上相似相容，并通过大量的作品和一以贯之的理论在当时和后世产生较巨大的影响。

这个概念中的几个要素在于：流派的传承要有时间上的延续性；要有开宗立派的领袖人物；几代成员之间有较为明确的师承关系；有一个创作实践活跃，追随者众多的作家实体；艺术理念和作品风格要有一定的相似性、继承性和密切的关系。

比较五个要素，其中较为明确的师承关系和传承时间上的延续性这两点将文学流派与松散的文人并称、文人集团清晰地区分开来，成为构成文学流派的最重要特征，每一代际的宗主和追随者们风神和文化趣味相似，社会身份和地位也密切相关，不论是政治见解还是文学

从萧门到韩门

理念都有共同的努力方向,呈现万流归宗、代代相继的状态。

从这个意义上讲,中唐时期的文人群体——从萧门到韩门——正是这样一个正宗的文学流派:他们以萧颖士、李华为起点,通过门生座主、师友交游的方式集结在一起,以相对明确的师承关系传承七代之久。主要成员从天宝年间陆续登上历史舞台,直到贞元时期韩愈接过宗主大旗,带领弟子完成文学思想变革的历史使命,余波延及北宋。流派成员占据了这一时期文坛的主流位置,有自己明确的文学理论和创作主张,相互之间频繁酬答交流创作,对后世影响深远,成就文学史上第一个真正意义上的文学流派——萧—韩文学流派。

萧—韩文学流派成员的活动时间主要集中在开元二十三年(735)萧颖士进士及第到开成元年(836)韩门弟子李翱逝世之间,从萧门到韩门,五代门人子弟活跃其间。后续仍有流派的两代传承者来择和孙樵论文传道于晚唐,可惜二人的生平著作在现有史料中保留太少,因此本书把核心研究时段集中在735年至836年这一百年间。第一代宗主萧颖士、李华,好友韦述、殷寅、柳芳、邵轸、赵骅等,萧颖士在河南开帐授徒,称"萧夫子",声名远播海外,考证明确的萧颖士弟子共二十多人,盛名者如独孤及、刘太真、戴叔伦等;第二代座师独孤及,友人韩云卿、韩会、李纾、崔祐甫等,独孤及在江南任刺史期间讲学授课,培养出包括梁肃、朱巨川、崔元翰、陈京、唐次、齐抗等名士在内的一批优秀门生;第三代核心人物梁肃、权德舆,是德宗时期大力倡导古文的重要作家,也是衔接萧李古文复兴和韩柳古文运动的重要纽带,二人都曾执掌贡举,拜入门下者甚众,流派自此推广壮大;第四代大家韩愈,在陆贽门下进士及第,协助通榜的是独孤及的两大弟子梁肃、崔元翰,韩愈锐意进取,奖惜后辈,广收门徒,"以故继诸人而起者,复灯灯相继续不衰,追颂公亦因不衰。终唐三百年,求文章家一大龙门,非公其谁归"[①];韩门弟子李翱、皇甫湜、樊宗师、张籍皆署名从学于愈,自振一代。后又有孙樵在《与王霖秀

---

① (明)胡震亨:《唐音癸签》,周维德辑《全明诗话》第5册,齐鲁书社2005年版,第3770页。

才书》里自述:"樵尝得为文真诀于来无择,来无择得之于皇甫持正,皇甫持正得之于韩吏部退之。"① 点明从皇甫湜到来择、来择再传孙樵的流派谱系。他们是中国文学史上第一个七代相继的文人群体,之前从未有哪个群体有此规模并延续七代之久。在此之后,元和时期的元白诗派当世大盛,却后继无人,谱系断代,直到三百年后,江西诗派弟子吕本中做《江西诗社宗派图》,系统描述本门诗派的传承谱系,才重新把真正的文学流派概念带回研究的视野。

前人对中唐时期文人所表现出的群体性特征也有察觉。与流派传承中后期同时代的李肇所作《唐国史补》,单独列出"先辈""同年""座主""曲江会"等条目,正是注意到中唐以来进士同年集团以主司为首,以同期进士为成员构成一种特殊的聚合关系,利害相关,祸福攸同,他们中的很多人同声相应,同气相求,成为萧—韩流派的肇始。吕本中《童蒙诗训》以韩愈与李翱、皇甫湜的关系类比江西诗派,也是看到了他们之间的传承关系和流派特征。② 当代比较早对萧门和韩门传承性有研究的论文当属屈光先生的《盛唐萧李古文集团及其与中唐韩愈集团的关系》③ 和汪晚香先生的《论唐代散文革新中的肖李集团》④。二位前辈都明确了萧门和韩门弟子有传承性存在,但尚未把这些成员正式归为同一文学流派。葛晓音先生在研究盛唐文儒特征时也

---

① 《全唐文》卷七九四,第8325页。
② 李壮鹰主编:《中华古文论释林·北宋卷》,北京大学出版社2011年版,第428页。原文为:"学退之不至:李翱、皇甫湜,然翱、湜之文足以窥测作文用处。近世欲学诗,则莫若先考江西诸派。"
③ 屈先生言:"独孤及在《检校尚书吏部员外郎赵郡李公中集序》中把他与萧颖士、李华同称为天宝时'文章中兴'的代表人物;李舟《独孤常州集序》说他与萧颖士、李华、独孤及皆'宪章六艺,能操古人述作之旨'。梁肃《补阙李君前集序》也说他们四人比肩而出,推动了天宝以来的文体文风改革。促成文学中兴局面的创作者称为萧李古文集团。该集团具备一个文学流派的基本特征。"详见《文学遗产》1987年第4期。
④ 汪先生言:"有朋友,有及门弟子和未及门弟子,以及再传、三传弟子,还有些是父子(如肖颖士与肖存、独孤及与独孤郁、柳芳与柳冕)、叔侄(如李华与李翰)、翁婿(如肖颖士与柳淡、权德舆与独孤郁)、兄弟(如刘太真与刘太冲、崔祐甫与崔元翰)等关系,而文学事业则是他们关系中最根本的一条纽带。他们互相为文集作序,以彼此提携,互相揄扬。如李华序肖颖士文集,独孤及序李华文集,梁肃序独孤文集、李翰文集,权德舆序崔祐甫、崔元翰文集,等等。他们递相祖述,同声相应,同气相求,俨然文坛上的一派一党。"详见《湖北师范学院学报》1987年第2期。

从萧门到韩门

注意到了以萧李为起始的一批中唐士人序文推奖、互相提携的现象，她提到同声相求的萧颖士、李华、贾至、阳浚（杨浚）、颜真卿、独孤及等都是萧—韩流派的重要成员。① 台湾学者何寄澎先生明确将从萧李到韩愈的中唐古文作家分为三个代际："文学集团的产生并非唐代古文运动独有的现象，但是唐代古文运动中的文学集团却仍然有它独特之处，那就是集团的代代相传性。在中国文学史上，难得见到与此类似的透过师徒、兄弟、父子等各种关系之相承，进而促成一运动之持续，终于达成目标的例子。唐代古文运动始自萧李，成于韩柳，在此一将近百年的发展过程中，依时序之先后，文学集团可以分为三代：第一代以萧颖士、李华、元结、独孤及为代表；第二代以萧存、韩会、梁肃为代表；第三代以韩愈、李翱、皇甫湜、柳宗元为代表。其间关系不仅为横的、当时的联结，抑且为纵的、异代的相承。"② 但是仍目之以文学集团。在之前大部分的文学史中，都将江西诗派作为中国古代文学流派的肇端，但是通过上一章对流、派概念产生和发展的考察，对中国社会组织中特有的血缘、家传、门户观念的举证，我们可以得出结论：中国文学流派具有明确师门传承、数代相继的特征，而这一团体的开端就是中唐时期从萧门到韩门弟子这一群体，本书将把他们扩展成一个全方位的文学流派来讨论。

---

① 葛晓音《盛唐"文儒"的形成和复古思潮的滥觞》（《文学遗产》1998年第6期）："这批文儒之间的思想联系比开元文儒更为密切。他们常常通过文集序、书信、碑传等各类文章，称述同道知己，互相抬举，从而形成一个网络清晰、倾向一致的文儒圈子。……从这个网络可以看出，李华、萧颖士、贾至、颜真卿等不是少数别派，而是有一大批同气相求的文儒同道。其中还有房琯、杨浚等地位较高的人作为政治上的代表。从天宝十三载到十五载，掌贡举的都是杨浚。李华《三贤论》说他'问萧颖士求人，海内以为德选'。元结及萧颖士的门人刘太真均在其榜上中进士。元结、杜甫、李白、独孤及虽不在李华开列的网络名单中，但与网中人都有深交。……李白在天宝年间交游最久的也是贾至、高适、陈兼等人。独孤及在天宝末中制举，出道较晚，但在天宝时即与高适、贾至、李白、陈兼等在梁园一带来往。他曾在为李华和萧颖士作的文章集序中，盛赞他们和贾至等人'振中古之风，以宏文德'的功绩。所以元结、杜甫、李白、独孤及与这一文儒圈子也是同声相应的。"

② 何寄澎：《简论唐代古文运动的文学集团》，收入中国唐代学会编辑《唐代研究论集》第三辑，台北：新文丰出版公司1992年版。

第五节 萧—韩文学流派的主要成员

因为文学流派的起源与血缘、宗族性有着密切的关系，之后又因为私学教育、门生座主系统成为一个新型的群体结构，所以我们在梳理萧—韩流派的成员之时就从这两个方面入手：每一个代际都有一两位宗主，他们是在同时期的文坛得到普遍认可，引领和开启文学思潮的核心人物，并勤于授业讲学，奖励后进，对流派的代际传承起着关键作用；围绕在核心人物周围的是与他们有血缘亲属关系或明确座主门生关系的宗亲和门生，也有一些是交往频繁互有促进的知交好友；稍微再拉远一点范围，是在文学或仕途领域对流派文学观念形成和组织发展起到重要作用的人物，他们或为幕主伯乐，或为进士同年，或未曾谋面以文会友，从关系上比之血亲师生有所疏离，但是彼此之间有着千丝万缕的联系。流派是中国的氏族宗法观念在学术艺术领域的变形和扩大展现，从广义上讲，同时代的文人只要是自觉把作品纳入某种相对一致的道德意识、学术思想体系内的人物，都可以认为他们形成了一个相对稳固的宗法性群体，更何况对于萧—韩流派，他们的成员之间还有明确紧密的师承关系，七代人传学旨，立新风。

萧—韩文学流派成员中很多代表人物也身兼古文运动先驱人物的身份特征，前人讲到他们时，也会涉及成员之间传承和交往的研究，把他们作为一个有相近关系的群体来讨论，但没有明确地标明人物代际，也没有把这批人看作真正的文学流派。比如史书中"唐兴已百年，诸儒争自名家。大历、贞元间，美才辈出，擩哜道真，涵泳圣涯。于是韩愈倡之，柳宗元、李翱、皇甫湜等和之"[1] 之类的评论。究其原因，主要有两点：一是流派成员的关系太过复杂，有父子、翁婿、师生同学、门生座主、同榜俊彦、幕主文吏等诸多类型，并且身份时有交叉。比如梁肃，文学史上公认是独孤及的入室弟子，但他本人在《常州刺史独孤及集后序》中却说"初，公视肃为友，肃仰公为师"，

---

[1] 《新唐书·文艺传序》，第 5726 页。

这样亦师亦友的关系让后人很难界定代际关系。二是古人成家生子较早，文学政事又有早慧晚成之分，父辈论交，子辈孙辈有可能列位同侪；年龄相仿，仕途却闻达有先后。这些都给代际划分造成了困难。本研究也要面临这个问题，我们为了方便看清楚萧—韩文学流派以核心人物为中心的关系网络，并且为了更加凸显对于流派形成有重要意义的师承关系，姑且在分代时尽量以核心人物的材料梳理为主，在宗主的生平中把其他成员联系起来；凡是有史料文字证明师生、门生座主、奖掖推荐关系的，一律优先按师承辈分标记；除此之外，依次以血缘、年龄、入仕时间、朝中辈分等内容划分代际。

流派主要成员代际简表如下：

第一代	核心人物	萧颖士、李华
	血缘与师承	萧实（颖士长子）、萧存（颖士次子）、李观（华从子）、李翰（华族子）、独孤及、刘太真、刘太冲、尹征、王恒、卢异、卢士式、贾邕、赵匡、阎士和、柳并、柳淡（谈）、李阳、李幼卿、皇甫冉、陆渭、戴叔伦、刘舟、长孙铸、房由①、姚发、殷少野、邬载、郑愕、陆淹、相里造、息夫牧
	交游对象	贾至、裴耀卿、韦述、席豫、阳浚（杨浚）、殷寅、颜真卿、柳芳、陆据、邵轸、赵骅、元结、孙逖、苏源明、徐安贞、权彻、刘方平、张南容、孔至、张有略、张季遐、刘颖、韩拯、陈晋、孙益、韦建、韦收、源衍、王端、元德秀、权皋、源洎、包佶、包何
第二代	核心人物	独孤及
	血缘与师承	独孤朗（及长子）、独孤郁（及次子）、独孤氾（及兄）、梁肃、朱巨川、高参、赵璟、崔元翰、陈京（陈兼之子）、唐次、齐抗、权德舆
	交游对象	高适、韩云卿、韩会、李纾、李纵、崔祐甫、陈兼、杨绾、令狐峘、李勉、刘晏、李舟
第三代	核心人物	梁肃、权德舆
	血缘与师承	韩愈、欧阳詹、李观、吕温、吕皋、杨嗣复、沈传师（既济子）
	交游对象	柳冕、杨凭、杨凌、杨凝、李翰、陆贽、顾况、徐岱、柳镇、韩弇、李兼、杨於陵、郑絪、郑馀庆、萧存、沈既济

---

① 唐初兵部郎中房德懋之玄孙，《唐诗纪事》误做房白。

续表

第四代	核心人物	韩愈
	血缘与师承	蒋係（愈婿）、李汉（愈婿）、李翱（娶韩弇之女）、沈亚之、张籍、皇甫湜、樊宗师、侯喜、侯云长、刘述、韦纾、张荐、尉迟汾、李绅、张俊余、杨敬之、李师锡、胡直钧、王建等韩门弟子
	交游对象	孟郊、柳宗元、刘师命、刘师处、房启、卢仝、裴度、马燧、董晋
第五代	核心人物	张籍、李翱、皇甫湜
	血缘与师承	卢求（翱婿）、来择（杨嗣复门下及第）
	交游对象	蒋係（愈婿）、李汉（愈婿）、沈亚之、樊宗师、侯喜、侯云长、刘述、韦纾、张荐、尉迟汾、李绅、张俊余、杨敬之、李师锡、胡直钧、王建
第六代	核心人物	来择
	血缘与师承	孙樵
	交游对象	柳璟、萧敞、杨鲁士、杨俭、赵柷（一作祝）、裴恽（一作晖）（后五人宝历元年与来择为贤良方正、能直言极谏科第四等，同在中书门下听任）
第七代	核心人物	孙樵
	交游对象	贾希逸、高锡望、王霖、卢携、杨授、裴休、李讷、窦滂、冯审

对于流派中人物的生平考证，前人研究成果颇丰，尤其是在关键节点起核心作用的人物事迹汇考，对本章梳理流派成员交游传承关系有重要辅助。[①]

第六节 萧—韩文学流派代际关系

萧—韩流派成员的血缘和师承关系比较复杂，入仕与成名起点也各有早晚，无法划定十分严格的代际关系，但是我们仍然可以找出几代有明确师承关系的流派关键人物，以他们为中心铺展关系网络，由此考察出从开元二十三年（735 年，萧颖士罢秘书正字后客居濮阳开帐授徒）到开成元年（836 年，李翱逝世）百年间的主流文学思想和观念如何在文坛和政坛的风云人物之间传承发展。以下的代际划分，

---

① 具体作家的前人研究成果综述见附录二。

我们以核心人物的材料梳理为主，间接把其他成员联系起来；凡是有史料文字证明师生、门生座主、奖掖推荐关系的，一律优先按师承辈分标记；除此之外，依次以血缘、年龄、入仕时间、朝中辈分等内容划分。

一 第一代：萧颖士、李华

萧颖士字茂挺，颍川人，两《唐书》有传。生年无明确记载。依据《新唐书·萧颖士传》"开元二十三年举进士"的记录，及挚友李华《扬州功曹萧颖士文集序》中"十九进士擢第"之言，推测其生于开元五年（717）。萧祖上系南朝皇室后裔，七世祖鄱阳王有子四十人，到了颖士祖父时已家道中落。在舅舅元君的教导下，萧颖士从小就在文史方面显示出过人的才华：四岁能文，七岁能诵数经，十岁补太学生，观书一览成诵，以文章知名。开元二十三年，萧颖士十九岁，与李华、赵骅、柳芳、杨拯、李崿、李颀、张南容等二十七人同榜登进士第，考功员外郎孙逖知贡举。除燕许大手笔之后的文宗孙逖外，当时的许多社会名流都很看重萧颖士，两《唐书》提到，如裴耀卿、贾曾、席豫、张均、宋遥、韦述等人都很赏识这位后进新人。萧颖士由此名声大振，仕途却一波三折。颖士历仕金坛尉、秘书正字、河南参军，据李华在《扬州功曹萧颖士文集序》中讲："（颖士）为金坛尉也，会官不成。为扬州参军也，丁家艰去官。为正字也，亲故请君著书，未终篇，御史中丞以君为慢官离局，奏谪罢职。为河南参军也，僚属多嫉君才名，上司以吏事责君，君拂衣渡江。遇天下多故，其高节深识，皎皎如此。"① 罢职后，萧颖士客居濮阳，广收弟子。"尹征、王恒、卢异、卢士式、贾邕、赵匡、阎士和、柳并等皆执弟子礼，以次授业，号萧夫子。"② 此为萧门授业之始。天宝十载（751），萧颖士再为韦述举荐至京，待制史馆，不屈于奸相李林甫，被免官。直到天

---

① 《全唐文》卷三一五，第 3198 页。
② 《新唐书·萧颖士传》，第 5768 页。

宝十一载十一月李林甫死后才有机会重新授职，调任河南府参军事。在长安三年，萧颖士专心于著述，萧门人弟子刘太真《送萧颖士赴东府诗序》称其此间"述作万卷"。天宝十四载安史之乱爆发，客居淇园的萧颖士携眷辗转避难至湖北襄阳。至德元载（756）被山南节度使源洧辟为掌书记，在源公帐下，萧颖士展示了他对时局的正确把握，协助源洧解围南阳。源洧卒后，颖士客金陵，入淮南节度副使李成式幕。乾元二年（759）病逝，享年四十三岁。萧颖士在盛唐时期的古文革新运动中占有举足轻重的地位，有唐迄今学术界对他的学术贡献和影响均给以肯定的评价。但是我们在考察整个萧—韩流派的形成过程时发现，萧颖士的功绩并不仅仅在于他个人开启了中唐至北宋的文风学风改革，更重要的是，以他为中心集结和培养出的文坛力量将这种变革思想传扬发展下去，绵延几代，终于在韩愈手中发出改天换地的光芒。

萧颖士在文坛的崛起，与孙逖、韦述、裴耀卿、阳浚（杨浚）等人的提携不无关系。孙逖，博州武水人，两《唐书》有传。幼有文名，先后举文藻宏丽、贤良方正等科，开元二十一年（733）为考功员外郎，主贡举两岁，多得俊才。初年得杜鸿渐、颜真卿，后官至宰辅、尚书，后年拔萧颖士、李华、赵骅、柳芳、杨拯、李崿、李颀、张南容等古文中坚，称萧、李、赵"勘掌纶诰。"韦述，京兆杜陵人，两《唐书》有传。述年少举进士，为考功员外郎宋之问器重，累迁右补阙，起居舍人、国子司业等职，典掌图书四十年，任史官二十年，主撰武德以来国史，文约事详，萧颖士推为谯周、陈寿之属。韦述年长颖士二十余岁，非常器重颖士之才学，两次举荐，颖士亦视之为知己。韦述的舅舅裴耀卿为侍中，萧颖士中举后，曾多次受裴耀卿、韦述二人推举。《赠韦司业书》洋洋数千字，历叙家世、志趣，并以王粲、蔡邕之交类比自己与韦述，韦述则有《答萧十书》回赠。阳浚（杨浚）亦重颖士才学，李华《三贤论》载："礼部侍郎杨浚掌贡举，问萧求人，海内以为德选。"[1] 据《登科记考》，天宝末阳浚（杨浚）

---

[1]《全唐文》卷三一七，第3215页。

多次知贡举，十二载（753）皇甫曾、刘太冲、郑愕、刘舟、殷少野、邬载、房由、张继等56人登第，十三载元结、韩翃、尹征、刘太真、吕渭等35人登进士第，杨绾登辞藻宏丽科，独孤及、李舟登洞晓玄经科，十五载皇甫冉、郎士元、令狐峘等33人登进士第，阳浚（杨浚）点中大部分萧门弟子，是萧—韩流派仕途上的名师。

萧颖士十岁入太学，结识了与他齐名，并一起开创萧—韩流派的另一位古文运动先驱——李华，还有赵骅、邵轸两位好友。李华《寄赵七侍御》诗记录了四人在太学期间的交往："昔日萧邵游，四人才成童。属词慕孔门，入仕希上公。"（《全唐诗》卷一五三）诗后注："华与赵七侍御骅、萧十功曹颖士、故邵十六司仓轸，未冠游太学，皆苦贫共弊。"《新唐书·萧颖士传》载萧颖士当时以殷寅、颜真卿、柳芳、陆据、李华、邵轸、赵骅为友，时人称为"殷颜柳陆，李萧邵赵"。与他交游的还有孔至、贾至、源行恭、张有略、族弟萧季遐、刘颖、韩拯、陈晋、孙益、韦建、韦收等。但是以上这些人唯有李华能与萧颖士并驾，世称"萧李"。

李华，字遐叔，赵州赞皇人，两《唐书》有传。开元二十三年（735），李华与萧颖士同榜进士，天宝中历监察御史，右补阙。安史乱中陷于叛贼，伪署凤阁舍人。乱后贬杭州司户参军，不就，隐居江南。大历初卒。华与颖士交谊深厚，且对其推仰不已，《扬州功曹萧颖士文集序》中言："开元、天宝年间词人，以德行著于时者，曰河南元君德秀……以文学著于时者，兰陵萧君颖士……君以文章制度为己任，时人咸以此许之。……后之为文者，取以为法焉。今海内至广，人民至众，求君之比，不可复得。"[①] 开元二十六年前后至天宝中，李华兄事元德秀，友萧颖士、刘迅，时颜真卿、高适、贾至、柳识、陈兼、赵骅、柳芳等均从之游，事见李华《三贤论》。文中记载厚于萧者：

> 汝南邵轸纬卿词举标干，天水赵骅云卿才美行纯，陈郡殷寅直清达于名理，河南源衍季融粹微而周，会稽孔至惟微述而好古，

[①] （唐）李华：《扬州功曹萧颖士文集序》，《全唐文》卷三一五，第3198页。

河南陆据德邻恢恢善于事理，河东柳芳仲敷该练故事，长乐贾至幼邻名重当时，京兆韦收仲成远虑而深，南阳张有略维之履道体仁，有略族弟邈季遐温其如玉，中山刘颖士端疏明简畅，颖川韩拯佐元行备而文，乐安孙益盈孺温良忠厚，京兆韦建士经中明外纯，颖川陈晋正卿深于诗书，天水尹徵之（集本、英华作"徽之"，《英华》又注云：一作微）。诚明贯百家之言，是皆厚于萧者也。①

《三贤论》概述玄、肃、代三朝著名文士，其中另外两贤元德秀、刘迅，也是当时影响广泛的俊彦。元德秀，字紫芝，河南人，两《唐书》有传。德秀少孤，孝母，举进士，负母入京。后隐居陆浑山水间，作《蹇士赋》明志。国公房琯、苏源明多有赞誉。卒后，李华私谥"文行先生"。刘迅，字捷卿，徐州彭城人，刘知几第五子。两《唐书》有附传。历京兆功曹参军事，右补阙。房琯、殷寅、刘晏均重其才，上元中避居安康终老。撰有续《诗》《书》《春秋》《礼》《乐》等六说，书成，语人云："天下滔滔，知我者希！"终不以示人。流派中人物善于团结同道，揄扬后进，以奖掖后进为己任，多受萧颖士、李华的影响。元德秀在唐朝教育史上也占有十分重要的地位，他退居陆浑山，以琴酒文咏自娱，弟子云集，程休、邢宇、宇弟宙、张茂之、李崿、李崿族子丹叔、惟岳、乔潭、杨拯、房垂，皆号门弟子，卒后门人共谥曰"文行先生"②，这些人也都是当时与萧李有直接、间接交往的名士。元德秀从弟元结（719—772），字次山，河南鲁山人，十七岁从学于元德秀。天宝十三载进士，值天下大乱，乾元二年（759），肃宗见国子司业苏源明，问天下士，荐结可用。时史思明攻河阳，帝将幸河东，召结诣京师，上《时议》三篇，后以右金吾兵曹参军摄监察御史，充山南东道节度参谋，一度代摄荆南节度使事，有战功。历任道州、容州刺史，充容州都督充本管经略守捉使，政绩甚

---

① 《全唐文》卷三一七，第3215页。
② 李浩：《论唐代关中士族的家族教育》，《西北大学学报》1998年第2期。

著。大历七年（772）病逝于长安，赠礼部侍郎。除与从兄元德秀的血亲联结，元结与颜真卿也是至交，而颜与萧李皆为一生之友，元结与萧李二人也有着极深的渊源。元结在当时的名声不如萧李、贾至等人，但在流派发展史上很重要，从流传不多的作品来看，内容和形式兼具明确的复古思想和创新意识，韩愈远绍其影响，在《送孟东野序》中将元结与陈子昂、苏源明、李杜并举。全祖望也在《唐元次山阳华三体石铭跋》中称："次山文章，上接陈拾遗，下开韩退之。"①流派第一代另一位重要人物是贾至（718—772），至字幼邻，一作幼几，河南洛阳人。《新唐书》有传。贾至与萧李的关系非常密切，是经常切磋技艺的好友。《唐语林》卷二载：

> 李华，字遐叔，以文学自名，与萧颖士、贾幼几为友。华作赋云："星鏙电交于万绪，霜锯冰解于千寻。拥梯成山，攒杵为林。"颖士读之，谓华曰："可使孟坚瓦解，平子土崩矣。"幼几曰："未若'天光流于紫庭，测景入于朱户。腾祥灵于黯霭，映旭日之葱茏。'"华曰："某所自得，惟'括万象以为尊，特巍巍于上京。分命征般石之匠，下荆、扬之材，操斧执斤者万人，涉碛砾而登崔嵬'，不让《东》、《西》二都也。"时人以华不可居萧、贾之间。②

贾至与萧李弟子、萧—韩流派二代人物独孤及的交往更为频繁，有奖掖之功。

萧颖士门下培养了众多弟子。"萧门"的称呼始见于权德舆《朝散大夫使持节都督容州诸军事守容州刺史兼侍御史充本管经略招讨制置等使谯县开国男赐紫金鱼袋戴公（叔伦）墓志铭》（《全唐文》卷五〇二）：初抠衣于兰陵萧茂挺，以文学、政事见称于萧门。息夫牧《冬夜宴萧十丈因饯殷郭二子西上诗序》中记载了萧颖士教育门生弟

---

① （清）全祖望：《全祖望集汇校集注》（中），上海古籍出版社2000年版，第720页。
② （宋）王谠著，周勋初校正：《唐语林校正》，中华书局2008年版，第170页。

子修身立德的场景：

> 家君宰邑许下，夫子问津颍上，二贤将驰会府，皆适兹土，夜处狭室，列坐有位，尊卑俨如。或捧觞上寿，或抠衣请益，始敦诗以说礼，终讲信而修睦。然后文饱于德，义润其身。顷夫子升堂之后，若卢贾刘尹之徒，半纪间接武鸣跃，实夫子训之导之斯至也。①

《新唐书·萧颖士传》记，颖士客居濮阳时尹征、王恒、卢异、卢士式、贾邕、赵匡、阎士和、柳并等同执弟子礼。又言："颖士乐闻人善，以推引后进为己任，如李阳、李幼卿、皇甫冉、陆渭等数十人，由奖目，皆为名士。"天宝十二载（753），颖士往洛阳赴河南参军事任，十二弟子赋诗相送，包括：刘太冲、刘太真兄弟，贾邕、刘舟、长孙铸、房白、元晟、姚发、殷少野、邬载、郑愕、相里造。弟子之外，颖士二子萧实、萧存亦有文名，见颖士传附。尤其是次子萧存，与颜真卿、陆羽、魏弘、李渤有交往赠诗，与梁肃、沈既济、韩会、徐岱、许鱼容等人友善亲近。韩愈青年时为萧存所赏识，元和十四年（819）从潮州贬所量移袁州时，见萧存仅遗一女，有所赈济，作诗云："中郎有女能传业，伯道无儿可保家。偶到匡山曾住处，几行衰泪落烟霞。"② 萧门弟子在当时的文坛掷地有声，广受赞誉，知名者不胜枚举。以下略举几人代表。皇甫冉（718—771）③，字茂政，润州丹阳（今江苏镇江）人，是肃代二朝知名诗人，同时代的高仲武选编《中兴间气集》，对皇甫冉无论从收诗数量还是诗歌评价方面都给予了重视，《巫山高》一诗更被赞为"独获骊珠"。皇甫冉卒，其弟皇甫曾编次其文集，独孤及为作《唐故左补阙安定皇甫公集序》。戴叔伦（732—789），字幼公，一字次公，润州金坛（今江苏金坛）人，据权

---

① 《全唐文》卷四四二，第4504页。
② （唐）韩愈：《游西林寺题萧二兄郎中旧堂》，《全唐诗》卷三四四，第3861页。
③ 生卒考证见傅璇琮主编《唐才子传校笺》第五册补正，中华书局1995年版，第124页。本书所引《唐才子传》文字，均采用此版本。

德舆所撰《墓志铭》(《全唐文》卷五〇二)记载,戴叔伦于唐代大历贞元诗坛享有盛誉。梁肃撰《戴公神道碑》言其:"聪明好学,能属辞。兰陵萧茂挺名重一时,罕所推揖,拔公于诸座之上,授以文史,由是令闻益炽。"① 叔伦娴于吏事,永泰二年(766)春入大唐财相刘晏盐铁转运使幕,有经济之才。尹征,天宝十三载进士,典校秘书,颖士得意门生,是萧门中传经史之学的人。刘太真、刘太冲兄弟,宣州人,天宝十三载进士,工诗,善属文,词藻瑰异,贞元四年,德宗诏群臣宴于曲江,亲自品第诸诗,以刘太真、李纾为上第。颖士曾赞:"太真,吾入室者也,斯文不坠,寄是子云。"② 顾况《信州刺史刘府君集序》云:"太真,天宝中与兄太冲登秀才之科,兰陵萧茂挺目以孔门游夏。"③ 柳淡(谈),字中庸,明敏端庄,颖士以女妻之。淡兄柳并,字伯存。《新唐书》颖士传附传,大历中,辟河东府掌书记,迁殿中侍御史。终于家。

李华虽然没有萧颖士开帐授徒的经历,但在当时也有"文宗"之名,史称爱奖士类,名随以重。若独孤及、韩云卿(韩愈叔父)、韩会(韩愈长兄)、李纾、柳识、崔祐甫、皇甫冉、谢良弼、朱巨川,后至执政显官(《新唐书》本传)。他同弟子之间的关系不只是普通师徒意义上的授业讲学,而是倾心灌以"激扬雅训,彰宣事实"的为文之道。天宝十二载到十四载(753—755),高适、吕諲、杨炎、陈兼与李华同在河西哥舒翰幕下为僚属,相与论道。④ 李华与李白是本家,家族中子侄辈李秋和权德舆有交游,较为出名的还有宗子李翰。翰,生卒年不详,两《唐书》赞其"为文精密,用思苦涩",与流派第三代中坚梁肃、中唐名相杜佑过从甚密。梁肃为其作《补阙李君前集序》(《全唐文》卷五一七),自称与李实有伯喈、仲宣之义。梁肃著名的"唐文三变说"就出自此序。

---

① 本文不见于《全唐文》,蒋寅先生抄录于金坛县文管会所藏《重修戴氏宗谱》,收入《大历诗人研究》,北京大学出版社2007年版,第493页。
② 《新唐书·柳并传》,第5771页。
③ 《全唐文》卷五二八,第5367页。
④ 戴伟华:《唐方镇文职僚佐考》,广西师范大学出版社2007年版,第438页。

以上对萧—韩文学流派第一代的核心人物萧李及其周围文友同僚、门生后进做了比较详细的介绍，因为这一批人代表了整个流派的发展方向和传承方式，并且他们在中唐文学变革乃至唐宋文化转型中有着首创之功，在文学理论探索和士风自省重建方面都为即将到来的巨变做好了准备。他们的地位在唐人心里就已经声名显著，会昌年间裴敬撰《翰林学士李公墓碑》（《全唐文》卷七六四），举出唐朝"以文称者"五人，其中三人即流派成员萧颖士、元结、苏源明。宋初姚铉编《唐文粹》，以李华《含元殿赋》为开卷第一篇，贾至、李翰、元结、独孤及、梁肃、权德舆等也都被称为"文之雄杰"。更不用说现当代很多文学史著作对他们的肯定。① 而且，流派一代成员重视教育、广收门徒、奖掖后人的态度影响了后来的独孤及、梁肃、权德舆、韩愈等人，使流派的师徒传承长达百年。

二 第二代：独孤及

梁肃《补阙李君前集序》说："唐有天下几二百载，而文章三变。初则广汉陈子昂以风雅革浮侈；次则燕国张公说以宏茂广波澜；天宝已还，则李员外、萧功曹、贾常侍、独孤常州比肩而出，故其道益炽。"② 这里的独孤常州，指的就是独孤及。

独孤及（725—777），字至之，河南洛阳人。《新唐书》有传。其先世姓刘，出自汉世祖光武帝。光武帝六世孙进伯北征匈奴，战败为单于所俘，居独孤山，后以独孤为氏。父通理，"刚方廉清，贞信弘宽，德厚性和，与四时气侔。非天下直道不行，非先王之法言未尝言。当出处去就之间，非抑与不苟求；与朋友交，非同道不苟合。至守王事，临大节，非其正虽临大兵不惧。恪德危行，居易中立，不可得而

---

① 如：孙昌武：《唐代古文运动通论》，百花文艺出版社1984年版；乔象钟、陈铁民：《唐代文学史》，人民文学出版社1995年版；邵传烈：《中国杂文史》，上海文艺出版社1991年版，等等。
② 《全唐文》卷五一八，第5261页。

亲，不可得而疏"①。这种为官为人的儒者风范深深地影响了独孤及。天宝十三载（754）他以洞晓玄经科登第，从此开始了二十三年的从政生涯。可是无论是初始释褐华阴尉，还是后来中原兵乱时避地于越，继而刘展为祸，独孤及作为都统江淮节度李峘的书记在江南一带东躲西藏，根本没有机会施展自己的政治才华，梁肃《行状》只好讳言："及函洛寇扰，公违难于江南，上元初授左金吾兵曹，掌都统江淮节度书记，非其好也。"直到广德二年（764）被代宗召为左拾遗，独孤及才算"四十"而立。在左拾遗和后来太常博士的职位上，独孤及以一封《谏表》和后来的《景皇帝配昊天上帝议》尽到了谏官与礼官的本分，上褒其忠，改礼部员外郎，又外调做刺史。从大历三年（768）起，独孤及开始了他长达十年之久的郡守生涯。这期间，独孤及牧濠州（今安徽凤阳）两年，大历五年移舒州（今安徽安庆），大历八年调任常州（今属江苏）刺史，大历十二年卒于任，享年五十三岁。刺濠、舒、常三州的这十年，是独孤及政治生涯的顶峰时代，《行状》记载："公下车，以淮士轻剽，承兵革之后，率多不法，长吏不能制。遂先董之以威，格之以政；然后用恺弟宽厚，渐渍其俗。三年而阖境大穰。优诏褒美，移拜舒州刺史。又以行闻，玺书就加朝散大夫检校司封郎中，赐金印紫绶。其明年，吴楚大旱，饿夫聚于崔蒲者十七八，唯舒安阜，近者悦，远者来，犬牙之境，草窃不入。……擢拜常州刺史本州都团练使。常州为江左大郡，兵食之所资，财赋之所出，公家之所给，岁以万计。公削其烦苛，均其众寡，物有制，事有伦，刑罚罕用，颇类自息。公又谓安人之道，清而静之则定，为而察之则扰，故宽以居之，仁以行之。一变，而百姓不知其理；又一变，知其理而不知理之所由。比及三年，吏不忍欺，路不举遗；年谷屡熟，灾害不作。"成为当时有名的循吏。独孤及卒谥曰"宪"，"及位止牧守而得谥，亦非常格"②。

---

① （唐）梁肃：《独孤公行状》，（唐）独孤及撰，刘鹏、李桃校注《毗陵集校注》附录，辽海出版社2006年版，第223页。本章中引用《毗陵集》诗文、独孤及墓志、神道碑、行状，均出自此书。

② （清）王士镇《香祖笔记》卷五对独孤及得谥的按语，文渊阁《四库全书》电子版。

第二章　文学流派在中唐的起步

《新唐书》为独孤及立传，只记录了他征左拾遗之后的斐然政绩，却未着笔墨于独孤及的文学成就。其实在中唐时期，肃、代二朝，独孤及的文名可谓盛极一时。独孤及十二岁入长安太学读书，和其弟独孤恮"各志小学，相期大来"①。二十岁作《吴季子札论》，质左氏、史迁之疑，痛陈吴季子实为乱国之源，博得广泛称赞，"君子谓其评议之精在古人右"②。独孤及受萧颖士、李华提携，列于萧门，学习古文、政事。天宝十三载（754）登制科后，"故相房琯方贰宪部，请公相见。公因论三代之质，又问六经之指归，王政之根源。宪部大骇曰：'非常之才也！'赵郡李华、扶风苏源明并称公为词宗。由是翰林风动，名振天下"③。所作《古函谷关铭》《仙掌铭》在当时广泛流传，"格高理精，当代词人无不畏服"④。这也是独孤及最为后人称道的杰作。这时的独孤及才刚刚三十岁，他的文学成就比政治成就的辉煌整整提早了十年到来。安史之乱的爆发使独孤及的文学创作陷入萧条期，直到后来官居左拾遗，掌太常博士之职，独孤及的文笔才在政论类的文章中重放异彩，他的章表奏议成为一时典范。在外任刺史期间，独孤及闲暇时讲学授课，培养出包括梁肃、朱巨川、高参、赵璟、崔元翰、陈京、唐次、齐抗等名士在内的优秀门生，传交了他宗经明道的古文大旗，被奉为一时宗师，奠定了他在文学史上的地位。清人赵怀玉说："退之起衰，卓越八代，泰山北斗，学者仰之。不知昌黎固出安定（梁肃）之门，安定实受洛阳（独孤及）之业，公则悬然天得，蔚为文宗。大江千里，始滥觞于巴岷；黄河九曲，肇发源于星宿。"⑤独孤及为萧李所重，梁肃师事独孤及，而韩愈衣钵相授，薪火相传，流派的特征何其明显。不只是古文传承，有研究者认为独孤及诗歌创作散文化特征还让我们看到存在于杜甫和韩愈之间的以文为诗倾向的

---

① 《送弟恮之京序》，《毗陵集校注》卷一四，第312页。
② 《毗陵集校注》附录崔祐甫《朝散大夫使持节常州诸军事守常州刺史赐紫金鱼袋独孤公神道碑》，第456页。
③ 《毗陵集校注》附录梁肃《独孤公行状》，第459页。
④ 《毗陵集校注》附录崔祐甫《独孤公神道碑》，第456页。
⑤ （清）赵怀玉编校：《毗陵集》之《独孤宪公〈毗陵集〉序》，《四部丛刊》本。

继承和发展状况。①

就《毗陵集》中保存下来的诗文看,除了萧门的其他弟子,皇甫冉、皇甫曾兄弟,戴叔伦等与之常有诗文往来,独孤及交友圈还包括高适、贾至、韩云卿、韩会、李纾、李纵、常衮、崔祐甫、陈兼、杨绾、苏源明、令狐峘、李勉、权皋、刘晏等,众人"以文章游梁宋间……约子孙之契"②。韩云卿,韩愈叔父,大历年间与独孤及礼部共事;韩会,韩愈少孤后抚养其成人的兄长。二人与独孤及的思想交流传给韩愈,潜移默化间形成流派谱系。李纾,字仲舒,礼部侍郎李希言之子,两《唐书》有传。纾少有文学。天宝末及第,拜秘书省校书郎。大历中累迁司封员外郎、中书舍人知制诰、礼部侍郎。六十二岁卒于任。广德二年(764)独孤及赴京任左拾遗时,曾寄《将赴京答李纾赠别》诗于李纾:"胶漆常投分,荆蛮各倦游。帝乡今独往,沟水便分流。甘作远行客,深惭不系舟。思君带将缓,岂直日三秋"③,言之眷眷。李纾和其兄李纵与天宝末著名诗人李嘉祐为同族,嘉祐有诗《送窦拾遗赴朝因寄中书十七弟》,据岑仲勉先生《唐人行第录》所考,这个"十七弟"即李纾,兄弟具有文采。纾、纵二人与萧门弟子戴叔伦交好,赠诗频繁。另一个与李纾、戴叔伦有往来的流派著名诗人是包佶。包佶,字幼正,润州延陵人,《新唐书·刘晏传》附传。佶为开元十五年(727)前后生人,天宝六载(747)进士。大历中历度支员外郎、度支郎中,迁谏议大夫,十二年坐元载党贬岭南。建中初年,杜佑代韩洄判度支、户部事,权盐铁使、户部郎中包佶充江淮水陆运使。贞元元年(785)由左庶子迁刑部侍郎;秋冬之际拜国子监祭酒;贞元二年知礼部贡举。贞元八年卒。包佶原有集行世,梁肃为之序。李纾、包佶都是贞元前期诗坛盟主,据刘禹锡《澈上人文集序》:"皎然以书荐于词人包侍郎佶,包得之大喜。又以书致于李侍郎纾。是时以文章风韵主盟于世者曰包、李。"④ 元代吴师道在其诗话中

---

① 蒋寅:《作为诗人的独孤及》,《河南大学学报》(社会科学版)1996年第4期。
② 《毗陵集校注》附录梁肃《独孤公行状》,第459页。
③ 《毗陵集校注》卷二,第37页。
④ 《全唐文》卷六〇五,第6114页。

这样评价中唐诗坛："大历后，李纾、包佶有盛名，叔伦、士元从容其间，诗思逸发，于绮丽外仍有思致，非余子所及也。"① 他们与活跃在大历、贞元时期的诗人刘长卿、卢纶、顾况、皇甫冉、皇甫曾兄弟交往密切，多有酬唱。李纾、包佶二人还都有知贡举、引后进之功。建中年间包佶任御史中丞时，皎然《赠包中丞书》就称："今海内诗人，以中丞为龙门。"② 建中三年（782）杜亚致书包佶为权德舆延誉，权有书申谢。③ 贞元二年包佶任国子祭酒，授课业、知贡举。建中四年，时任礼部侍郎的李纾就点中韩愈从兄韩弇等二十七人登进士第。崔祐甫，天宝四年及第，与李华平辈，和贾至、陈兼相似，他与独孤及也是忘年论交。苏源明（本名苏预，避代宗讳改），字弱夫，京兆武功人。天宝中登第，曾为东平太守，迁国子司业，禄山之乱不受伪署，肃宗复两京，擢考功郎中，终秘书少监，对独孤及有推助，并曾推介元结。杨绾，独孤及同年，诗文相交，同声相应，广德永泰年间与贾至分掌西京、东京贡举，官至宰相，监修国史。权皋，《新唐书》有传，权德舆之父，与贾至、李华天宝年间交往密集，权皋卒，李华为撰墓表《著作郎赠秘书少监权君墓表》，皋父权倕与苏源明、苏预以艺文相友，权氏可谓三代古文先驱。独孤及身后，梁肃编其文集二十卷为《毗陵集》，是中唐时期少有的完整保存的文集，对肃代二朝政事文学有重要研究价值，与独孤及同年以黄老登第的李舟为文集作序。李舟，字公受，陇西成纪人，梁肃儿女亲家④，权德舆挚友。十六岁登科洞晓玄经，十八岁任弘文馆校书郎。此后游幕于湘、皖、浙等地，官至虔州刺史。

独孤及的同辈交往如上所列，以下略述子侄、弟子。及长子独孤朗，初任协律郎，元和五年至九年（810—814），与韩愈弟子李翱先

---

① （元）吴师道：《吴礼部诗话》，收入丁福保辑《历代诗话续编》，中华书局1983年版，第612页。
② 《全唐文》卷九一七，第9552页。
③ 事见权德舆《与睦州杜给事书》，《全唐文》卷四八九，第4990页。
④ 事见梁肃《祭李处州文》，《全唐文》卷五二二，第5308页。

后同游宣歙卢坦和浙东李逊幕下，为观察判官。①李翱有文相祭："昔我与君，自少而欢。中暂乖阻，周荆眇绵。宣城越中，二府周旋。同事于公，职以相连。子常推后，我唱其先。"②及次子独孤郁，两《唐书》有传，另有韩愈《独孤府君墓志铭》、权德舆《祭子婿独孤少监文》可考事迹。独孤郁贞元十四年（798）登进士第后累任秘书少监、史馆修撰，历掌内外制，有美名。权德舆赏其才，以女妻之。宪宗曾自叹："我女婿不如德舆。"③独孤及门生弟子众多，"平生闻人之善，必揄扬之……后进有才而业未就者，教诲诱掖之，惟日不足"④。其中梁肃、权德舆为萧—韩流派第三代翘楚，下文详述。余者如崔元翰，本名崔鹏，以字行，博陵崔祐甫同族，贞元八年与梁肃一起辅佐陆贽知贡举，放"龙虎榜"。《唐会要》卷七六载："贞元七年，兵部侍郎陆贽知贡举，时崔元翰、梁肃文艺冠时。贽输心于肃与元翰，推荐艺实之士。升第之日，虽众望不惬，然一岁选士才十四五，数年之内，居台省者十余人。"⑤梁肃卒，崔元翰为撰《墓志》。权德舆为崔元翰写《比部郎中崔君元翰集序》，称其文章"如黄钟玉磬，宏璧琬玉，奏于悬间，列在西序。其彰彰者，虽汉庭诸公，不能加也"⑥。陈京，字庆复，《新唐书》有传。萧颖士至交陈兼之子，为右补阙、翰林学士。善文辞，衮所重，以兄之女妻之。擢进士第，迁累太常博士。贞元十六年，二十九岁的白居易给陈京行卷，《与陈给事书》称陈京为天下文宗，当代精鉴（《全唐文》卷六七四）。韩愈亦曾上《与陈给事书》（《全唐文》卷五五二）恳见。陈京卒，柳宗元为之撰《唐故秘书少监陈公行状》（《全唐文》卷五九一）。唐次，文章振藻，少年成名。权德舆《祭唐舍人文》说："（唐次）弱冠知名，时推隽贤。含章振藻，金石在悬。缘情放言，采组相鲜。"⑦齐抗，《旧唐书》有传："为文长于

---

① 戴伟华：《唐方镇文职僚佐考》，广西师范大学出版社2007年版，第298页。
② （唐）李翱：《祭福建独孤中丞文》，《全唐文》卷六四〇，第6466页。
③ （宋）王谠著，周勋初校正：《唐语林校正》，中华书局2008年版，第290页。
④ 《毗陵集校注》附录崔祐甫《神道碑》，第456页。
⑤ （宋）王溥撰，牛继清校正：《唐会要校正》，三秦出版社2012年版，第1188页。
⑥ 《全唐文》卷四八九，第4998页。
⑦ 《全唐文》卷五〇九，第5178页。

笺奏。大历中，寿州刺史张镒辟为判官，明闲吏事，敏于文学，镒甚重之。……幕中筹画，多出于抗。……贞元初，为水陆运副使，督江淮漕运以给京师。迁谏议大夫。历处州刺史，转潭州刺史、湖南都团练观察使。入为给事中，又为河南尹，历秘书监、太常卿，代郑馀庆为中书侍郎、同中书门下平章事。"亦为流派二代中坚力量。独孤及非常重教育，他的教育主张甚至在流派中隔代有余音，激励与韩愈同登龙虎榜的欧阳詹奋进向学。《唐语林》载："闽自贞元以前，未有进士。观察使李锜始建庠序，请独孤常州及为《新学记》，云：'缦胡之缨，化为青衿。'林藻弟蕴与欧阳詹睹之叹息，相与结誓，继登科第。"①

三　第三代：梁肃、权德舆

第三代的两位核心人物梁肃与权德舆在流派中真正起到了承上启下的作用，他们的特别之处不仅仅在文学理论和实践上接续了父师辈的理想，还在贞元、元和年间利用主贡举的机会为流派选拔了一大批有生力量，从入室弟子扩展到门生故吏，将古文风潮从血缘密友推广到整个文坛。包弼德就曾经指出："梁肃卒于793年，随着他的去世，这个故事分化了，第一条线在这时由权德舆在朝廷延续，继承了李华、独孤及和梁肃的传统而在文方面享有权威，另一条线始于那些在8世纪90年代处于长安士人圈之外的人（指孟郊、韩愈等人），通过文章复古来完成个人对社会的拯救方面。"②

梁肃（753—793），字宽中，一字敬之，安定人（今甘肃泾川），《新唐书》有传。广德二年（764），梁肃十二岁，定居常州，师事湛然，受天台佛学。大历五年（770），梁肃十八岁，在常州守父丧，以文投谒前辈。"赵郡李遐叔、河南独孤至之始见其文，称其美，由是大名彰于海内。四方之诸侯洎使者之至郡，更遣招辟而宾礼之。"③ 大

---

① （宋）王谠著，周勋初校正：《唐语林校正》，中华书局2008年版，第383页。
② ［美］包弼德：《斯文：唐宋思想的转型》，刘宁译，江苏人民出版社2001年版，第126页。
③ （唐）崔元翰：《右补阙翰林学士梁君墓志》，《全唐文》卷五二三，第5322页。

从萧门到韩门

历九年，梁肃居常州，师事独孤及，作《为常州独孤使君祭李员外文》《常州建安寺止观院记》《冠军大将军检校左卫将军开国男安定梁公墓志铭》《陪独孤常州观讲论语序》《为独孤常州祭福建李大夫文》等文。大历十二年独孤及卒，梁肃先后为其作《祭文》、编制文集，作《集后序》。建中元年（780），梁肃二十八岁，高中文辞清丽科，礼部侍郎令狐峘知贡举，授东宫校书郎，八月请告归觐于江南照顾生病的母亲。贞元二年（786）梁肃母丧期满，至扬州入淮南节度使杜亚幕三年，领殿中侍御史内供奉管书记之任，贞元六年回京任监察御史，转右补阙，后加翰林学士，李观、韩愈、李绛、崔群等，均游于其门。李观又荐孟郊、崔宏礼等于梁肃[①]，孟郊作《古意赠梁补阙》诗以自陈。同年，为去岁离世的戴叔伦撰《神道碑》。贞元八年，梁肃受邀辅佐陆贽知贡举，推荐李观、韩愈、李绛、崔群等及第[②]，皆一时名士，由是誉满天下。在京居官期间不遗余力识拔人才，流派中皇甫湜的舅舅王涯[③]、李翱等均获推奖[④]。吕温亦是其入门弟子。吕温（772—811），字和叔，一字化光，河中人。贞元十四年与韩愈弟子李翱、独孤及之子独孤郁同榜进士，历任左拾遗、侍御史、户部员外郎等职，参与永贞革新被贬。他曾从陆质治《春秋》，向梁肃学古文，是中唐著名思想家。好友刘禹锡言温"早闻诗礼于先侍郎，又师吴郡陆贽通《春秋》，从安定梁肃学文章。勇于艺能，咸有所祖"[⑤]。父吕渭，官至礼部侍郎，是戴叔伦的亲家。兄皋亦有大名。贞元九年梁肃卒，享年四十一岁。诏赠礼部郎中。崔恭为其编文集并作序。梁肃在当时的文坛影响深远，"唐代韩愈、柳宗元洎李翱、李观、皇甫湜数

---

① 见（唐）李观《上梁补阙荐孟郊崔宏礼书》："今有孟郊者，有崔宏礼者，俱在举场，静而无徒，各以累举，可嗟甚焉。"《全唐文》卷五三四，第5421页。

② "李元宾、韩愈、李绛、崔群同年进士。先是，四君子定交久矣，其游梁补阙之门。"（五代）王定保：《唐摭言》卷七，收入《唐五代笔记小说大观》，上海古籍出版社2000年版，第1641页。

③ 《新唐书·王涯传》："涯博学，工属文。往见梁肃，肃异其才，荐于陆贽，擢进士。"

④ 贞元九年李翱通过了州府考试，明年即将赴长安考试，九月向梁肃献文求推荐。《感知己赋序》有云："贞元九年翱始就州府之贡与人事。其九月执文章一通谒于右补阙安定梁君。当是时梁君之誉塞满天下，嘱辞求进之士奉文章造梁君之门下者，盖无虚日。"

⑤ （唐）刘禹锡：《唐故衡州刺史吕君集序》，《全唐文》卷六○五，第6112页。

君子之文，陵轹荀孟，糠秕颜谢，其所宗仰者唯梁肃补阙而已，乃诸人之龟鉴。而梁之声采寂寂，岂阳春白雪之流乎？是知俗誉喧喧者宜鉴其滥吹也。"① 陈寅恪先生也指出："盖古文运动之初起，由于萧颖士、李华、独孤及之倡导与梁肃之发扬"②，都是古今研究者对梁肃文学地位的肯定。

如果以文坛、政坛地位和在流派内外对后进提携引进之功来作为重要尺度判断的话，权德舆可以算是一个"升级版"的梁肃。权德舆（759—818），字载之，一门三代都参与萧—韩文学流派的传承。祖父权倕，以艺学与初代成员苏源明相善，卒官羽林军录事参军。父亲权皋，字士繇，以忠孝称于世。权皋曾在安禄山幕中，后觉察到安禄山有异志，诈死以脱身。后永王李璘之乱，许多士大夫被劫迫，权皋又变名易服以免。玄宗听闻，授监察御史，权皋以母丧不应，避居洪州。浙西节度使颜真卿表皋为行军司马，诏征为起居舍人，又以疾辞。召为著作郎，又辞，言："本自全吾志，岂受此之名耶！"大历二年（767）卒于丹徒，年四十六。李华为其撰写墓表，称"可以分天下之善恶，一人而已矣"。权皋洁身于乱世，与知名之士如李华、独孤及、柳识等相交结友，这一切为权德舆的成材奠定了良好的基础。③ 德舆早慧，三岁已知变四声，四岁能诗。大历九年，权德舆居丹阳，编所作文字为《童蒙集》十卷谒独孤及于常州郡斋，时已有文名。大历十二年，独孤及卒于常州，其弟子梁肃、唐次、高参、齐抗、陈京、赵璟、崔元翰等多与德舆交游。独孤及的友人李纵也很看重年轻的权德舆，常与之交游唱和，其时德舆年二十。④ 因此权德舆完全有理由认为自己是独孤及门下士之一，"况兹菲薄，实忝眷私"⑤。建中元年（780），杜佑任江淮水陆运使，辟权德舆为从事，其间杜亚致书包佶为权德舆延誉，权有书申谢。贞元二年（786）戴叔伦在抚州刺史任，与陆羽、

---

① （宋）孙光宪：《北梦琐言》，中华书局1960年版，第512页。
② 陈寅恪：《元白诗笺证稿》，生活·读书·新知三联书店2001年版，第149页。
③ 事迹参见韩愈《唐故相权公墓碑》，《全唐文》卷五六二，第5687页。
④ 蒋寅：《百代之中——中唐的诗歌史意义》，北京大学出版社2013年版，第68页。
⑤ （唐）权德舆：《祭故独孤常州文》，《全唐文》卷五〇九，第5176页。

崔载华、权德舆等人唱和。后权德舆得江西观察使李兼辟书，秋冬间奉母赴江西任观察使判官。贞元五年，权德舆三十一岁，葬太夫人于丹阳，请梁肃作墓志。本年戴叔伦去世，权为之作《墓志铭》。贞元八年权德舆三十四岁，始至京师，从太常博士转左补阙。当年十一月权德舆上《论度支上疏》论裴延龄之奸，朝野震动。贞元十年权德舆兼知制诰，主考制科，擢贤良方正、能直言极谏十七人，取裴度为首。贞元十三年，权德舆在驾部员外郎任上，充进士试策官。同年八月，独孤及之子独孤郁有书来谒权德舆，答之甚眷，三年后以女归之。贞元十七年权德舆转中书舍人，间续四年典贡举，陆修通榜，放李翊、侯云长、韦纾、尉迟汾、侯喜等大部分韩门弟子入榜。其中陆修在权德舆和韩愈的诗文中均有记录，可见三人关系密切。永贞元年（805）德舆转礼部侍郎。元和四年（809）上奏论昭义军事宜，迁太常卿明年守礼部尚书，同中书门下平章事。后转刑部尚书、山南西道节度使等职。元和十三年卒。权德舆二子：璩，字大圭，官至郑州刺史，《新唐书》有传；珏，字大玉，见《新唐书·宰相世系表》。德舆十四叔权澈，有文名，约于大历初任校书郎，后客居苏州，大历八年为浙西观察使、湖州刺史颜真卿判官，曾与颜真卿、皎然等数十人联唱。

　　权德舆没有像萧颖士、独孤及一样收有入门弟子，但他数次知贡举的经历提携了许多青年才俊，登堂干谒者甚众，史云："德舆身不由科第，尝知贡举三年，门下所出诸生相继为公相，号得人之盛。"[①]后辈如刘禹锡贞元十年（794）呈近作《献权舍人书》等十余篇干谒文，元稹元和十二年（817）呈权德舆《上兴元权尚书启》等诗文五十四篇，都自称门生。韩愈《燕河南府秀才得生字》云："昨闻诏书下，权公作邦桢。文人得其职，文道当大行。"[②] 以此观之，则德舆之在当时就是众多举子的进阶龙门。"贞元中，奉诏考定贤良草泽之士，升名者十七人。及为礼部侍郎，擢进士第者七十有余，鸾凰杞梓，举

---

① （宋）王谠著，周勋初校正：《唐语林校正》，中华书局2008年版，第362页。
② 《全唐诗》卷三三九，第3806页。

集其门，登辅相之位者，前后凡十人。其他征镇岳牧文昌掖垣之选，不可悉数。继居其任者，今犹森然。"① 尤其是贞元十七年到二十一年间三次知贡举，放李翊、侯云长、韦纾、尉迟汾、侯喜等大部分韩门弟子入榜，为流派的壮大作出重要贡献。元和五年权德舆拜相，他的文坛领袖地位更加显赫，成为当时文章正体的代表、萧—韩文学流派的核心，他的古文创作也得到了后辈大家韩愈的肯定："公既以能为文辞擅声于朝，多铭卿大夫功德。"② 葛晓音先生分析权德舆的社会地位时，指出"他既有'尚气，尚理，有简，有通'的文说，又历任礼部、吏部尚书和宰相，长期居于选人高位"③，是李华、独孤及、梁肃等人到韩柳之间承前启后的重要人物。

梁肃和权德舆的门生弟子在上文中有简单的介绍，二人在文坛的交往广泛，兹择要介绍二人文友如下。柳冕，字敬叔，两《唐书》有传。父柳芳，唐代著名史学家，修《国史》《唐历》，与萧颖士同榜进士，为韦述所重。芳与冕曾父子两代并居集贤院。柳冕和提拔了多位流派成员的财相刘晏相善，建中元年（780）刘晏在与杨炎的权力之争中落败赐死，柳冕坐贬巴州司户参军，贞元初召还为太常博士，寻加吏部郎中。贞元十三年（797）出为福州刺史，福建观察使。永贞元年（805）前后卒，赠工部尚书。柳冕是史官世家出身，《旧唐书》本传称他"文史兼该"。他提倡"古人之文"，更反对"道不及文"，为文崇尚一种比梁肃、韩愈更严苛的道德判断。他的古文理论多保存在书信文中，如《与徐给事论文书》《答荆南裴尚书论文书》《答孟判官论宇文生评史官书》等。冕弟柳登亦以文章闻名当时。杨凭，字虚受，一字嗣仁，虢州弘农人，两《唐书》有传。杨凭是大历九年（774）状元，善诗文，与弟凝、凌并有重名，称"弘农三杨"。大历中，三人俱登第。凭后入礼部郎中、刑部侍郎、拜京兆尹，官终太子詹事。杨凭是李兼的女婿，与柳镇、权德舆友善，贞元十二年嫁女于

---

① （唐）杨嗣复：《丞相礼部尚书文公权德舆文集序》，《全唐文》卷六一一，第6176页。
② （唐）韩愈：《唐故相权公墓碑》，《全唐文》卷五六二，第5687页。
③ 葛晓音：《论唐代的古文革新与儒道演变的关系》，收入《汉唐文学的嬗变》，北京大学出版社1990年版。

柳宗元，其子杨浑之与张籍有诗文交往，柳宗元、韩愈与凭弟杨凝论交，详见第四代人物介绍。李翰，赵郡人，李华同宗，从弟李德裕。两《唐书》有传。翰在肃宗后有古文之名，梁肃作《补阙李君前集序》（《全唐文》卷五一八）称其与萧李、贾至、独孤及比肩。梁肃于李翰当为后辈，但以文友相称。杨於陵（753—830），字达夫，弘农人，封弘农郡公。两《唐书》有传。贞元元年到贞元六年，於陵与权德舆、皇甫湜、穆赏同从事于江西观察使李兼幕府。贞元八年入朝为膳部员外郎，历吏部郎中、中书舍人、潼关防御、浙东观察使，后入为京兆尹，穆宗时太子少傅，有政声。次子杨嗣复，字继之，贞元十八年进士擢第，二十一年又登博学宏词科，释褐秘书省校书郎。迁右拾遗、直史馆，改太常博士。元和十年（815）累迁至刑部员外郎，改礼部员外郎，再迁兵部郎中。长庆元年（821）十月，以库部郎中知制诰，拜中书舍人，文宗、武宗朝宰相。嗣复与牛僧孺、李宗闵皆权德舆贡举门生，曾编德舆文集，并撰序。李翱以妹许之。宝历元年（825），时任礼部侍郎的杨嗣复知贡举，点中柳芳后人柳璟等三十三人登进士第，流派第六代继承者来择本年中贤良方正直言极谏科。郑絪，字文明，《旧唐书》有传。絪好儒学，善属文。大历中，张参、蒋乂、杨绾、常衮等皆相知重。絪激赏韩愈之文，韩愈《释言》记载："元和元年六月十日，愈自江陵法曹诏拜国子博士，始进见今相国郑公。公赐之坐，且曰：'吾见子某诗，吾时在翰林，职亲而地禁，不敢相闻。今为我写子诗书为一通以来。'愈再拜谢，退录诗书若干篇，择日时以献。"① 从兄郑慈，与元德秀友善。慈子郑馀庆，柳宗元《先君石表阴先友记》记与柳镇善。郑馀庆很赏识韩愈，《旧唐书·韩愈传》载："（愈）投文于公卿间，故相郑馀庆颇为之延誉，由是知名于时。"韩入仕后有"愈幸甚，三得为属吏，朝夕不离门下"之叹。② 李翱曾荐孟郊于郑馀庆，辟为宾佐。韩弇（753—787），韩愈从父兄。兴元元年（784）到贞元三年五月韩弇先后为朔方节度使浑瑊、杜希

---

① 《全唐文》卷五五九，第5653页。
② （唐）韩愈：《上郑尚书相公启》，《全唐文》卷五五四，第5610页。

全掌书记，后随瑊入吐蕃遇害。贞元十六年韩愈嫁韩弇之女于弟子李翱。奚陟，字殷卿，亳州人。两《唐书》有传。陟少好读书，登文辞清丽科，授弘文馆校书，寻拜大理评事、左拾遗、翰林学士、吏部员外郎等职，与柳宗元之父柳镇有交往。奚陟荐权德舆为起居舍人知制诰，荐杨於陵为郎中，后皆有名。沈既济（750？—800），德清（今属浙江）人，吴兴良史。《旧唐书》本传称他"博通群籍，史笔尤工"。杨炎荐其有良史才，召拜左拾遗、史馆修撰。尝请省天后纪，合中宗纪，议不行。后杨炎得罪，沈既济坐贬处州司户参军。复入朝，位礼部员外郎。沈既济著有《建中实录》十卷，史有令名，与萧颖士之子萧存友善。既济子传师，贞元二十一年权德舆知贡举时中进士，有德行，杜牧《唐故尚书吏部侍郎赠吏部尚书沈公行状》言："文公门生七十人，时人比公为颜子。"① 沈传师死，权德舆子权璩为《墓志》。

四　第四代、第五代：韩愈及韩门弟子

之所以把第四代、第五代流派人物归在一起写，是因为这些人的身份多有重合。韩愈亲传弟子李翱、沈亚之、皇甫湜既是第四代的弟子辈，又是第五代的领军人物。韩愈的文友圈广阔，影响又巨大，除少数姻亲如女婿蒋係、李汉和亲传弟子外，史书上留名的韩门弟子侯喜、侯云长、刘述、韦纾、张弸、尉迟汾、李绅、张俊余、杨敬之、李师锡、胡直钧等都是韩愈援引推荐之后辈，与真正入门弟子有一定差别。而如张籍、樊宗师、孟郊诸人，韩愈与他们平辈论文，切磋大于指导，关系不好归类，所以将与韩愈同时代或稍晚的流派人物事迹综合起来，择血缘、师承、交游之紧密者述之。

韩愈（768—824），字退之，河阳人，郡望河北昌黎，世称韩昌黎。两《唐书》有传。愈幼孤，依长兄韩会而居，七岁随兄入京。时

---

① （唐）杜牧：《唐故尚书吏部侍郎赠吏部尚书沈公行状》，《全唐文》卷七五六，第7843页。

会任起居舍人,叔父韩云卿任礼部郎中。韩会抚养韩愈成人,思想上、文学上都对他影响极大。韩云卿、韩会都是李华"爱奖士类"的对象,据宋王铚《韩会传》载,二人也俱为萧颖士爱奖,韩会还"首与梁肃变体为古文章,为《文衡》一篇"。文中说:"故文之大者,统三才,理万物;其次叙损益,助教化;其次陈善恶,备劝诫。始伏羲,尽孔门,从斯道矣"①,与流派文论相呼应。贞元三年(787)至贞元五年,韩愈在京应试,连续三年未中,受马燧接济。贞元六年前后,与李观、李绛、崔群等游学于梁肃门下。贞元八年,兵部侍郎陆贽知贡举,梁肃、崔元翰通榜,推荐韩愈、李观、欧阳詹、穆质、崔群、王涯、张季友、李绛、侯季等二十三人进士及第,极一时之选,时号"龙虎榜"。此后两年,韩愈应博学宏词试又连续落选,生活窘困,作《苦寒歌》以自伤。贞元十二年到贞元十五年,宣武节度使董晋招韩愈入幕作观察推官,同时帐下还有判官杨凝。韩愈与杨凝关系密切,直到贞元十九年杨凝卒②。据柳宗元《先君石表阴先友记》(《全唐文》卷五八八),杨凝兄凭、弟凌,愈长兄会,都是柳宗元父柳镇的朋友,韩柳与凭年龄差距较大,但也属世交。愈后贬阳山时,有《送杨支使序》云:"今中丞(指杨凭)之在朝,愈日侍言于门下。"③ 说明韩愈曾从杨凭游。贞元十四年,董晋命韩愈主持汴州乡试,点中张籍。是年冬,张籍以汴州"首荐"的资格往长安,翌年登进士第。张籍步入科场已在中年,但连捷乡试、礼部试,与韩愈的识拔、推荐很有关系,所以张籍对韩愈始终怀有感激之情。贞元十五年,韩愈入武宁军节度张建封幕为推官,其间完成著名的"五原"文,奠定其在儒学上的重要地位。贞元十七年秋,韩愈得陆傪举荐,授四门博士,后向傪推荐侯喜等十人入仕。贞元十九年,韩愈奉旨作《禘祫议》《论今年权停举选状》《请复国子监生徒状》等职事文,罢四门学博士。冬,授监察御史,同署有柳宗元、刘禹锡、王播、李程、张署等。十

---

① 《韩文类谱》卷八,转引自陈鸿墀《全唐文纪事》卷三九,中华书局1962年版。
② 参见韩愈《天星送杨凝郎中贺正》《哭杨兵部凝陆歙州傪》等诗。
③ 杨支使名仪之,时为杨凭湖南观察使府中支使。《序》文见《全唐文》卷五五五。

二月因上书言（京兆尹）李实瞒报旱情之过，被贬连州阳山令。区册、区弘、刘师命等后学闻之前来拜谒求教。永贞元年（805），顺宗即位，韩愈得大赦，从阳山待命郴州。次年升任江陵法曹参军，六月，召回京权知国子学博士。此时孟郊、张籍、张彻、崔立之、孟几道均在长安，唱和联句。元和五年（810），韩愈出于义愤，为因避父讳而不能应进士试的李贺写《讳辩》。元和八年，韩愈在国子博士任，作《进学解》。三月，授比部郎中、史馆修撰，有《答刘秀才论史书》。十一月，与沈传师、宇文籍采访、重修《顺宗实录》，两年后修成。次年，柳宗元作《与韩愈论史官书》，韩愈有复。十二月出史馆，以考功郎中知制诰。元和十一年，韩愈迁中书舍人，赐绯鱼袋。五月议淮西战事忤执政，以他事改太子右庶子。此年裴度入相，引愈为知己。十二年，韩愈以随裴度平淮西军功迁刑部侍郎，明年，奉旨写《平淮西书》，诏段文昌重书。元和十四年正月，韩愈上《迎佛骨表》，宪宗暴怒，贬潮州，七月量移袁州。元和十五年召韩愈复京为朝散大夫、守国子祭酒，复赐金紫。两年内转兵部侍郎、吏部侍郎、京兆尹。侯喜在此时期得愈引荐，为国子主簿。长庆三年（823），京兆尹韩愈为兵部侍郎，以御史中丞李绅为江西观察使。宰相李逢吉与李绅不协，绅有时望，恐用为相。及绅为中丞，乃除韩愈为京兆尹、兼御史大夫，仍放台参。绅性峭直，屡上疏论其事，与愈辞理往复，逢吉乃两罢之。长庆四年十二月韩愈卒，终五十七岁。

　　韩愈是萧—韩文学流派集大成之人物，其承先启后之领袖之气魄与人格，非旁人所及。即使是与同时代作品流传更广的元白相比，也有更重要的意义。正如陈寅恪先生所指出的："退之同辈胜流如元微之、白乐天，其著作传播之广，在当日尚过于退之。退之官之低于元，寿复短于白，而身殁之后，继续其文其学者不绝于世，元白之遗风虽或尚流传，不至断绝，若与退之相较，诚不可同年而语矣。退之所以得致此者，盖亦由其平生奖掖后进，开启来学，为其他诸古文运动家所不为，或偶为之而不专其意者，故'韩门'遂因此而建立，韩学亦更缘此而流传也。世传隋末王通讲学河汾，卒开唐代贞观之治，此固未必可信，然退之发起光大唐代古文运动，卒开后来赵宋新儒学新古

从萧门到韩门

文之文化运动,史证明确,则不容置疑者也。"① 韩愈不仅对之前三代先驱的文学理论和创作有所升华,将流派的影响绵延到宋明之后,直接开启清代桐城派的古文之路,而且在道统渊源、流派谱系、人才培养上也有建树之功。他在《原道》篇中所表述的"尧以是传之舜,舜以是传之禹,禹以是传之汤,汤以是传之文武周公,文武周公传之孔子,孔子传之孟轲,轲之死,不得其传焉"② 正是自己理想中道统文统传承的体系。因而陈寅恪先生《论韩愈》一文特别肯定他"建立道统,证明传授之渊源"的贡献。华夏学术最重传授渊源,唐代学术杂流,韩愈以一己之力建立新道统,述其渊源之所自,为萧—韩儒学、文学流派的确立做好了理论准备。他"奖掖后进,期望学说之流传"的事迹也很显著③,下文简述。

韩愈二子,长子昶著名,早慧,张籍奇之,授诗,从樊宗师学文,长庆三年(824)进士,任户部郎中。三女,长女适李汉,三女适蒋係。李汉,字南纪,少事韩愈,通古学,属辞雄蔚,为人刚正,与韩愈相投契。文宗朝屯田员外郎、史馆修撰。参修《宪宗实录》直书李吉甫之过,吉甫子德裕恶之,受党争所累,卒于宗正少卿之位。蒋係,义兴史官世家出身,史书言其"善属文,得父典实"。文宗大和元年(827)被授昭应尉,充任直史馆。大和二年任右拾遗、史馆修撰,执笔《宪宗实录》,书成后仍兼史职,与韩愈翁婿并美于史林。李翱的女婿卢求,僖宗相卢携之父,宝历二年(826)杨嗣复榜下及第,应诸府辟召,位终郡守,见《旧唐书·卢携传》附传。

"韩门弟子"一词最早见于唐李肇《唐国史补》卷下《韩愈引后进》条:"韩愈引致后进,为求科第,多有投书请益者,时人谓之韩门弟子。愈后官高,不复为也。"④ 此后,历代文献里常常出现"韩门弟子"一词。《新唐书》韩愈本传直接对韩门弟子做了一个概括:"成

---

① 陈寅恪:《金明馆丛稿初编·论韩愈》,生活·读书·新知三联书店2015年版,第332页。
② 《全唐文》卷五五八,第5650页。
③ 陈寅恪:《金明馆丛稿初编·论韩愈》,生活·读书·新知三联书店2015年版,第331页。
④ (唐)李肇:《唐国史补》,收入《唐五代笔记小说大观》,上海古籍出版社2000年版,第195页。

就后进士，往往知名。经愈指授，皆称'韩门弟子'……至其徒李翱、李汉、皇甫湜从而效之。……从愈游者，若孟郊、张籍，亦皆自名于时。"就是说，凡是受过韩愈指点的人都算是韩门。门生弟子的概念来源于春秋孔子讲学，本指入帐得传经义者，即授业弟子。自唐以后科举制行，凡科举考试的座主乃至仕途援引推荐的先达，皆可以师相称，而师生关系遂与传道授业的本义越来越远。因此韩门弟子的范围也越来越大，《唐摭言》卷四所载："韩文公名播天下，李翱、张籍皆升朝，籍北面师之。"① 发展到清代，变成"游韩门者，张籍、李翱、皇甫湜、贾岛、侯喜、刘师命、张彻、张署等"②。近人钱基博《韩愈志》云："韩门弟子众矣！尤著闻者：李翱、皇甫湜雄于文，孟郊、贾岛、李贺工为诗。独张籍兼能，而非其至。"③ 说孟郊、张籍为韩愈弟子，是有些牵强的，应该是同辈文友。孟郊（751—814），字东野，湖州武康人。愈一见为忘形交。郊年五十得进士第，性狷介，少谐和。仕途不顺，文字郁荡。年六十四卒，张籍私谥其为贞曜先生。从年龄上看，孟郊长韩愈十七岁，与韩愈同期应举。韩愈非常钦佩孟郊，有诗表心迹："我愿身为云，东野变为龙。四方上下逐东野，虽有离别无由逢"④，多次说自己在诗文上受孟郊启示。张籍（766？—830？），如前所述，为贞元十四年（798）秋韩愈主持汴州乡试所取第一名，后连捷礼部试，对韩愈心存感激之情。据韩愈《与冯宿论文书》说："近李翱从仆学文，颇有所得。……有张籍者，年长于翱，而亦学于仆，其文与翱相上下。"⑤ 可见他确曾向韩愈学习写作，但二人的师生关系并不明显。张籍曾说："到今三十年，曾不少异更。公文为时师，我亦有微声。而后之学者，或号为韩张。"⑥ 联系《新唐

---

① （唐）李肇：《唐国史补》，收入《唐五代笔记小说大观》，上海古籍出版社 2000 年版，第 1617 页。
② （清）赵翼：《瓯北诗话》卷三，收入《清诗话续编》，上海古籍出版社 1983 年版，第 1164—1165 页。
③ 钱基博：《韩愈志》，上海古籍出版社 2012 年版，第 67 页。
④ （唐）韩愈：《醉留东野》，《全唐诗》卷三四〇，第 3807 页。
⑤ 《全唐文》卷五五三，第 5597 页。
⑥ （唐）张籍：《祭退之》，《全唐诗》卷三八三，第 4301 页。

书·韩愈传》中"若孟郊、张籍，亦皆自名于时"，可知孟郊和张籍不应算作弟子之列。张籍的至交王建也曾被列入韩门弟子，王建，大历元年生与张籍同龄人。约建中四年（783）出关辅往山东求学，与张籍同窗，此后于该地幕府从事数年。贞元、元和中又先后入幽州刘济幕、岭南幕、魏博节度使田弘正幕。元和八年（813）王建任昭应县丞，历太常寺丞、太府寺丞、秘书郎。长庆二年（822）迁秘书丞，复为侍御史。大和二年（828）出为陕州司马，白居易、张籍有诗文相送。① 李翱与韩愈的关系也颇耐人寻味。李翱（772—836），字习之，陇西成纪人。贞元十四年翱与吕温、独孤及次子郁等二十人进士及第，尚书左丞顾少连知贡举。后官史馆修撰、礼部郎中、中书舍人、桂州刺史、山南东道节度使等职。他曾受流派第三代宗主梁肃提拔，与独孤及长子独孤朗相交。在儒学和古文方面都可谓自成一家：一方面李翱曾阐释韩愈关于"道"的观念，强调文以明道的理论；另一方面，他成功地重建儒家的心性理论，《复性书》三篇实开宋代理学性情说先河。李翱在文章中与韩愈以文友兄弟相称，如："如兄者，颇亦好贤，必须甚有文辞，兼能附己。"② 又如："视我无能，待予以友，讲文析道，为益之厚。"③ 二人关系实在师友之间，但韩愈将从兄韩弇之女嫁于翱，辈分上还是高于翱。李翱还曾经受到杨於陵的接济和荐进。贞元十二年李翱三试于礼部未果，生活困顿，曾谒杨於陵累获咨嗟。④ 元和三年到五年，翱为岭南节度使杨於陵辟在幕府，有知遇之恩。大和五年杨於陵归葬郑州，时在郑州刺史任的李翱为其作墓志，并有文祭奠。

除孟郊、张籍、李翱外，包括《新唐书》韩愈传所附卢仝、贾岛、刘义等人，韩门所有弟子中最知名的应该是皇甫湜。皇甫湜（776—835?），字持正，睦州新安人，宪宗朝宰相王涯之甥。元和元年（806）与李绅等二十三人中进士，由陆浑尉仕至工部郎中，贞元初与权德舆、

---

① 王建事迹见《唐才子传校笺》第二册卷四，陶敏《全唐诗作者小传补正》卷二九七。
② （唐）李翱：《答韩侍郎书》，《全唐文》卷六三五，第6409页。
③ （唐）李翱：《祭吏部韩侍郎文》，《全唐文》卷六四〇，第6466页。
④ 事见李翱《谢杨郎中书》，《全唐文》卷六三五，第6414页。

杨於陵同在江西观察使李兼幕府。皇甫湜才学出众，入韩门前受梁肃延誉，肃言："予同郡皇甫生（湜），肤清气和，敏学而文。……门风世德，焕耀篇录。"① 罗联添先生说李翱和皇甫湜是韩门两大弟子，李得韩之醇，皇甫得韩之奇。② 韩愈论文尚奇崛，故对皇甫湜独有青眼，临终点名托其撰碑志。"死能令我躬所以不随世磨灭者惟子，以为嘱。"③ 另一位在古文领域有声名，与韩愈亦师亦友的人物是樊宗师。宗师，字绍述，樊泽之子，南阳人。元和三年中军谋鸿达科，授著作佐郎。历太子舍人、绵州刺史、绛州刺史等职。樊宗师在唐代古文作家中独标一格，韩愈在《南阳樊绍述墓志铭》中称赞他为文"必出于己，不袭蹈前人一言一句，又何其难也！"④ 樊宗师在韩愈陈言务去的道路上渐行渐远，自创奇径，写下许多艰涩难解的诗文，把古文运动倡导的创新求变推向了另一个极端。李肇《唐国史补》说："元和已后，为文笔则学奇诡于韩愈，学苦涩于樊宗师。"⑤ 时号"涩体"。事迹见韩愈《南阳樊绍述墓志铭》《新唐书·樊泽传》传附。

《唐国史补》中所说为求科第投书请益的学子们，时人谓之韩门弟子，与韩愈之间的关系中功利成分更多一些。贞元十八年（802），韩愈在《与祠部陆员外书》中推荐侯喜、侯云长、刘述古、韦群玉、沈杞、张弘、尉迟汾、李绅、张后余、李翱等人给陆傪。由于韩愈的推荐非常有效，此后举子多投奔于韩愈门下，当时皆争为韩门弟子也。韩愈曾在贞元十七年至长庆元年（821）三任国子博士，一任国子祭酒，国子监的学生也可以算作他的弟子。他一生中经常从事教育活动，如自己所说"向于愈者多矣"。如沈亚之（781—832），字下贤，吴兴人，初至长安曾投韩愈门下，以文才为时人所重，与李贺结交，贺赠诗称为"吴兴才人"。有研究者统计，在韩愈门下求学或经专门指导

---

① （唐）梁肃：《送皇甫七赴广州序》，《全唐文》卷五一八，第5267页。
② 罗联添：《韩愈研究》，天津教育出版社2012年版，第173页。
③ （唐）皇甫湜：《韩文公墓志铭》，《全唐文》卷六八七，第7039页。
④ 《全唐文》卷五六三，第5705页。
⑤ （唐）李肇：《唐国史补》，收入《唐五代笔记小说大观》，上海古籍出版社2000年版，第194页。

过的弟子中，仅姓名可考的就至少有37人。①

  韩愈友人中，柳宗元和韩愈算是世交，韩愈之兄韩会与柳宗元之父柳镇年龄相若，相交友善。柳镇大历八年（773）至十年间官长安主簿，韩会以大历九年官起居舍人，二人于大历九、十年在长安定交。②柳宗元，字子厚，唐代河东郡人。贞元九年（793）进士及第，贞元十四年中博学宏词科，授集贤殿书院正字，调任蓝田尉，因文才出众被京兆尹韦夏卿留京府掌文墨。贞元二十一年，柳宗元参加以王叔文为首的政治革新集团，升任礼部员外郎。革新失败后被贬为永州司马。元和十年（815）受召回京，未几左迁柳州刺史，四年后病逝，享年四十七岁。韩愈文友圈中，后世文名最盛、独树一帜的就是柳宗元，但是因为他对萧—韩文学流派传承的影响不大，所以不作为本书讨论的重点对象，只择要列举他与流派成员的交往和可能发生的影响。永贞革新后，柳宗元再未还京，与韩愈也没有再见面，但二人的诗文交往却从未中断。柳宗元在永州时针对韩愈的天道观而作《天说》，在朗州的刘禹锡接着写了三篇《天论》，这是中唐时期一场很有名的哲学辩论。元和八年，韩愈由国子博士改比部郎中、史馆修撰，有《答刘秀才论史书》传世，柳宗元不满其对修史的态度驰书与之争论。韩柳二人在文学上互相推重，真心相倾。有人攻讦韩愈《毛颖传》《师说》以文为戏，柳宗元便作文反驳。韩愈也介绍生员向柳宗元学文，韦珩就是在韩愈的推荐下不远千里到永州求学于柳宗元的。韩愈对柳宗元的文学成就有极高评价，他说："子厚少精敏，无不通达……俊杰廉悍，议论证据今古。出入经史百子，踔厉风发，率常屈其座人，名声大振，一时皆慕与之。……居闲益自刻苦，务记览为词章，汛滥停蓄，为深博无涯涘。"③柳宗元病逝，韩愈为其撰写祭文和墓志，并代为抚养遗孤。除韩愈外，流派中杨凭是柳宗元的岳父，杨凭又是节度使李兼的女婿，权德舆、皇甫湜、杨於陵都曾入李兼幕府，

---

① 刘海峰：《韩门弟子与中唐科举》，《漳州师院学报》1997年第3期。
② 事见柳宗元《先君石表阴先友记》，《全唐文》卷五八八，第5943页。
③ （唐）韩愈：《柳子厚墓志铭》，《全唐文》卷五六三，第5697—5698页。

柳宗元在贞元初年随父亲柳镇游历长沙、江西时就与他们相识。流派第一代成员赵骅之子赵宗儒，德宗朝官翰林学士，后拜相，与柳宗元也有往来。宗元于元和前期致函赵宗儒求举荐，其中提到："往者尝侍坐于崔比部（即崔元翰，流派第三代），闻其言曰：'今之为文，莫有居赵司勋右者。'"① 梁肃的入室弟子吕温与柳宗元是同乡，父吕渭，正妻柳氏，吕温和柳宗元又有一层姻亲关系。贞元十四年吕温进士及第，次年中博学宏词科，授集贤殿校书郎，柳宗元时任集贤殿书院正字，二人同是校理图书的职官，由此关系更进一步。柳宗元在思想上受到吕温相当大的影响，曾从温处得《春秋集传例》，并且非常感念吕温对自己的指引："吾自得友君子，而后知中庸之门户阶室，渐染砥砺，几乎道真。"②

韩愈的交友圈中有四位值得特别注意——董晋、马燧、崔群、裴度。他们都是中唐政坛上举足轻重的大人物，虽然本人没有在萧—韩流派的谱系代际上占重要地位，但是这四人对流派组织的发展传承起到关键作用。董晋（724—799），字混成，河中虞乡人，肃宗朝翰林学士，贞元五年（789）升门下侍郎同平章事。两《唐书》有传。权德舆为其撰《神道碑》，韩愈撰《行状》。贞元九年，董晋罢为礼部尚书，后为东都留守，贞元十二年改宣武节度使，聘观察推官（带校书郎衔）韩愈、判官杨凝随行。在董晋幕府的三年，萧—韩流派的第四代、第五代开始集结成形。李翱《祭吏部韩侍郎文》记载："贞元十二，兄佐汴州。我游自徐，始得兄交。视我无能，待予以友。讲文析道，为益之厚。"③ 明年，张籍由和州来汴州，经孟郊介绍与韩愈相识。以流派第四代领军人物韩愈为核心的诗文圈开始固定，几年间他们互相唱和、论诗说文，贞元十四年韩、孟、李还有《远游联句》，韩愈的《与冯宿论文书》和《答张籍》都是记录这段时间的故实，董晋幕府期可以看成是"韩愈从事古文运动、主张诗格新变的开始"④，

---

① （唐）柳宗元：《上江陵赵相公寄所著文启》，《全唐文》卷五七六，第5823页。
② （唐）柳宗元：《与吕道州温论非国语书》，《全唐文》卷五七四，第5801页。
③ 《全唐文》卷六四〇，第6466页。
④ 傅璇琮：《唐翰林学士传论》，辽海出版社2005年版，第228页。

从萧门到韩门

"韩愈集团中最重要的三位成员：诗歌上的挚友孟郊，古文上的挚友李翱，道义上的挚友张籍，相聚于汴州。这是一次诗歌、古文和学术的长时间切磋的聚会，在韩愈一生中占重要的一页"[①]。马燧（726—795），字洵美，汝州郏城人。两《唐书》有传。马燧是中唐名将，兴元元年（784）因平魏博藩乱有功封北平郡王。贞元初轻信吐蕃求和之请许盟，招致平凉之耻，被罢去河东节度使，仅保留侍中官衔而居长安。韩愈从父兄韩弇贞元间为朔方节度使浑瑊掌书记，随瑊入吐蕃缔盟时遇害。贞元初韩愈在长安三年不第，生计窘迫，马燧得知是韩弇从弟，出资接济。韩愈后来回忆："始予初冠，应进士贡在京师，穷不自存，以故人稚弟拜北平王于马前，王问而怜之，因得见于安邑里第。王轸其寒饥，赐食与衣。"[②] 韩愈能在长安坚守下去与马燧有很大关系。贞元十二年韩愈应董晋辟之前，武宁节度张建封曾有辟韩愈入幕之意，事见李翱《荐所知于徐州张仆射书》。《新唐书·张建封传》："性乐士，贤不肖游其门者礼必均，故其往如归。许孟容（掌书记）、韩愈（推官）皆奏署幕府，有文章传于时。"幕下另有杜兼、于良史、裴复等。[③] 史载建封"少颇属文，好谈论，慷慨负气，以功名为己任"，在节帅之中有"礼贤下士"的好名声。韩愈以"主人（建封）与吾有故"，于贞元九年荐孟郊于张建封。[④] 史载建封"素与马燧善"，韩愈与张建封的"有故"很可能始于马燧的推荐。此外，马燧大历十四年（779）至贞元三年任河东节度使，曾聘流派第三代重要人物崔元翰为掌书记。马燧对流派中后期的发展是有大力之功的。崔群（771—832），字敦诗，贝州武城县人，两《唐书》有传。少时博览经史，十九岁进士及第。被任命为秘书省校书郎，累迁右补阙、翰林院学士、中书舍人。元和十二年（817），任中书侍郎、同中书门下平章事。群为韩愈挚友，早年同游梁肃之门，同年登科。愈上《迎佛骨表》引宪宗杀心，得崔群力保才改为远刺潮州。另外，元和初年崔

---

① 卞孝萱、张清秋、阎琦：《韩愈评传》，南京大学出版社2007年版，第74页。
② （唐）韩愈：《殿中少监马君墓志》，《全唐文》卷五六三，第5705页。
③ 戴伟华：《唐方镇文职僚佐考》，广西师范大学出版社2007年版，第97页。
④ （唐）韩愈：《与孟东野书》，《全唐文》卷五五一，第5579页。

群任礼部侍郎期间，点中沈亚之、吕渭之子吕让等韩门子弟入榜，助力流派延续。裴度（765—839），字中立，河东闻喜人，中唐杰出的政治家、文学家。两《唐书》有传。度贞元五年进士，贞元十年权德舆奉诏主考制科，擢贤良方正、能直言极谏十七人，裴度为科首。宪宗元和时累迁司封员外郎、中书舍人、御史中丞，支持宪宗削藩之策，后入相，元和十二年亲自领军平定淮西，回朝拜金紫光禄大夫、弘文馆大学士、上柱国，封晋国公，历仕穆宗、敬宗、文宗三朝，开成四年（839），官终中书令，赠太傅，谥文忠。裴度是中唐有名的文相，诗文皆有成就，喜爱和文人结交。裴度与韩愈相知甚早，元和初年他写的《寄李翱书》就称："昌黎韩愈，仆识之旧矣，中心爱之，不觉惊赏，然其人信美材也。近或闻诸侪类，云恃其绝足，往往奔放，不以文立制，而以文为戏。"① 可见二人早年相识，裴度对愈非常赏识，但不赞成韩愈"以文为戏"，对其文章弊病直言不讳不失偏颇。元和六年秋韩愈被任命为职方员外郎，裴度以司封员外郎知制诰，寻转本司郎中，至元和十二年裴度拜相，两人同在京都为官，交往日近。元和十二年宪宗诏度为淮西宣慰处置使，出使淮西。裴度奏请时任太子右庶子的韩愈为彰义行军司马，不出四个月即大破敌军，收复蔡州。在此行途中裴韩亦有唱和之作，回京后韩愈作《平淮西碑》，文学影响达到顶峰。元和十四年迎佛骨事件，赖裴度、崔群全力保住韩愈性命，后又经度多方周旋，韩愈才被征召回京任国子监祭酒，转兵部侍郎。可以说韩愈在政坛的沉浮与裴度丝丝相关。韩愈是中唐古文运动的领军人物，裴度为中唐政治构建的核心，二人都有文质皆佳的诗文和交游唱和之作传世，因此裴度得以成为萧—韩文学流派第四代不可忽视的一个关键人物。裴度晚年留守东都，筑绿野堂，与白居易、刘禹锡等名士唱酬甚密，成为洛阳文事活动的中心人物，对洛阳文人活动也起到凝聚作用。方回《瀛奎律髓》云："裴晋公度累朝元老，于功名之际盛矣，而诗人出其门尤盛。"② 白居易诗《奉和令公绿野堂种

---

① 《全唐文》卷五三八，第5462页。
② （元）方回：《瀛奎律髓》卷一七，诸伟奇、胡益民点校，黄山书社1994年版，第378页。

花》"绿野堂开占物华,路人指道令公家。令公桃李满天下,何用堂前更种花"①就是明证。在古文理论上,裴度认为"文之异在气格之高下,思致之浅深,不在磔裂章句,隳废声韵也",主张"不诡其词而词自丽,不异其理而理自新"。②这对于当时在韩愈古文风潮卷席之下追求奇诡的写作风向具有补偏救弊的意义。

五　第六代、第七代:来择、孙樵

由韩愈从流派前代先驱者手中继承并推动的古文复兴与中唐时局息息相关,同步升沉。随着晚唐政局变化,古文逐渐式微,流派在这段时期又经历了两代成员的努力,终不抵亡国之殇,在唐末五代归于沉寂。晚唐战乱频生,史料留存不多,以至于流派后两代成员来择和孙樵的生平交游情况都很难考证。流派传承的线索只在孙樵的文集中可得一窥。他在《与王霖秀才书》里说:"樵尝得为文真诀于来无择,来无择得之于皇甫持正,皇甫持正得之于韩吏部退之。"③在《与友人论文书》中再次强调自己的文道源出,可见他是以韩愈再传弟子自居的。孙樵之师来择,字无择。现存资料极少,生卒履历不详。《新唐书·艺文志》记其文集《秣陵子集》一卷。敬宗宝历元年(825),来择在礼部侍郎杨嗣复榜下中贤良方正、能直言极谏科第四等,同年被点中的进士科状元为流派前贤柳芳之孙、柳登之子柳璟。柳璟,字德辉,蒲州河东人。宝历年状元及第。开成初,任库部员外郎知制诰、充翰林学士。祖父芳曾著《永泰新谱》(又名《皇室新谱》),文宗复命他依照旧谱体例,续修德宗以后事,名《续唐皇室图谱》,附于前谱后。开成五年(840)进中书舍人,武宗时,转礼部侍郎。后贬信州司马。迁郴州刺史卒。

最后来说一下有据可查的流派末代继承者孙樵。孙樵,字可之,

---

① 《全唐诗》卷四五六,第5167页。
② (唐)裴度:《寄李翱书》,《全唐文》卷五三八,第5462页。
③ 《全唐文》卷七九四,第8325页。

第二章 文学流派在中唐的起步

一字隐之,自谓关东人,生卒年月不详。大中九年(855)中进士,同年登第者还有杨嗣复之子杨授和卢求之子卢携等人,中书舍人沈询知贡举。禧宗幸歧陇时曾诏樵赴行在,迁职方郎中上柱国,赐紫金鱼袋。孙樵是晚唐著名古文家,在文宗时即有著述,现存《孙可之文集》十卷,文笔激切,文字遒劲,"论断唐事,词义严峻,文亦峭洁,有风霜凌厉之色"①,深刻揭示了李唐式微与官场黑暗,在后世很有影响,也是流派中最后一代文史留名者。刘熙载说孙樵:"文得昌黎之传者,李习之精于理,皇甫持正练于辞。习之一宗,直为北宋名家发源之始;而祖述持正者,则自孙可之后,已罕闻成家者矣。"② 孙樵的文学成就常被用来和皇甫湜相提并论,如前人有"今观持正、可之之集,皆自铸伟词,槎牙突兀,或不能句,其快语若天心月胁,鲸铿春丽,至是归工,抉经执圣。皆前人所不经道,后人所不能至也,亦奇甚矣"之类的论断③。二人相较,以苏轼为代表的一派认为孙樵逊于皇甫湜:"盖唐之古文,自韩愈始。其后学韩而不至者为皇甫湜,学皇甫湜而不至者为孙樵。自樵以降,无足观矣。"④ 这种说法被《四库全书总目提要》采纳,多为文学史所取。另一派认为孙樵更胜一筹,以清代王士禛为代表,他在《居易录》里说:"予于唐文最喜杜牧牧之、孙樵可之,以为在翱、湜之右。"⑤ 清人储欣也说:"幽怀孤愤,章章激烈。生于懿、僖,每念不忘贞观、开元之盛,其言不得不激。按其词意渊源自出,信昌黎先生嫡传也。"⑥ 这些优劣不一的评价都侧面反映了孙樵与韩门的继承性和对韩愈的隔代效仿。孙樵两篇表达自己史学思想的文章《孙氏西斋录》和《与高锡望书》都是写给好友高锡望的,锡望生平未详,史载懿宗咸通年间任滁州刺史,庞勋农民起义时死于任上(《新唐书·懿宗纪》)。

---

① 《唐宋文醇》卷二一《孙氏西斋录》文后张英评语,文渊阁《四库全书》版。
② (清)刘熙载著,袁津琥校注:《艺概校注》,中华书局2009年版,第127页。
③ (明)王鏊:《皇甫持正集》序,文渊阁《四库全书》版。
④ (宋)苏轼:《谢欧阳内翰书》,收入曾枣庄、刘琳主编《全宋文》第87册,上海辞书出版社2006年版,第341页。本书所引《全宋文》内容,全部来自此版本,余下只注卷数、页码。
⑤ (清)王士禛:《居易录》,文渊阁《四库全书》版。
⑥ (清)高步瀛笺释,陈廷烨整理:《唐宋文举要》,崇文书局2019年版,第672页。

从萧门到韩门

除了孙樵之外，晚唐皮日休也极为敬重韩愈，其《请韩文公配飨太学书》言："夫今之文人千百世之作，释其卷，观其词，无不裨造化，补时政，繄文公之力也。"① 他还仿韩愈《五原》作《十原》之文明志。司空图也自列韩门，"（图）自以其文出皇甫湜，推而上之以及于退之，以验其所传之自"②。

小　结

以上，我们通过较为明确的师承关系和传承时间上的延续性这两点将中唐时期的文人群体——从萧门到韩门划定为中国文学史上第一个正式的文学流派，并且梳理了萧—韩文学流派的代际关系和人员组织。该流派成员的主要活动时间集中在开元二十三年（735）到开成元年（836），前后延续七代，成员间有相对明确的师承关系，每代宗主都重视教育，广收门徒，奖掖后人，鼎盛时期流派成员占据德顺宪穆四朝文坛的主流位置，有自己明确的文学理论和主张，相互之间频繁酬答创作，对后世影响深远。萧—韩文学流派是中国文学史上第一个七代相继的文人群体。事实上，将这一群体定义为文学流派略显片面，因为这个名称只凸显出了流派成员的文学能力和创作者身份，但该流派成员同时还具有很多其他的社会身份——儒者、礼官、史官、传奇作家、循吏，这些身份使萧—韩流派成员在经学界、史学界、官僚体系中都占有重要位置，他们的综合素质和全面的能力使这个流派更像一个综合性的学派。这里的"学派"与春秋早期的诸子百家学派有本质区别，春秋时期的学派是文学从经术中分离之前的，是狭义的，仅仅指学说流派，而萧—韩流派所具有的是广义全面的学派特征，真正包含了文学、儒学、史学、经世能力等一系列要素。流派成员的其他社会身份及其对唐宋文化转型的影响将成为本书的重点讨论内容。

---

① 《全唐文》卷七九六，第 8349 页。
② （宋）李石：《西江集序》，《全宋文》第 205 册，第 340 页。

第三章　作为礼官的萧—韩文学流派作家

贞元二十年（804）冬，权德舆与礼部同僚在韦宾客家宴集，作《韦宾客宅宴集诗序》纪其事：

> 太子宾客韦兄，鬈华缨，佩金龟，为清时大僚，有数年矣。始以博士奉朝请，周历台阁，出分藩符，入作卿长，乃领内府，又宾东朝。拜章乞告，优诏得请，致仕就第，燕闲自颐。中外族属，尝僚贵仕，以觞酒祝延，发礼修贺者多矣。以兄始登朝行，实自礼寺，蕃祉吉禄，此为椎轮。于是众君子学通行修，尝践此任者，与今之引经据古，屈职在列者，同声撰日，复修兹会。乃有夏官小司马，左右曹侍臣，书殿、东观、柱下史、南官郎、九旋十（疑），而鄙夫忝焉。……今裴、辛、吕三君子，皆讲学称职，而司勋满岁复留，再帖郎位，犹四命焉。前此者，柱史之超拜浃日矣，鄙夫之忝兹一纪矣，二左曹、东观二十年矣（原注：陈君二十年，冯君二十年，张君十八年，今云二十年，开中半也）。小司马向三十年矣，而主人逾四十年矣。其于折中定议，损益于仪法多矣（原注：兵部二十八年，主人四十五年，向逾举全数也）。外有平阳、长乐二连帅韦君、柳君，绛、郴、和三郡守裴君、李君（阙二字），前苏州韦君，信州陆君，（阙一字）守之介刘君，六邑之长姜君，合中外历是者十九人。因广斯文，且为礼官之籍。①

---

① 《全唐文》卷四九〇，第 5002 页。

文中提到，主人以太常博士奉朝请，由礼部开启京官仕途，现在优诏致仕之后，来贺的人员都曾任太常博士一职，"因广斯文，且为礼官之籍"，出席者竟有十九人之多。其中已考知的有冯伉、陈京、张荐、韦武、柳冕、李伯康、韦夏卿、陆质、权德舆九人。① 这九人中很多都是萧—韩文学流派成员，或与流派思想发展有千丝万缕的联系。陈京，独孤及得意门生，其父陈兼是萧颖士至交。京善文辞，性情刚直，为名相常衮所重，擢第后累迁太常博士，白居易、韩愈都有向其行卷的经历，有"天下文宗，当代精鉴"的美誉②，曾多次弹劾卢杞之奸直到杞被弃用。柳冕，史学世家出身，父柳芳，与萧颖士同榜进士。柳冕和提拔了多位流派成员的财相刘晏相善，建中元年（780）刘晏在与杨炎的权力之争中落败，冕坐贬巴州司户参军，贞元初召还为太常博士，寻加吏部郎中。后出为福建观察使，有政绩，曾与当时在礼部侍郎任上的权德舆有书信往来，讨论当以经义治道取士的观点。③ 陆质，唐代经学家，师从啖助和赵匡治《春秋》之学，开宋儒之风气，与柳宗元、吕温等人友善，柳宗元以执弟子礼于陆质为荣。④ 权德舆，流派三代宗主，贞元八年始至京师，历任左补阙知制诰、驾部员外郎、中书舍人、礼部侍郎等清要官职，元和四年（809）迁太常卿，明年守礼部尚书，同中书门下平章事。权德舆是流派从萧李、独孤及等人到韩柳之间传承的重要人物，身兼贞元后期政坛盟主、文坛盟主双重身份，《旧唐书》本传载："德舆自贞元至元和三十年间，羽仪朝行，性直亮宽恕，动作语言，一无外饰，蕴藉风流，为时称向。……时人以为宗匠焉。"在他的带领下，流派的礼学思想、文学观念在中唐得以广泛传播发展。德宗时期下诏将《开元礼》、三《礼》相继列为官学，开科取士，把古代和当代的礼典作为科举考试科目，从优授官，看得出执政者急需重建文教礼法制度来集合人心，构建国家基础，恢复中央君权统治的心态。这次由权德舆记录的盛会从一个侧面展示

---

① 蒋寅：《大历诗人研究》，北京大学出版社2007年版，第376页。
② （唐）白居易：《与陈给事书》，《全唐文》卷六七四，第6883页。
③ （唐）柳冕：《与权侍郎书》，《全唐文》卷五二七，第5353页。
④ 事见柳宗元《答元饶州论〈春秋〉书》，《全唐文》卷五七四，第5800页。

第三章　作为礼官的萧—韩文学流派作家

了贞元后期政坛的风向——在礼崩乐坏的中唐，一批由礼官出身的文士渐渐替代了贞元前期善于治理财政的官吏走上政治舞台前端。礼官的职事责任与社会角色使得他们对儒家文化的传承革新有一种比其他职能部门官员更强烈的使命感和实践精神，他们的政治活动、文学活动代表了时代对礼制复兴的思考和诉求。

萧—韩文学流派的成员活动时期主要集中在天宝至开成年间，贯穿整个乱后中兴的过程，他们在礼制复兴的道路上起了关键作用。除了上文中提到的四位，萧—韩流派中曾经担任礼官的成员多达三十多位。他们在肃宗至宪宗朝占据了礼部的重要官职，以职任重建社会秩序，发掘儒家经义的本质及现实功能，确立士林风气，尤其是执掌贡举的几位流派成员，竭力改变以往教育内容中重经典、轻实用的状况，主张应试文章应有经世之道，不仅要求内容黜去华章，更要求联系现实、于政治有所补益，从朝廷制度上完成了古文理论的传播，规范和制约了天下文士的文体选择和文风倾向，使流派的影响扩大到整个文坛。本章将萧—韩流派成员中担任礼官的情况加以梳理，并着重阐述他们作为礼官在礼制重建、科举改革、流派传承等方面的贡献。

第一节　萧—韩流派作家的礼官身份

一　唐代礼官职务

中国自古就是礼仪之邦，讲究礼法观念，礼官就是礼法的制定和执行者，需要参与制定礼仪条文，掌握颂礼的技能，监督仪式的执行，对巩固阶级统治有重要作用。唐代中央行政机关由三省六部九寺组成，三省中尚书省下设吏、户、刑、工、兵、礼六部，此外又有太常、光禄、卫尉、宗正、太仆、大理、鸿胪、司农、太府九寺分管具体事务。礼部和九寺中的太常寺是唐代执掌礼制乐律的专门机构，在这两个机构中就职的官员都属于礼官。除此之外，与礼乐事务相关的寺监机构还有鸿胪寺，主管招待外宾；光禄寺，主管国宴；国子监、秘书监等，

· 111 ·

掌朝廷典仪、教育。这些机构都总领于礼部和太常寺的主持之下处理具体工作，不单独讨论。

唐代的礼部尚书下辖九个职位：礼部侍郎、礼部郎中、礼部员外郎、祠部郎中、祠部员外郎、膳部郎中、膳部员外郎、主客郎中、主客员外郎。主理太常寺的太常卿管理以下岗位：太常少卿、太常丞、太常博士、太祝、奉礼郎、礼直等。除此之外，开天初单设礼仪使一职总揽礼仪事务，加强礼官人员的专业性。因此，唐代的礼官主要包括礼部礼官、太常寺礼官、礼仪使三部分。

（一）礼部礼官

礼部为尚书省的司礼部门，设尚书、侍郎各一人，"掌天下礼仪、祠祭、燕飨、贡举之政令。其属有四：一曰礼部，二曰祠部，三曰膳部，四曰主客"①。下设四司分别置郎中、员外郎各一人，礼部司为四司之首。礼部是唐代文教、外交、礼仪等方面的政务机关。唐代前期，礼部官员负责礼乐政令，所有贡举、教学、考试、风俗、宗教及接待外使等事宜均归礼部。开元二十四年（736）后礼部最主要的工作转向教育和科举。

礼部尚书是礼部最高级别的长官，属《周礼》中春官大宗伯。此任多以德高望重、文礼兼备者居之，如中唐时代的杜佑、权德舆、王涯、李益等。安史之乱后，礼部尚书一职多被作为荣誉以奖励勋绩，成为宰相的序进之位，失去实际职责，但仍可看到对其人德行文才的肯定。礼部尚书成为"虚职"之后，礼部的具体事务由礼部侍郎掌握。开元二十四年（736）起，礼部侍郎掌策试、贡举及斋郎、弘、崇、国子生等事。②成为依靠科举晋身的广大文士命运的决策官员，他们借其选士的职事活动对科举考试的形式和内容加以重要改革，掌握着天下文风的变化和导向。

礼部四司中，礼部郎中、员外郎实为"贰尚书"，"掌礼乐、学

---

① （唐）李林甫等撰，陈仲夫点校：《唐六典》，中华书局2014年版，第108页。本书所引《唐六典》文字均出自此版本，以下只注页码。

② 《唐六典》，第109—110页。

校、衣冠、符印、表疏、图书、册命、祥瑞、铺设，及百官、宫人丧葬赠赙之数"①。祠部郎中、员外郎掌"祠祀享祭，天文漏刻，国忌庙讳，卜筮医药，道佛之事"②。膳部郎中、员外郎"掌邦之牲豆、酒膳，辨其品数"③。主客郎中、员外郎职"掌二王后及诸藩朝聘之事"④。有些周边少数民族诸藩使节的接待由鸿胪寺负责，但其政令主管部门是主客司。礼部四司郎中、员外郎皆属清要之职，重文才人品，这种皇帝近臣的任职者有更多的机会去实现自己的政治抱负，经常作为中央和地方重要官职的后备力量培养，地位非常特殊。

（二）太常寺礼官

太常代表天道，指的是一种绘有日、月、星三辰的艺术符号，是天子权力的象征。在唐代，太常寺是行使礼乐职能的礼官机构。太常卿、太常少卿的主要职事是"掌邦国礼乐、郊庙、社稷之事。以八署分而理焉：一曰郊社、二曰太庙、三曰诸陵、四曰太乐、五曰鼓吹、六曰太医、七曰太卜、八曰廪牺"⑤。太常卿不仅总领属下祭祀管理活动，自身也要充任特定的礼职，特别是逢皇帝亲祭时，还要辅助天子完成祭礼。从职属活动上看，太常寺是唐代实际司礼部门，经手大量具体事务，对官员的要求也很高，正如独孤及《太常少卿厅壁记》所说："故官因职雄，地以人贵。馀八卿不敢与太常齿。广德中，上尤审官，注意礼乐。其选也，以才能不以资，以恩泽不以劳。"⑥太常寺礼官在礼制重建中起着关键作用，流派成员中独孤及、崔元翰、柳冕、权德舆、陆质、陈京、杨凭、唐次、崔元翰、沈既济都在入职太常寺之后走上复礼振兴之路。太常博士，是唐九寺中独有的博士职位。《汉书·百官表》："博士，秦官，掌通古今，秩比六百石，员多至数十人。"高祖时，叔孙通始为博士，定礼制，宋、齐太常府有博士，

---

① 《新唐书·百官志一》，第1194页。
② 《唐六典》，第120页。
③ 《唐六典》，第128页。
④ 《唐六典》，第129页。
⑤ 《唐六典》，第394页。
⑥ 《毗陵集校注》卷一七，第373页。

亦谓之太学博士，隋唐时沿制，太常寺仍设博士，尤为儒臣华选。唐代太常博士为朝廷礼仪方面的学术权威，"掌辨五礼之仪式，奉先王之法制；适变随时而损益"①。其品级虽然不高，职任颇为重要，拟议王公上官谥号，褒贬功绩，定一世之功，朝廷典法，举措取则，职事实繁。到中唐时代，太常博士实为行礼与变礼的核心人物，萧—韩流派中担任过此职位的独孤及、柳冕、权德舆、陈京等均论礼见长。奉礼郎，原称治礼郎，高宗时因避讳改名，是直接设定朝廷仪礼规范的官员。"奉礼郎二人，从九品上，掌君臣版位，以奉朝会、祭祀之礼。宗庙则设皇帝位于庭，九庙子孙列焉，昭、穆异位，去爵从齿。凡樽、彝、勺、幂、篚、坫、簠、簋、登、铏、笾、豆，皆辨其位。凡祭祀、朝会，在位拜跪之节，皆赞导之；公卿巡行诸陵，则主其威仪鼓吹，而相其礼。"② 礼直，本身无品级，是为了加强礼仪事务部门专业性而增设的技术岗位，以充直者原来官品来作为俸禄的等级。

（三）礼仪使

礼仪使是独立于礼部与太常寺之外的一个专司礼仪制度的职务，在唐代设立于开元初。根据《唐会要》礼仪使条记载："高祖禅代之际，温大雅与窦威、陈叔达参定礼仪。自后至开元初，参定礼仪者并不入衔，无由检叙。……天宝九载正月，置礼仪使，以太子左庶子韦述为之，至十五载六月，更不改易。"③ 胡三省注《资治通鉴·唐纪·景云元年》睿宗继位事，提及姚元之、宋璟为礼仪使，注曰："唐世凡有国恤，皆以宰相为礼仪使，掌山陵、祔庙等事。"④ 由此看来，礼仪使最初是为特殊时期朝廷礼仪的制定和执行而设立的，是唐王朝在当时社会政治背景下完善礼法、突出权威的需要。唐代礼仪使一般由高品秩礼官兼任，这个职位对礼学修养要求很高，萧—韩流派中玄肃朝撰写《唐职仪》的韦述、中唐儒冠杨绾、颜真卿，还有郑馀庆、郑絪父子都曾担任此职。

---

① （宋）郑樵：《通志》，中华书局1987年版，第669页。
② 《新唐书·百官志三》，第1242页。
③ （宋）王溥撰，牛继清校正：《唐会要校正》，三秦出版社2012年版，第577页。
④ 《资治通鉴》，第6774页。

二 萧—韩文学流派中曾经担任礼官的成员列表

	玄宗	肃宗	代宗	德宗	顺宗	宪宗	穆宗	敬宗	文宗
礼部尚书	席豫、房琯	房琯		董晋、杜佑		权德舆		王涯	
礼部侍郎	阳浚（杨浚）		贾至、杨绾、常衮、潘炎	李纾、包佶、刘太真、陆贽、吕渭、权德舆	权德舆	崔群	杨嗣复	杨嗣复	李汉
太常卿		刘晏	杨绾	董晋、齐抗		权德舆、郑馀庆、郑絪	杨於陵		王涯、崔群
太常少卿			董晋	包佶、杨凭、许孟容		蒋乂			
太常博士	柳芳		独孤及	崔元翰、柳冕、权德舆、陆质、陈京		杨嗣复			
礼部郎中		相里造	韩云卿	杨凭		唐次	李翱		蒋係
礼部员外郎			独孤及	唐次、崔元翰、沈既济	柳宗元				
祠部郎中			赵骅、董晋						
膳部郎中	颜允南			柳登					
膳部员外郎			赵骅	杨於陵、陈京					蒋係
主客郎中	房琯					张籍			
主客员外郎			董晋						

· 115 ·

续表

	玄宗	肃宗	代宗	德宗	顺宗	宪宗	穆宗	敬宗	文宗
礼仪使		韦述	杨绾、颜真卿	颜真卿、郑馀庆		郑馀庆、郑絪			

三 玄宗到宪宗朝知贡举礼官对萧—韩流派形成的影响

开科以来，选举之事本由吏部掌管，开元二十四年（736）始移至礼部。

> 开元二十四年三月十二日，以考功员外郎李昂为举人所讼，乃下诏曰："每岁举人，顷年以来，惟考功郎所职，位轻务重，名实不伦。欲尽委长官，又铨选委积。但六官之列，体国是同，况宗伯掌礼，宜主宾荐。自今以后，每年诸色举人及斋郎等简试，并于礼部集，既众务烦杂，仍委侍郎专知。"①

这个转变，大大提高了礼部官员在科举考试中的地位，也提高了他们在应试举子心中的地位，礼部侍郎遂成朝廷中炙手的官职。如李翱所言："按国纪以文章取士，仪曹选之以登第，吏部得补官，方帅因之以奏请，丞相因之除授，不由奏官之择，虽词人无阶级可进，故礼部之重，根本如是。"② 从上表中我们可以看出，萧—韩流派中的很多成员都担任过礼部要职，尤其是广德之后，知贡举的官员更是多达十几位：贾至、杨绾、常衮、潘炎、李纾、包佶、刘太真、陆贽、吕渭、权德舆、杨嗣复、李汉，他们这些流派中坚人物紧紧把握住了整个代、德二朝的铨选之权，在进仕的要冲努力为古文复兴集聚人才和力量。

早在玄宗末期，流派的创始人物萧颖士就开始在科选道路上发挥

---

① （宋）王溥撰，牛继清校正：《唐会要校正》，三秦出版社2012年版，第871—872页。
② （唐）李翱：《卓异记·兄弟为礼部侍郎》，中华书局1985年版，第5—6页。

作用。史称萧颖士乐闻人善，以推引后人为己任。天宝十二载（753）到十五载礼部侍郎阳浚（杨浚）数知贡举，请颖士推荐人选。几年中萧门或萧门的古文同道之士占了登第举子的绝大多数：天宝十二载皇甫曾、刘太冲、郑愕、刘舟、殷少野、邬载、房由、张继等五十六人登进士第，同年元结入京准备应考，投文受阳浚（杨浚）赞赏，又作《订古》五篇，阐明前世君臣、父子、夫妇、兄弟、朋友之道，广获声誉；天宝十三载元结、韩翃、尹征、刘太真、吕渭等三十五人登进士第，杨绾等中辞藻宏丽科，独孤及、李舟中洞晓玄经科；天宝十五载皇甫冉、郎士元、令狐峘等三十三人登进士第。其中独孤及、元结为流派二代领军人物，刘太真等萧门弟子中举后社会反响也很好，海内以为德选，这对扩大流派思想传播起了很大作用。与萧颖士同年进士第的贾至是代宗朝接引流派后续力量的起始，广德二年（764），贾至转任吏部侍郎，奏请长安、洛阳两都同时举行科举考试，并去洛阳主持科考，得到代宗谕允。次年起两知贡举，引数十举子入彀。在此之后，常衮大历九年（774）起连续三年知贡举，取杨凌、郑馀庆等流派弟子登第。建中后，常衮出任福建观察使，兴建地方教育，发掘欧阳詹等闽中才子，这在《新唐书》欧阳詹本传和韩愈为其写的《哀辞》里均有提及。中唐财相刘晏的女婿潘炎在大历十三年、十四年知贡举，取杨凝、崔元翰等及第，"号为得士"①。贞元初，李纾、包佶、刘太真相继任礼部侍郎主科举，他们本身都是诗文兼擅的文坛盟主，选材眼光独到，注重文章华实并举，后来的元和名相裴度就是刘太真的门生。度在刘太真身后为其撰碑铭，自陈"公之徽烈，将示于来裔。而高碑未刻，良允继没，于是门生之在朝廷者，谏议大夫杜羔，中书舍人裴度，起居舍人卢士玫，殿中侍御史李修，光禄少卿卢长卿，右司郎中韦乾度，工部员外郎李君何……"② 文中对刘太真的感戴之情溢于言表，并列出同为刘门出身的官员悼念，显示出门生座主关系

---

① "大历末，常（衮）、潘（炎）继居小宗伯，号为得士。"见（唐）权德舆《唐故朝散大夫守秘书少监致仕周志铭》，《全唐文》卷五〇六。
② 《刘府君神道碑铭并序》，《全唐文》卷五三八，第5468页。

从萧门到韩门

在士子心中的重要性。接下来的贞元八年（792），是唐代科举史上不可忽视的一年，兵部侍郎陆贽知贡举，流派第三代代表人物梁肃、崔元翰通榜，放韩愈、李观、欧阳詹、穆质、崔群、王涯、张季友、李绛、侯季等二十三人进士及第，元稹中明经科，是年一榜多天下孤隽伟杰之士，号"龙虎榜"[1]，胡应麟甚至称之为"有唐第一榜"[2]。通榜又叫公荐，唐时科举不糊名，全凭主试者定去取，试前由台阁近臣推荐贡举人，预列知名之士，得中者往往出于其中，推荐人谓之通榜或公荐。"在当时举子录取中，有时通榜所起的作用更为实际，社会影响更大。"[3]"龙虎榜"中的崔群（771—832），字敦诗，韩愈挚友，宪宗元和初为翰林学士，后迁礼部侍郎典贡举，选材公允有令名。到贞元末期，吕渭、顾少连、权德舆连续知举，左右科场文风，此时期萧一韩流派声势大振，人才兴旺。以贞元十八年为例，权德舆以中书舍人知贡举，祠部员外郎陆傪通榜。时韩愈在长安任四门博士，上书陆傪，推荐侯喜等十名举子，这十人就是韩门弟子的起始。《唐摭言》载其本末："贞元十八年，权德舆主文，陆傪员外通榜帖，韩文公荐十人于傪，其上四人曰侯喜、侯云长、刘述古、韦纾，其次六人：沈杞、张苰、尉迟汾、李绅、张俊余、李翊，而权公凡三榜共放六人，而苰、绅、俊余不出五年内，皆捷矣。陆忠州榜时，梁补阙肃、王郎中杰佐之，肃荐八人俱捷，余皆共成之。故忠州之得人，皆烜赫。"[4]宝历元年（825），杨嗣复知贡举，取柳璟为进士科状元。柳璟，柳登之子，柳芳之孙，是流派六代传承代表。

在唐代，科举制度不仅仅是一种考试制度，它直接关系到下层士子的进阶和入仕前景，关系到国家的官吏铨选标准，关系到引进地方人才进入权力中枢，扩大社会统治基础，稳固政治体系等方面，是一种具有社会指向性意义的文化制度。门人中举越多，自己的名望就越

---

[1] "龙虎榜"之名见《新唐书·欧阳詹传》。
[2] （明）胡应麟：《诗薮》，中华书局1962年版，第176页。
[3] 傅璇琮：《唐翰林学士传论》，辽海出版社2005年版，第352页。
[4] （五代）王定保：《唐摭言》，收入《唐五代笔记小说大观》，上海古籍出版社2000年版，第1643页。事又见韩愈《与陆傪员外书》。

高，所倡导的文学理念声势和影响力就越大，与之相辅相成，响应和投入门下的人也会越来越多。奖掖后进，提拔志同道合的新生力量，在科举选拔中为流派的传承作人才储备，这是从流派第一代萧李就开始的传统。随着中唐乱后藩镇割据官职锐减、科举考试竞争愈益激烈，门生座主、进士同年成为科场和官场甚至整个政治文化圈最重要的社会关系。顾炎武曾针对士人以科举为因缘联结这一现象分析道：

> 生员之在天下，近或数百千里，远或万里，语言不同，姓名不通，而一登科第，则有所谓主考官者，谓之座师；有所谓同考官者，谓之房师；同榜之士，谓之同年；同年之子，谓之年侄；座师、房师之子，谓之世兄；座师、房师之谓我，谓之门生；而门生之所取中者，谓之门孙；门孙之谓其师之师，谓之太老师；朋比胶固，牢不可解。①

从代、德二朝开始，中唐时期在礼部任职的流派成员众多，他们利用科场来培养文学革新的力量，这些福祸攸关的士人以座主门生及同门等关系在政坛文坛都互相声援推助，"自唐以来，进士皆为知举门生，恩出私门，不复知有人主"②。萧—韩文学流派正是在这样的社会背景下完成其谱系的传承，并由此为流派的思想传播、文学理念开拓坦途。

第二节　流派礼官对中唐复礼中兴的意义

中国古代文化的核心是建立在"礼"的基础上，知礼、守礼、复礼是古代士人与生俱来的文化使命感和道德责任感，亲身经历安史之乱的杜甫追忆开天盛世：

---

① （清）顾炎武：《顾亭林诗文集》，中华书局1983年版，第23页。
② （宋）王栐：《燕翼诒谋录》，收入《唐宋史料笔记丛刊》，中华书局1981年版，第2页。

忆昔开元全盛日，小邑犹藏万家室。稻米流脂粟米白，公私仓廪俱丰实。九州道路无豺虎，远行不劳吉日出。齐纨鲁缟车班班，男耕女桑不相失。宫中圣人奏云门，天下朋友皆胶漆。百余年间未灾变，叔孙礼乐萧何律。①

除了怀念富足的经济生活，这首诗本质上是在追忆盛世礼制的和谐完备，这些诗句的背后是遭逢巨变的中唐士人对礼制复兴的思考，他们的全部政治活动、文学活动都围绕这一诉求展开。长达八年的内乱致使唐王朝中央权衡失柄，人心涣散。对于封建统治阶层而言，战乱造成的最大损害不仅仅在于财物和民生方面，更在于礼仪制度的混乱和停废，如何使国家的制度、思想、文化、学术与文学都归于统一，是中唐有识之士尤其是担任礼官的士人所要肩负的责任。长于经史的礼学之士以实际行政才能及政治使命感在这一时期成为政坛主角，萧—韩文学流派中李纾、包佶、权德舆、齐抗、崔元翰、柳冕、陈京、杨於陵、韩愈、蒋乂、许孟容等代德顺宪四朝风云人物都在礼官位置上崭露头角。不同于大历至贞元前期的财政权势之争，贞元后期至元和中兴时的朝廷内部的主要矛盾就体现在议礼方面，此时期是一个力图建立法度森严的新规范的时代，礼官出身的萧—韩流派成员力图通过"折中定议，损益于仪法"②重新整顿秩序，恢复一统思想，重建文化系谱。

一 萧—韩流派礼官关于礼制重建的举措——以代宗朝独孤及为例

前朝礼官和礼仪制度在战乱中毁伤殆尽，祭天祀祖之礼无从接续。乱后朝廷新组，百废待兴，礼官的重要性随即凸显，其中太常博士职任尤其强调儒学和礼学修养，发挥古训，弥纶礼制。萧—韩流派礼官

---

① （唐）杜甫：《忆昔》，《全唐诗》卷二二〇，第2325页。
② （唐）权德舆：《韦宾客宅宴集诗序》，《全唐文》卷四九〇，第5003页。

第三章 作为礼官的萧—韩文学流派作家

中独孤及临危受命,在宝应、大历年间担任太常博士一职。宝应元年(762)肃宗崩,独孤及上《景皇帝配昊天上帝议》,主张以景帝配昊天上帝,郊祭太祖景皇帝,而景帝以前的神主献祖、懿祖可不预,同时将太祖的地位置于高祖之上。制准实行。[①] 这个标准一直维持到建中二年(781)代宗丧毕,新天子德宗行礼时产生了疑义,由此引发了德宗朝最大的议礼事件——禘祫祭祀之争。禘祫是古代天子或诸侯把远近祖先的神主集合在太庙里进行祭祀的统称。[②] 中唐禘祫之争的焦点在于以谁为太庙置于东向位的神主。以独孤及、柳冕、陆质、张荐和独孤及的弟子陈京为代表的太祖派主张收敛太祖(景皇帝李虎)为神主;以儒学世家出身、时任山陵使的颜真卿和韩愈为代表的献祖派主张收敛献祖(宣皇帝李熙)为神主。当时太庙的东向位已如宝应初期独孤及所议为太祖所占,独孤及《景皇帝配昊天上帝议》曰:

> 谨按《礼经》:"王者禘其祖之所自出",以其祖配之,凡受命始封之君,皆为太祖。继太祖以下六庙,则以亲尽迭毁。太祖之庙,虽百代不迁,此五帝三王所以尊祖敬宗也。故受命于神宗,禹也,而夏后氏祖颛顼而郊鲧;缵禹黜夏,汤也,而殷人郊冥而祖契。革命作周,武王也,而周人郊稷而祖文王。则明自古必以首封之君配昊天上帝。唯汉氏崛起丰沛,丰公太公皆无位无功德,不可以为祖宗。故汉以高皇帝为太祖,其先细微故也,非足为后代法。伏唯太祖景皇帝,以柱国之任,翼周弥魏,肇启王业,建

[①] 按《旧唐书·礼仪志》:"至(永泰)二年春夏旱。言事者云:'太祖景皇帝追封于唐,高祖实受命之祖,百神受职,合依高祖。今不得配享天地,所以神不降福,以致愆阳。'代宗疑之,诏百僚会议。太常博士独孤及献议曰:'礼,王者禘其祖之所自出,以其祖配之。凡受命始封之君,皆为太祖。'……竟依崇敬等议,以太祖配享天地。"梁肃《独孤及行状》:"时有上议谓景皇帝未升尊位,不宜为太祖。诏下百寮,公按《礼经》,以为王者禘其祖之所自出,而以其祖配之,故三代皆以受命始封君配昊天上帝。唯汉氏崛起丰沛,丰公太公皆无位无功德,不可为祖宗,故以高帝为太祖。若景帝肇启王业,建封于唐,高祖因之,遂以有天下之号,天所命也,宜百代不迁。因具故事条奏,从之。于是郊庙之礼遂定。"

[②] 《论语·八佾》:"禘自既灌而往者,吾不欲观之矣。"宋蔡节《论语集说》卷二:"(唐)赵伯循(匡)曰:禘,王者之大祭也。王者既立始祖之庙,又推始祖所出之帝,祀之于始祖之庙,而以始祖配之也。"

· 121 ·

封于唐。高祖因之，遂以为有天下之号，天所命也。亦犹契之封商，后稷之封邰，禘郊宗祖之位，宜在百代不迁之典，郊祀太祖，宗祀高祖，犹周之祖文王而宗武王也。今若以高祖创业，当跻其祀，是弃三代之令典，遵汉氏之末制，黜景皇帝之大业，同于丰公太公之不祀，反古违道，失孰甚焉。夫追尊景皇帝庙号太祖，高祖太宗所以崇尊尊之礼也。时更七圣，载经二百，名臣硕儒，备经讨论，未尝有献同异于宗庙。今将议其全典，变更先圣制度，曷知其可？若配天之位既易，则太祖之号宜废，祀之不修，庙亦当毁，尊祖报本之道，其坠于地乎？[①]

大历十四年（779），代宗崩造新庙之时，德宗准仪礼使颜真卿之议，太祖、高祖、太宗这些疏远的神主谁都不毁，迁世祖（元皇帝李昞），保持太庙的九庙制。这就使太祖的地位遇到了挑战。献祖派认为："伏惟太祖景皇帝以受命始封之君，处百代不迁之庙，配天崇享，是极尊严。且至禘祫之时，暂居昭穆之位，屈己伸孝，敬奉祖宗，缘齿族之礼，广尊先之道。此实太祖明神烝烝之本意，亦所以化被天下，率循孝悌也。……奉献祖神主居东向之位，懿祖、太祖暨诸祖宗，遵左昭右穆之列。此有以彰国家重本尚顺之明义，足为万代不易之令典也。"[②] 主张禘祫之祭按祖孙秩序，天子也要遵循人伦孝悌之大纲。"景皇帝虽太祖也，其于献、懿则子孙也。当禘祫之时，献祖宜居东向位，景皇帝宜从昭穆之列。祖以孙尊，孙以祖屈。求之神道，岂远人情？"[③] 建中二年，太祖派的太常博士陈京上书献议："《春秋》之义，'毁庙之主，陈于太祖，未毁庙之主，皆升合食于太祖。'……无毁庙迁主不享之文……伏以国家若用此义，则宜别为献祖、懿祖立庙，禘祫祭之，以重其亲，则太祖于太庙遂居东向，以全其尊。伏以德明、兴圣二皇帝，曩既立庙，至禘祫之时，当用享礼，今则别庙之制，便就兴

[①] 《毗陵集校注》卷六，第126页。
[②] （唐）颜真卿：《庙享议》，《全唐文》卷三三六，第3409页。
[③] （唐）韩愈：《禘祫论》，《全唐文》卷五五〇，第5576页。

圣庙藏祔为宜。"① 这个说法折中了独孤及和颜真卿的观点，认为迁献祖、懿祖而使首位统一于太祖（景皇帝）违背《春秋》之教，应分为献、懿二祖立庙，使独立于太庙之外，与德明、兴圣二帝庙合食。

如果从独孤及的上疏算起，这一关于祭祖礼制的论争持续了将近四十年之久，前后发生了三次集中论辩②。这几次重大典礼争议，流派礼官权德舆、陈京、杨於陵、蒋乂、韩愈都卷入其中③。透过看似不相容的争论，在执着于以何代为主的表象之下，是中唐礼官们从不同思路巩固皇族权力、维护国家统一的政治意识的集中体现。主张太祖受封观念的一派主要希冀通过正统之名来捍卫唐王室的地位。安史之乱之后，河北三藩（范阳、成德、魏博）的势力膨胀，他们以"二圣"祭安、史，不服从中央调令，欲世袭藩镇实权，时刻筹谋自立为主。大历十年（775）代宗讨伐魏博天雄军失利更加重了这样的割据危机。德宗建中三年（782），朱滔、田悦、王武俊、李纳同时称王，自称孤，所居堂曰殿，以所治州为府，官署仿天朝而治。太祖派正是力图以唐王朝所具有的"始封"之重来压制那些缺乏正统之名的强藩悍镇。而献祖派则是通过强调祖孙尊卑、忠良孝悌来凸显传统儒家思想中的纲常观念，企图在思想上约束那些准备武力夺权的节度使。中国自古孝忠不分，尊祖即尽忠，《礼记》开篇即曰："道德仁义，非礼不成；教训正俗，非礼不备；分争辩讼，非礼不决；君臣、上下、父子、兄弟，非礼不立；宦学事师，非礼不亲；班朝治军、在官行法，非礼威严不行；祷祠祭祀、供给鬼神，非礼不诚不庄。"④ 教导人们恪守父子有亲，君臣有义，长幼有序的伦常纲纪，是儒家文化维护宗法秩序的一大手段。最终，在藩镇时局日加紧急的情况下，太祖派"战胜"了献祖派，正统的出身"战胜"了人伦大义，这一系列的议礼活动蕴含的都是礼官文人对重建皇家权威与秩序的诉求。

---

① 《请为献祖懿祖立别庙疏》，《全唐文》卷五一五，第5232—5233页。
② 详见［日］户崎哲彦《唐代的禘祫论争及其意义》，蒋寅译，《咸宁师专学报》2001年第4期。
③ 事见《旧唐书·仪礼志》《新唐书·陈京传》。
④ （汉）郑玄：《礼记正义》，上海古籍出版社2008年版，第5页。

宝应至大历元年（766），独孤及在太常博士位贡献实多。除上文提到的《景皇帝配昊天上帝议》之外，据梁肃《独孤公行状》，"大盗之后，百度草创，而太常典故，尤所坏缺。公为博士，祗考古道，酌沿革之中，凡有损益，莫不悉居其当"①。时新平大长公主之子裴仿尚永清公主，最初以太子少傅裴遵庆为婚主，将行五礼，中使口宣诏旨，改为大长公主后夫姜庆初。独孤及告曰："婚姻之礼，王化之阶，以异姓之人主之，不可甚矣！某不奉诏。"中书令汾阳王时为五礼使，听从了独孤及的建议。②

永泰中，丞相吕諲去世，严郢以故吏请谥于有司。独孤及为吕諲论谥曰"肃"。严郢以宰相谥号皆二名，请益曰"忠肃"。独孤及撰文反驳：

> 今奉符令，必用二字，且以忠配肃。谨按旧仪，凡殁者之故吏，得以行状请谥于尚书省，而考行定谥则有司存，朝廷辨可否，宜在众议。今驳议撰谥异同之说，并故吏专之。伏恐乱庖人尸祝之分，违公器不私之戒，且非唐虞师锡金曰之道。昔周道衰，孔子作《春秋》以绳当代，而乱臣贼子惧。《谥法》亦《春秋》之微旨也，在惩恶劝善，不在哀荣；在议美恶，不在字多。文王伐崇，周公杀三监、诛淮夷，晋重耳一战而霸诸侯，武功盛矣，而皆谥曰"文"。以冀缺之恪德临事，宁俞之忠于其国，随会之纳谏不忘其师、谋身不失其友，其文德不优乎？而并谥曰"武"。固知《书》法者，必称其大而略其细，故言武不言文，言文不言武。三代以下，朴散礼坏，乃有二字之谥。二字谥非古也，其源生于衰周，施及战国之君。汉兴，萧何、张良、霍去病、霍光俱以文武大略，佐汉致太平，其事业不一，谓一名不足以纪其善，于是乎有文终、文成、景桓、宣成之谥。虽渎礼甚矣，然犹褒不失人。唐兴，参用周汉之制，谓魏征以王道佐时，近文；极言极

---

① 《毗陵集校注》附录，第459页。
② 事见崔祐甫《独孤公神道碑铭》，《毗陵集校注》附录，第456页。

谏，爱君而忘身，近贞，二德并优，废一莫可，故曰文贞公。谓萧瑀端直鲠亮，近贞；性多猜貳，近褊，言褊则失其謇正，称贞则遗其吝狭，非一言所能名，故曰贞褊公。其余举凡推类，大抵准此，皆有为为之也。若迹无殊途，事归一贯，则直以一字目之。故杜如晦谥成，封德彝谥明，王珪谥懿，陈叔达谥忠，温彦博谥恭，岑文本谥宪，常巨源谥昭，唐休璟谥忠，魏知古谥忠，崔日用谥昭，其流不可悉数。此并当时赫赫以功名居宰相位者，谥不过一字，不闻其子孙佐吏有以少称屈者。由此言之，二字不必为褒，一字不必为贬。若褒贬果在字数，则是尧、舜、禹、汤、文武、成康不如周威烈王、慎靓王也；齐桓、晋文不如赵武威、魏安釐、秦庄襄、楚考烈也。杜如晦、王珪以下，或成、或明、或懿、或宪，不如萧瑀之贞褊也。历考古训及贞观以来制度，似皆不然。今奉所议云："国家故事，宰相必以二字为谥。"未知出何品式？请具示，谨当以为按据。若忠者，臣事君之常道，苟靖恭于位，谁则非忠？非有炳然之异，则不以为谥。至如议狱缓死，任贤举善，德之美者。然肃者，威德克就之名，足以表之矣。《月令》曰："孟秋，天地始肃。"《诗》曰："曷不肃雍。"又曰："肃肃王命，仲山甫将之"。肃，严也，敬也，忠之属也。天地不肃则岁不成，宗庙不肃则礼不立，军旅不肃则人不服，肃之时义，大矣哉！以諲之从政也，威能闲邪，德可济众，故以肃易名，而忠在其中矣。亦犹随会、宁俞之不称文，岂必因而重之，然后为美？魏晋以来，以贾诩之筹算，贾逵之忠壮，张既之政能，程昱之智勇，顾雍之密重，王浑之器量，刘惔之鉴裁，庾翼之志略，彼八君子者，方之东平，宜无惭德，死之日并谥曰"肃"，当代不以为贬，何尝征一字二字为之升降乎？谨上稽前典，下据甲令，参之《礼经》而究其行事，请依前谥曰"肃"。[①]

这篇议论所举实例极多，沿革紧密，正例反例相生，语言精当，既反

---

① 《毗陵集校注》卷六，第142页。

诘了对方"国家故事,宰相必以二字为谥。未知出何品式",又参之《礼经》,写出"肃"之为谥的恰切,表彰吕諲威能闲邪、德可济众的品行。议论层层递进,不枝不蔓,百年之后仍为人激赏,几乎被宋代史官全文录入《新唐书·吕諲传》中。独孤及也因为他的刚方直清、修身在官,被萧—韩流派的后辈权德舆谥为"宪",文曰:"《谥法》曰:'博文多能曰宪,献可替否曰宪。'及酌三王四代之典训,作为文章,以辅教化,是为博闻;位参中外,必以称职闻,是为多能。定宗庙之飨为献可,正婚姻之主为替否,有司稽美行而易其名者,请谥及曰'宪'。"① 独孤及位止牧守而得此良谥,实赖其对国家礼法的坚守和博洽。

二 流派礼官的礼制复建对唐代中兴的意义

从至德到元和时期,房琯、贾至、颜真卿、杨绾、常衮、李纾、包佶、刘太真、陆贽、吕渭、权德舆、齐抗、杨凭、独孤及、崔元翰、柳冕、陆质、陈京、韩云卿、唐次、沈既济、杨於陵等萧—韩流派官员相继成为礼官参与朝政。作为朝廷中的儒者重臣,他们不仅以深厚的儒学素养及礼学知识正君臣、别名分,推原礼制之本,仲裁礼制之纷,以礼法规则来清理社会秩序,而且还发掘儒家思想的实质及现实功能,重构文化理念,确立士林风气。他们的礼制复建之举在政治、思想、文学等方面为唐代中兴铺平了道路。

(一) 政治方面

礼制复建最主要的就是出于政治需要。在古代中国,一般的社会秩序并不是单纯靠法制来维系,而是靠儒家礼教、纲常宗法等人治来维持。"礼"在承认社会分化的基础上统摄各个阶级,在中央和地方之间协调关系,以维持社会共同体。虽然礼乐道统上的复兴是抽象的,但是战后散乱的朝纲和崩坏的礼乐向中唐礼官提出了重建社会秩序的要求,他们给祸乱找到上下失礼的内因。日本学者副岛一郎从礼乐文

---

① (唐)权德舆:《唐故常州刺史独孤公谥议》,《全唐文》卷四八八,第4989页。

化自身的局限性与安史之乱后士人的生存状态等角度加以思考，指出从玄宗朝起就开始了"经世济时不应拘泥于古礼"的议论，安史之乱的爆发更让人感觉到礼乐雅颂的形同虚设，不足以节制人心，因此中唐礼官要努力树立起新的价值体系来满足国家统一、思想统一的政治诉求。[①] 通过新的礼制来强调王朝正统性及中央集权的绝对性，努力提高皇室权威。正如上一节我们所举祭祖方式的辩争，不论是通过正统天授之名来捍卫唐王室地位的一派，还是通过强调祖孙尊卑、忠良孝悌来凸显纲常观念的一派，其本质都是礼官借助于儒家礼乐文化维护宗法秩序，只是出发点不同而已。在中唐除弊图强的政治实践中，萧—韩流派中的礼官们已经通过对政治清醒的洞察展开批判和重建，他们不满足于继续充当大治时代的"礼学工具"，要努力发扬传统儒家文士的救世意识，以仪式规则来清理社会秩序，增强参政意识，这一思想转变开辟了宋代士大夫政治文化的先风。

（二）思想方面

长于经史的礼官士人群体在中唐时期被前所未有地推向政治舞台的聚光灯下，以萧—韩流派成员为代表的一批礼官文士相继主持或参与朝政，成为朝廷重臣，强烈的道德责任感使他们表现出一种宗教信仰般的承担的精神。在这个时代，"礼"不能像以前那样确保士人在庶人面前的优越的自我定位，又不能居于经世原理的中心，这就需要一个代替的原理，而且必须是在科举官僚制度中有效用的原理。这就是"道德"[②]。当取法天地的"礼"与社会生活严重脱节之时，人就需要抛开以天地为中心的秩序去建立以人为中心的秩序，即以人为中心的内在思想品德建设。安史之乱以后，唐朝国祚急转直下，唐人的思想由盛唐时期的开放而并蓄转为内敛且溯源，寻求道德之心的内部涵养，这可以算是中唐儒学思想转型的社会心理背景。这种思想转型在韩愈所写的"五原"和李翱的《复性书》中都有体现，中唐儒学新变

---

① [日]副岛一郎:《从"礼乐"到"仁义"——中唐儒学的演变趋向》,《学术月刊》1999年第2期。

② [日]副岛一郎:《从"礼乐"到"仁义"——中唐儒学的演变趋向》,《学术月刊》1999年第2期。

是宋学兴起的源头，学界对此内容有很多研究成果，不多引用复述。

（三）文学方面

首先，贾至、颜真卿、独孤及、齐抗、崔元翰、陈京、唐次等身居礼部要职的萧—韩流派礼官大力提倡古文复兴，成为古文运动的先行者。古人对此早有洞悉之词："宋景文谓唐之古文由韩愈倡始。其实不然。案《旧书·韩愈传》，大历、贞元间，文字多尚古学，效扬雄、董仲舒之述作，独孤及、梁肃最称渊奥。愈从其徒游，锐意钻仰，欲自振于一代。举进士，投文公卿间，故相郑馀庆为之延誉，由是知名。是愈之先早有以古文名家者。今独孤及文集尚行于世，已变骈体为散文，其胜处有先秦、西汉之遗风，但未自开生面耳。……此皆在愈之前，固已有早开风气者矣。"① 其次，中唐时期知贡举的官员大都由萧—韩流派成员出任，他们改革世风的观念就从改革科举文风推行开去。贞元年间，德宗重文慎祀，凡事依礼，力求强化中央集权，一批有儒学背景、出身礼官的文人受到重用，出掌朝中要职。陆贽以文学、识见、治才见知于德宗，爱奖掖饱学儒士。贞元八年（792），梁肃、崔元翰辅佐陆贽知贡举，放欧阳詹、李观、王涯、韩愈、李绛、崔群等二十三人登第，网罗当世崇儒好学的诸多名士。贞元末，权德舆为文坛盟主，三掌贡士，鉴于时下进士只会"甲赋律诗，倾偶对属"，明经只窃冀"幸中所记者"，在试题中加重了经义的分量，所出进士、明经、崇文生等策问，均以经义为主，使文章中的功利与吏能得以凸显，体现了流派作家在中兴时期论文讲究经国济世的价值取向。另外，柳冕、杨绾等人也先后有批判科举考试轻经义的奏疏，为天下文士的进学之路指明新的方向，其影响通过流派知贡举官员发挥出来。这种科举改革新风向将在下一节详述。

第三节　萧—韩流派礼官对中唐科举文风的改变

史书有云："以言取士，士饰其言；以行取人，人竭其行。"（《梁

---

① （清）赵翼撰，曹光甫校点：《廿二史札记》，凤凰出版社 2008 年版，第 295—296 页。

书·武帝本纪》）担任礼官知贡举的萧—韩流派成员在流派文学思想指引下，有意识地将科场的文风向黜华尚实、崇儒复礼的方向推动，而科场的文风变化又直接影响了天下文风，从而推动古文观念的确立和传播。典贡举之任原属考功员外郎，《大唐新语》与《唐摭言》载"以省郎位轻，不足以临多事"，乃改诏礼部侍郎专之。掌选贤能者必须具有丰富的经史知识和政治洞见，才能识拔出经邦治国之才。礼官政事、文学兼通，有能力把握考生的整体素质，因此非常适合担任考官。其实唐代的科举考试与古文的关系一向唇齿相依，《新唐书·选举志》载，唐代科举有秀才、明经、进士、明法、明算、一史、三史、开元礼、制举等十多科，最主要的是进士、明经和制举三科，由此三科入仕的举子仕途看好，而这三科在考试内容上都与文章道德观和实用观密切相关。中唐时代，道德观和实用观成为乱后重建礼乐政教的思想利器，文化、学术乃至教育本身都成为政治服务的工具。萧—韩流派中礼部侍郎、太常博士这些掌握着制度资源的礼官文人开始利用自己的身份地位把复礼尚实、重建国家政治权威的思想逐步落实到政治活动与社会文化活动中。

流派成员对科举考试和文风的改革主要从两个方面进行。

一 轻诗赋，复归儒学礼教

最早在乱后对人才选拔方式进行反思的是和独孤及同年登第的杨绾。天宝十三载（754），杨绾以辞藻宏丽科头名登第，可是"辞藻宏丽"的杨绾并没有在追去辞赋华丽的道路上渐行渐远，相反，他从进士考试重诗赋、轻典籍，明经考试重字句、轻经义的现象联系到了儒道的衰落，并认为这是安史之乱的祸源根由。广德元年（763），杨绾连上《条奏贡举疏》《上贡举条目疏》二文，力主改革科举文风（《全唐文》卷三三一）。他认为科举之"积弊"绝非一代两代人之事，是从高宗朝至今"浸而成俗"的结果，痛斥当时"六经则未尝开卷，三史则皆同挂壁"的学风，建议废止明经、进士二科，主张仿效汉魏察举制选拔人才。唐代宗下令大臣通议，朝中赞同声极多，萧—

从萧门到韩门

韩流派重要成员贾至写长文附议：

> 今试学者以帖字为精通，而不穷旨义，岂能知迁怒、贰过之道乎？考文者以声病为是非，而惟择浮艳，岂能知移风易俗化天下之事乎？……夫先王之道消，则小人之道长；小人之道长，则乱臣贼子由是生焉。臣弑其君，子弑其父，非一朝一夕之故，其所由来者渐矣。……今取士试之小道，而不以远者大者，使干禄之徒，趋于末术，是诱道之差也。……四人之业，士最关于风化。近代趋仕，靡然同风，致使禄山一呼而四海震荡，思明再乱而十年不复。向使礼让之道宏，仁义之风著，则忠臣孝子，比屋可封，逆节不得而萌也，人心不得而摇也。……杨绾所奏，实为正论。然自典午覆败，中原板荡，戎狄乱华，衣冠迁徙，南北分裂，人多侨处。圣朝一平区宇，尚复因循，版图则张，闾井未设，士居乡土，百无一二，因缘官族，所在耕筑，地望系数百年之外，而身皆东西南北之人焉。今欲止依古制，乡举里选，犹恐取士之未尽也，请兼广学校，以宏训诱。[①]

贾至认为中兴唐王朝必须从整顿士风开始，崇"礼让之道""仁义之风"，用儒道来提升士人的道德情操，以移风俗化天下，这样才能稳固国家政体，从而使"忠臣孝子，比屋可封，逆节不得而萌也，人心不得而摇也"。这一改革建议倡于安史之乱刚刚平息之后，思想领域正需要儒家忠顺节礼的观念作为抵制藩镇叛乱、巩固皇权纲纪的重要武器，但是后来由于"举人旧业已成，难于速改"，翰林学士亦以"进士行来已久，遽废之，恐人失业"为由阻格，改革并未实行（《旧唐书·杨绾传》）。

后来的唐王朝又经历了建中藩乱，励精图治的德宗终于下决心从科举入手改造士风民心。德宗朝贞元名相杜佑，最青史留名的事迹不是他位极人臣的政绩，而是他积三十六年之功完成的二百卷历史巨著

[①] （唐）贾至：《议杨绾条奏贡举疏》，《全唐文》卷三六八，第3735—3736页。

第三章 作为礼官的萧—韩文学流派作家

《通典》，开启典章制度专史的先河。在《通典·选举篇》中他说："文词取士，是审才之末者。"① 这代表了当时取士标准转向的一种趋势。杜佑与萧—韩流派作家有着密切的关系，除建中元年（780）任江淮水陆运使，辟权德舆为从事之外，李华宗子李翰与杜佑大历五年（770）前后同在淮南韦元甫幕中，共同讨论《通典》数月之久，并为之作序②，与杜佑有着密切的思想交流，他对于以文词取士颇为不屑的态度代表了大部分萧—韩流派作家的意志。比杜佑时代稍晚的流派思想家柳冕给权德舆写信，抨击过当时的科举风向：

> 进士以诗赋取人，不先理道，明经以墨义考试，不本儒意。③

权德舆完全同意柳冕的观点，并复信说：

> 两汉设科，本于射策，故公孙弘、董仲舒之伦痛言理道。近者祖尚绮靡，过于雕虫，俗谓之甲赋律诗俪偶对属。况十数年间至大官右职，教化所系，其若是乎？是以半年以来，参考对策，不访名物，不征隐奥，求通理而已。④

认为那些只会死记硬背经义注疏而不会应用的考生是"墙面木偶"，贞元末期德舆掌铨选之时，在试题中所出进士、明经、崇文生等策问均以经义为主，自称"半年以来，参考对策，不访明物，不征隐奥，求通理而已，求辩惑而已"。他的改革措施，对士人为文的导向作用是巨大的。在这样的时代背景下，德宗朝的几任知贡举官员职位几乎被力主道德文章的萧—韩流派成员包揽，尤其是贞元末期的吕渭、权德舆，利用自己在政坛和文坛的影响，把崇儒复礼、追求经义本质的理念贯彻到科举考试中去，以贞元十八年（802）权德舆的明经策问

---

① （唐）杜佑：《通典·选举六》卷一八，中华书局1988年版，第456页。
② 傅璇琮：《唐翰林学士传论》，辽海出版社2005年版，第269—270页。
③ 《与权侍郎书》，《全唐文》卷五二七，第5353页。
④ 《答柳福田书》，《全唐文》卷四八九，第4994页。

为例：

> 问：孔门达者，列在四科。颜子不幸，伯牛恶疾。命之所赋，诚不可问。至若攻冉求以鸣鼓，比宰我于朽木，言语政事，何补于斯？七年可以即戎，百年可以去杀。固弛张之有异，曷迟速之相悬？为仁由己，无信不立。拜阳货则时其亡也，辞孺悲则歌使闻之。圣人之心，固当有为。鄙则未达，子其辨欤。①

这道策问一共涉及三个问题：其一，位列政事科的冉求和位列言语科的宰我为什么会在自己擅长的这两方面受到孔子的批评？其二，用七年可以教百姓成为战士去攻伐，但要用百年的时间才能止住杀心，同一件事的两个方面，为何迟速相差如此大？其三，君子为仁由己，言而有信，为什么孔子专门挑阳货不在家的时候去回拜他，避孺悲不见，却又故意唱歌使其知晓？这道策问从对经典字句的考索回归经义本身，通过引用孔子及其弟子在品行道德修养方面的典故，对孔门四科的修养进行了深入探讨。

二　强调文章的实用功能

萧—韩流派知贡举礼官重视儒学旨归的表现，除了在科考中重视道德和礼教之外，就是重新把儒学的实用功能放在首要位置考察。安史之乱之后，藩镇割据、宦官专权等社会危机层出不穷，作为具有强烈社会责任感的礼官文士欲行古道救世弊，强调学问要有经国济世之用，能匡正时弊，解决现实政治问题，儒学在此时不仅仅作为知识或学业，而是兼具通经致用的功能，也就是对经义通贯了解后，辅经术、施教化，借时政以发挥作用。

在明经、进士、制举这三类主要科考中，制举与政治危机解决方案联系最为紧密。中唐以来，直言极谏科、武足安边科、达于吏治可

---

① （清）徐松撰，孟二冬补正：《登科记考补正》，北京燕山出版社2003年版，第634页。

使从政科、才识兼茂明于体用科等科目受到重视。元和元年（806），白居易"罢校书郎，与元微之将应制举，退居于上都华阳观，闭户累月，揣摩当代之事，构成策目七十五门"①。集中所收《策林》七十五篇尽为"以心度心，以身观身，推其所为以及天下"的思考，关乎当时的国计民生，如"辩水旱之灾明存救之术""息游惰，劝农桑议赋税复租庸罢缗钱用谷帛""平百货之价，陈敛散之法请禁销钱为器""议盐铁与榷酤诫厚敛及杂税""议罢漕运可否""复府兵，屯田分兵权存戎备助军食"等。这一年，白居易的应试策文是针对中唐时代藩镇割据、农民破产、民生凋敝等时弊提出救治之道②，元稹则就当时的用人、销兵、农桑、考课、儒术等问题全面提出治国方略③，结果两人同时登第，元稹为科首。元白在进阶之路上的成功表明，通过考试题目来左右学风的方法在传播萧—韩流派文章功用理论、壮大古文队伍等方面功效显著。

与陆质同属《春秋》学派的赵匡虽未担任礼官，执掌贡举，但是他在建中二年（781）前后所作的一系列论及选举的文章——《举选议》《举人条例》《选人条例》《举选后论》等，一针见血地指出"当官少称职之吏"的原因是"疏以释经，盖筌蹄耳。明经读书，勤苦已甚，既口问义，又诵疏文，徒竭其精华，习不急之业。而其当代礼法，无不面墙，及临民决事，取办胥吏之口而已。所谓所习非所用，所用非所习者也"，提出"立身入仕，莫先赞礼，尚书明王道，论语诠百行，孝经德之本，学者所宜先习"等改革措施，这些都是流派思想要从根本上解决学子们只解经不通经的弊端的体现。④ 从贞元到元和，试策题的指向性越来越明显，萧—韩流派众多知贡举考官均重视文章经事纪物功能，试选几题展现此类思想倾向：

> 纺绩之弊，出于女工。桑麻不甚加，而布帛日已贱，蚕织者

---

① （唐）白居易：《策林序》，《全唐文》卷六七〇，第6811页。
② （清）徐松撰，孟二冬补正：《登科记考补正》，北京燕山出版社2003年版，第698页。
③ （清）徐松撰，孟二冬补正：《登科记考补正》，北京燕山出版社2003年版，第682页。
④ （唐）赵匡：《举选议》，《全唐文》卷三五五，第3602页。

劳焉。公议者知之，欲平价平，其术安在？又仓廪之实，生于农亩。人有余则轻之，不足则重之。故岁一不登，则种食多竭。往年时雨愆候，宸慈轸怀，遣使振廪，分官贱粜，故得馁殍载活，麦禾载登。思我王度，金玉至矣。窃闻寿昌常平，今古称便，国朝典制，亦有斯仓。开元之二十四年，又于京城大置，贱则加价收籴，贵则终年出粜。所以时无艰食，亦无伤农。今若官司上闻，追葺旧制，以时敛散，以均贵贱，其于美利，不亦多乎？（贞元十六年，800年，策进士问）①

齐人之所以务于赋输，用给公上，大抵馈军实，奉边备而已。今北方和亲，亟通礼命；南诏纳款，屡献奇功。而蠢兹西戎，尚有遗类，犹调盛秋之戍，颇勤中夏之师。思欲尽复河湟之地，未（疑为"永"）销爟燧之警，师息左次，人无外徭，酌古便今，当有长策。乃者戎人，愿修前好，因请其俘。或曰彼实无厌，绝之以固吾圉；或曰姑示大信，许之以靖吾人；或曰归贵种以怀其心；或曰夺长技以翦其翼。当蕴皎然之见，备陈可举之方。（贞元十九年，803年，策进士问）②

皇帝若曰：朕观古之王者，受命君人，兢兢业业，承天顺地，靡不思贤能以济其理，求说直以闻其过。故禹拜昌言而嘉獯罔伏，汉征极谏而文学稍进，匡时济俗，罔不率繇。厥后相循，有名无实。而又设以科条，增求茂异，舍斥己之至言，进无用之虚文，指切著明，罕称于代。兹朕所以叹息郁悼，思索其真。是用发恳恻之诚，咨体用之要，庶乎言之可行，行之不倦。上获其益，下输其情，君臣之间，骤然相与。子大夫得不勉思朕言而茂明之？我国家光宅四海，年将二百，十圣弘化，万邦怀仁，三王之礼靡不讲，六代之乐罔不举。浸泽于下，升中于天，周、汉以还，莫

---

① （清）徐松撰，孟二冬补正：《登科记考补正》，北京燕山出版社2003年版，第612—613页。
② （清）徐松撰，孟二冬补正：《登科记考补正》，北京燕山出版社2003年版，第640—641页。

斯为盛。自祸阶漏壤，兵宿中原，生人困竭，耗其大半，农战非古，衣食罕储，念兹疲甿，未遂富庶。督耕植之业而人无恋本之心，峻榷酤之科而下有重敛之困。举何方而可以复其盛，用何道而可以济其艰？既往之失，何者宜惩？将来之虞，何者当戒？昔主父惩患于晁错，而请推恩；夷吾致霸于齐桓，而行寓令。精求古人之意，启迪来哲之怀。眷兹洽闻，固所详究。又执契之道，垂衣不言。委之于下，则人用其私；专之于上，则下无其效。元帝优游于儒学，盛业竟衰；光武责课于公卿，峻政非美。二途取舍，未获所从，余心浩然，益所疑惑。今子大夫熟究其旨，属之于篇；兴自朕躬，无悼后害。（元和元年，806年，策才识兼茂、明于体用科）①

以上几道策问内容包括农桑、贸易、赋税、边务、选举、振学等诸多国家事务，真正要求考生们学以致用，把经典中的内容与社会实际问题结合起来。

　　从上述由萧—韩流派礼官们倡导的科场改革理念和实行措施可以看出，通过避免以往教育内容中重经典、轻实用的状况，进士录取标准突出了文章内容质实的要求，不仅内容黜去华章，更要联系现实，于政治有所补益。萧—韩流派成员作为有志于行古道救世弊的文章革新者，由强调明道宗经的文学要求，逐步发展到强调学以致用的政治要求，从朝廷制度上完成了古文理论的传播，规范和制约了天下文士的文体选择和文风倾向，使流派的影响扩大到整个文坛。

小　结

　　萧—韩流派的知贡举官员从朝廷上层开展的科举文风革新在广大下层文士之间达到风行草靡的效果，之前沿着纯文学之路晋升的高级官吏相对缺乏经史知识和吏治才能，没有能力解决唐王朝所面临的日

---

① （清）徐松撰，孟二冬补正：《登科记考补正》，北京燕山出版社2003年版，第672—673页。

益复杂的政治经济问题，而通过新的标准获得官职的士子们不但可以解读经书，依经取义，更可以发挥儒家思想对现实政治的干预作用。蒋寅先生指出："贞元后期，烽火稍歇，矛盾的焦点就转移到典礼方面来。如果说大历至贞元前期，是由刘晏盐铁转运府中的人才充任政治、文学舞台上的主角，那么贞元后期则是由权德舆周围的由礼官出身的人才充任政治、文学舞台上的主角了。"[①] 这个转变为中唐士人以时代的精神来追求儒家的先王之道，联系社会现实来重新确立儒学传统的价值观念开辟了道路。与此同时，一种区别于初盛唐时期传统文儒身份的士人登上政治舞台，他们除了有礼教背景，还精研史学，富有吏干，有治国安邦之才，为解决各种社会危机而行走于地方官系统、幕府机构、转运使岗位。这种集礼官、史官、循吏多重角色于一身的通儒特征正是萧—韩文学流派成员所独有的魅力。

---

① 蒋寅：《大历诗人研究》，北京大学出版社2007年版，第369—377页。

第四章 作为史官的萧—韩文学流派作家

第一节 萧—韩文学流派作家的史官身份

之前的章节介绍了萧—韩流派的成员构成和身份特征,除了文学理念、复兴思想基本一致之外,萧—韩流派作家在礼官、史官、传奇作家、循吏等社会身份上也有很多值得研究之处。这一章我们把萧—韩流派成员的史官身份作为一个整体来观察,着重讨论曾经担任过史官职务的流派成员如何自觉地把史官意识带入立言立功、复兴国祚的行动中去。

一 唐代史馆制度

史官和史馆文化在中国古代由来已久。殷商甲骨文中即有太史、内史的字样,我国至迟在商朝设置了史官职位,春秋战国时期各国有史官已成史界共识。秦有太史令胡毋敬,汉兴之时,武帝置太史公,司马谈、司马迁父子继踵其职。东汉时政府始设修史机构,兰台、东观既是国家文献档案馆,又是当时著述之所。三国魏明帝置史官,隶属中书,广选才堪撰述、学综文史之徒,称著作郎。晋时改称大著作,专掌史任,隶属秘书。南北朝时期大多设有史职,或有专称,或杂取他官,不恒其职,体制名称多源于魏晋而增减不一。值得一提的是,中古时代史官中文学大家辈出,"若中朝之华峤、陈寿、陆机、束皙,江左之王隐、虞预、干宝、孙盛,宋之徐爰、苏宝生,梁之沈约、裴子野，斯并史官之尤美，著作之妙选也"①。隋炀帝时史官以大臣统领，谓之监修。到了唐代，正式设立了史馆，史官制度趋于规范化。此后的五代至清，史官建置多循唐制而各有损益，职掌略同，其中以宋、清两朝较为繁复，兹不赘述。

有唐一代建立正式的史馆修史制度，《旧唐书·职官志》载："贞观三年闰十二月，始移史馆于禁中，在门下省北，宰相监修国史，自是著作郎始罢史职。"门下省常设的史馆专修本朝史，门下省起居郎、中书省起居舍人，掌起居之事，其所撰起居注送交史馆，以备修史之用。史馆撰述活动主要有两项，一是修国史，二是修实录，都始于贞观初期。中书省临时建立的秘书内省专修前代史，唐前梁、陈、齐、周、隋各代史书即出于此，修史人员均是以本官兼职，前朝五代史修讫，秘书内省自动解散。贞观三年（629）起，太宗设立监修国史制度，由当朝有声望的大臣作修撰国史的总负责人，之后形成定制。按："唐制，宰相四人，首相为太清宫使，次三相皆带馆职，弘文馆大学士、监修国史、集贤殿大学士，以此为次序。"② 有研究者考证，开元以前，监修国史的宰相一般是尚书省长官，吏、户、刑部尚书、太子少师、门下侍郎等加同中书门下平章事。开元之后，一般是中书侍郎或中书令加宰相衔者一人监修国史，宪宗时无一例外。至僖宗以后，一般又是门下侍郎兼任监修国史。③ 这种变动也从侧面反映了中枢体制中两个部门的地位变化。

唐代史馆的工作人员包括以下几个职务。

（1）监修国史：为史馆最高长官，总领事务，很多时候不直接参与撰写，如上文所述。

（2）修国史：直接参与修撰史事的官员，以他官兼领，非固定。安史之乱之后这个称呼不常见到，逐渐被史馆修撰取代。

（3）史馆修撰：专职修史者中资历较深的官员。天宝前笼统称为

---

① （唐）刘知几著，（清）浦起龙释：《史通通释》，上海古籍出版社2009年版，第288页。
② （宋）宋敏求：《春明退朝录》卷上，中华书局1990年版，第12页。
③ 褚洵：《论唐代史馆制度与档案管理利用》，硕士学位论文，山东大学，2012年。

修国史，天宝后有此专门名号①。

（4）直史馆（直馆）：以卑品而有史才者参加撰史的官员。宪宗元和六年（811）裴垍请以"未登朝官"入史馆者为"直馆"，即品级比较低的修史官员。

（5）其他日常服务性人员，如楷书手、典书、亭长、掌固、装潢直、熟纸匠、画直等。

以上这些职位的人数自前期至后期都有所变动，但大体制式固定。

贞观十年（636）前朝五代史修成，太宗下诏表彰史臣，并同时表达了对修史的重视。

> 朕睹前代史书，彰善瘅恶，足为将来之戒。秦始皇奢淫无度，志存隐恶，焚书坑儒，用缄谈者之口。隋炀帝虽好文儒，尤疾学者，前世史籍竟无所成，数代之事殆将泯绝。朕意则不然，将欲览先王之得失，为在身之龟鉴。公辈以数年之间，勒成五代之史，副朕深怀，极可嘉尚。②

"览前王之得失，为在身之龟鉴"，总结历史经验以审视自身统治，这正是唐太宗"以史为镜"的用意。高宗李治总章三年（670）十月也曾颁布诏令："修撰国史，义须典实，自非操履贞白，业量该通，说正有闻，方堪此任。所以承前纵，居史官，必就中简择灼然为众所推者，方令著述。……自今以后，宜遣史司于史官内拣择堪任修史人，录名进内。自余虽居史职，不得辄令闻见所修史籍及未行用国史等事。"③这从才与德两方面对史官的素质提出了要求。可以说在建唐之初，统治者就对史学表现出极大的重视和谨慎，这种倾向深刻地影响了有唐一代的史学发展，也敦促我们把史官置于政治制度、史学、文学的架构之中进行整体探讨，以便更好地把握修史与政治、文化、文

---

① 赖瑞和：《唐代史馆史官的使职官名》，《史学史研究》2015年第1期。
② （宋）李昉等编纂：《太平御览》第5卷，河北教育出版社1994年版，第746页。
③ （宋）宋敏求编，洪丕谟、张伯元、沈敖大点校：《唐大诏令集》卷八一，学林出版社1992年版，第423页。

学发展的作用和意义，探究文史互动的深层本质。

二 流派中的史官

萧—韩流派成员中有很多作家曾经担任过史官职位。流派第一代中的韦述曾修国史，并向朝廷推荐萧颖士代替自己作史官待制。第二代中，杨绾、崔祐甫都曾任监修国史。第三代梁肃，据丁居晦《重修承旨学士壁记》记载："贞元七年自左补阙充，兼皇太子侍读，守本官，兼史馆修撰。"（《全唐文》卷七五七）流派成员李翰，大历五年（770）前后与杜佑同在淮南韦元甫幕，共同讨论《通典》，并为之序。后起如独孤郁、韩愈、李翱、蒋乂、蒋係、沈既济、李汉等曾担任史馆修撰，或修实录，或撰日历，占据了从天宝到大中年间史馆的多数史职，详见下表。

时间	监修国史	史馆修撰
开元十八年（730）	韦述（《国史》113卷、《史例》1卷）	
乾元年间（758—760）		柳芳（续修《国史》《唐历》40卷）
大历三年（767）		柳冕
大历十二年（777）	杨绾	
大历十四年（779）	崔祐甫	沈既济（《建中实录》10卷）
贞元年间（785—804）	齐抗（请辞）	
贞元七年（791）		梁肃
贞元九年（793）之后		蒋乂（《德宗实录》《大唐宰辅录》《史臣传》40卷）
贞元二十一年（805）之后		杨嗣复（直史馆）
元和元年（806），长庆二年（822）仍兼史职		沈传师（《顺宗实录》，预修《宪宗实录》）
元和初（806）及元和十三年（818）两任		李翱（《唐书》等）
元和六年（810）		独孤郁（预修《德宗实录》）
元和八年（813）		韩愈（《顺宗实录》5卷）

续表

时间	监修国史	史馆修撰
元和十五年（820）至长庆元年（821）		独孤朗
大和初（827年前后）		李汉（预修《宪宗实录》）
大和二年（828）		蒋系（《宪宗实录》）
大中年间		蒋偕（《文宗实录》《武宗实录》《宣宗实录》，续柳芳《唐历》）
咸通年间	蒋伸	

精研史学，才堪删述，这是萧—韩流派作家一个很特殊的身份特征。他们在很多作品中展示了自己的历史观念，这些文章或为史作，如韩愈、蒋系所编实录；或讨论如何做史臣，如何写史书，如韩柳史官之辩；或在论述中展现其自觉的史官心态，强调正统之道，发挥文章的经世致用之效。唐代史馆制度的正式确立使撰修国史得到了政治制度的保障，加深了史学与政治的联系。萧—韩流派作家的史官身份也使他们直面政治改革和国家复兴的洪流，以自己的学识和精神风貌影响整个时代。

第二节　史家家传和师承观念与流派的形成

传习行为是判断一个流派是否成型的重要标志，家传和师承是中国古代学者治学的两个重要门径，犹如血脉一样贯穿在萧—韩流派的繁衍过程中。清代史家章学诚在论史学要义时指出："经师传授，史学世家，亦必因其资之所习近，而勉其力之所能为，殚毕生之精力而成书，于道必有当矣"[①]，揭示了家学传统和史学世家在中国古代史学发展中占有的重要地位。

我们之前在萧—韩流派形成过程的阐述中提到过，一个团体和流派的传承性是检验其流传广泛与否的重要标志，这样看来，有着悠久

[①]（清）章学诚著，叶瑛校注：《文史通义校注》，中华书局2014年版，第709页。

从萧门到韩门

传统的史官世袭和家学传承对流派的形成意义非凡。姑且不论先秦时代的史官世袭制,从汉代太史公父子算起,三班,刘向、刘歆父子,都是史学世家的典型代表。降至唐代,因史学自身的发展和正式史馆制度的设立,以及史家血缘关系、家学门风、姻亲交游的影响,形成了更加突出的史学世家现象。隋唐之际完成《南史》《北史》的李氏父子,儿子李延寿撰写这两部书正是继承了父亲李大师未竟的事业。开皇之初,姚察、姚思廉父子也充分发挥家学优势。姚察在陈时就曾修《梁》《陈》二史,临终时令思廉续成其志。太宗登基,"思廉上表陈父遗言,有诏许其续成《梁》《陈》史……魏征虽裁其总论,其编次笔削,皆思廉之功也"(《旧唐书·姚思廉传》)。此外,《北齐书》的作者李百药之父李德林,在北齐作史官时就写成纪、传若干,全书未竟而卒,百药继之。与此相仿,萧—韩流派中很多成员都有史家家传。流派中第一代中心人物李华的好友刘迅,就是唐初著名史学家刘知几之子;萧颖士好友颜真卿,先祖颜师古注《汉书》,自小家传史注;撰写《贞观政要》的吴兢,兢外孙蒋乂,乂之子蒋係、蒋伸、蒋偕,家传几代修国史;柳芳、柳冕父子,沈既济、沈传师父子,韩愈、李汉翁婿,均执掌史职。相比文学家传或经学家传来说,有史学家传的人可能更容易走上仕途,因为史学的内容与政治的关系最紧密,史学家在梳理前代史实、品评历史人物的过程中会得到更多从政为人的体验。这些有着史学家传或师承背景的人是萧—韩流派的各代中坚,他们的家传习业经历是流派形成的重要原因之一。

史家著述是中国传统文化最有代表性的技艺,在延续继承过程中家学的传承十分重要。赵翼笔记提到"累世经学"时这样描述:"古人习一业,则累世相传,数十百年不坠。盖良冶之子必学为裘,良弓之子必学为箕,所谓世业也。工艺且然,况于学士大夫之术业乎!"[①]这里引用《礼记》中"克绍箕裘"的说法代表文化技艺通过家庭教育代代相传、父子相因的盛况。史家传统文化就是借此延续留存并不断发展创新的。以萧—韩流派成员为例,义兴蒋氏就是这样德才兼备、

---

① (清)赵翼撰,曹光甫校点:《廿二史札记》,凤凰出版社2008年版,第66页。

第四章 作为史官的萧—韩文学流派作家

四代执掌史职的史学世家，数十百年不坠（代际如下图）。

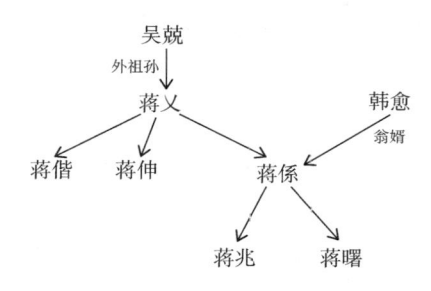

```
            吴兢
         外祖孙│
            蒋乂            韩愈
       ┌────┼────┐        翁婿│
      蒋偕  蒋伸  蒋係 ◄──────┘
                 ┌─┴─┐
                蒋兆 蒋曙
```

蒋乂，字德源，两《唐书》传载"旁通百家，尤精历代沿革"。建中二年（781）始任集贤小职，贞元九年（793）迁右拾遗、史馆修撰，居史职二十年，参修《德宗实录》，另有《大唐宰辅录》《凌烟阁功臣》《史臣传》等著作。乂外祖父吴兢，武后到玄宗朝的著名史臣，则天朝以有史才被荐入史馆，从事修史四十余年，著有《贞观政要》、纪传体《唐书》、编年体《唐春秋》等。其中《贞观政要》影响巨大，甚至成为各朝帝鉴图书，并流传海外。吴兢的史才家风影响了蒋乂，乂少年时期即"从外家学，得其书。……外舍富坟史，幼便记览不倦"。青年时代展现出非凡史才，受流派二代成员司徒杨绾的赏识（《新唐书·蒋乂传》）。《新唐书》蒋乂本传附其五子传，係、伸、偕均以史才闻名，仙、佶位列刺史。长子蒋係，传载其"善属文，得父典实"。文宗大和初年（827）被授昭应尉，并充任直史馆，翌年任右拾遗、史馆修撰，执笔《宪宗实录》，书成后仍兼史职。次子蒋伸，字大直，登进士第，宣宗大中二年（848）以右补阙为史馆修撰，懿宗时以宰相职监修国史。三子蒋偕，有史才，历官左拾遗、史馆修撰，转补阙，受诏以元和后事续写柳芳《唐历》，并参与修撰《文宗实录》《武宗实录》《宣宗实录》。蒋係有二子，蒋兆有文才，登进士第，蒋曙，字耀之，任起居郎，延续了蒋氏的修史工作，故《新唐书》称蒋氏"三世踵修国史"。此外，蒋係是韩愈的女婿，韩愈元和八年（813）受职史馆修撰，有《顺宗实录》五卷，蒋係大和年间修《宪宗实录》，翁婿并美于史林。除了义兴蒋氏家族，流派初代成员中的史学大家柳芳之孙、柳登之子柳璟，也继承了祖上的史学撰述传统。柳璟，字德辉，蒲州河东人。宝历年状元及第。开成初，任库部员外郎知制诰、充翰林学士。祖父芳曾著《永泰新谱》（又名《皇室新谱》），文宗命他依照旧谱体例续修德宗以后事，名《续唐皇室图谱》，附于前谱之后。

中国自古的学术文化都有家门化倾向，以经史之学最为显著。秉承祖业，衣钵薪传。一门数代研习某种技业，为学术流传尽一份功绩，是每个家主和先辈的愿望，也是他们毕生追求的目标。正因为如此，以家门学业为起源的文学流派才在此基础上发展起来，在中唐聚成一股凝聚之力，成就萧—韩流派的诞生。

第三节　流派作家的史作

高祖李渊建国之初有《命萧瑀等修六代史诏》云：

> 经典存言，史官纪事，考论得失，究尽变通。所以裁成义类，惩恶劝善，多识前古，贻鉴将来……然而简牍未修，纪传咸缺，炎凉已积，谣俗还讹，余烈遗风，泯焉将坠。朕握图御宇，长世字民，方立典谟，永垂宪则。顾彼湮落，用深叹悼，有怀撰录，实资良直。[①]

这篇诏书表现出了统治者对修六代史的紧迫需要。如果不及时以前史为鉴，纪风留俗，将无法"永垂宪则"。从这一刻起，唐代的史官就肩负起了正谣俗、立典谟的任务。

上一节提到，萧—韩流派中很多成员曾经担任过史官，他们的作品和成果在唐代史学界占有重要地位。中唐修《建中实录》的史官修撰沈既济曾言："史氏之作，本乎惩劝，以正君臣，以维邦家。前端千古，后法万代，使其生不敢差，死不忘惧，纬人伦而经世道，为百

[①] （宋）宋敏求编，洪丕谟、张伯元、沈敖大点校：《唐大诏令集》卷八一，学林出版社1992年版，第422页。

第四章 作为史官的萧—韩文学流派作家

王准的。"① 我们首先来看看"端千古、法万代"的国史、实录和日历的修撰情况。

萧—韩流派中第一代的重要人物韦述，景龙进士，据《旧唐书》本传："考功员外郎宋之问曰：'韦学士童年有何事业？'述对曰：'性好著书。述有所撰《唐春秋》三十卷，恨未终篇。至如词策，仰待明试。'之问曰：'本求异才，果得迁、固。'是岁登科。"韦述在书府典掌图书四十年，任史官二十年，储书二万卷，皆手自校定。主撰武德后事，"勒成《国史》一百一十二卷，并《史例》一卷，事简而记详，雅有良史之才，兰陵萧颖士以为谯周、陈寿之流"。此外还撰有《唐职仪》三十卷、《高宗实录》三十卷、《御史台记》十卷、《两京新记》五卷。韦述史才博识，当朝为冠，他很早就为自己的"国史"事业物色了继承人："柳芳尝应进士举，累岁不及第。……工部侍郎韦述知其才，通明谱第，又识古今仪注，遂举之宰辅。恩救除太常博士。"② 李肇《唐国史补》说："柳芳与韦述友善，俱为史学，述卒后，所著书未毕者，芳多续成之。"③ 韦述所没有完成的《国史》，就在柳芳手中续成。柳芳，字仲敷，开元二十三年（735）进士，《新唐书》有传。芳与萧—韩流派第一代中心人物萧颖士友善，史书称他与流派人物萧颖士、李华、赵晔、殷寅、颜真卿、陆据、邵轸等交往甚密，"天宝中语曰：'殷、颜、柳、陆、萧、李、邵、赵'"（《旧唐书·赵晔传》）。乾元年间，肃宗诏柳芳与韦述缀辑吴兢所次国史，述寻终，芳续成其书，全书内容起于高祖，讫乾元间，凡百三十篇。李华《三贤论》称其"该练故事"。《旧唐书》在撰写过程中吸收了柳芳史作的大部分内容作为唐朝前半期历史的基础，唐初二帝和高宗初期记录都很完整。关于柳芳的《国史》，《剑桥中国隋唐史》给予了很高的评价，称赞此书是后代研究初唐史的重要资料："（安史之乱后）唯一留

---

① （唐）沈既济：《论则天不宜称本纪议论》，《全唐文》卷四七六，第4886页。
② 《定命录》第四十四条，收入陶敏主编《全唐五代笔记》第2册，三秦出版社2012年版，第1059页。
③ （唐）李肇：《唐国史补》，收入《唐五代笔记小说大观》，上海古籍出版社2000年版，第166页。

下的记录是史馆韦述所写,并保存在他家中的国史的私人底稿。此书由柳芳续至玄宗时期之末,它不但为941年起开始撰写的《旧唐书》的作者,也为从《通典》(成于801年)开始的各种行政类书的编者提供了初唐历史唯一的重要资料。实际上,《旧唐书》似乎收了柳芳的国史的大部分内容,作为它记述唐朝前半期历史的基础。"①

国史之外,唐史保留的第一手资料是各朝实录。虽然除了《顺宗实录》,其他各位唐代帝王的实录都已亡佚,只能从《资治通鉴》中辑出片段,但当时修实录,朝廷都选择最博学宗史,由正直风骨的臣子来完成此项任务。就像白居易所言:"庶职之重者,其史氏欤!历代以来,甚难其选。非雄文博学,辅之以通识者,则无以称命。"② 必须以有通识者掌职。萧—韩流派的作家以其卓越的识见和扎实的文史功底承担了从德宗到宣宗年间所有八位帝王的实录修撰③,这是一项了不起的成就,它意味着在建中到大中年间,萧—韩流派作家有机会利用手中的史笔发挥史学经世致用的功能,甚至影响国家的政治决策,改变统治阶级的意志。

《顺宗实录》是现在唯一完整留存的唐实录,在保存德宗末、顺宗、宪宗初的史料方面有重要价值。当时的史馆修撰有沈传师、宁文籍等,由韩愈主持,完稿后的两次刊正则由韩愈独立完成。《旧唐书·韩愈传》对这部著作评价不高,说:"时谓愈有史笔,及撰《顺宗实录》,繁简不当,叙事拙于取舍,颇为当代所非。"然同书《路隋传》中却说:"初,韩愈撰《顺宗实录》,说禁中事颇切直,内官恶之,往往于上前言其不实,累朝有诏改修。"两相对比,足以看出"为当代所非"的是韩愈的直笔风骨,而不是书史技巧。上文提到的义兴蒋氏家族,三世继踵修国史,包揽了德、宪、文、武、宣五朝实录,"时推良史,京师云'蒋氏日历',士族靡不家藏焉"(《旧唐书·蒋乂传》)。蒋係本人曾多次表达对德宗、宪宗两朝政治得失的分

---

① [英]崔瑞德编:《剑桥中国隋唐史》,中国社会科学出版社2007年版,第39页。
② 《授沈传师左拾遗史馆修撰制》,《全唐文》卷六六〇,第6713页。
③ 具体人物年代参见上一节列表。

析,《宪宗实录》论赞中说:"史臣蒋係曰:宪宗嗣位之初,读列圣实录,见贞观、开元故事,竦慕不能释卷……自是延英议政,昼漏率下五六刻方退。自贞元十年以后,朝廷威福日削,方镇权重,德宗不委政宰相,人间细务,多自临决,奸佞之臣,如裴延龄辈数人,得以钱谷数术进,宰相备位而已。及上自藩邸监国,以至临御,讫于元和,军国枢机,尽归之于宰相!由是中外咸理,纪律再张,果能剪削乱阶,诛除群盗。睿谋英断,近古罕俦,唐室中兴,章武而已。"[①] 行文通达有器识,传誉当朝。值得一提的是,《旧唐书·顺宗本纪》采用了韩愈《顺宗实录》的论赞,《宪宗本纪》采用了蒋係《宪宗实录》的论赞,可见后代史官对二人史识的认可。

除了官修正史之外,唐代对后世影响最大的史书非杜佑《通典》莫属。杜佑详观三代制度,在《通典》序中简明地阐述了自己的政治理论,他自言"不达术数之艺,不好章句之学,所纂《通典》,实采群言,征诸人事,将施有政",认为教化的根本在于衣食。在编纂《通典》这部巨著的过程中,杜佑"以食货为之首,选举次之,职官又次之,礼又次之,乐又次之,刑又次之,州郡又次之,边防末之"。把礼的重要性排在食货、选举、职官之后的第四位,是典型的先民生再礼义主张,体现了他对富国安民之术的独特理解。杜佑历任江西青苗使、水陆转运使、户部侍郎判度支、度支盐铁使等财政职务,所任与国家财政经济相关,一方面使他熟悉国家政治经济等典章制度,另一方面也使他了解唐代政治经济等方面存在的弊病和漏洞。杜佑的基本观点就是物质基础是国家政治文化的基础,国富才能民安,衣食足而知礼节,民富而礼法教化可行,这种说法在当时广为人们所理解和赞赏。在《通典》全书贞元十七年(801)完成后,"(德宗)优诏嘉之,命藏书府。其书大传于时……为士君子所称"(《旧唐书·杜佑传》)。这部史学著作对后世影响堪称巨大,后来郑樵的《通志》、马端临的《文献通考》、乾隆年间编撰的《续通典》《续通志》《续文献通考》《清通典》《清通志》《清文献通考》都由此而生。杜佑与萧一

[①] 《旧唐书·宪宗纪》,第472页。

从萧门到韩门

韩流派作家交流频繁，有着相通的思想观念。流派第一代作家李华的宗子李翰在大历五年（770）前后与杜佑同在淮南韦元甫幕，一起讨论《通典》达数月之久，并为之作序。① 建中元年（780）杜佑任江淮水陆转运使，辟权德舆为从事（《旧唐书·德宗纪》）。可以说杜佑与流派作家有着密切的思想交流，尤其是与同为僚署的李翰。李翰，《旧唐书·文苑传》《新唐书·文艺传》赞其"为文精密，用思苦涩"。流派第三代中坚梁肃与李翰交往很深，为其作《补阙李君前集序》（《全唐文》卷五一八），自称"君与予实有伯喈、仲宣之义"，著名的"唐文三变说"就出自此序。据《集序》，"（翰）弱冠进士登科，解褐卫县尉。其后以书记再参淮南节度军谋，累迁大理司直，天子闻其才，召拜左补阙，俄加翰林学士"。梁肃对李翰的文学评价极高，《集序》云：

> 唐有天下几二百载，而文章三变。初则广汉陈子昂以风雅革浮侈，次则燕国张公说以宏茂广波澜，天宝以还，则李员外、萧功曹、贾常侍、独孤常州比肩而出。故其道益炽。若乃其气全，其辞辨，驰骛古今之际，高步天地之间，则有左补阙李君。

又具体评价其作品：

> 叙治乱则明白坦荡，纡徐条畅，端如贯珠之可观也；陈道义则游泳性情，探微豁冥，涣乎春水之将泮也；广劝戒则得失相维，吉凶相追，焯乎元龟之在前也；颂功美则温直显融，协于大中，穆如清风之中人也。议者又谓君之才，若崇山出云，神禹导河，触石而弥六合，随山而注巨壑，盖无物足以遏其气而阂其行者也。世所谓文章之雄，舍君其谁欤？②

文章置翰于唐代建朝以来所有文章家之间，可见他在流派中的重要地

---

① 傅璇琮：《唐翰林学士传论》，辽海出版社2005年版，第269—270页。
② （唐）梁肃：《补阙李君前集序》，《全唐文》卷五一八，第5261页。

· 148 ·

第四章 作为史官的萧—韩文学流派作家

位。可惜李翰作品流传下来的不多,《全唐文》仅收十三篇,很难窥其原貌。值得庆幸的是,这十三篇中保存了李翰为《通典》所作序文,精彩绝妙,既准确地概括了《通典》的历史观和过人之处,又表达了自己对时政、经术、学问的看法,迻录如下:

> 儒家者流,博而寡要,劳而少功,何哉?其患在于习之不精,知之不明;入而不得其门,行而不由其道。何以徵之?夫五经群史之书,大不过本天地,设君臣,明十伦五教之义,陈政刑赏罚之柄,述礼乐制度之统,究理乱兴亡之由。立邦之道,尽于此矣。非此典者,谓之无益世教,则圣人不书,学者不览,惧人冥烦而无所从也。先师宣尼,祖述尧舜,宪章文武,七十子之徒,常宣明大义。三代之道,百代可师。而诸子云云,猥复制作。由其门则其教已备,反其道则其人可诛。而学者以多闻为广见,以异端为博闻,是非纷然,塞胸满腹,鸿洞茫昧。而无条贯。或举其中不知其本,原其始不要其终。高谈有余,待问则泥。虽驰驱百家,日诵万字,学弥广而志弥惑,闻愈多而识愈疑,此所以勤苦而难成,殆非君子进德修业之意也。今《通典》之作,昭昭乎其警觉群迷欤?以为君子致用在乎经邦,经邦在乎立事,立事在乎师古,师古在乎随时。必参今古之宜,穷终始之妙,始可以度其终,古可以行于今。问而辨之,端如贯珠;举而行之,审如中鹄。夫然,故施于文学,可为通儒;施于政事,可建皇极。故采五经群史,上自黄帝,至于我唐天宝之末,每事以类相从,举其终始,历代沿革废置,及当时群生论议得失,靡不条载,附之于事。如人支脉,散缀其体。凡有八门,勒成二百卷,号曰《通典》。非圣之书,乖圣人微旨,不取焉,恶烦杂也。事非经世纬俗程制,亦所不录,弃无益也。若使学者得而观之,不出户,知天下;未从政,达人情;罕更事,知时变。为功易而速,为学精而要;其道甚直而不径,其文甚详而不烦。推而通,放而准。语备而理尽,例明而事中。举而措之,如指诸掌,不假从师聚学,而区以别矣。非聪明独见之士,孰能修之?淮南元戎之佐曰尚书主客郎京兆杜公

· 149 ·

君卿，雅有远度，志于兴邦，笃于好古，生而知之。以大历之始，实纂斯典，累纪而成。杜公亦自为序引，各冠篇首，或前史有阙，申高见发明，以示劝诫，用存景行。近代学士，多有撰集，其最著者，《御览》、《艺文》、《玉烛》之类，网罗古今，博则博矣，然率多文章之事，记问之学。至于刊列百度，缉熙王猷，至精至粹，其道不杂，比于《通典》，非其伦也。呜呼！今之人贱近而遗远，昧微而观著，得之者甚鲜，知之者至稀，可以叹息也。翰与杜公数旬探讨，故颇详旨趣，而为之序。①

序文先从当下学术研究"入而不得其门"的现状写起，直指经义典籍的真实意义在于"述礼乐制度之统，究理乱兴亡之由"，是"立邦之道"的根本。继而引出《通典》所能起到的解惑作用——"君子致用在乎经邦，经邦在乎立事，立事在乎师古，师古在乎随时。必参今古之宜，穷终始之妙，始可以度其终，古可以行于今"，读之"可为通儒""可建皇极"。"师古"是为了"随时"，"随时"是为了"立事"，"立事"在于"经邦"，这就把历史撰述与经邦致用之间的关系作了精辟的论述。接着介绍了《通典》的内容和体例，称赞杜佑"雅有远度，志于兴邦，笃于好古，生而知之"的高超史才，并把《通典》放到高于官修类书的位置上："《御览》、《艺文》、《玉烛》之类，网罗古今，博则博矣。……比于《通典》，非其伦也。"彰显其在"刊列百度，缉熙王猷"方面见微知著的功效。序文的最后说"与杜公数旬探讨，故颇详旨趣"，表明了自己在《通典》这部中国历史上第一部记述历代典章制度的典志体私修史书成书过程中所担当的重要角色。

流派中的人物，著《唐历》、续《国史》的柳芳之子柳冕，大历初年也在史馆就职。他曾有一篇《谢杜相公论房杜二相书》（《全唐文》卷五二七），是与当时的丞相杜鸿渐论史评的书信。他认为："如变其文，即先变其俗，文章风俗，其弊一也。变之之术，在教其心，使人日用而不自知也，伏惟尊经术，卑文士，经术尊则教化美，教化

---

① 《全唐文》卷四三〇，第 4378—4379 页。

美则文章盛，文章盛则王道兴。"显然与后来杜佑《通典》中"仓廪足而知礼节"之间有一定差别。他甚至在史学上批评司马迁"不本于儒教以一王法，使杨朱墨子得非圣人"①。柳冕与杜佑分别代表了中唐史作中儒学复兴和实用精神两种改革方向。

第四节　流派作家的历史观

在中国学术史上，史学和史观历来兹事体大，是学问之最博大而最切要者。萧—韩流派作家的史学著作影响深远，各种文章中关于历史观的讨论也屡见不鲜。讨论文章主要集中于两个事项——史书写作的原则和史官的职分。

一　史书的写作

史书的写作包含很多方面，比如史料的选择、文辞的特征、表述的义法等。

《说文解字》解："史，记事者也。从又持中；中，正也。"② 中正地记事是编修史书的基础，也是史官最原始的职责，编修史书是记载史事工作的延伸和结果。那么记哪些事，用什么样的语言编修就成了衡量史书优劣的最重要标准。韩愈弟子李翱，元和初年曾任史馆修撰，他给同门皇甫湜的信中提出："取天下公是公非以为本。群党之所谓为是者，仆未必以为是；群党之所谓非者，仆未必以为非。使仆书成而传，则富贵而功德不著者，未必声名于后，贫贱而道德全者，未必不烜赫于无穷。"③ 李翱笔削国史，坚持史料的取舍不以富贵贫贱来衡量，而是以人物德行为准绳。皇甫湜也说过："夫是非与圣人同辨，善恶得天下之中，不虚美，不隐恶。则为纪为传为编年，是皆良史

---

① （唐）柳冕：《答孟判官论宇文生评史官书》，《全唐文》卷五二七，第 5355 页。
② （东汉）许慎：《说文解字》，九州出版社 2006 年版，第 251 页。
③ （唐）李翱：《答皇甫湜书》，《全唐文》卷六三五，第 6410 页。

矣。"① 二人一致认为史者是记录历史真相的，传播道统经义的，理所当然要依据事实记述。晚唐自称韩愈再传弟子的孙樵亦有类似观点，他认为修史的目的是警训后世，事迹去取的标准应当是"尚德必书贱，尸位则黜贵"②。他又说："史家条序人物，宜存警训，不当徒以官大宠浓，讲文张字。故大恶大善，虽贱必纪，尸位浪职，虽贵必黜。"③ 可以理解，作为要以文道来复兴社会的萧—韩流派作家，以韩愈和李翱为代表的流派史官在史学上更多地接受了《春秋》褒贬义法的一面。因此韩愈在《答刘秀才论史书》中认为，"史氏褒贬大法，《春秋》已备之矣，后之作者，在据事直书，则善恶自见"④。李翱《答皇甫湜书》则干脆说："用仲尼褒贬之心，取天下公是非以为本。"⑤ 只有这样，作史才能"求国家之遗事，考贤人哲士之终始，作唐之一经，垂之于无穷，诛奸谀于既死，发潜德之幽光"⑥。为了让后人从史书中更多地得到借鉴，撰写史书时史料采选甄别时必求确实。《唐会要》记载，李翱曾经针对当时史界以个人行状作为传记依据导致记录不实的现象，撰文上书：

  今之作行状者，非门生即其故吏，莫不虚加仁义礼智，妄言忠肃惠和。如此不唯处心不实，苟欲虚美于所受恩而已也。盖亦为文者既非游、夏、迁、雄之列，务于华而忘其实，溺于词而弃其理。故为文则失六经之古风，纪事则非史迁之实录。不然则词句鄙陋，不能自成其文矣。由是事失其本，文害于理，而行状不足以取信。若使指事书实，不饰虚言，则必有人，知其真伪。……史氏记录，须得本末，苟凭往例，皆是虚言，则使史官，何所为据。伏乞下臣所奏，使考功守行，臣等要知事实，辄敢陈论。⑦

---

① （唐）皇甫湜：《编年纪传论》，《全唐文》卷六八六，第7030页。
② （唐）孙樵：《孙氏西斋录》，《全唐文》卷七九五，第8333页。
③ （唐）孙樵：《与高锡望书》，《全唐文》卷七九四，第8323页。
④ 《全唐文》卷五五四，第5609页。
⑤ （唐）李翱：《答皇甫湜书》，《全唐文》卷六三五，第6410页。
⑥ （唐）韩愈：《答崔立之书》，《全唐文》卷五五二，第5587页。
⑦ （宋）王溥撰，牛继清校正：《唐会要校正》，三秦出版社2012年版，第947页。

李翱认为行状中多有华而不实、虚言溺词的倾向,强调行状应该"指事说实,直载其词,善恶功绩,皆据事足以自见",这样才可以作为编史的素材,有保留价值。"文士撰文,惟恐不自己出;史家之文,惟恐出之于己。其大本已不同矣。史体述而不造,史文而出于己,是为言之无征,无征,且不信于后也。"① 这是史家和文学家的最大区别,也是萧—韩流派作家力图弥合的两极。李翱的奏议是当时修史活动的一个重要环节,它说明了两点:第一,史界以道德为采取标准已达成共识,后人为先辈作行状墓志时并不致力于记录传主的高位权贵,而是"虚加仁义礼智"以期史册留名。第二,史料的真实是修史的基础。"苟凭往例,皆是虚言,则使史官何所为据?"太花哨的文辞和描写都会妨害事实的记录,这也与流派作家在文学创作上主张的黜华尚实理论一脉相承。韩愈在《答尉迟生书》中说:"夫所谓文者,必有诸其中,是故君子慎其实,实之美恶,其发也不掩"②,强调了史书贵实的特性。

其实早在韩愈和李翱之前,他们的古文前辈,流派中第二代核心独孤及就在自己的创作中身体力行了这一点。独孤及的文集《毗陵集》中收录了墓志碑铭类文章三十七篇③,都是为至亲好友而作,他对传主都有很深的了解,并且如实记录生平事迹。除十二位亲属外,《唐故给事中赠吏部侍郎萧公墓志铭》的墓主萧直与独孤及相交,其弟萧立与独孤及也有诗文往来;《唐故扬州庆云寺律师一公塔铭》主人公灵一与独孤及的先辈萧颖士、李华均为方外好友;大历五年(770)和十年,独孤及先后为天水赵琚和其父作《唐故天水赵琚墓志铭》《唐故虢州弘农县令天水赵府君墓志》,缘于与赵氏故旧之深。其他一些文章虽然在行文中没有明确交代作者与碑主的关系,但碑主地位的显赫和政绩的卓著已经是举世公认的了,为他们撰写墓志只要据实以言,直载其词即可。独孤及笔下所记少有谀辞,体现了古文作家

---

① (清)章学诚:《章学诚遗书》,文物出版社1985年版,第125页。
② 《全唐文》卷五五一,第5581页。
③ 据(唐)独孤及撰,刘鹏、李桃校注《毗陵集校注》统计,辽海出版社2006年版。

对自己笔下人物事迹实录的基本要求,引导一种质实的审美价值观。盛中唐之交,记载墓主功德的谀墓、浮夸之作比比皆是,独孤及却在撰文时反复强调:"余欲塞其孝思之诚,故录其实,不华其文"①;"今采其实录,刻石示后,盖欲报罔极者之志云"②;"八月四日葬于先茔,宗人家老于是乎以果行实录贲于丰石,礼也"③。这种黜华录实的指导思想显然对古文同道有着极大的影响力。

史家的笔法,就是指史官直言记载史实的笔法,除了要求真实之外,还要求文字峻洁简要,以司马迁的《史记》为典型代表。与流派集大成者韩愈并称的柳宗元,作为唐朝古文家的领军人物,他的文章是后世学习和研究的典范。刘禹锡在《唐故尚书礼部员外郎柳君文集序》中曾引用韩愈对柳宗元的评价:"雄深雅健似司马子长,崔、蔡不足多也。"④可见,柳宗元的文学创作深受司马迁的影响。柳文"自史中来"的文学风格非常突出,他多次表示出对司马迁笔法"峻洁"审美的情有独钟⑤。流派另一史家代表李翱甚至认为,史书叙事文辞是否简洁是其能否广泛流传的决定因素。在他看来,西汉事迹之所以"灼然传在人口",是因司马迁"叙述高简之工,故学者悦而习焉"⑥,易于读者接受。而《后汉书》《三国志》文辞不如《史记》简明,后学就没那么容易接受,所载史事也相对不易为人所知。萧—韩流派后进中孙樵最重史学,吕武志说:"清代陈宏绪谓孙樵论史,实已揭出子长神髓……可谓深有得乎史学者也。故清张英称其'论断唐事,词义严峻,文亦峭洁,有风霜凌厉之色',李慈铭亦谓'唐代韩昌黎外,若杜牧、孙樵,始可与言史矣。'"⑦他史学思想主要体现在《与高锡

---

① 《唐故给事中赠吏部侍郎萧公墓志铭》卷一一,《毗陵集校注》,第252页。
② 《唐故银青光禄大夫太子左庶子严公墓志铭》卷一一,《毗陵集校注》,第255页。
③ 《唐故尚书库部郎中荥阳郑公墓志铭》卷一一,《毗陵集校注》,第258页。
④ 《全唐文》卷六〇五,第6111页。
⑤ 比如《报袁君陈秀才避师名书》中写到"太史公甚峻洁,可出入"(《全唐文》卷五七五)以及《答韦中立论师道书》中"参与《国语》以博其趣,参之《离骚》以致其幽,参之太史公以著其洁"的表述(《全唐文》卷五七五)。
⑥ (唐)李翱:《答皇甫湜书》,《全唐文》卷六三五,第6410页。
⑦ 吕武志:《唐末五代散文研究》,台湾学生书局1989年版,第91页。

望书》和《孙氏西斋录》序文中。《与高锡望书》批判了唐代史馆制度的弊端，列举了自己认可的修史标准。《孙氏西斋录》则是改编陆长源的《唐春秋》而成的史学著作。这两部书都已经亡佚，只留下孙樵的一篇序文。陆长源《唐春秋》，据《新唐书·艺文志》《直斋书录解题》载有六卷，孙樵在《孙氏西斋录》序文中说此书"丛冗秃屑不足以警训"，并在后面说明了自己创作的体例和思想，体现了作为史学家的自信。郭预衡在《中国散文史》中评价，孙樵写文章是把史家的笔法看作最高境界，从现存的文章看，孙樵为文的主要成就也在于史笔。[①]孙樵立主文简意深，避免烦词冗句。其《与高锡望书》云："足下乃小史，尚宜世嗣史法，矧足下才力雄独，意语横阔。尝序义复冈及乐武事，其说要害，在樵宜一二百言者，足下能数十字辄尽情状。及意穷事际，反若有千百言在笔下。"[②]高锡望能在数十字之内尽物之情状，"反若有千百言"，令孙樵赞叹。

二 史官的职分

史料具备，史官的才能和职业精神就显得尤为重要。古人对史才标准的界定是一个不断补充和完善的过程，早在春秋时期，董狐因"书法不隐"被赞为古之良史，这是对其德行的肯定。其后班彪称赞司马迁"善述序事理，辩而不华，质而不野，文质相称。盖良史之才也"[③]。范晔称赞班固"若固之序事，不激诡，不抑抗，赡而不秽，详而有体，使读之者亹亹而不厌，信哉其能成名也"[④]。这是朝注重文笔方向发展。初唐刘知几总结前人论述，提出著名的"史才三长"论，才也、学也、识也。

萧—韩流派作家因为把道义灌注在文章当中，对史德的要求尤为严苛。孙樵曾言："为史官者，明不顾刑辟，幽不愧神怪，若梗避于

---

① 郭预衡：《中国散文史》，上海古籍出版社2011年版，第306页。
② 《全唐文》卷七九四，第8323页。
③ 《后汉书·班彪传》，第1325页。
④ 《后汉书·班固传》，第1386页。

其间，其书可烧也。"① 关于这个问题的讨论，最著名的要数韩愈和柳宗元的史官之辩。

这次辩论起源于初任史官修撰之职的韩愈给刘秀才的一封回信②，其中列举了自先秦时代起不得善终的数位史官，得出"夫为史者，不有人祸，则有天刑，岂可不畏惧而轻为之哉"的慨叹。柳宗元得见书稿，"私心甚不喜，与退之往年论史事，甚大谬"。接着便用犀利的措辞对韩书予以全面批驳，这就是著名的《与韩愈论史官书》③。文中逐条批驳韩愈所举事例，并一针见血地指出："宜守中道，不忘其直，无以他事自恐。退之之恐，唯在不直、不得中道，刑祸非所恐也。"柳宗元虽言辞激切，其实早已发觉韩愈"人祸天刑"的愤激背后所不能尽言之隐衷。韩柳辩论的问题，表面看来是史官可不可有所作为，如何作为，其实涉及史官的职责、命运以及史学与政治的关系等复杂问题。为史何其难！史官身处政治中心，要不隐恶、正人伦，如实记载统治阶层的言行品德，直书某些决策的错误和各种利益倾轧的阴暗勾当，需要极大的道德和勇气，自然也会受到各种权贵阶层的监视和阻挠，其中最大的阴影就是曾经要求他们"为正史"的皇帝本人。为了避免史官的记录受到干扰，历代法度主张君王不观史，但是在建唐初期这个问题就面临挑战。《唐会要·史馆杂录上》起首记载了唐太宗和朱子奢、褚遂良、刘泊、房玄龄等人关于君王观史问题的讨论。贞观九年（635）十月，谏议大夫朱子奢上表曰："今月十六日，陛下出圣旨，发德音，以起居记录书帝王臧否，前代但藏之史官，人主不见。今欲亲自观览，用知得失。臣以为圣躬举无过事，史官所述，义归尽善。陛下独览起居，于事无失。若以此法传示子孙，窃有未喻。大唐虽七百之祚，天命无改，至于曾玄之后，或非上智。但中主庸君，饰非护短，见时史直辞，极陈善恶，必不省躬罪己，唯当致怨史官。但君上尊崇，臣下卑贱，有一于此，何地逃刑？既不能效朱云廷折、

---

① （唐）孙樵：《与高锡望书》，《全唐文》卷七九四，第8323页。
② （唐）韩愈：《答刘秀才论史书》，《全唐文》卷五五四，第5609页。
③ 《全唐文》卷五七四，第5796页。

董狐无隐，排霜触电，无顾死亡，唯应希风顺旨，全身远害。悠悠千载，何所闻乎！所以前代不观，盖为此也。"① 算是第一次将太宗阻挡在史馆之外。贞观十六年四月二十八日，太宗又重提此事。他对谏议大夫褚遂良提出想要看起居注。褚遂良正言拒绝，对曰："今之起居，古之左右史，以记人君言行，善恶必书，庶几人主不为非法。不闻帝王躬自观史。……国史善恶必书，恐有忤旨，故不得见也。"② 褚遂良的回答比朱子奢的回答更明确。帝王不览国史，是含有希望"人主不为非法"的深意，即具有历史监督的作用。但是到了房玄龄监修国史之时，终于还是迫于压力同意把国史送呈太宗观览。刘知几在《史通·忤时》中写道："昔董狐之书法也，以示于朝；南史之书弑也，执简以往。而近代史局，皆通籍禁门，深居九重，欲人不见。寻其义者，盖由杜彼颜面，防诸请谒故也。然今馆中作者，多士如林，皆愿长喙，无闻齰舌。傥有五始初成，一字加贬，言未绝口而朝野具知，笔未栖毫而搢绅咸诵。夫孙盛实录，取嫉权门；王劭直书，见仇贵族。人之情也，能无畏乎？"③ 深刻揭示了唐代史官所处的境地。韩愈受命作《顺宗实录》时正是顺宪年间永贞革新之际，事涉父子两代皇权斗争，利益集团之博弈，甚至弑君之隐秘，退之《答刘秀才论史书》中说"愚以为凡史氏褒贬大法，《春秋》已备之矣。后之作者，在据事迹实录，则善恶自见"④，可见其绝大苦衷。唐代的史官也必须依照权力者的指授著史，不可能独自背离官史为尊者讳的传统，孔子著《春秋》，"推避以求全，依违以免祸"⑤。连圣人都不免受此诛心之论，何况后学。柳宗元虽批驳韩愈，但内心仍然坚信韩愈会以才德修史，否则他不会在信中写出"今学如退之，辞如退之，好议论如退之，慷慨自谓正直行行焉如退之，犹所云若是，则唐之史述其卒无可托乎"的言语。而韩愈也没有辜负好友的期望，《旧唐书·路隋传》载："初，

---

① （宋）王溥撰，牛继清校正：《唐会要校正》，三秦出版社2012年版，第940页。
② （宋）王溥撰，牛继清校正：《唐会要校正》，三秦出版社2012年版，第940页。
③ （唐）刘知几著，（清）浦起龙释：《史通通释》，上海古籍出版社2009年版，第555页。
④ 《全唐文》卷五五四，第5609页。
⑤ （唐）刘知几著，（清）浦起龙释：《史通通释》，上海古籍出版社2009年版，第385页。

从萧门到韩门

韩愈撰《顺宗实录》,说禁中事颇切直,内官恶之,往往于上前言其不实,累朝有诏改修。"柳冕认为为史就是"明天道、正人伦、助治乱"①,史籍之为用,"莫不彰善瘅恶,陈一代之清芬,褒吉惩凶,备百王之令典"②。韩愈直书政事,从而招致内官嫌恶证明了其秉笔直书的勇气,堪为合格的史官。

清代章学诚提出史学家撰述时应具有"史德":"盖欲为良史者,当慎辨于天人之际,尽其天而不益以人也。尽其天而不益以人,虽未能至,苟允知之,亦足以称著述者之心术矣。"③这对史学家在道德品行和臣风正道上提出了明确要求。在上文述例中,从韩愈到李翱,再到蒋氏家族,我们可以清晰地看到萧—韩流派中的史官们直书实录的追求和善恶是非之心,这种鲜明的史家主体意识对他们的文章创作和审美追求有极大的影响。

第五节 流派作家的史官意识对古文运动的影响

"古文运动"之名,是近代才有的概念,20世纪前期的中国文学史把始于唐代、臻于北宋的散文改革风潮称为古文运动。其中的古文,原指先秦两汉以来用文言写作的散体文,是为区别魏晋六朝后起的骈体文而言。从文体和艺术的发展上来看,骈文的出现有着相当的积极意义,它在文学意识趋于自觉的魏晋时代产生,在文体划分观念比较成熟的六朝时期兴盛繁荣,不仅句式上整饬考究,声律顿挫和谐,辞藻也追求俊彩华章,文成之后错彩镂金,满目生光,可以称作文章美学进化的里程碑。但形式上的追求完美渐渐使骈文内容趋于空洞无物。经过了隋代和初盛唐的"挣扎"之后,骈文在中唐迎来第一次声势浩大的反思和挑战,即古文运动。从唐初修史的"文用"宗旨,到高宗武后朝的陈子昂,历经萧颖士、李华、独孤及、梁肃、韩愈、柳宗元

---

① (唐)柳冕:《答孟判官论宇文生评史官书》,《全唐文》卷五二七,第5355页。
② (宋)宋敏求编,洪丕谟、张伯元、沈敖大点校:《唐大诏令集》卷八一,学林出版社1992年版,第422页。
③ (清)章学诚著,叶瑛校注:《文史通义校注》,中华书局2014年版,第258页。

之手，直到晚唐杜牧、李商隐（前期）、孙樵、罗隐等人，有唐二百年间，这些散文写作倡导者通过理论和实践逐渐打破了东汉以来骈文对文坛的垄断地位，实现了文体、文风、语言艺术的解放，这一时期可以看作先秦之后散文创作的又一高峰。更重要的是，这股复古的散文写作风潮在经历晚唐五代的低谷之后，被北宋初期的文坛领袖们继承，再次成为创作的主流形式，并对后世的文体发展和艺术追求产生深远影响。

关于史官及史学对唐代古文运动的影响，已有学者从以下两个方面撰文阐述。[①] 一是古文运动的"文以明道"与史家之道德裁判思想的一脉相承。比如萧颖士极力赞扬《春秋》示褒贬、惩恶劝善的义法，又批评司马迁、班固史书编排不当，曾依鲁史编年之例，著《历代通典》。他在给韦述的书信中说："孔圣断唐虞以下，删帝王之书，因鲁史记而作《春秋》，托微词以示褒贬，全身远害之道博，惩恶劝善之功大。"[②] 李华《著作郎厅壁记》曰："文之大司，是为国史，职在褒贬惩劝，区别昏明。"[③] 独孤及也说："孔子作《春秋》以绳当代，而乱臣贼子惧，谥法亦《春秋》之微旨也。"[④] 与史学上强调劝善惩恶的道德判断相对应。古文运动先驱及倡导者在文学上强调"道"，这种"道"基本上指的是儒家道德思想，这样就使文学与史学在"道"的层面上得到统一。二是史学对唐代古文运动的影响在于古文创作崇真尚质的文风，可以看成是史传文学实录直书精神的内在转化。"实录""直书"是中国史传文学的优良传统，司马迁《史记》历来被称为"实录"之典范，这种实录精神使史传文学在文体上基本保持了散体的特征，而在文风上遵循着辨而不华、质而不俚的原则。在古文运动的发展过程中，其先驱及领袖人物由于与史官的密切关系，继承了史传文学的这种传统，在文学形式上提倡"宗真尚质"，即在文体上

---

① 郝润华、王福元：《史官及史学影响下的唐代古文运动》，《湖南师范大学社会科学学报》2012年第5期。
② （唐）萧颖士：《赠韦司业书》，《全唐文》卷三二三，第3275页。
③ 《全唐文》卷三一六，第3204页。
④ （唐）独孤及：《太常拟故相国江陵尹谥议》，《毗陵集校注》，第141页。

提倡散体、反对骈体，在文风上强调质朴自然，反对雕琢矫饰。

除了以上两点，流派作家及其先驱者的史官身份和他们在作品中展示出来的史官意识、史官视角，和古文运动的发生、发展还有很多相互作用。

一 文质变化在史作中的先行

唐初的文质变化在史作中最早展现。南朝宋齐时期，史学文体中骈体流行，六朝末至唐初开启了摆脱骈文的趋势，史官出于正朝纲的目的，提倡古文写法，去除骈文的浮靡之风，历来史学建设和文德建设都是高度统一的，相比文学领域，古文义法在史学中的复兴要更早一些。"从六朝末至唐中叶是中国文化的过渡期，此间经学、史学、诗文等都在发生着变化。不管怎么说，比经学更早发生变化的是史学，这种史学的变化又是随着文章的变化而变化的。"① 文学的审美和政治的关系在修史中最早体现在大规模的官修史书和其他史书编写及著述中。《梁》《陈》成书于姚察、姚思廉之手，姚氏父子写史时改用散文的体例，二人最早运用古文娴熟撰写《梁书》纪传论赞部分，颇与当时流行之骈俪文风不合，可以算是史家中古文复兴的鼻祖，实际上领先于文章家。清人赵翼《廿二史札记》指出：

> 《梁书》虽全据国史，而行文则自出炉锤，直欲远追班、马。盖六朝争尚骈俪，即序事之文亦多四字为句，罕有用散文单行者。《梁书》则多以古文行之。……世但知六朝之后，古文自唐韩昌黎始，而岂知姚察父子已振于陈末唐初也哉！②

唐初的史书撰写开启了摆脱骈文的趋势。唐初的史官出于正朝纲的目的，提倡古文写法，去除骈文的浮靡之风。随后，李大师、李延寿的

---

① [日] 内藤湖南：《中国史学史》，马彪译，上海古籍出版社 2008 年版，第 132 页。
② （清）赵翼撰，曹光甫校点：《廿二史札记》，凤凰出版社 2008 年版，第 134 页。

《南史》《北史》则出于对以往史书进行简化的需要，竭力改写，带有趋近散文的倾向，最初可能只是出于简单易行之目的，但到了中唐古文复兴以后，这种简化改写就有了新的文体意识，发展到极致，可以从《新唐书》对《旧唐书》的颠覆看出宋代古文派史学家对前代史官意志的继承。而且《新唐书》中，凡韩、柳文入史者几乎全文录入，如《吴元济传》用韩愈《平淮西碑》文，《张巡传》用韩愈为张巡写的事迹，《张籍传》载韩愈《答张籍书》，《段秀实传》用柳宗元《段太尉逸事状》，等等，从一个方面体现了史学家对古文的爱重。

之所以在唐初史体文发生这种重大的变化，是因为统治者们熟知前代历史，早就意识到过去旧有的文学不适合新朝代的发展要求，因此借史书来标榜和发扬新的文学观念、文德建设。对此，陈飞先生有文章分析说，史学建设是文德政治建设的重要部分，而史学中的文学建设则是文德政治对文学的要求在史学系统中的表达与实现。作为最高统治集团，贞观君臣对于前代不符合自己的文德加以更改，从而寻求建立新文学之路。这条复归古典"文义""文用""文理""文史"的道路就此点燃了古文运动兴起的火种。[①] 李华虽未曾任史官，但是在很多著作中表达过研习史书、文史结合对文章的作用。天宝七载（748），李华在秘书省校书郎任，他敏锐地意识到："化成天下，莫尚乎文，文之大司，是为国史，职在褒贬惩劝，区别昏明。"[②] 从功用方面，把文史结合起来，为古文发展提供了指向。李华在《质文论》中又倡言："愚以为将求致理，始于学习经史，《左氏》、《国语》、《尔雅》、荀孟等家，辅佐五经者也"[③]，强调学习经书时要以史书作为辅佐，才能求之真理。

萧颖士和李华的弟子独孤及，在史书的研习和文章写作上向史书文笔靠拢的倾向也很明显，笔者曾经统计过独孤及《毗陵集》中主要

[①] 陈飞：《唐代文学概念的确立与实现——以早期史学为中心》，《文学遗产》2005 年第 1 期。
[②] （唐）李华：《著作郎厅壁记》，《全唐文》卷三一六，第 3204 页。
[③] 《全唐文》卷三一七，第 3213 页。

四类文体的语料①，分析其从史部引用的注释共计 307 条，其中史部正史类占 268 条，史部杂史类占 21 条，其他如史部地理类等占 18 条。正史类的条目主要集中在《史记》《汉书》《后汉书》《三国志》上。各书引用情况如下（表一）。

表一　　　　　　　　　　前四史引用情况

	《史记》	《汉书》	《后汉书》	《三国志》
诗	26	23	20	7
序文	28	31	11	1
墓表	15	19	4	0
议表	25	29	7	3
总数	94	102	42	11

独孤及认为贾谊、司马迁、班固的文章是"取正"之作，所以《史记》《汉书》和贾生之作就成了他文学成长中重要的"辅导教材"，《史记》《汉书》作为单部作品，在这四种文体的文章中分别被引用了 94 次和 102 次之多。以《汉书》为例，独孤及对其中特殊词语、语句的引用，特殊含义名词的引用和《汉书》中人物典故引用分别如下表（表二、表三、表四）。

表二　　　　　　　　　　特殊词语、语句的引用

注释词	原文	原文篇名	引文名称	引文原文
登赋	遂别为登赋之位	卷三《垂花坞醉后戏题赋得俱字韵，并序一首》	《汉书·艺文志》	传曰："不歌而诵谓之赋，登高能赋，可以为大夫。"言感物造端，材知深美，可与图事，故可以为列大夫也。
剧谈	剧谈增惠爱	卷三《水西馆泛舟送王员外》	《汉书·扬雄传》	（雄）博览无所不见，为人简易佚荡，口吃不能剧谈，默而好深湛之思。

---

① 语料和语料库是语言学上的概念，它是指收集的一批语言数据，或为书面文本或为言语录音的转写，可用作语言学描写的出发点，也可作为验证语言假说的手段（corpus linguistics）。定义见［英］戴维·克里斯特尔编《现代语言学词典》，沈家煊译，商务印书馆 2000 年版，第 89—90 页。

续表

注释词	原文	原文篇名	引文名称	引文原文
射策甲科	射策甲科	卷一三《唐故殿中侍御史赠考功郎中萧府君文章集录序》	《汉书·匡衡传》	衡射策甲科，以不应令除为太常掌故。
赤墀	一命而俯受服赤墀之下	卷一四《送张征君寅游江南序》	《汉书·梅福传》	故愿壹登文石之陛，涉赤墀之涂。
纨袴	子适纨袴	卷一四《送弟惔之京序》	《汉书·叙传》	（班伯）数年，金华之业绝，出与王、许子弟为群，在于绮襦纨袴之间，非其好也。

表三　　　　　　　　特殊含义名词的引用

注释词	原文	原文篇名	引文名称	引文原文
绣衣客	遥羡绣衣客	卷一《下弋阳江舟中代书寄裴侍御》	《汉书·百官公卿表》	侍御史有绣衣直指，出讨奸猾，治大狱，武帝所制，不常置。
结绶	结绶腰章并	卷二《江宁酬郑县刘少府兄赠别作》	《汉书·萧望之传》	《汉书·萧望之传》附其子萧育："长安语曰：'萧朱结绶，王贡弹冠'，言其相荐达也。"
金华省郎	金华省郎中屯田韦员外惜佳辰	卷二《同岑郎中屯田韦员外花树歌》	《汉书·叙传》	（班）伯少受诗于师丹。大将军王凤荐伯宜劝学，召见晏昵殿。容貌甚丽，诵说有法。拜为中常侍。时上方乡学，郑宽中、张禹朝夕入说《尚书》《论语》于金华殿中，诏伯受焉。
持斧	以许公有持斧旧名	卷一四《送广陵许户曹充召募判官赴淮南序》	《汉书·隽不疑传》	武帝末，郡国盗贼群起，暴胜之为直指使者，衣绣衣，持斧，逐捕盗贼。
富人侯	上以富人侯为丞相	卷一四《送贺若员外巡按毕归朝序》	《汉书·食货志》	即富民侯，避太宗讳。《汉书·食货志》："武帝末年，悔征伐之事，乃封丞相（车春秋）为富民侯。"

表四　　　　　　　　典故的引用

注释词	原文	原文篇名	引文名称	引文原文
犹自握汉节	犹自握汉节	卷一《代书寄裴六冀刘二颖》	《汉书·苏武传》	指苏武受羁匈奴，义不改节之事。详见《汉书·苏武传》："武既至海上，廪食不至。掘野鼠，去草实而食之。杖汉节牧羊，卧起操持，节旄尽落。"

续表

注释词	原文	原文篇名	引文名称	引文原文
脱屣	脱屣恨不早	卷一《早发若岘驿望庐山》	《汉书·郊祀志》	汉武帝闻黄帝骑龙升仙之传说后,曰:"嗟乎!诚得如黄帝,吾视去妻子如脱屣耳。"颜师古曰:"屣,小履。脱屣者,言其便易,无所顾也。"
锦为衣	归路锦为衣	卷二《送虞秀才擢第归长沙》	《汉书·项籍传》	又怀思东归曰:"富贵不归故乡,如衣锦夜行。"
供帐别	还申供帐别	卷二《送李宾客荆南迎亲》	《汉书·疏广传》	公卿大夫故人邑子,设祖道供张东都门外,送者车数百两,辞决而去。
一死一生之间,抒其交情	一死一生之间,抒其交情	卷一三《检校尚书吏部员外郎赵郡李公中集序》	《汉书·汲郑列传》	翟公有言,始翟公为廷尉,宾客阗门;及废,门外可设雀罗。翟公复为廷尉,宾客欲往,翟公乃大署其门曰:"一死一生,乃知交情。一贫一富,乃知交态。一贵一贱,交情乃见。"

　　作为我国第一部纪传体断代史,《汉书》在叙事技巧和文学典范方面常和《史记》对举,而除了和《史记》一样在古文写作上的行云流水、质文兼胜之外,《汉书》本身也有自己鲜明的特色:它对西汉盛世各类人物和时代风貌有尤其生动的记叙,对四海一统环境中经师儒生们戏剧性的奇闻逸事也着意记录,这些都被独孤及自如地运用到文章中去。独孤及的古文创作一直在向这个方向努力,被称赞为"立言遣辞,有古风格。辩论裁正,昭德塞违。潝波澜而去流荡,得菁华而芟枝叶"①,实至名归。

　　萧—韩流派中坚韩愈、柳宗元提倡散体质朴的文风,在创作中尤其是碑传墓文不断向史传学习。方苞在《古文约选序例》中说:"退之、永叔、介甫俱以志铭擅长。但叙事之文,义法备于《左》《史》,退之变《左》《史》之格调,而阴其义法。"②伴随着古文运动的发展,文学创作中对文辞峻洁、简明的审美追求也影响着史书的撰述方法,"使用古文义法的做法,与将以往繁杂资料予以简单缩写的做法

---

① (唐)权德舆:《唐故常州刺史独孤及谥议》,《毗陵集校注》附录,第462页。
② 漆绪邦、王凯符选注:《桐城派文选》,安徽人民出版社1984年版,第129页。

发生了合流，从而迎来了唐以后史体的一大变化"①。

关于流派作家和古文运动的关系，相关研究已经很多，在之前章节也有讨论，这里只针对他们的史官意识对古文思潮的兴发和引导作一点点补充。

二　史官视角使萧—韩流派作家开启为平民立传的风气

顾炎武在《日知录·古人不为人立传》条说："列传之名始于太史公，盖史体也。不当作史之职，无为人立传者，故有碑、有志、有状而无传。梁任昉《文章缘起》言传始于东方朔作《非有先生传》，是以寓言而为之传。《韩文公集》中传三篇……若段太尉，则不曰传，曰'逸事状'，子厚之不敢传段太尉，以不当史任也。"②中国传统重门阀世系，尤其是唐前，史书中个人的才能和事迹并不重要，祖先才是需要夸耀的资本。以《汉书》例，即使是刘向、刘歆这种伟大的经学家、目录学家，也只能列在《楚元王传》末尾附录。而很多没有显赫血统的普通人事迹更是少见于史籍列传中。以封建帝王将相的功过成败史观来看"二十四史"中的任何一部，占据最前列和绝大篇幅的都是各支皇室血脉，妃嫔外戚，权宦名流，而很多功绩能力可传千古、对社会发展有卓越贡献的人却着墨甚少。无怪梁启超所叹，在中国传统的正史都是"为朝廷上之君若臣而作，曾无有一书为国民而作者也"③。但是在萧—韩流派史官的作品中，这种现代政治生活中的民生个体思想就已经有了萌兴。古文运动的直接发起参与者大多为碑传写作的高手，有学者据《全唐文》统计：王勃碑志十篇，杨炯二十多篇，陈子昂近二十篇，张说约七十篇，李华二十多篇，独孤及三十多篇，梁肃二十多篇，权德舆八十多篇，韩、柳各六十多篇，吕温约十

---

①　[日]内藤湖南：《中国史学史》，马彪译，上海古籍出版社2008年版，第138页。
②　（清）顾炎武撰，栾保群、吕宗力校点：《〈日知录〉集释》，上海古籍出版社2013年版，第1106页。
③　梁启超：《饮冰室文集全编》，广益书局1948年版，第34页。

篇，李翱十多篇，他们都在唐代留存碑传文最多的作家之列。① 这种古文家擅长又热衷进行碑文写作的现象让古文思想和义法迅速影响到对传主的选择和历史评价，很多在传统史书中会被忽略的"小人物"都通过唐代古文创作者的文笔留名至今。

萧—韩流派作家为平民所写传记分两类：普通百姓和那些从事某种贫贱职业的人。比如韩愈的文章受史传影响，巧妙地运用逸事、目睹等手法生动记录史实，以仅次于小说的风格表述平民生活，这就是史家手法在文章中的应用。如顾炎武《日知录·古人不为人立传》条目里提到的《太学生何蕃》《圬者王承福》《毛颖》，还有《张中丞传后叙》等文。流派三代成员李翰也积极进行史传创作。安史之乱时期，睢阳守将张巡、许远守江南于天下有功，其事迹靠李翰撰文流传才得以保存在《旧唐书》中。韩愈于宪宗元和年间读到《进张巡中丞传表》很是触动，他记录了自己当时的心情："元和二年四月十三日夜，愈与吴郡张籍阅家中旧书，得李翰所为《张巡传》。翰以文章自名，为此传颇详密。然尚恨有阙者，不为许远立传，又不载雷万春事首尾。"② 身为史官的韩愈在阅读李翰《张巡传》后，立刻对有关材料进行补充，并以史传手法加上对人物的议论，行之成文，传于后世。

柳宗元虽然没有做过史官，却一直有着很强的为史之志，曾言："昔与退之期为史，志甚壮，今孤囚废锢，连遭瘴疠羸顿，朝夕就死，无能为也。"③ 柳宗元在很多文章中直接表述了自己的传记文学思想，如《与韩愈论史官书》《答吴武陵论〈非国语〉书》《答韦中立论师道书》《与史官韩愈致段秀实太尉逸事书》等，传记志人之文也有十几篇，《宋清传》传主为长安药商宋清，《种树郭橐驼传》传主为长安农民郭橐驼，《梓人传》传主为长安工匠杨潜，《马室女雷五葬志》志主为永州寒儒之女马雷五，《捕蛇者说》述永州农民蒋氏……所志全是匹夫平民。韩柳的后辈李翱力续前贤之志，表明自己的立传心态：

---

① 张根云：《蔡邕的碑铭文与唐代古文运动》，《理论界》2008年第7期。
② （唐）韩愈：《张中丞传后叙》，《全唐文》卷五五六，第5628页。
③ （唐）柳宋元：《与史官韩愈致段秀实太尉逸事书》，《全唐文》卷五七四，第5797页。

"使仆书成而传，则富贵而功德不著者，未必声名于后，贫贱而道德全者，未必不烜赫于无穷。韩退之所谓'诛奸谀于既死，发潜德之幽光'，是翱心也。"① 后来，翱作《杨烈妇传》，表彰建中四年在李希烈藩乱中顶替无用的县官率众退敌的妇人杨氏，赞曰："凡人之情，皆谓后来者不及于古之人。贤者古亦稀，独后代耶？及其有之，与古人不殊也。若高愍女、杨烈妇者，虽古烈女，其何加焉？予惧其行事堙灭而不传，故皆叙之，将告于史官。"② 行文激荡，以至于当时的名相裴度特意写信表扬："前者唐生至自滑，猥辱致书札，兼获所贶新作十二篇，度俗流也，不尽窥见，若《愍女碑》《烈妇传》，可以激清教义，义焕于史氏。"③ 翱对自己的这两篇文章也很满意，虽不是史官，却自称不让史笔班固、蔡邕（《答皇甫湜书》）。始终将史家意识贯穿到自己文学创作中的孙樵也有《书何易于》《书褒城驿壁》《书田将军边事》等传记类文章，皆着眼于小人物事迹，谨严得史法。其中《书何易于》的主人公是县令何易于，孙樵刻画了他亲自挽舟激励百姓农耕，并烧掉征茶税诏书以慰民生的施政楷模形象，此文打动了北宋的史官，转录于《新唐书》，在正史中为如此基层的官吏立传，实赖孙樵当初的生动记录。

古代正史传记没有为普通百姓立传的传统，这令中国史学的发展略显单薄，作为人物传记大宗的正史传记，只有少数行为卓越者如农民起义领袖、侠客、列女等，才有可能记入正史。司马迁等人开创了传例，在人类历史上具有积极的不朽的意义，但作为人类历史社会主体的平民百姓却不能进入正史传记，这实在是个缺憾。盛唐以降，流派作家们在血统意识渐渐崩塌的时代看到了平民的鲜明个性和跨越阶级壁垒、影响政治走向的机遇，注意到了"人"的意义，开始为平民志传，记载下了众多青史留名的小人物事迹，拓宽了中国史学的领域，在中国史学发展史上具有里程碑意义，功莫大焉。

---

① （唐）李翱：《答皇甫湜书》，《全唐文》卷六三五，第6410页。
② （唐）李翱：《杨烈妇传》，《全唐文》卷六四〇，第6464页。
③ （唐）裴度：《寄李翱书》，《全唐文》卷五三八，第5461页。

到了宋代，继承者如欧阳修等，修《新五代史》时与《新唐书》一样多采选笔记小说，小人物传记逸史很多。虽然《新五代史》最早只是作为欧阳修的私人撰述，死后才被列为官书，但这种私著中字里行间的"春秋笔法"，深得史家之义。

三 重革新，可付诸实用的史学意识与古文运动发展

葛兆光先生尝言："中唐史学作品分两派，一类是传统儒家史学中治心以治世，就是讲褒贬、义法、儒家善恶，另一类是重实际，讲沿革，可付诸实用的史学。"① 前者，就是我们之前所讲萧—韩流派作家历史观中对于史家义法、道德心术的要求，后者是流派史官意识的另一个体现——在文章中着力发挥经世致用的功能，力求影响和改善国家政治经济生活。

历朝各代都重职掌符节和文史记载的官员。"史为掌书之官，自古为要职，殷商以前其官之尊卑虽不可知，然大小官名及职事之名多由史出，则史之位尊地要可知矣。"② 上古时代的史官由于具有丰富的历史知识，熟悉历史兴衰过程以及其中的经验教训，因而被统治者视为兴邦治国决策的重要咨询对象。《国语·楚语》说："临事有瞽史之导，宴居有师工之诵。史不失书，矇不失诵，以训御之，于是乎作《懿戒》以自儆也。"③ 这些人是当时主要掌握历史和政治知识的人，承担着传述、解释历史的任务，因而成为一个拥有文化权利的阶层，在统治者执政过程中举足轻重。这种史官的传统责任和功用在安史之乱之后的中唐时期尤其激励着流派作家看重文章的实用功利。修史立言，除了经纬天地、作训垂范的目标之外，更多了匡主和民、经邦济世的现实需要。一时之间革新求变之文多见天下。

关于流派作家任职于史馆之时的疏文史作，前述已多，这里仅举

---

① 葛兆光：《杜佑与中唐史学》，《史学史研究》1981年第1期。
② 王国维：《观堂集林》（附别集），中华书局1959年版，第269页。
③ 陈桐生译注：《国语》，中华书局2013年版，第611页。

第四章 作为史官的萧—韩文学流派作家

一些虽然没有担任过史官,却在行文中有强烈的史官实用思想的流派作家作品予以说明。修史活动具有政治干预和社会引导作用,一定程度上可以制约王权,预修国史也就逐渐演变为士人参政和立言的理想。正如司马迁《史记·自序》引董生之语:"夫《春秋》,上明三王之道,下辨人事之纪,别嫌疑,明是非,定犹豫,善善恶恶,贤贤贱不肖,存亡国,继绝世,补敝起废,王道之大者也。"唐代的史馆导向是史官必须依照权力者的指授著史,而史官身份使得他们不可太过背离官史传统。在史权与皇权的博弈过程中,史官处处被掣肘,所以不居其位的人反而有更多以史言政的激烈言辞。大历时期,流派第二代中坚人物独孤及在担任左拾遗的第一年就上书"请减江淮、山南等诸道兵马,以赡国用",代宗置之未行,他便痛心疾首地开始陈说利害:

> 自师兴不息十年矣,万姓之生产,空于杼轴。拥兵者第馆亘街陌,奴婢厌酒肉,而贫人羸饿就役,剥床及肤,长安城中白昼椎剽,京兆尹不敢诘。加以官乱职废,将堕卒暴,百揆籑刺,如纷麻沸粥。百姓不敢诉于有司,有司不敢闻于天听。士庶茹毒饮痛,穷而无告。今其心颙颙,独恃于麦,麦不登则易子咬骨,可跂而待。眠于焚薪之上,岂危于此?陛下不以此时轸薄冰朽索之念,励精更始,思所以救之之术,忍令宗庙有累卵之危,百姓悼心而失图,臣实惧焉。……陛下宜返躬罪己,旁求贤良者而师友之,黜弃贪佞不肖而窃位者,下哀痛之诏,去天下所疾苦,废无用之官,罢不急之费,禁止暴兵,节用爱人,毋使宦官乱国政,佞言败厥度。……自此而往,东洎海,南至番禺,西尽巴蜀,万里无鼠窃之盗,已积岁矣,而兵不为之解。倾天下之货,竭天下之谷,以给不用之军而为无竭之费,臣不知其故……①

言辞之激烈,事据之精当,直指军费劳民之弊,朝野上下,莫不畏服。又如流派第三代承前启后的权德舆,史称善辩论,开陈古今,觉悟人

---

① (唐)独孤及:《谏表》,《毗陵集校注》卷四,第84页。

主。尝作《两汉辩亡论》[①] 来分析帝国兴亡之理,自言"心所情激,故辩其所以然"。文章认为亡两汉者并非王莽、董卓,而是西汉末权臣张禹和东汉末的胡广,二人朝柄在握,本应"谨之于初,决之于始,以导善气,以遏乱原。若祸胎既萌,则死而后已。白刃可蹈,鸿毛斯轻",然而却不能体国存亡,看顾家邦,坐视倾颓,这种失职却在百年间被人忽视,致使"百代之下,无所指名。虽史赞粗言,而不究论本末"。权德舆感叹如果此事被载入《春秋》,定能被史家揭示出来,昭告天下。所以他也要如《春秋》一般辨明两汉之亡,体现了他身为人臣的担当。《新唐书》本传评论本文:"尝著论,辨汉所以亡,西京以张禹,东京以胡广,大指有补于世。"

柳宗元在《答吴武陵〈非国语〉书》中提出文章要"辅时及物",即有益于时代,对现实生活有利,他对此身体力行,在朝在野,都心系国政。《驳复仇议》讲明刑法重要,《答元饶州论政理书》批判征赋乱税,《捕蛇者说》痛诉苛政之毒⋯⋯柳宗元很多论说文体现的为政救世思想和同时代的白居易在新乐府运动中提倡"文章合为时而著,歌诗合为事而作",主张诗歌应该"补察时政""泄导人情""救济人病,裨补时阙"的主旨精神完全一致。[②]

天宝十三载(754),和独孤及同年登科的杨绾,后任礼部侍郎知贡举,代德二朝急需重整邦国的有识之士,而现行的科举重诗文难以选拔精于吏道的人才,杨绾上疏指陈进士科试杂文诗赋之弊,建议恢复古察孝廉,停废进士科。吴兴良才沈既济的《选举论》《选举杂议》等文章也归纳了唐代科举选官法的四大弊病,强调应"观变以制法,察时而立政",进行适应时代需要的科举改革。曾在韩愈门下游学的沈亚之,虽未授史职,但是多次在创作中表示出对史家著述的赞美,有"余尚太史公言"[③]"由是旨《春秋》而法太史"[④] 等语。亚之元和

[①] 《全唐文》卷四九五,第 5046 页。
[②] (唐)白居易:《与元九书》,《全唐文》卷六七五,第 6888 页。
[③] (唐)沈亚之:《冯燕传》,收入李剑国编《唐五代传奇集》,中华书局 2015 年版,第 829 页。
[④] (唐)沈亚之:《与京兆试官书》,《全唐文》卷七三五,第 7590 页。

第四章　作为史官的萧—韩文学流派作家

十四年（819）过滑州黎阳军时得闻平卢军节士郭旴事迹，有意撰《旌故平卢军节士》一文旌之，表现了其自觉的史官意识。这种对史料和故事性的敏感促成了沈亚之后来的传奇小说创作，他著有《湘中怨辞》《异梦记》《秦梦记》三文，被誉为唐代传奇文中的"白眉"，其事迹在下一章"作为传奇创作者的萧—韩文学流派作家"中会有详细介绍。

总之，萧—韩流派作家的史官视角使得他们的作品内容涉及国家、政治、军事、经济的各个方面，针砭时弊、切中肯綮，并多附有改革方案，表现了他们关心时政，致力于文章经世致用功能的理念。

小　结

史学的作用一是以古鉴今，明辨善恶，二是思齐内省，发愤图强。茨威格在《明天该怎样编写历史》的讲演中甚至说史观可以救人但也能杀人，因为形成年轻人对生活的看法，政治的、道德的和个人特有的看法，有决定意义的莫过于他们学习历史和理解历史的方式。[①] 这种价值观的导向性作用，使得中国古代社会对修史的要求异常强烈。唐初先后写出梁、陈、北齐、北周、隋五代史和《晋书》《南史》《北史》等八部正史，而元末则写出了《宋史》《辽史》《金史》，都是官修史书的丰硕期。元初大臣王鹗上书世祖忽必烈："自古帝王得失兴废，班班可考者，以有史在。我国家以威武定四方，天戈所临，罔不臣属，皆太祖庙谟雄断所致，若不乘时纪录，窃恐岁久渐至遗忘。金《实录》尚存，善政颇多；辽史散逸，尤为未备。宁可亡人之国，不可亡人之史。若史馆不立，后世亦不知有今日。"[②] 显然此观点得到了外族君主的认可，才有了元代修史盛况。古代社会对史官的要求很高："庶职之重者其史氏欤！历代以来，甚难其选。非雄文博学，辅之以

---

① ［奥］斯蒂芬·茨威格：《犹太人的命运：茨威格的心灵世界》，高中甫等译，上海三联书店2009年版，第25页。
② （元）苏天爵：《元名臣事略》卷一二，文渊阁《四库全书》版。

通识者，则无以称命。"① 需雄文、博学、通识兼备，不仅能掌握历史知识，还能够贯通古今，通晓历史发展、变化及事物之间的联系，充当统治者的政治顾问。史学与社会进步的关系，从很大程度上说就是反映在正人伦、辅国策上。"唐代的史学家大多具有政治情怀，在国家政治决策上发挥了重要作用，影响了史学家的史学活动。"② 这种情怀使他们把"文用"功能在史学界提到一个新的高度，在安史之乱之后的危机四伏期显得格外可贵。

孙樵在《孙氏西斋录》中说："宰相升沉人于十数年间，史官出没人于千百岁后，是史官与宰相分掣死生权也。"③ 萧—韩流派作家身上这种以史官为己任、原始察终、见盛观衰的精神，使他们努力在朝纲不举、礼崩乐坏的时代寻求重新振兴之法，萧—韩流派作家的史官身份和史官视角始终伴生着古文运动的兴起和发展。《新唐书》成书于宋祁、欧阳修之手，二人都是韩愈的仰慕者，其学问、文章皆有韩愈的风格，所以在史书的书写中自然地运用了古文义法。"其事则增于前，其文则省于旧。"（《进唐书表》）其中《旧唐书》很多史料是骈体文，《新唐书》几乎全部改写成了古文，包括诏、令、表、奏，全部用古文重写。这种做法在后代争议很大，但是仍然从其中看得到中唐至北宋的古文运动对史学著作的影响。日本学者内藤湖南在《中国史学史》第八章中明确表示："《春秋》新研究的兴起，在促成思想新风气的同时，也引起了对《春秋》义法的重新考虑。而这一过程又与古文的复兴相互关联，古文运动相联系，至唐以后更是达到了兴盛。……此风气影响于史学，又成为了宋代新史体的趋势。"④千年以降，桐城派古文大家方苞仍然强调韩愈古文义法传自司马迁，这样文史合途的方式也许正是流派作家所潜心追求的。

---

① （唐）白居易：《授沈传师左拾遗史馆修撰制》，《全唐文》卷六六〇，第 6713 页。
② 瞿林东：《唐代史学论稿》，北京师范大学出版社 1989 年版，第 39 页。
③ 《全唐文》卷七九五，第 8333 页。
④ ［日］内藤湖南：《中国史学史》，马彪译，上海古籍出版社 2008 年版，第 142—143 页。

第五章 作为传奇创作者的萧—韩文学流派作家

第一节 从小说到传奇——流派作家的传奇创作

一 从小说到传奇的发展

"唐有传奇,宋有戏曲、唱诨、词说"①,元末陶宗仪在《南村辍耕录》里首次将传奇作为一种叙事文体和戏曲、唱诨同列,并与唐代紧紧定格在一起。成为唐传奇之前,中国古代叙事文学走过了漫长混沌的探索期,在历史长河中它们以志人小说、志怪小说、稗说、野史、杂传等形式出现,这些作品可以划为一个统一的类别——古小说。

古小说发轫于战国时期,是一个历史意义长远的概念。"小说"最早与"大道"相对②,指琐屑而偏颇的言论,它并非指某种单一的文体,而是指史学、文学、哲学、宗教杂糅在一起,通过简单叙事阐明观点的散文作品,在目录学上长期隶属于史部。《汉书·艺文志》论"小说家者流盖出于稗官";《隋书·经籍志》将《列异传》等小说定义为"史官之末事";《旧唐书·经籍志》同样将《幽明录》《搜神记》归于史部杂传类,将《世说》归为子部小说家,又云"小说家,以纪刍辞舆诵",刍,浅陋鄙俗之言,可见其地位;《新唐书·艺文

---

① (元)陶宗仪:《南村辍耕录》,中华书局1959年版,第306页。
② 《庄子·外物》:"饰小说以干县令,其于大达亦远矣。"(先秦)庄子著,(清)郭庆藩校释:《庄子集释》,中华书局1985年版,第185页。

志》则定性"传记、小说……皆出于史官之流"。从文体发展上看，西方小说起源于神话，大致沿着神话—史诗—传奇—小说的历程逐级进化[①]，这些"散文虚构故事"（fiction）在18世纪后期被统一定名为小说（novel）。与此不同，中国小说却是由神话和叙事水平极高的史传文共同孕育而生的。中国古小说天生带有历史的品性，身负拾遗补阙的使命，小说家也多带有历史家的意识，与其说古小说是文学作品，不如说是历史作品。古小说发展到魏晋南北朝时期成为一种相对独立的文体[②]，出现了以《搜神记》《世说新语》等书为代表的一大批古小说专辑，并且有了志怪小说、志人小说或逸事小说等明确分类。

鲁迅先生在《中国小说史略》中把"传奇"划定为在唐代成熟的小说样式，后世因之。学界普遍认为，唐传奇的渊源主要来自古小说中的两种文体写作经验：志怪故事和杂史杂传。[③] 先唐志怪小说以叙事为本，讲究故事情节完整奇特，内容光怪陆离，以《搜神记》为代表，是唐传奇追求新奇趣味的精神源头；杂史杂传以描写人物为中心，在史实背景的基础上加入一定虚构想象，从生平家世到重点事迹进行完整描述，塑造鲜明形象，并在文中加入史家评点，篇幅一般比志怪小说要长一些，以《飞燕外传》为代表，是唐传奇文体形式的重要来源。清代章学诚在《文史通义》中对唐传奇的由来和特征作了如下描述：

> 小说出于稗官，委巷传闻琐屑，虽古人亦所不废，然俚野多不足凭。大约事杂鬼神，报兼恩怨，《洞冥》《拾遗》之篇，《搜神》《灵异》之部，六代以降，家自为书。唐人乃有单篇，别为传奇一类。[④]

[①] 石昌渝：《中国小说源流论》，生活·读书·新知三联书店2015年版，第55页。下文所引出自本书者略去版本，只注页码。
[②] 石昌渝：《中国小说源流论》，第112页。
[③] 参见董乃斌、李剑国、程毅中、孙逊、潘建国等老师成果。
[④] （清）章学诚著，叶瑛校注：《文史通义校注》，中华书局2014年版，第650页。

这传、奇二字，正好对应了两种文体来源和特征。传者，记也，以写人为主要目的，取法史家人物列传，以传主生平事迹为线索，记录其一生中可书事迹，以备后世品评。总的来看，唐传奇单篇作品中以"传"命名的占大多数，如《补江总白猿传》《任氏传》《柳氏传》《南柯太守传》《莺莺传》《李娃传》《霍小玉传》《东城老父传》《谢小娥传》《柳毅传》，等等，开篇即介绍主人公姓名、籍贯、家世、时代等，篇末则要交代主人公的结局，大体上从生写到死，符合列传体例。奇者，异也，以叙述故事为主要目的，选取珍稀非凡之事，记其奇妙曲折、引人入胜的经过。传的部分追慕史家笔法，历史背景确凿，人物言行纪实，褒贬劝讽明确；奇的部分保留了古小说求新存异的品性，将故事性、文艺性视作最高追求。有人物传记作为骨架，辅以奇异故事为内容，才成就了血肉丰满的传奇。无论是志怪还是杂传，就其本性而言，这些古小说都是史传的分支，受史传影响非常明显。从古小说到唐传奇，就是中国叙事文章从史学作品向文学作品转化的过程，包含了一种文学形式从孕育到母体分离的演变过程。

在文学成就辉煌的唐朝，传奇的发展也非一蹴而就。终唐一代，史学家和创作者对叙事文学的定义始终无法完全脱离史余的束缚，从初唐刘知几把小说列入史氏十流[1]，到中唐李德裕以"备史官之阙"自序《次柳氏旧闻》，再到晚唐高彦休著成《阙史》后，在序言中标榜："武德、贞观而后，吮笔为小说小录、稗史野史、杂录杂纪者多矣。贞元、大历已前捃拾无遗事"[2]，都是这种固有思维的延续。直到北宋史学家在《新唐书·艺文志》中首次将原属史部杂传类的《搜神记》和《幽明录》归为子部小说家类之后，小说的文学意义才被承认。但是小说在叙事内容多样化这方面发展超前，与史家对小说的认知并不同步。古小说到了唐代逐渐分化为三种主要类型：一是以收录史料为目的的野史笔记；二是以实录为基础的短篇笔记小说；三是有意在实录基础上加入虚构情节，增强娱乐性的传奇小说，即："想象

---

[1] 见《史通·杂述篇》，《史通通释》，上海古籍出版社2009年版。
[2] （唐）高彦休：《阙史序》，《全唐文》卷八一七，第8602页。

幽怪遇合才情恍惚之事，作为诗章答问之意，傅会以为说。……非必真有是事，谓之传奇。"①

唐代传奇小说的发展大致分为三个时期②：初唐到德宗建中元年（780）是传奇小说的发展期，这一时期的作品在南北朝志怪小说的基础上脱胎而来，融合史传、辞赋、佛教故事，逐渐显露叙事作品文学性的面貌。盛唐大手笔张说是第一位大量创作传奇文的小说家，创作了《梁四公记》《镜龙图记》《绿衣使者传》《传书燕》等多篇作品，他在政坛和文坛的领导地位带给传奇发展以巨大推动。建中二年沈既济《任氏传》问世，标志着传奇小说进入成熟和鼎盛时期，从建中到文宗大和年间涌现出沈既济、许尧佐、李公佐、白行简、沈亚之、陈鸿、蒋防、李朝威等大批优秀的传奇作家，文坛诗坛领袖元白、韩柳等人也积极加入创作队伍，他们的作品足以代表唐代传奇小说的风致和最高水平。大和至唐末五代是传奇发展的后期，小说类作品渐渐失去想象力和艺术表现力，满足于补史阙、记掌故，小说由文学创作向谈资和史料回归，这种回归表现了小说家观念的倒退，在儒家思想和史贵于文的文化价值观中，传奇走向衰落，中国叙事文学等待在戏曲、说唱等新文体中重生。

二　萧—韩文学流派成员的传奇作品

萧—韩文学流派的成员活动时期主要集中在天宝至开成年间，正好是唐传奇从初盛到成熟的定型时期，流派中多位成员积极创作传奇作品，在理论和实践上都对传奇文体的发展起到推动作用，其中沈既济的《任氏传》更是被视为唐传奇文体成熟的标志。下面的列表将会直观地展示流派成员的传奇作品。③

---

① （元）虞集：《道园学古录》卷三八，《写韵轩记》，中华书局聚珍仿宋版。
② 分期节点参见鲁迅《唐宋传奇集》，石昌渝《中国小说源流论》，李剑国《唐五代志怪传奇叙录》，程毅中《唐代小说史》。
③ 表中所列作者、成文时代考证均出自李剑国老师《唐五代志怪传奇叙录》（增订本），中华书局2017年版。下文所引该书内容，略去版本，只注页码。

第五章 作为传奇创作者的萧—韩文学流派作家

作者	传奇名称	成文时代	备注
李舟	《李牟吹笛记》	天宝十四载（755）至至德元载（757）	
顾况	《游仙记》	大历六年（771）	
沈既济	《任氏传》	建中二年（781）	
沈既济	《枕中记》	建中二年（781）至兴元元年（784）	
许尧佐	《柳氏传》	贞元中	
柳宗元	《李赤传》	元和元年（806）至元和九年（814）	
柳宗元	《河间传》	元和元年（806）至元和九年（814）	
柳宗元	《龙城录》	元和十年（815）至元和十四年（819）	李书考为柳贬柳州时作
韩愈	《毛颖传》	元和初年	
韩愈	《石鼎联句诗序》	元和七年（812）	
郑权	《三女星精》	元和九年（814）至元和十年（815）	
南卓	《烟中怨解》	元和十三年（818）之前	
沈亚之	《冯燕传》	元和九年（814）之后不久	
沈亚之	《感异记》	元和十二年（817）之后	李书考为沈亚之作品
沈亚之	《湘中怨解》	元和十三年（818）	
沈亚之	《异梦录》	元和十五年（820）	
沈亚之	《秦梦记》	大和初（827）	
王建	《崔少玄传》	元和十一年（816）	
杨嗣复	《杨媛征验》	元和十三年（818）之后	
柳珵	《上清传》	元和中	
柳珵	《刘幽求传》	元和中	
卢求	《金刚经报应记》	大中九年（855）至大中十年（856）	

表中所列作者均是萧—韩流派核心成员或其门生姻亲，受流派文学理念影响至深。以《李牟吹笛记》作者李舟（739—787）为例，他的外祖父是赏识和提拔过萧颖士的礼部尚书席豫，父亲李岑与流派二代领军人物独孤及情谊颇深，独孤及天宝十三载（714）与李舟同时登第洞晓玄经科，流派三代中坚梁肃在李舟身后为他撰写墓志并采编文集作序，李舟与柳宗元之父柳镇也有交游，总之其文学接受及交游圈基

本不出流派范围，所作李牟吹笛异事在《国史补》《唐摭言》中均有录述，在当时影响很大。其他如顾况，是流派二代皇甫湜、柳浑之密友。许尧佐，文才受流派三代魁首权德舆激赏。传奇大家沈既济，与萧颖士之子萧存友善，子沈传师为权德舆门生。韩柳二人在流派地位自不赘多言。《三女星精》作者郑权，与韩愈、张籍、王建交往甚密。杨嗣复，李翱妹婿，与其父杨於陵都是流派成员的扶携对象。柳珵，史官世家出身，祖父柳芳与萧颖士同榜进士，为韦述所重，父柳冕，和提拔了多位流派成员的财相刘晏相善。卢求，杨嗣复门生，李翱之婿。南卓，与流派中另一位传奇大家、韩门弟子沈亚之为至交，二人分别作《烟中怨解》《湘中怨解》记述同一个氾人传说。这些活跃于天宝到大中年间的传奇作家亲历了唐传奇走向繁荣的过程，并共同构建了传奇文体成熟的基石，他们身上凝结着流派成员所特有的史官意识和文学主张，既在创作中保留了中国古代叙事文学实录和记叙的传统观念，又在当时的社会环境下成为"以文为戏"，增强文章娱乐性、艺术性的实践先锋。

第二节 交织的身份与创作思想——史家与传奇作家

一 史官与传奇作家的双重身份

如前所述，唐传奇一个很重要的文体渊源是史传，随着非虚构叙事文章史传逐渐衍生出虚构叙事文学传奇，很多原来负责撰写史书的史官也有了传奇作者的第二身份。

有唐一代正式建立史馆修史制度，史职包括监修国史、史馆修撰、直史馆（直馆）等。唐传奇作者队伍中曾经担任史职、著有史学著作的人不胜枚举。公认的初唐传奇第一篇《古镜记》作者王度，大业年间曾奉诏修《周史》；以宰相之位进行传奇创作的张说、李吉甫很长一段时间担任监修国史之职；传奇大家沈既济大历十四年（779）起任史馆修撰，著有《建中实录》十卷；写出旷世长篇《长恨歌传》《开元升平源》的陈鸿自述："臣少学乎史氏，志在编年，贞元丁酉岁

第五章 作为传奇创作者的萧—韩文学流派作家

登太常第,始闲居遂志,乃修《大纪》三十卷。"① 惜其《大统纪》不传;而对传奇创作兴味颇浓的韩愈身居史馆修撰时与沈传师等一起编著《顺宗实录》五卷。

史官成为传奇作者主要出于职业上的敏感和优势。首先,史官以记录为本命,尤其是得知值得旌表歌颂的人事,如果没有经过自己的笔记录下来,似乎就有了失职之嫌,所以才有《谢小娥传》中"知善不录,非《春秋》之义也"的自白。传奇作者的创作动机大都带有明显的史家色彩,只要是好故事,不论发生在王侯将相还是普通民众身上,都想用史家审慎的笔墨、动人的才情记录下来,这种普遍心态使他们的双重身份呼之欲出。其次,古代史官地位极高,所谓立典谟、以史为鉴、永垂宪则等,士人皆以入职史馆为荣,授予史职不仅是对道德学问的肯定,更是社会地位提升的标志。但是能真正参与修史的人毕竟有限,很多遗憾者就怀着史官的梦想选择另外一条也肩负着传统史家实录精神的道路——补史,如李肇《国史补》、高彦休《阙史》之类,两《唐书》书目中史部所录伪史、阙史、杂史、实录、杂传等,很多都是在这种退而求其次的心态下诞生的笔记小说。最后,唐代对史官的要求很高:"庶职之重者其史氏欤!……非雄文博学,辅之以通识者,则无以称命。"② 雄文、博学、通识兼备方可,且需要"善述序事理,辩而不华,质而不野,文质相称"(《后汉书·班彪传》)。如此才识兼备之士在著录正史之外,利用其才情文思和想象力去创作故事离奇、文笔优美的传奇也是顺理成章之举。

精研史学、史笔精湛是萧—韩流派作家一个很特殊的身份特征。除了开始提到的身兼史职的沈既济、韩愈,还有沈亚之、柳珵等传奇作家都受到过流派成员家传师传史学思想的影响。沈亚之是韩门弟子,称沈传师为八叔③,沈传师之父即沈既济,一门三代文史大家。柳珵的祖父柳芳、父亲柳冕分别在乾元年间、大历年间担任史馆修撰,他

---

① 《大统纪序》,《全唐文》卷六一二,第6179页。
② (唐)白居易:《授沈传师左拾遗史馆修撰制》,《全唐文》卷六六〇,第6713页。
③ 据岑仲勉《唐人行第录》考沈亚之《题海榴树呈八叔大人》一诗,八叔乃沈传师。

· 179 ·

本人深受家族史家意识熏陶。萧—韩流派中还有很多作家曾经担任史官职位，如韦述、杨绾、崔祐甫、梁肃、独孤郁、李翱、蒋乂、蒋係、李汉等①，从德宗到宣宗年间所有八位帝王的实录均为流派成员修撰，这意味着在传奇文学发展势头最为迅猛的时代，萧—韩流派作家掌握着当时的史学风向和史官标准，他们的史家意识和笔法对从史传衍生而来的唐传奇发展走向起着决定性的作用。千年以降，回溯当时的史官意识对传奇文文体观念的影响可谓复杂多样，有推动、有牵绊，传奇文就在这样的曲折跌宕中迎来自己的成熟期。

二 史官意识对传奇文发展的影响

传奇作者的史学才能并非传统意义上的史官之才，它其实包含了史学传承、史家心态等史官意识方面的内涵。史官意识对传奇文体定型有着积极的推助力，主要体现在三个方面。第一，实录直书的精神为传奇带来的可信度和历史价值。史传的生命力在于真实性和历史影响力，虚假和平淡是史书的致命之敌。"史官末事"的观念自始至终影响着传奇创作者们，它促使小说家面对人生和历史，从史官眼光去审视人物命运，并作出如实的记录，即使是现代人看来的志怪神鬼之说，也是在古小说作者们真实记录的本意下创作出来的。《搜神记》作者干宝西晋末入仕，东晋曾为史官，有"良史"之名。干宝撰写《搜神记》的动机是要"发明神道之不诬"，被同时代的人誉为"鬼之董狐"。② 董狐春秋时因据实直书闻名，干宝得到这个称呼也正因为他"真实地"记录了鬼神事迹，这样出于实录目的的文字代表了史家最核心的原则。鬼神之事尚且如此，史实故事的书写就更严遵此道。现实人事的如实记录不仅表现在题材真实、历史架构准确，更表现在背景和人物细微可查，虽为小说，涉及的时间、地点、人物、出身、职务、仕历经过必定丝丝吻合，这就是史官修养的体现。许尧佐《柳氏

---

① 详见上一章列表。
② （南朝宋）刘义庆：《世说新语》，上海古籍出版社2012年版，第158页。

传》,男主人公韩翊以大历十才子之首韩翃为原型,传中描写与现存史料可一一对应。传奇写翊天宝中有诗名,被礼部侍郎杨度(原型阳浚)点为进士,岁余逢乱,两京陷落。后翊在侯希逸淄青节度使幕府任掌书记之时,藩将专横跋扈强夺柳氏,这正与史书中大乱初复时期回纥兵将进犯含光门、冲突鸿胪寺的历史事件相合。[①] 许尧佐用韩柳的遭遇复刻了当时的社会现实,完全达到了以传奇补史的目的。就专业知识而言,史学涵养不能完全成就传奇小说家,但是可以增加传奇可信可资的真实内涵,史学的传承在这一方面对中唐传奇创作的兴盛产生了重要作用。

史官意识对传奇文创作的第二个重要影响在于贯穿文字中审慎的道德批判态度。史书的终极目的不在精确记叙事实本身,而在通过历史的记叙提供义法礼数、儒家善恶标准:"史氏之作,本乎惩劝,以正君臣,以维邦家。前端千古,后法万代,使其生不敢差,死不忘惧,纬人伦而经世道,为百王准的。"[②] 可"别嫌疑,明是非,定犹豫,善善恶恶,贤贤贱不肖,存亡国,继绝世,补弊起废,王道之大者也"[③],以明道辅教为目的,这种史家著书宗旨被自然而然地沿用到了传奇创作之中。绿天馆主人《古今小说·序》称:

> 天下之文心少而里耳多,则小说之资于选言者少,而资于通俗者多。……(使)怯者勇,淫者贞,薄者敦,顽钝者汗下。虽小诵《孝经》、《论语》,其感人未必如是之捷且深也。噫,不通俗而能之乎?[④]

小说具备一定的道德教化功能,这是唐代传奇作家默认的准则。《任氏传》末尾评论狐妖女主风骨有胜世人:

[①] 傅璇琮:《唐代诗人丛考》,中华书局1980年版,第449页。
[②] (唐)沈既济:《论则天不宜称本纪议》,《全唐文》卷四七六,第4866页。
[③] 《史记·太史公自序》,第3297页。
[④] (明)绿天馆主人:《古今小说·序》,人民文学出版社1958年版,第1页。

>   异物之情也有人道！遇暴不失节，徇人以至死，虽今妇人，有不如者矣。①

宣扬妇人守节报义之德。沈亚之在《冯燕传》中说："余尚太史言，而又好叙谊事。"叙谊事就是表彰合乎道义的行为，正是因为冯燕杀不谊，白不辜，有古豪之义，沈亚之才不惜笔力，把他的故事记录下来流传世人。《柳毅传》终章有叹：

>   五虫之长，必以灵者，别斯见矣。人，裸也，移信鳞虫。洞庭含纳大直，钱塘迅疾磊落，宜有承焉。啟詠而不载，独可怜其境。②

这些卒章见志的短评之语和微言大义的史学精神是相通的，足可称为"儆畅在心，或可讽叹"③。借小说向世人宣传礼法儒教，这种方法后来在明清小说的序跋和评论中泛滥成灾，因为功利性过于突出而受到诟病。

与明辨善恶相比，以古鉴今、针砭时弊、辅佐王道是史书更大的功用，史官意识对传奇发展的第三个影响就在于作者们不自觉地在文章中揭露社会现实，发出改善政治经济生活的警世之声。文学发展与社会环境息息相关，从历史上看，文学的自觉发生在南北朝时期，那是一个战祸频生、生死无常的时代，敏感的士人只能用文字书写绝望的呐喊以及对美好生活的向往，这种不幸的生活铺出了一条不朽的文学之路。传奇文在中唐得以大发展，有很大一部分也是安史之乱之后礼崩乐坏的环境所造就的，有着史官意识的传奇文作者在盛世时著书目的主要局限于补史阙、广教化、增见闻，在满目疮痍的时代就有了更深刻的救世含义。经受乱离的唐人把自己的失落感、紧迫感和对现

---

① 李剑国编：《唐五代传奇集》，中华书局2015年版，第443页。本书所引传奇文原文，均录自李剑国《唐五代传奇集》，下文略去版本，只标记页码。
② 《唐五代传奇集》，第658页。
③ （唐）李翱：《卓异记》，中华书局1985年版，序言。

实的反思都寄托在传奇故事中,在儒学衰颓的背景下将经世致用的史学思想注入文中,使其成为"人伦日用"的社会指导思想,于传奇中申明王道、寄寓劝诫。乱后重建的国家尖锐矛盾丛生,以藩镇割据、宦官专权、外族勤王军队失控几项最能引起有识之士的警惕和思考,这些也成为官员士大夫聚会时最常讨论的话题,为传奇小说提供了层出不穷的素材。且不说《高力士外传》《长恨歌传》这样的宫内秘史中所描绘的朝堂军务大事、内监干政乱象,只看民间爱情故事的时代背景中就涉及了社会现实问题的方方面面。《柳氏传》中,韩翊和柳氏相爱至深,饱受生离之苦以后,柳氏又被藩将沙吒利在堂堂京师劫掠归第,宠之专房,待韩翊从候希逸幕府中归来已失所在,平白增添二人苦难。《莺莺传》中藩将浑瑊的部队驻军蒲城,主将维系不力,士卒四处行匪盗之事,这才引出了普救寺张生护崔家周全,与莺莺私订终身之情事。我们从这些故事背景中可以一窥当世时局之动荡,这些黑暗的社会现实使传奇作家生出强烈的历史危机意识,期冀从历史教训中寻求振兴之法、理乱之道。这种历史意识可以看作鲁迅先生所说"有意为小说"的一种延伸。

　　史官意识对传奇的影响并不完全是正面的,也有掣肘的一面。如实记录被正统文史学家视为小说的唯一标准,这种执念影响了叙事文学艺术性的发展,不允许加入作者想象和创作的小说始终只能是史传的附庸,从这方面来看,史官心态对叙事文学多元发展稍有阻滞,强制性地保留了一部分传统文学的正统性在其中。"为什么小说与其它文学类型相比,较少需要历史的、文学的评注——它的形式上的常规迫使它为自己提供注脚。"①

　　好在文体的发展并不完全囿于庙堂之上的概念,也终于闯出了一条自己的发展道路。明代时谢肇淛对叙事文学的描述就已经趋于现代性:

---

　　① [美]伊恩·瓦特:《小说的兴起》,鲁燕萍译,台北:桂冠图书股份有限公司1994年版,第26页。

凡为小说及杂剧戏文，须是虚实相半，方为游戏三昧之笔。亦要情景造极而止，不必问其有无也。古今小说家，如《西京杂记》、《飞燕外传》、《天宝遗事》诸书，《虬髯》、《红线》、《隐娘》、《白猿》诸传，杂剧家如《琵琶》、《西厢》、《荆钗》、《蒙正》等词，岂必真有是事哉？近来作小说，稍涉怪诞，人便笑其不经，而新出杂剧，若《浣纱》、《青衫》、《义乳》、《孤儿》等作，必事事考之正史，年月不合，姓字不同，不敢作也。如此，则看史传足矣，何名为戏？①

这段评论从根本上区分了"小说"和"史传"各自所应具有的文体特征，把虚构的必要性嵌入小说创作之中，否定了杜撰故事不是好小说的传统观念。

除了文体独立性上的羁绊，史官意识中文字需有垂训教化功能的思想也对传奇作品有定向拘泥。小说家的功利意识同文学中的"言志""明道"一样，彰明善恶、警示社会，无疑有其积极的一面，但是出于对史传论赞体例的追慕，偏爱卒章见志的形式，传奇作者经常罔顾正文故事性艺术性的韵味，在结尾高光点亮说教言辞："其实他们的政治的、道德的评价已经潜伏在作品的形象结构中，功利以非功利的形式出现，美的创造成为直接目的，垂教训于篇末只不过是机械的讽谕观念的残留而已。"②

三 史笔对传奇发展的影响

史学对传奇文体发展的影响不仅体现在创作群体的史官心态和史官意识上，史家笔法也在行文中有着不可忽视的力量。从《搜神记》中《赵公明参佐》这样比较长篇的作品开始，干宝的文笔被誉为"直而能婉"，这就给小说创作的笔法蒙上了史家色彩。唐代学者从《史

---

① （明）谢肇淛：《五杂组》，中华书局1959年版，第447页。
② 李剑国：《唐五代志怪传奇叙录》，第36页。

通》开始把子部小说合并于史部杂传,不少文人积极以史传体写叙事散文,逐渐定型为传奇。史传写作到唐代已形成一套成熟而行之有效的笔法,而且史书的地位在士人心中要远高于小说创作,所以传奇作者下笔时很自觉地运用史传的叙事手段和语言形式,所谓"文章惟叙事最难,非具史法者,不能穷其奥义也"[①]。

  史笔在传奇中首先体现在文章结构、行文体例上。叙事必具年月,且按时间顺序记录故事走向,这完全取法于史书。《史记》《汉书》中的人物传记都是根据时间的先后展开人物事迹的,从传主的出生及生平遭际一直写到盖棺定论,所载事迹力求真实,生卒年月尽量确切,对历史人物的最后结局也大都有一个交代,表明所坚持的信史原则。这种次第井然的方式能够将传主的经历缓缓展开,给人以层次鲜明、脉络清晰的感觉,历史背景甚至可以具体到年月,如:《枕中记》中"开元七年,道士有吕翁者,得神仙术,行邯郸道中",之后叙述卢生经历,文字一如正史列传,文内插入疏、诏两通,亦为史家之法[②];《庐江冯媪传》载"冯媪者,庐江里中啬夫之妇,穷寡无子,为乡民贱弃。元和四年,淮楚大歉"[③];《霍小玉传》说,"大历中,陇西李生名益者,年二十,以进士擢第,其明年,拔萃,俟试于天官。夏六月,至长安,舍于新昌里"[④]。时间、地点班班可据。

  有时候传奇的开头会加有一段开宗明义的序言,如《李娃传》:"汧国夫人李娃,长安之倡女也,节行瑰奇,有足称者,故监察御史白行简为传述。"相当于介绍了李娃值得列传的理由,这与正史列传的序言是一样的功用,太史公《史记·循吏列传》篇首就简述了这一系列的写作目的是表彰奉旨循理的良吏:

    法令所以导民也,刑法所以禁奸也。文武不备。良民惧然身

---

① (清)李绂:《秋山论文》,收入王水照选编《历代文话》第4册,复旦大学出版社2004年版,第4004页。
② 李剑国:《唐五代志怪传奇叙录》,第450页。
③ 李剑国:《唐五代志怪传奇叙录》,第704页。
④ 李剑国:《唐五代志怪传奇叙录》,第1006页。

修者，官未曾乱也。奉旨循理，亦可以为治，何必威严哉？①

其他如《滑稽列传》《外戚世家》《伯夷列传》《仲尼弟子列传》都循此例。除照搬史传对人物介绍的开篇体例外，传奇文篇末也大都附上典型的惩恶扬善论赞式，从《高力士外传》到《柳毅传》《冯燕传》《李娃传》都成固定路数，且使用"赞曰""陇西李朝威叙而叹曰"这样的话语方式，毫不掩饰对《史记》"太史公曰"、《汉书》"赞曰"等史书文体结构之亦步亦趋。"古文辞之有传也，记事也，此即史家之体也。"② 司马迁在《史记》中通过论赞的形式评价历史人物，希望能够宣扬高尚的社会理想，唐传奇比史书更进一步，除了褒贬善恶之外，末赞中常常带有作者明显的爱憎情感、是非判断，这是写作者的情绪自由先于文体独立的表现。

史传笔法入传奇的第二个特征是对人物、事件的详细描述。纪传体对历史人物的生平以及主要事迹可以作连贯而又完整的记叙，对某些重大的历史场面进行从容不迫、恢宏细致的描写，这一点对后世小说影响深刻。而叙事的时候由于标榜客观实录，史官会刻意把自己隐藏起来，以一种貌似公允的笔法叙述故事的发生、发展和结局，使读者直接进入故事而感觉不到叙事者的存在，但是行文中暗含褒贬，引导读者作出道德判断。传奇文受史传的直接影响，除了开头序文或结尾论赞，中间一般都不掺杂作者的出现，只用客观笔触让情节像电影画面那样一帧帧呈现在读者面前。鉴于史家对虚构内容的排斥，传奇中的对话都偏简约，人物心理活动描写也很少，只在叙述中用形貌、动作、临危之选择等具体行为来表现人的品行善恶。

史笔深植于传奇文的第三个特征是以传成文，单人成篇。"古书凡记事立论及解经者，皆谓之传，非专记一人之事迹也。其专记一人为一传者，则自迁始。"③ 唐代传奇作品大多以传、记命名，"这种称

---

① 《史记·循吏列传》，第3099页。
② 汪琬：《跋王于一遗集》，收入《尧峰文钞注》，上海中华书局1936年版，第56页。
③ （清）赵翼撰，曹光甫校点：《廿二史札记》，凤凰出版社2008年版，第4页。

呼的来由，大抵是作者受史传观念的驱使，认为它们是用史家笔法写出来的散文叙事作品"①。虽然很多传奇名称不是创作者自己亲自题名的，但同时代或稍晚的收录者根据传中主角和开篇方式自然地把它们归为传、记之文。以"传"命名的如《补江总白猿传》《任氏传》《周广传》《柳氏传》《南柯太守传》《莺莺传》《东城老父传》《李赤传》《柳毅传》《冯燕传》《崔少玄传》《谢小娥传》《李娃传》《刘幽求传》《霍小玉传》……以"记"命名的如《古镜记》《梁四公记》《李牟吹笛记》《游仙记》《枕中记》《还魂记》《燕女坟记》《感异记》《秦梦记》《广异记》……都是以描写人物生平外貌、叙述人物行迹和作者议论构成，文体命名、叙事成分与史传的要素都极为相似。有所区别的是，史家著作里往往只为建功立业者作传，写尽帝王将相，国家兴衰，只关心贵族阶层、神仙名士、僧道异人的事迹，或少数对历史走向产生重大影响的人，是主流价值观念及意识形态的表达，例行"修齐治平"之道；传奇的作者却运用史官笔法记录了很多普通人的命运和生活，那些在正史中被忽略和遗忘的下层人民、平凡百姓，尤其是很多女性角色，都在传奇文中重新活过一遍。

这种风向在唐传奇发展前期张说的作品中就有体现，他的《绿衣使者》算是公案小说，记录了市井人家的宠物鹦鹉为主人沉冤奇案，《传书燕》讲的是普通夫妻的爱情，皆里巷小民之事。鲁迅说魏初是"文学的自觉时代"，文学在此时从经学中分离出来，勇于表现普通人的爱情和友谊，颓废和慷慨，生死幻灭，个人意识被发现和重视，而唐传奇作为新文体得以从史传中自觉分离出来，亦是从关注普通人的情感故事、悲欢离合开始的：

> 大抵情钟男女，不外离合悲欢。红拂辞杨，绣襦报郑，韩、李缘通落叶，崔、张情导琴心，以及明珠生还，小玉死报，凡如此类，或附会疑似，或竟托子虚，虽情态万殊，而大致略似。②

---

① 石昌渝：《中国小说源流论》，第145页。
② （清）章学诚著，叶瑛校注：《文史通义校注》，中华书局1994年版，第560—561页。

从萧门到韩门

传奇作家的史官意识就如同基因中的母体记忆一样,让他们在记录普通人的生活时自觉嵌入史家笔法,可以说唐传奇正是在对个人情爱、命运以及生死感悟的书写中找到叙事文学发展新方向的。

当然,史笔痕迹过重,对唐传奇的艺术性就会产生束缚,诚如程国赋先生所说:"唐传奇塑造人物,更多接受史家笔法,用笔简括,人物原型多拘泥于史实记载,以致小说中的人物多为粗线条式,性格不够鲜明、集中。"[①]这些基于史传笔法的原则在很长一段时间内牵制唐传奇艺术性的发挥,直到中唐时代才得以解放,而萧—韩流派的作家们在解放传奇艺术性的斗争中或隐或显地发挥着作用。

第三节 实录—传闻—虚构:流派作家与渐变的传奇文体

一 从实录到传闻再到虚构——渐变中的传奇文体

传统目录学定义下的小说与现代意义中以传奇为代表的叙事小说其实是两种不同的文体,分水岭就是实录还是虚构。据实以录的是目录学小说,以虚构为基础的是叙事小说。叙事小说也具有一定的真实性,但它的真实性不在所写故事是否真实发生过,而在它是否有发生的可能性,是否有艺术上的真实。金圣叹说写史书是"以文运事",写小说是"因文生事",可谓一语中的。[②]

在唐代时"史贵于文"的正统思想仍排斥一切杜撰之词,哪怕到了清代,史官还对建立在想象基础上的虚构故事深恶痛绝。《聊斋志异》以传统小说之体写虚妄灵异之事,被主流文体思想所不齿,以戏作比之,纪昀就曾批评蒲氏"非著书者之笔":

---

① 程国赋:《从唐传奇到话本小说之嬗变研究》,《江苏社会科学》1995年第1期。
② (清)金圣叹:《读第五才子书法》,收入《中国历代小说论著选》,江西人民出版社1990年版,第291页。

第五章 作为传奇创作者的萧—韩文学流派作家

> 小说既述见闻,即属叙事,不比戏场关目,随意装点……令燕昵之词,媟狎之态,细微曲折,摹绘如生,使出自言,似无此理;使出作者代言,则何从而闻见之? 又所未解也。①

"史统散而小说兴",只有当小说堂堂正正声明自己本就虚构,尽是"假语村言"时,才算摆脱了史传附庸的身份,彻底从传统史家古小说文体中分离出来。

那么在小说家们大彻大悟与史家彻底"决裂"之前,他们是如何把自己笔下带有虚构成分的故事包装成实录的呢? 主要的手段是在开头交代清晰可查的时间、地点、人物姓名、形貌、仕历等客观内容,文末插一段记叙的尾巴,类似"跋"文,由作者直接出面说明本故事是友人的亲身经历,自己则是听到传闻据实而录。萧—韩流派中几位传奇作家都熟谙此道,试举几例:

> 任氏,女妖也。有韦使君者,名崟,第九,信安王袆之外孙。……其从父妹婿曰郑六,不记其名。……天宝九年夏六月,崟与郑子偕行于长安陌中,将会饮于新昌里。……大历中,沈既济居钟陵,尝与崟游,屡言其事,故最详悉。……建中二年,既济自左拾遗于金吴。……时前拾遗朱放因旅游而随焉。浮颍涉淮,方舟沿流,昼宴夜话,各征其异说。众君子闻任氏之事,共深叹骇,因请既济传之,以志异云。(沈既济《任氏传》)

> 元和十年,亚之以记室从陇西公军泾州。而长安中贤士,皆来客之。五月十八日,陇西公与客期,宴于东池便馆。既坐,陇西公曰:"余少从邢凤游,得记其异,请语之。"客曰:"愿备听。"……是日,监军使兴宾府郡佐,及宴客陇西独孤铉,范阳卢简辞,常山张又新,武功苏涤,皆叹息曰:"可记。"故亚之退

---

① (清)盛时彦:《〈姑妄听之〉跋》,收入《历代笔记小说大观·阅微草堂笔记》,上海古籍出版社 2016 年版,第 374 页。

而著录。(沈亚之《异梦录》)

冯燕者,魏豪人。……亚之曰:予尚太史言,而又好叙谊事。其宾党耳目之所闻见,而为予道。元和中,外郎刘元鼎语予,贞元中有冯燕事,得传焉。(沈亚之《冯燕传》)

天宝中,昌黎韩翊有诗名,性颇落托,羁滞贫甚。(许尧佐《柳氏传》)

温州人李庭等,大历六年,入山斫树,迷不知路。(顾况《游仙记》)

这一时期传奇故事人物的具体语言对话和心理活动往往一笔带过,目的都是加强故事的可信性,以此将荒诞和想象真实化。其实这样的行为,他们的师祖史官们早就付诸实践过。《史记》上承神话时代,司马迁生活的西汉距商以前的夏代灭亡有一千五百年,夏和更早的五帝仅存传说而已。司马迁自述奔波四海,以求口传资料,"并论次,择其言尤雅者,故著为本纪书首"[1]。雅者,可信之雅言也,司马迁也是通过自己的主观标准选取了某些传闻记为信史,这就给了后世小说家一个略有弹性的创作空间。其实中唐时期的传奇文作者虽然刻意强调故事发生的时间地点或者来源于某时某人,力证绝非虚构,但其中想象虚构成分却已经占了很大篇幅,就实际创作而言,他们已经挥动着想象力的翅膀越来越与史家"实录"原则背道而驰了。

萧—韩流派的传奇作家在将虚构入传奇这条道路上无疑起了带头作用。他们在中唐这一传奇文体独立的关键时期积极进行各种题材、笔法、写作风格的尝试,拓展了传奇文体的广度,别开生面。

柳宗元作为流派中极富探索精神的代表人物,很好地继承了传奇文中除史传外另一个文体渊源志怪小说的风骨,并将其进阶演绎,融

---

[1] 《史记·五帝本纪》,第46页。

第五章　作为传奇创作者的萧—韩文学流派作家

传奇笔意寓讽其中，代表作如短篇《李赤传》。文载江湖浪人李赤自言诗类李白，故自名李赤。游宣州时为厕鬼所惑，言将为其娶妻，以巾缢其胫，友见而救下。赤后来数次主动入厕，言厕有椒兰之气，美如清都，妻容无双，而反视人世如厕。友屡救其出，终死之。文末柳宗元加评论曰：

> 李赤之传不诬矣。是其病心而为是耶？抑固有厕鬼耶？赤之名闻江湖间，其始为士，无以异于人也。一惑于怪，而所为若是，乃反以世为溷，溷为帝居清都，其属意明白。今世皆知笑赤之惑也，及至是非取与向背决不为赤者，几何人耶？反修而身，无以欲利好恶迁其神而不返，则幸耳，又何暇赤之笑哉？[1]

这篇短小精悍的传奇文既包含厕鬼惑人的志怪传说，又有传主生平反转故事，文末又加警语，发世间颠倒贤愚、利欲熏心之控诉，通过非写实而是写意性的手段来完成叙事目的，与其他类型传奇殊途同归。

公认的全盛时期传奇大家沈亚之也是流派中的重要人物，他从学于韩愈，游韩门十数年。亚之的《秦梦记》流传甚广，托梦与秦王之女弄玉的美妙姻缘，人物实有，故事虚幻，离信史之道远矣。此记自叙梦入秦国，以治国之方取信于秦穆公，秦女弄玉之夫萧史死后亚之得继，拜左庶长。复历夫妻生死相别，亚之悼怅而病，哀歌而惊醒于邸舍中，明日与友人崔九万具道之。记中人物弄玉、萧史载于刘向《列仙传》，史实多据秦纪敷衍，有研究者认为沈亚之笔下弄玉的原型是他的妾侍卢金兰[2]，而故事中献策天子，娶得娇妻，青史留名却又黄粱一梦的场景正体现了作者事业功名，爱情亲情坎坷不得的一生，只是这种讲述方式通过神秘而脱离日常的历史背景增加了故事的戏剧性，得以成为传奇文中的翘楚。传奇发展至此开始灌注作家个人的生活经历和体验，不再复刻实录原则，用丰富的想象力和才华发挥叙事

---

[1] 李剑国：《唐五代传奇集》，第797页。
[2] 李剑国：《唐五代志怪传奇叙录》，第542页。

散文的魅力，具有更鲜明的个人风格，成为士人文学而非史家文章的代表。

此外，古代读者对小说所述是否事实的兴趣常常超过小说本身，他们十分热衷于索隐小说中的真人真事，好像认定只有真实的人事才有写入小说的价值，这种观念极大地影响着叙事文学的发展，史书金标的传统导致了文章对幽默、俳谐性文字的限制，束缚了作家的创作力，其实用诙谐讽刺的语言写出的寓言性传奇一样具有非凡魅力，甚至主角都未必是人类。自中唐起，由韩愈倡导的一种"以文为戏"的思想逐渐在文坛发酵，突破传统，"间以滑稽之术杂焉"的创作理念对虚构性传奇文的发展起到了推动作用。韩愈所作《毛颖传》为毛笔这种非生命体开碑立传①，在叙事文学史上实属首创之功。此文以拟人化手法书写，将拟人传主的籍贯、家世、经历写得有凭有据，神似稽古之文。又绘声绘色描写毛笔的外形、用途、形象性格、仕途得意、耗损失宠情形，与真人事迹无异。此文传主、事迹虽虚，但是内容读来却让人很有真实代入感，显然是韩愈有意创造的新奇文法，他清醒地意识到惯有的文体模式和笔法会束缚文章内容的表述，调集多种艺术手法和风格才能产生传统文体的"变体"，以新体得史传真义，达到文章的最佳效果。《毛颖传》结尾还以"太史公曰"的形式追求毛颖身世，发表议论，"若有余慨，则真肖史公矣"②。中唐"以文为戏"的文学理念在古文运动的研究中讨论得比较彻底，诸家讨论的焦点大都集中在这种理念能够以俳谐、戏谑的语言达到对社会现象褒贬、讽谕的目的，不妨碍文以载道的宗旨，有益于世，并没有聚焦它对传奇文发展的推动作用。韩愈说自己撰传奇是"所以为戏耳"，并祭出孔子对《诗》"善戏谑兮，不为虐兮"的评论作为理论支撑。柳宗元也认为："世人笑之也不以其俳乎，而俳又非圣人之所弃者。"③ 这些论述从一定程度上代表了中唐以来萧—韩流派主要代表人物对传奇作品

---

① 《全唐文》卷五六七，第 5738 页。
② 林纾著，武晔卿、陈小童校注：《〈韩柳文研究法〉校注》，北京联合出版公司 2019 年版，第 71 页。
③ （唐）柳宗元：《读韩愈所著毛颖传后题》，《全唐文》卷五八六，第 5922 页。

第五章　作为传奇创作者的萧—韩文学流派作家

的创作态度——有意虚构、戏而为文，这与当时很多传统士人认为写虚构性传奇偏离儒家本道针锋相对，具有显著的文体发展前瞻性。以韩愈为代表的萧—韩流派传奇作家用"以文为戏"的手法，丰富并拓展了传奇文体的发展，对后世影响深远。直到宋代，苏轼还对标韩文创作了《万石君罗文传》《江瑶柱传》《陆吉黄甘传》等一系列貌似正统人物传记的滑稽文字向先贤致敬。

除了"以文为戏"，这一时期被推崇的简洁凝练、清古雅正的古文笔法对传奇文同样有着移风易俗的功效。诚如郑振铎先生所说："'传奇文'的运动，我们自当视为古文运动的一个别支。"[①] 古文运动和传奇文都是从盛唐时期就开始酝酿力量。古文运动先驱张说，在解骈为散方面作了很大努力，他把创作传奇看作文体改革的一种手段，在自己的四部作品中融入简雅古正的古文章法，给后来者以借鉴。上文分析过的《毛颖传》《李赤传》《河间传》是中唐时期的古文领袖韩愈、柳宗元创作的传奇小说，包含了史才、诗笔和议论，其实就是用史家笔法写出来的散文叙事作品，这种文辞峻洁简明、近乎纯净的审美追求深刻地影响了传奇的撰述，有古文笔调助力的传奇表现力更为丰富，古文复兴和传奇体发展相辅相成：

>　　今日所谓唐代小说者，亦起于贞元元和之世，与古文运动实同一时，而其时最佳小说之作者，实亦即古文运动中之中坚人物是也。[②]

陈寅恪先生这段话可以视作对古文运动和传奇文发展同步巅峰的肯定。

总之以萧—韩流派传奇作家为代表的中唐士人热衷于"征异话奇""以文为戏"，他们为传奇注入浓郁的幻设和虚构的色彩，将想象与文采推向极致，文法也日臻佳境，迎来传奇文体真正的成熟。

[①]　郑振铎：《插图本中国文学史》，上海人民出版社2005年版，第401页。
[②]　陈寅恪：《元白诗笺证稿》，生活·读书·新知三联书店2001年版，第2页。

二 娱情至上、文辞瑰丽——传奇文成熟的真正标志

"史之为务必藉于文"①，当言之有文的史加入娱情的语言和内容，就成了众体兼备的传奇。唐传奇都是闲暇中的征异话奇，基因中就带有戏娱的成分，除了上一节讲过的文字上的"戏"，还有内容上的"娱"。鲁迅先生在《中国小说的历史的变迁》中提到小说起源于休息时的消遣：

> 人在劳动时，既用歌吟以自娱，借它忘却劳苦了，则到休息时，亦必要寻一种事情以消遣闲暇。这种事情，就是彼此谈论故事，而这谈论故事，正就是小说的起源。②

一个好听的故事是辛苦劳作之余消解疲劳、改善心情的灵丹妙药。这时候文雅的言辞和理性高深的思考并不受欢迎，俗皆爱奇，曲折的故事、动人的情感、丰富的想象力才能达到娱乐的目的。如果说志怪小说的主要基调带有宗教神秘色彩，那传奇小说就偏向记录奇情异事，带有更明显的娱乐性质。在传奇中，文学的多元社会功能都有所体现——教育、资史、娱情、美学传播等，但因其主体故事是以满足读者的好奇心、刺激七情六欲为目的的，所以娱情性最为突出。从萧—韩流派作家及其他同时代传奇大家的创作自述中，我们得以一窥传奇文产生的最初原因：

> 建中二年，既济自左拾遗于金吴。将军裴冀、京兆少尹孙成、户部郎中崔需、右拾遗陆淳皆适居东南，自秦徂吴，水陆同道。时前拾遗朱放因旅游而随焉。浮颍涉淮，方舟沿流，昼宴夜话，各征其异说。众君子闻任氏之事，共深叹骇。因请既济传之，以

---

① （唐）刘知几著，（清）浦起龙释：《史通通释》，上海古籍出版社2009年版，第167页。
② 《鲁迅全集》第9卷，人民文学出版社1981年版，第313页。

志异云。(沈既济《任氏传》)

元和十年,沈亚之以记室从陇西公军泾州。而长安中贤士,皆来客之。五月十八日,陇西公与客期,宴于东池便馆。既坐,陇西公曰:"余少从邢凤游,得记其异,请语之。"客曰:"愿备听。"(沈亚之《异梦录》)

亚之曰:予尚太史言,而又好叙谊事。其宾党耳目之所闻见,而为予道。元和中,外郎刘元鼎语予,贞元中有冯燕事,得传焉。呜呼!淫惑之心,有甚水火,可不畏哉!然而燕杀不谊,白不辜,真古豪矣。(沈亚之《冯燕传》)

《湘中怨》者,事本怪媚,为学者未尝有述。然而淫溺之人,往往不寤。今欲概其论,以著诚而已。从生韦敖,善譔乐府,故牵而广之,以应其咏。……元和十三年,余闻之于朋中,因悉补其词,题之曰《湘中怨》,盖欲使南昭嗣《烟中之志》,为偶倡也。(沈亚之《湘中怨解》)

予伯祖尝牧晋州,转户部,为水陆运使,三任皆与生为代,故谙详其事。贞元中,予与陇西公佐话妇人操烈之品格,因遂述汧国之事。公佐拊掌竦听,命予为传。乃握管濡翰,疏而存之。时乙亥岁秋八月。太原白行简云。(白行简《李娃传》)

时人多许张为善补过者。予尝于朋会之中,往往及此意者,夫使知者不为,为之者不惑。贞元岁九月,执事李公垂宿于予靖安里第,语及于是,公垂卓然称异,遂为《莺莺歌》以传之。崔氏小名莺莺,公垂以命篇。(元稹《莺莺传》)

元人虞集总结为"盍簪之次,各出行卷,以相娱玩",精准描述当时士大夫聚在一起互道奇异故事,骋才善笔,写就传奇作品一起欣赏的常见场景。到中唐成熟期,传奇创作理念已经变成用撰写虚构故事获得作者和读者双方幻想的满足,所谓"于显扬笔妙之余,时露其诡设之迹",是真正的"假笔墨以寄才思"。①

　　唐人对想象抱有浓厚的兴趣,情感丰富,无论是在真实生活中还是在文学形式中,他们都保持着一种后世再也无法企及的浪漫主义情怀。我们在唐诗中看到的那种情感饱满、想象瑰丽的特征在唐传奇中同样有所体现。传奇小说的文字是炽烈的,情感和想象的加入使小说的精神面貌迥异于史传,它抛弃了史传作者刻意秉持的客观立场和春秋笔法,不惮于将作者的态度融入情节文字之中,每一个人物形象的背后都有作者深爱或者憎恶的影子,言情则丰沛淋漓,评议则爱恨分明。尤其是传奇成熟的中唐时代,世人几经乱离颠沛,盛世一场大梦,复兴遥遥无望,这一时期的唐传奇作者深切感受到人生苦短与世事无常,他们力图振兴的愿景由文章正统来表现,社会价值之外的性情面目、人事悲欢就一股脑地寄托在了传奇文之中。

　　传奇文中以言情为主的大作不胜枚举,且此类作品最能在文学史上留下篇名。姑且不论《长生殿》《莺莺传》《李娃传》这些被后世无数次演绎生发的热门故事,萧—韩流派作家也为传奇中的言情故事增加了很多元素。流派先驱张说,同时也是在盛唐时期就致力于传奇创作的文章圣手,在他的《传书燕》中记载了长安一对普通夫妻分隔两地,相思成灾,凭通灵的燕子传书相见的故事,可以算是唐传奇中言情小说首作。流派四代人物沈既济,代表作《任氏传》,核心唯一"情"字,谱写了一段感人至深的人妖恋。狐女任氏形象生动,性格丰富,对郑六情谊深重,遇强能守义,情深而忘死。"任氏之出,遂成千古一狐。尤为彰著者,则是清蒲氏之《聊斋志异》,众多美狐情狐皆有任氏影焉。"② 沈既济在文末评论说希望此文能"著文章之美,传要妙之情",可以看出他想要通过文章精巧的语言之美、人物细微丰富的情感活动来呈现故事的表现力,使荡气回肠的情感包裹在审美

---

① 两句出自汪辟疆编校《唐人小说·玄怪录》按语,上海古籍出版社1978年版,第195页。
② 李剑国:《唐五代传奇叙录》,第276页。

意蕴之中，成为一个引人共情的故事。沈既济的这一认知淡去了小说的功利心，提升了审美层次，无怪被方家们共推为唐传奇成熟的标志人物。循吏出身，被流派三代领袖权德舆推许的许尧佐代表作《柳氏传》，以细腻的笔调记叙了韩柳二人在乱世中的悲欢聚散。二人从初始情根深种，到被迫分离，又得义士相助破镜重圆，情感的大起大落与情节的跌宕有致相辅相成、动人心魄，堪称传世杰作。沈亚之的密友南卓，所作《湘中怨解》讲述了化身为杨越溪的河神之女与谢生缠绵悱恻、难以割舍的爱情故事。神女最后宁愿放弃仙籍，与爱人凡间再聚，这份只羡鸳鸯不羡仙的感人爱情被托名詹詹外史的冯梦龙编入《情史类略》，不知启发了多少后世的仙恋小说。

作为中国古代叙事小说第一个成熟文体的代表，传奇文并不刻意通过故事表达道德或政治观念，叙事、修辞过程中的趣味偏向审美和抒情，它的娱悦消遣目的一直延续到宋元话本小说乃至明代前期小说，直到明代后期和清代的小说才明显增加道德劝诫的成分，与唐代作品旨趣相异。

除了"娱情至上"，并不致力于道德说教这一点，萧—韩流派作家的传奇作品与后代叙事小说的另一个区别在于它的创作队伍是士大夫阶层，读者也主要是士大夫阶层，传播范围的知识层次和趣味决定了传奇高层次的文化内涵和高雅的语言表现力，它同时具有史传的叙事手法、诗歌的美感、辞赋的气势和故事的曲折，说众体兼备诚是实至名归，传奇的属性是上层文士之雅文学，与后来兴起的市井小说、民间小说有本质上的不同。

萧—韩流派作家在唐传奇文字典雅瑰丽的特质上贡献显著。以《李牟吹笛记》为例，作者李舟与流派二代、三代领军人物独孤及、梁肃共同塑造了流派删繁就简、言之有物的文学观。他的这篇作品节录于大概同时代李肇的《国史补》中，篇幅短小，佳词频出，描写笛声所用"寥亮逸发""上彻云表""山河可裂"之语有不可描摹的通灵之感，与《列子·汤问·秦青学讴》中"声振林木，响遏行云"的描写异曲同工，行文直追先秦时代以文学成就著称的列子大家。韩愈所作《毛颖传》，虽在当时遭受了很多批评，如"多尚驳杂无实之说，使人陈之于前以为欢，此有以累于令德"①"将以苟悦于众，是戏人也，是玩人也，非示人以义之道也"②，但是与韩愈才力相当的柳宗元却看到这类小说独特的价值和味道，他在《读韩愈所著毛颖传后题》说："大羹玄酒，体节之荐，味之至者。而又设以奇异小虫、水草、楂梨、橘柚，苦咸酸辛，虽蜇吻裂鼻，缩舌涩齿，而咸有笃好之者。文王之昌蒲菹，屈到之芰，曾晳之羊枣，然后尽天下之奇味以足于口，独文异乎？"肯定了韩文独到之处，并断言非韩才之大不足以完成此作："韩子之辞，若壅大川焉，其必决而放诸陆，不可以不陈也。"③这些萧—韩流派成员的作品都有益传奇文语言的多元发展。

　　文学史论及传奇文的美感，无法忽视萧—韩流派中创作最为丰富的沈亚之的贡献。他一共著有五篇传奇文：《冯燕传》《感异记》《湘中怨解》《异梦录》《秦梦记》，不但数量可观，还被研究者认为是"诗化程度"最高的唐传奇作品。④ 沈亚之（？—832？），两《唐书》无传，事迹散见于《唐才子传》《沈下贤文集序》等，游艺韩门十余载，在中唐时期颇有文名，史载："若韦应物、沈亚之、阎防、祖咏、薛能、郑谷等，其类尚多。皆班班有文在人间，史家逸其行事，故弗得而述云。"⑤ 同辈稍晚的小李杜均慕其诗名，"李贺许其工为情语，有窈窕之思，其后杜牧、李商隐俱有拟沈下贤诗，则当时称声甚盛"⑥，影响力辐射文学各个领域。沈氏自叙好史作，"余尚太史言，而又好叙谊事"⑦，但其实身上的诗人气质、辞章家笔力更为彰显。他笔下的人物多擅悲情之诗，《湘中怨解》中的氾人，"能诵楚人《九歌》、《招魂》、《九辨》之书，亦常拟其调，赋为怨句，其词丽绝，世莫有属者"。《秦梦记》中的主人公就是诗人本身入异境。沈亚之以他

---

① （唐）张籍：《上韩昌黎书》，《全唐文》卷六八四，第7008页。
② （唐）张籍：《上韩昌黎第二书》，《全唐文》卷六八四，第7009页。
③ 《全唐文》卷五八六，第5922页。
④ 李剑国：《唐五代传奇叙录》，第50页。
⑤ 《新唐书·文艺传序》，第5726页。
⑥ （唐）沈亚之著，肖占鹏、李勃洋校注：《〈沈下贤集〉校注》，南开大学出版社2003年版，序第3页。
⑦ 《冯燕传》，李剑国《唐五代传奇集》，第829页。

笔下人物的名义写自己的心声感悟，字里行间充满诗一样的美感和氛围。杨慎在《艺林伐山·唐人传奇小说》中列举传奇中妙绝千古、一字千金者，就举了《感异记》和《秦梦记》中歌词为例。① 沈亚之对自己的文字风格有着准确的判断，他曾自况"能创窈窕之思，善感物态"②，《湘中怨解》一篇最能代表其凄美迷离的美学风范。沈亚之大和五年（831）被贬谪为郢州司户参军，受楚文化熏陶，尝试了《祝楠木神文》《为人撰乞巧文》《文祝延》等大量骚体诗歌创作，在精神层面上与楚歌融为一体，传奇作品《湘中怨解》中穿插的三首诗歌皆为楚调：

隆佳秀兮昭盛时，播薰绿兮淑华归。顾室荧与处荨兮，潜重房以饰姿。见稚态之韶羞兮，蒙长霭以为帏。醉融光兮渺弥，迷千里兮涵洇湄。晨陶陶兮暮熙熙。舞娭娜之秋条兮，骋盈盈以披迟。酡游颜兮倡蔓卉，縠流旧电兮石发旖旎。

情无垠兮荡洋洋，怀佳期兮属三湘。

溯青春兮江之隅，拖湘波兮袅绿裾。荷拳拳兮未舒，匪同归兮将焉如！

格调缠绵，绮丽而惆怅，结尾"（氾人）舞毕，敛袖，翔然凝望。楼中纵观方恰，须臾风涛崩怒，遂迷所往"的描述余味不尽，深得"曲终人不见，江上数峰青"之诗意。沈氏用幻想的思维方式，抒情诗的笔法，创造富于感情色彩的艺术境界，用诗意刻画人物，这是沈亚之对中国小说创作的贡献。

晚唐以降，传奇从士大夫圈子里走出来向俗化发展，作者的阶层

---

① （明）杨慎：《艺林伐山》，收入丁福保辑《历代诗话续编》，中华书局1983年版，第803页。

② （唐）沈亚之：《为人撰乞巧文》，《全唐文》卷七三六，第7607页。

和文化修养都不再维持大家水准,发展至明清小说终于成为下层文人写给市井百姓欣赏的主要文学样式。中国古代叙事文学经历了史传风骨、文士雅趣到民间喜闻乐见的娱乐内容,高雅和世俗在传奇小说这种文体中得到了统一。

小　结

萧—韩文学流派成员的活动时期主要集中在天宝至开成年间,流派中多位成员积极创作传奇作品,他们的创作伴随着唐传奇从初盛到定型,在理论和实践上都对传奇文体的发展起到推动作用,其中沈既济的《任氏传》更被视为唐传奇文体成熟的代表作。以流派成员为代表的中唐传奇作家共同促成了该文体由实录到传闻再到虚构的渐变,他们身上凝结着特有的史官意识和文学主张,既在创作中保留了中国古代叙事文学实录和记叙的传统观念,又在当时的社会环境下为传奇注入浓郁的幻设和虚构的色彩,将想象与文采推向极致,文法也日臻佳境。萧—韩文学流派传奇创作者们以文为戏、娱情至上、文辞瑰丽的特征成为唐传奇成熟的真正标志。

第六章　作为循吏的萧—韩文学流派作家

古代汉语中，官、吏常常连用。通常来讲，百官皆可称吏，如《汉书·百官公卿表》曰："吏员自佐史至丞相，十二万二百八十五人。"选曹以此称为吏部。但是这两个词在《说文解字》中有非常明确的区别：官，事君也[①]；吏，治人者也[②]。这样看来，"官"天然带有向君上负责的高级职称的意味，"吏"更多地指具体负责民生事务的下层官员。在这个基本框架下发展出的"循吏"一词最早见于《史记·循吏列传》，这个传记类别也多为后代史书承袭，记录的是正史中那些重农宣教、富郡强民、所去见思的地方长官。按《汉书·循吏传》："时少能以化治称者，惟江都相董仲舒、内史公孙弘、兒宽，居官可纪。三人皆儒者，通于世务，明习文法，以经术润饰吏事，天子器之。"[③] 这段话大致为循吏勾勒出一个基本形象——通于世务、明习文法，可以经术润饰吏事的儒者。从这个角度讲，循吏不仅专指郡守、县令等地方长官，只要是言行以儒家思想要义为准则，有着富民教民、通达吏事能力的官员都可以称为循吏，简而言之，能够真正承担行政事务的儒家有为者。

萧—韩文学流派的成员主要活动时期集中在天宝大乱后唐王朝的重振期，百废待兴，流派成员的史学素养和礼学素养应时代要求发挥

[①] （东汉）许慎：《说文解字》，九州出版社2006年版，第1182页。
[②] （东汉）许慎：《说文解字》，九州出版社2006年版，第2页。
[③] 《汉书·循吏传》，第3623—3624页。

着反思除弊、重组礼制的作用。除此之外，他们也承担着在具体行政岗位上操作吏事的责任。在中国古代，文人只有积极入世，文章只有经世致用，才能从文人转变成士人，在儒家传统中获得尊重。萧—韩文学流派的成员不但追随前代文儒的精神气息，从恢复礼制、文章复古等方面做着中兴的努力，更重要的是，他们都奋战在王朝政体的"基层"，与那些身居高位、终极理想是辅佐君主皇图霸业、成就礼乐之邦的盛唐"大人物"相比，更懂得通经致用、夯实民生的重要性。在乱后经济崩溃、地方政治混乱和藩镇割据的重重危机之中，他们秉承着流派各代传承中务实治世的理念，在胥吏僚佐的职位上承担起护国安民的重担，这些兼有循吏身份的萧—韩文学流派成员堪称通儒，他们在中唐时代恢复经济、治理地方、充当幕府智囊等方面扮演着重要角色。

第一节　帝国经济之才

儒家教义中，对待民众主张先富后教，《孟子·梁惠王》中说黎民不饥不寒才能谈礼义教化①，百姓民生和国家经济实为礼教之基础。国力之强盛疲敝，首于财政见之。早在安史之乱之前，唐王朝中央财政就已经危机重重，开元天宝以来，法令废弛，土地兼并之弊有逾汉末，乱后国库更是捉襟见肘，作为中央集权国家管理基层社会的基础，推行强有力的经济改革来增加财政收入迫在眉睫。肃代二朝，朝廷屡次颁布禁止土地兼并等法令，希望能稳定赋税来源，但因为皇权衰弛，收效甚微，内忧外患又使得军费支出庞大，中央政府只好另辟财源，史书记载："至德之后……军国之用，仰给于度支、转运。"（《旧唐书·杨炎传》）复兴期的国家经济政策改革主要从恢复漕运、实行榷盐、兴征杂税等方面入手，而与很多萧—韩文学流派成员交往甚密、有识拔之力的中唐财相刘晏正是唐王朝中后期财政制度的制定者。

刘晏（718—780），字士安，曹州南华人。两《唐书》有传。刘

---

① （先秦）孟子著，杨伯峻译注：《孟子译注》，中华书局2005年版，第3页。

第六章 作为循吏的萧—韩文学流派作家

晏八岁时因神童授太子正学，得开元宰相张说以"国瑞"称之。天宝间官至侍御史，肃宗朝始领江淮租庸事，进入财政系统，后任户部侍郎，兼御史中丞，充度支、铸钱、租庸等使，代宗时为京兆尹、户部侍郎，兼御史大夫，大历元年（766）春充东部转运、常平、铸钱、盐铁等使，与第五琦分理天下财赋。不久，提任吏部尚书，同中书门下平章事，官至相国，仍领使职。第五琦没落后，晏得与户部侍郎韩滉分领关内、河东、山南、剑南道租庸、青苗使。德宗即位后，刘晏在与杨炎的政治斗争中落败赐死，埋骨他乡。刘晏一生历玄、肃、代、德四朝，天宝大乱之后承接第五琦的财赋改革举措，在漕运、常平、中央财务行政体系建设等方面展现出非凡的经济才能，几乎以一己之力打造出帝国的财政税收系统，理财之术无双，当时的人就称他为"计相"①。从刘晏的生平来看，他天宝末拜度支郎中，领江淮租庸事，上元元年（760）至广德二年（764）任度支使、判度支、盐铁转运诸使，大历十四年至建中年间任盐铁转运使并判度支，三度"掌出纳、监岁运，知左右藏"（《新唐书·食货志》）。在这二十多年间，唐朝财政制度主要有两大变化：东部财区确立了盐铁转运使的领导体制，度支与盐运使分工明确；对地方改变了向各道派遣使者以司财务的使职差遣制度，建立了常设机构留后、巡院、监场，财政机构体系自上而下完善起来。② 这样的改革措施奠定了唐代后期天下财赋分理、院场相望的形式，确立了唐后期百余年东西财赋分掌制的基本态势，这也是赵宋以降财政三司制的肇端。③ 肃宗后的唐朝进入中古史发展的新阶段，唐宋变革视野下的财政改革正是由众多夯实帝国经济基础的萧—韩流派成员迈出了第一步。其实刘晏的经济手段中，最重要的漕运改革和建立常平制度两项都能在流派前贤的身上找到理念的源头。玄宗朝名相裴耀卿，是萧颖士的伯乐，他在开元末的歌舞升平中早早发现帝国经济空疏的危机，上书玄宗改革漕运以补充国库所需：

---

① 该称呼见权德舆《戴公墓志铭》（《全唐文》卷五〇二），刘禹锡《高陵令刘君遗爱碑》（《全唐文》卷六〇九）等文。
② 李锦绣：《唐代财政史稿》第四册，社会科学文献出版社2007年版，第63页。
③ 李锦绣：《唐代财政史稿》第四册，社会科学文献出版社2007年版，第49页。

· 203 ·

江南户口多，而无征防之役。然送租、庸、调物，以岁二月至扬州入斗门，四月已后，始渡淮入汴，常苦水浅，六七月乃至河口，而河水方涨，须八九月水落始得上河入洛，而漕路多梗，船樯阻隘。江南之人，不习河事，转雇河师水手，重为劳费。其得行日少，阻滞日多。今汉、隋漕路，濒河仓廪，遗迹可寻。可于河口置武牢仓，巩县置洛口仓，使江南之舟不入黄河，黄河之舟不入洛口。而河阳、柏崖、太原、永丰、渭南诸仓，节级转运，水通则舟行，水浅则寓于仓以待，则舟无停留，而物不耗失。此甚利也。[1]

这本质上与刘晏"以官船漕，而吏主驿事，罢无名之敛，正盐官法，以裨用度"的改革思路如出一辙。而刘晏在江淮远地建常平仓，均衡米价、盐价，与流派初代成员颜真卿出守景城时均实盐价，以实军赡的举措也异曲同工。[2] 常平是刘晏财政改革的核心，虽然常平、平准之法《汉书·食货志》中已有记载，但在他执掌经济复兴的大历年间，常平制度空前强大："重价募疾足，置递相望，四方物价之上下，虽极远不四五日知。故食货之重轻，尽权在掌握。朝廷获美利而天下无甚贵贱之忧。"[3] 元和年间另一位财相李巽复常平盐稳定经济，被称为刘晏的最佳继承者。可以说，在军备常兴、西蕃不宁、国用空竭的唐代中后期，刘晏和他在流派中的追随者所实行的经济改革之法就是支撑整个唐帝国保存生息、蓄力复兴的基石。而且刘晏主导下的财计政策以民为本，不横征暴敛。"聚敛者只顾要钱，不管民众死活；刘晏却兼顾民众，让民众也得些利益，在民众还能容忍的限度内，谋取大利，这是刘晏理财的特色。"[4] 这位中唐财相的理财方式影响深远，北宋王安石曾说真正善理财者"不加赋而国用足"（《宋史·司马光传》），他改革举措中的均输之法不论形式还是内容都脱身于刘晏理财

---

[1] 《新唐书·食货志三》，第1366页。
[2] 事见（唐）殷亮《颜鲁公行状》，《全唐文》卷五一四，第5223页。
[3] 《旧唐书·刘晏传》，第3515页。
[4] 范文澜：《中国通史》第三册，人民出版社1978年版，第286页。

第六章　作为循吏的萧—韩文学流派作家

之术。王安石在变法上的政敌司马光也对刘晏推崇备至，给了他"后来言财力者，皆莫能及之"的评断。① 晚清中兴名臣胡林翼自称为晏的追随者，咸同军兴时期他效仿刘晏对湖北地区漕运和盐政进行改革，对晚清政局的稳定起到重要作用。

作为经济能臣，刘晏不但自己智计无双，还擅于发掘有财赋行政能力的人才。"晏分置诸道租庸使，慎简台阁士专之。时经费不充，停天下摄官，独租庸得补署，积数百人，皆新进锐敏，尽当时之选，趣督倚办，故能成功。"② 经过刘晏精选的"新进锐敏"之士包括戴叔伦、刘长卿、张继、刘迺、张建封、穆宁等通敏练达人才，"用名士理财，实为刘晏首创"③。他曾说："办集众务，在于得人。故必择通敏、精悍、廉勤之士而用之。至于勾检簿书，出纳钱谷，必委之士类。"④ 大历元年（766），刘晏选中萧—韩文学流派中"以文学、政事见称于萧门"的戴叔伦，征召他进入自己的盐铁转运使幕中效力，"总赋税量入之职，算盐铁倍称之利"⑤，计算盐利是转运使判官之职掌，也是转运任务的核心。据权德舆《戴公墓志铭》，叔伦"分命于计相也，则为湖南、河南留后。……始在转运府也，董赋于南荆"⑥。留后官，即部内巡查官，每年要在春秋出巡，掌握民情物价，兼管赋税转输，责任重大。大历四年叔伦督赋荆南，遇杨子琳乱，"时蜀将杨琳拥兵据城，怙力强贷，夜以刺客惧公，公擒而释焉。谓之曰：'身可杀，财不可夺！'客以报琳，琳黎明谢罪，激义反善"⑦。

大历后期，刘晏还曾举荐与戴叔伦交好的流派诗人包佶为度支郎中，权盐铁使，建中间又充江淮水路运使。前人对包佶在财税监管职

---

① 《资治通鉴》卷二二六，第7403页。
② 《新唐书·刘晏传》，第4795页。
③ 李锦绣：《唐代财政史稿》第四册，社会科学文献出版社2007年版，第91页。
④ 《资治通鉴》卷二二六，第7403页。
⑤ （唐）陆长源：《唐东阳令戴公去思颂》（《道光东阳县志》卷六），收录于蒋寅《大历诗人研究》，北京大学出版社2007年版，第489页。
⑥ 《全唐文》卷五〇二，第5115页。
⑦ （唐）梁肃：《戴公神道碑》，本书不见于《全唐文》，蒋寅先生抄录于金坛县文管会所藏《重修戴氏宗谱》，收入《大历诗人研究》，北京大学出版社2007年版，第494页。

· 205 ·

位上的作为褒贬不一①，但是建中四年（783）包佶为度支汴东两税使时，悍吏陈少游使判官就佶强索其纳给以助军费，史书上留下了佶力拒守职的美名（事见《旧唐书·陈少游传》）。刘晏另外表举的张继，自懿孙，大历末任检校祠部员外郎，分掌洪州财赋。继，天宝十二载（753）进士，点中他的是收大部分萧门弟子入榜的阳浚（杨浚）。除此之外，元琇亦晏之门人（《旧唐书·卢征传》），大历后期他以尚书右丞判度支，后又以户部侍郎判盐铁使。使职期间，元琇欣赏流派弟子齐抗的经济才能，为抗"奏授仓部郎中，条理江淮盐务。贞元初，为水陆运副使，督江淮漕运以给京师"②。肃代二朝，刘晏除了自己为帝国经济复兴殚精竭虑，还物色了大量通敏精悍之士继续自己的事业。"晏殁二十年，而韩洄、元琇、裴腆、李衡、包佶、卢徵、李若初继掌财利，皆晏所辟用，有名于时。"③

德宗即位，刘晏遭构陷贬忠州赐死之后，韩洄接掌度支职任。洄，刘晏先辟为屯田员外郎，知扬子留后，建中元年（780）擢升户部侍郎，判度支。与韩洄同时上任，领授转运使一职的是杜佑。佑，中唐名相，与流派李翰共同推重士人的通儒能力，有史著《通典》传世。大历末，杜佑"历工部、金部二郎中，并充水陆转运使，改度支郎中，兼和籴等使。时方军兴，馈运之务，悉委于佑"④。建中年间，杜佑在财计职任上进行两项改革：第一，停江淮水陆转运使，转运事委度支处置。这与当时四方兵祸不断、李希烈窥伺水运路线，江淮漕运艰难的时势有关，也是德宗朝以度支代替诸使，加强建立中央财政一体化趋势的体现。第二，增设度支官员，从制度上确立度支曹四员判案郎官的体制。这项举措与第一项改革相辅相成，只有中央体制内有足够的编制力量才能接替诸使的职位。⑤ 元和元年（806），杜佑独领

---

① 如《新唐书·食货志》中有"包佶为汴东水陆运、两税、盐铁使，许以漆器、玳瑁、绫绮代盐价，虽不可用者亦高估而售之，广虚数以罔上"的记载。
② 《旧唐书·齐抗传》，第3756页。
③ 《新唐书·刘晏传》，第4797页。
④ 《旧唐书·杜佑传》，第3982页。
⑤ 李锦绣：《唐代财政史稿》第四册，社会科学文献出版社2007年版，第94—95页。

第六章 作为循吏的萧—韩文学流派作家

度支盐铁使一职,实现了宰相统理财政以及将度支盐铁转运权力集中于中央的目的。不论是加强监管,还是统一漕运、废除度支营田使,财政机构的改革与国家的削藩政策是紧密联系在一起的,加强中央集权是唯一深层目的。而如此庞杂艰难的任务,也只有杜佑这样"综领经制,变而通之"的通达儒生才能做到。[①]

与刘晏同时代的流派二代宗主独孤及,虽不以财计之名载于史册,却也有很多经济改革举措对后世影响深远。安史之乱以后,江南鱼米之乡的赋税成为中央政府的重要经济来源,然而彼时的江南也大不如前,尤其是上元初年宋州刺史刘展叛乱,让战乱祸及这片原本富庶的地区。"三吴饥甚,人相食。明年大疫,死者十七八,城郭邑居,为之空虚,而存者无食,亡者无棺殡,悲哀之送。大抵虽其父母妻子,亦啖其肉而弃其骸于田野,由是道路积骨相支撑枕藉者,弥二千里。"[②] 大历五年(770),独孤及外授舒州刺史,有感于治下民众疲敝,制定口赋法改革,具体理念和实行方法留存于他的《答杨贲处士书》一文中:

> 及为邦岁期,而人疲如初,终日以贡赋不入,获谴于上官。遂以州比不调之琴,思解弦更张之义,算口征赋,以代他征,意欲因有为以成无为。……昨者据保簿数,百姓并浮寄户,共有三万三千,比来应差科者,唯有三千五百。其余二万九千五百户,蚕而衣,耕而食,不持一钱,以助王赋。《诗》不云乎?"或燕燕居息,或尽瘁事国",在于是矣。每岁三十一万贯之税,悉钟于三千五百人之家。谓之高户者,岁出千贯,其次九百八百,其次七百六百贯。以是为差,九等最下,兼本丁租庸,犹输四五十贯。以此人焉得不日困事焉?得不日感?其中尤不胜其任者,焉得不襁负而逃?……方今为口赋,诚非彝典,意欲以五万一千人之力,

---

① (宋)宋敏求编,洪丕谟、张伯元、沈敖大点校:《唐大诏令集·杜佑诸道盐铁等使制》,学林出版社1992年版,第245页。
② (唐)独孤及:《吊道殣文》,《毗陵集校注》卷一九,第401页。

分三千五百家之税，愚谓之可复使多者用此以为衰，少者用此以为益，损有余补不足之道，实存乎其中。富人贫人，悉令均减，倍优倍苦，何从而生？……今已择吏分官，以辨其等差，量分入赋其数，悬榜以示之信。[1]

口赋，就是古代的人口税，从汉代就有，七岁至十四岁出口赋，每人每年二十三钱，称口赋钱。独孤及对其州内的课户和实际户口人数进行统计，实际户头33000户，而课税的只有3500户，其余都是浮流人口。独孤及的口赋法不是单纯地以户或人口数为单位来征收赋税，而是按照不论主户和客户，根据资产差率进行按户征收原则，使国家赋税的一部分由富豪之家负担，从而减少了一般编户之民的负担，所谓"辨其等差，量分入赋"。口赋法的性质已不是租庸调制度下纯粹的按丁纳税，而是按各户人口多寡和资产厚薄将州内民户分为不同户等，再把中央政府分配给该州的赋税总额按户等均摊到各户。有研究者认为独孤及的这种方法是后来德宗朝另一著名财相杨炎"两税法"的先声，而"两税法"正是后来历代税法的基础，奠定了明、清税制的思路，在中国税制发展史上有着重要的意义。[2]

除了上文提到的刘晏、颜真卿、裴耀卿、戴叔伦、包佶、独孤及、齐抗、杜佑之外，萧—韩文学流派中还有很多成员在中唐时期担任过与经济相关的使职，并对国家经济复兴作出贡献。萧颖士好友赵骅，曾任陈留采访使郭纳支使，政绩斐然，官至尚书比部员外郎，秘书少监；天宝十二载（753），吕諲与流派初代重要人物李华、陈兼等同在河西哥舒翰幕下为僚属，相交甚深[3]。在第五琦和刘晏尚未权责分明地分领国家财权之时，兼理东西财政的能吏正是吕諲，他在乾元二年（759）曾先后任职主理西部财政的判度支、主理东部财政的勾当度支使和盐铁转运使，独立支撑国家经济命脉。杨於陵，曾与权德舆、皇

---

[1] 《毗陵集校注》卷一八，第395页。
[2] 郭树伟：《独孤及的"口赋法"是唐代两税法的前期探索的研究》，《安徽农业科学》2009年第3期。
[3] 戴伟华：《唐方镇文职僚佐考》，广西师范大学出版社2007年版，第438页。

甫湜共同服务于李兼幕府，元和九年（814）於陵以兵部侍郎身份兼判度支，同年任户部侍郎者是韩愈的同期进士崔群，二人紧密配合，在地方和中央同时担起财税重任。杨於陵之子杨嗣复为权德舆入室门生，父子二人先后管理户部，提出很多财政税费改革建议，如在税法上进行改进，以除了盐茶之外的税项进行实物抵税的方式，积极培植政府财源，为唐王朝后期的经济续入生机。

庙堂之上，无非经济之才（《旧唐书·玄宗纪》）。在乱后复兴时期，以刘晏和他的追随者为代表的萧—韩流派成员利用自己通达的政务能力，在恢复漕运、实行榷盐、兴征杂税等方面作出卓越贡献，重新构建帝国经济基石，是这一时期当之无愧的实务担当者。

第二节　幕府智囊

文人入幕这一现象在唐代，特别是中唐，相当普遍。"士君子之发令名，沽善价，鲜不由四征从事进者。"[①] 这是因为安史之乱之后藩镇的地位日益独立，地方军事分权制的出现彻底冲击着唐王朝的政治、文化、社会生活的各个方面。初唐时的府兵制越来越不适应帝国边防的需要，不得不让位于更职业化的军事藩镇，即节度使制，这种集边境军事、行政、财政大权于一身的军政首长负责制给文人入仕方式带来很大改变。一方面，藩镇将守需要雇用大量专业文员来维持幕府具体事务，另一方面，朝廷内部可授职官越来越少，方镇多用文吏，而朝廷规定幕僚必须有出身，于是大量不能仕于朝廷的登第文士转而到幕府寻求出路，这就是新的仕途。白居易所描述的"今之俊乂，先辟于征镇，次升于朝庭；故幕府之选，下台阁一等，异日入为大夫公卿者，十八九焉"[②]，为我们展示了这一中晚唐特有的社会现象。

[①] （唐）权德舆：《送李十弟侍御赴岭南序》，《全唐文》卷四九二，第5019页。
[②] （唐）白居易：《温尧卿等授官赐绯充沧景江陵判官制》，《全唐文》卷六六二，第6734页。

从萧门到韩门

近年来研究唐代幕府制度的专著有很多，严耕望先生的论文《唐代方镇使府军将考》《唐代方镇使府佐僚考》开创先河①，从制度入手研究组织结构、运行方式以及人员力量。石云涛先生《唐代幕府制度研究》一书，从幕府起源和唐代不同时期幕府制度变化谈起，以发展的眼光深入研究唐代幕府制度与社会政治的关系。②影响最大，与文学研究直接相关的是戴伟华先生的《唐代幕府与文学》《唐方镇文职僚佐考》等著作③，穷搜各类史书文集、笔记资料，对唐代方镇幕府文职人员的相关文献进行全面考订和整理，并从中探究幕府制度变化与唐代文学风气的演变。据戴伟华先生统计，安史乱前，入幕者计174人次，比例较小，比如流派早期成员孙逖曾在开元十六年（728）入太原李暠幕为从事，为期三年归朝。其后则以肃宗至德宗年间入幕者居多，计1012人次，无论规模还是人员素质上都有重大变化，肃宗、德宗年间形成入幕高潮。萧—韩文学流派成员的主要活动时间正是安史之乱以后，肃宗至宪宗年间，兹列表统计这一时期流派成员的入幕情况，以便下文讨论此时期内流派文人对幕府工作的贡献。④

时间	幕府主	入幕人员	备注
天宝十二载（753）至天宝十四载（755）	河西节度观察处置使哥舒翰幕下	高适、李华、吕諲、杨炎、陈兼	438
天宝十三载（754）至天宝十四载（755）	河北按察使安禄山幕下	权皋	184
至德元载（756）	山南东道节度观察处置使源洧幕下	萧颖士	209
至德元载（756）	荆南节度观察处置使源洧幕下	萧颖士	235

---

① 二文分别收入《庆祝李济先生七十岁论文集》（清华学报社1965年版）、《唐史研究丛稿》（香港新亚研究所1969年版）。
② 石云涛：《唐代幕府制度研究》，中国社会科学出版社2003年版。
③ 《唐代幕府与文学》，现代出版社1990年版；《唐方镇文职僚佐考》，广西师范大学出版社2007年版。
④ 此表主要依据戴伟华先生《唐方镇文职僚佐考》（广西师范大学出版社2007年版）统计，备注中标明的是该条事迹在书中的页码。

续表

时间	幕府主	入幕人员	备注
至德元载（756）	淮南节度观察处置使李成式幕下	萧颖士	254
至德二载（757）	淮南采访使高适幕下	权皋	255
至德二载（757）	江西采访使皇甫侁幕下	柳浑（判官）、崔祐甫	318
至德二载（757）至乾元元年	宣武节度使张镐幕下	李舟	53
乾元二年（759）	山南东道节度观察处置使来瑱幕下	元结	209
上元元年（760）至上元二年（761）	浙东都团练观察处置等使杜鸿渐幕下	李翰	293
上元二年（761）	荆南节度观察处置使吕諲幕下	元结	235
上元二年（761）至大历五年（770）	淮南节度观察处置使崔圆幕下	李翰	257
宝应元年（762）至广德元年（763）	荆南节度观察处置使李岘幕下	李华	236
广德元年（763）至广德二年（764）	湖南观察处置使孟皞幕下	李舟	348
大历二年（767）	湖南宣慰使贺若察幕下	李舟	梁肃《处（应作虔）州刺史李公墓志铭》
大历二年（767）至大历六年（771）	江西都团练观察处置使魏少游幕下	柳浑（检校司封郎中判官）、崔祐甫	320
大历三年（768）至大历十四年（779）	邠宁节度观察处置使郭子仪幕下	柳并	13
大历三年（768）至大历六年（771）	淮南节度观察处置使韦元甫幕下	李翰、杜佑	257
大历四年（769）至大历七年（772）	武昌军节度使独孤问俗幕下	朱巨川	342
大历五年（770）至大历十一年（776）	宣歙观察处置使崔昭幕下	李舟、独孤玙	308

续表

时间	幕府主	入幕人员	备注
大历七年（772）至大历十三年（778）	江西都团练观察处置等使路嗣恭幕下副使	柳浑	321
大历八年（773）至兴元元年（784）	义成永平军节度使李勉幕下	崔元翰、崔祐甫	66—67
大历八年（773）至兴元元年（784）	淮南节度观察处置使陈少游幕下	刘太真、陆质、赵匡、吕渭	257—259
大历十二年（777）至大历十四年（779）	浙东都团练观察处置使崔昭幕下	李舟、独孤氾	294
大历十四年（779）至建中元年（780）	江西都团练观察处置使张镒幕下	齐抗	322
建中二年（781）	湖南都团练观察处置使曹王皋幕下	戴叔伦	350
建中二年（781）	河中晋绛都防御观察使赵惠伯幕下	李翰	152
建中三年（782）至建中四年（783）	凤翔陇右节度观察处置使张镒幕下	齐抗	3
建中三年（782）至贞元元年（785）	武昌军节度使李兼幕下	柳镇、杨於陵	342
建中三年（782）至贞元元年（785）	江西都团练观察处置使曹王皋幕下	戴叔伦	322
兴元元年（784）至贞元三年（787）	朔方节度管内观察处置使浑瑊、杜希全幕下	韩弇	45—46
兴元元年（784）	河东节度观察处置使马燧幕下	崔元翰	134—135
兴元元年（784）至贞元五年（789）	淮南节度观察处置使杜亚幕下	梁肃	259
贞元元年（785）至贞元六年（790）	江西都团练观察处置使李兼幕下	杨於陵、权德舆、皇甫湜、穆赏	323—325
贞元十二年（796）至贞元十五年（799）	宣武节度使董晋幕下	韩愈、杨凝	56—57
贞元十二年（796）前后	义城节度、滑郑观察等使李复幕下观察判官	李翱	69

续表

时间	幕府主	入幕人员	备注
贞元十三年（797）至永贞元年（805）	福建观察使	柳冕	335
贞元年间	剑南西川观察等使韦皋幕下副使	唐次	373
贞元十八年（802）至永贞元年（805）	湖南都团练观察处置等使	杨凭	351
贞元十八年（802）前后	宣歙池都团练观察处置等使崔衍幕下	崔群	309
贞元末	湖南都团练观察处置等使杨凭幕下判官	崔群	352
贞元十九年（803）至贞元二十一年（805）	东畿留守韦夏卿幕下	李翱	428
贞元末元和初	幽州节度使刘济幕下	王建	191
永贞元年（805）至元和二年（807）	江西都团练观察处置等使	杨凭	327
元和初	剑南西川观察使武元衡幕下太常寺协律郎推官	杨嗣复	377
元和初	荆南节度使裴均幕下	皇甫湜	240
元和二年（807）至元和五年（810）	江西都团练观察处置使韦丹幕下	独孤朗、李肇	327
元和三年（808）至元和五年（810）	岭南东道节度观察处置使杨於陵幕下	李翱	400
元和五年（810）	宣歙池都团练观察处置使卢坦幕下	李翱（判官，未至）、独孤朗	311
元和五年（810）至元和九年（814）	浙东都团练观察处置使李逊幕下判官	李翱、独孤朗	298
元和八年（813）至元和九年（814）	河中节度观察处置使张弘靖幕下	杨巨源	156
元和八年（813）	魏博节度使田弘正幕下	王建	206
元和九年（814）至元和十一年（816）	山南西道节度观察处置使郑余庆幕下	樊宗师	229—230

续表

时间	幕府主	入幕人员	备注
元和十年（815）	泾源四镇北庭行军节度观察处置使李汇幕下	沈亚之	23
元和十一年（816）至元和十三年（818）	山南西道节度观察处置等使	权德舆	230
元和十三年（818）至长庆二年（822）	淮南节度使李夷简幕下	皇甫湜	264
元和十四年（819）至元和十五年（820）	湖南都团练观察处置等使	崔群	354
长庆元年（821）至长庆二年（822）	武宁节度使	崔群	101
长庆三年（823）至大和元年（827）	宣歙池都团练观察处置等使	崔群	312
长庆三年（823）至宝历二年（826）	湖南都团练观察处置等使	沈传师	354
长庆四年（824）至宝历二年（826）	福建都团练观察处置使徐晦幕下	沈亚之	337
宝历元年（825）至宝历二年（826）	桂管观察使李渤幕下从事	皇甫湜	418
宝历末—大和二年（826）	山南东道节度使李逢吉幕下	皇甫湜	219
大和二年（828）至大和四年（830）	江西都团练观察处置等使	沈传师	330
大和四年（830）至大和七年（833）	宣歙观察处置使	沈传师	313
大和五年（831）至大和七年（833）	桂管都防御观察处置等使	李翱	418
大中六年（852）至大中十年（856）	邠宁节度观察处置等使毕諴幕下	孙樵	19
大和七年（833）至大和八年（834）	襄阳节度使	李翱	355

续表

时间	幕府主	入幕人员	备注
大和八年（834）至开成二年（837）	东畿留守裴度幕下判官	皇甫湜	429
大和九年（835）至开成二年（837）	剑南西川观察等使	杨嗣复	382
大中六年（852）至大中八年（854）	西川节度使白敏中幕下判官	卢求	384
大中六年（852）至大中八年（854）	黔中都团练观察使、处置使	南卓	361

列表可见，流派成员在此时期入幕人员高达近百人次，他们因为智计文采为幕府主征召，除了前文提过的戴叔伦等人在转运使幕下等财政岗位扮演重要角色之外，他们在各使府内文职吏事中也起到关键作用，下文试举一二例说明流派成员在政局判断、军事谋划方面的机敏干练。

至德元载（756），山南东道节度使源洧聘萧颖士为掌书记，共赴荆南节度使之任。本年五月，安禄山手下的武令珣、毕思琛进攻南阳，源洧惧，欲退守江陵，萧颖士根据他对局势的分析认为襄阳是向潼关输送财用的必经之道，其地理位置举足轻重，朝廷一定来援，源洧听从他的建议坚守，虢王李巨很快引兵趋南阳，贼闻之而逃，南阳得以解围，颖士推为首功。权德舆的父亲权皋，天宝间被安禄山辟为掌书记，洞察先机，"知禄山有异谋，出路托疾诈死"[①]，得以保全清白官身。后权皋在时任淮南采访使的高适幕下作判官，至德初，永王举兵，胁士大夫，皋诡姓名以免（事见《新唐书》本传）。权皋以对局势的准确判断使他两次躲过叛乱，明哲保身，与他同时代的萧颖士和另一位流派人物崔祐甫也都拒绝了永王的征召[②]，三人都有研判时事之能。相比之下，带有盛唐时期纯粹文人理想信念的诗仙李白积极参与永王

---

① （唐）封演撰，赵贞信校注：《封氏闻见记校注》，中华书局2005年版，第85页。
② 至德二载（757）崔祐甫在江西采访使皇甫侁幕下任职，据《隋唐五代墓志汇编·崔祐甫墓志》："寻江西连帅皇甫侁表为庐陵郡司马，兼倅戎幕。时永王总统荆楚，搜访隽杰，厚礼邀公。公以王心匪臧，坚卧不起……"

起势，最终流放夜郎，不难看出流派成员在政局分析中特有的世故和老练，预示了他们在未来复杂的政治环境中所具有的时代特质。

独孤及弟子齐抗擅拟奏文，《旧唐书》本传载其"长于笺奏。大历中，寿州刺史张镒辟为判官，明闲吏事，敏于文学，镒甚重之"①。建中初，张镒为江西观察使，齐抗随行幕府，后来镒自中书侍郎平章事出镇凤翔，奏抗为监察御史，仍为宾佐，"幕中筹画，多出于抗"。很多如张镒一样的封疆大员都很清楚幕僚的重要性，并给予这些无法以正规途径入仕的文人以发挥能力的空间。贞元四年（788）到贞元十六年，武宁节度张建封的幕下也人才济济，建封在节帅之中有"礼贤下士"的好名声。《新唐书》本载："（建封）性乐士，贤不肖游其门者礼必均，故其往如归。许孟容（掌书记）、韩愈（推官）皆奏署幕府，有文章传于时。"②韩愈应董晋辟之前，张建封就有辟韩愈入幕之意③，所以韩愈有"主人（建封）与吾有故"之言。④作为幕府职员的韩愈，最辉煌的履历是元和十二年（817）在裴度帐下随军平定淮西吴元济叛乱一行。作为太子右庶子兼御史中丞行军司马的韩愈，为淮西战争的胜利贡献了很多良策，"得柏耆，先生受词，使耆执笔书之，持以入镇，承宗恐惧，割德、棣以降，遣子入侍"⑤，以一纸文书震破敌胆，攻占军心。

第三节　吏治一方

循吏之名产生于汉代，原意指有善政于民、为朝廷治守一方的郡、州、县、道行政长官，他们是国家权力在地方的代表，也是直接面对生民百姓的官员，他们的行政作为对恢复国民生计最为有效，可以说乱世中的地方官员是真正决定国家政令法规能否妥善执行的人，官秩

---

① 《旧唐书·齐抗传》，第 3756 页。
② 《新唐书·张建封传》，第 4941 页。
③ 事见李翱《荐所知于徐州张仆射书》，《全唐文》卷六三五，第 6417 页。
④ 《与孟东野书》，《全唐文》卷五五一，第 5579 页。
⑤ （唐）皇甫湜：《韩愈神道碑》，《全唐文》卷六八七，第 7083 页。

卑微的循吏也可保一方平安。

萧—韩文学流派中有很多被外派地方的成员都无愧于循吏的称号。流派第二代核心人物独孤及，代宗时曾任濠州、舒州、常州三州刺史，政绩傲人。本章第一节曾经论述过，独孤及在濠州时哀悯郡下黎民赋税不公，开创性地实行口赋法，平其徭赋，恤其冤弱，解决了根本性问题，并为后世的两税制度提供试点。濠州境内初承兵革，率多不法之徒，独孤及"先董之以威，格之以政；然后用恺弟宽厚，渐渍其俗。三年而阖境大穰"①。课绩闻上，加朝散大夫，迁舒州刺史。舒州，今安徽安庆，濒江傍山，向来群盗所聚，独孤及"惠以柔之，武以詟之，释矛服耒，尽为良俗"②。大历六年（771），舒州大旱，及作《祭吴塘神文》祈雨，对境内饥民悉心安抚，"以人俗之丰给，当淮湖之灾旱"③。大历八年十二月擢拜常州刺史本州岛都团练使。常州为江左大郡，兵食之所资，财赋之所出，公家之所给，岁以万计。独孤及按照濠州经验实行口赋法，削其烦苛，均其众寡。"比及三年，吏不忍欺，路不举遗；年谷屡熟，灾害不作。"④ 大历十二年，独孤及卒于常州任上，出殡日"行路恸哭，罢市者相吊踰月。又吁嗟之声相闻，自寮属相吏，下逮乡老里尹，皆率以儡斋祭。及葬之日，缌衰送丧者数千人"⑤。权德舆评价其生平功绩，"足以列于文苑，附于循吏"⑥。

与独孤及同为萧门弟子的戴叔伦，建中元年（780）五月以监察御史里行出为东阳令。贞元初又先后为抚州刺史和容州刺史。在地方令和牧守位置上，戴叔伦充分发挥了其行政才能。好的吏政都是相似的，从经济生活上改善民生，平贼乱，明诉讼，除陋习。陆长源《唐东阳令戴公去思颂》今流传版阙字虽多⑦，仍可看到戴叔伦"缓其赋，使其人舒；平其役，使其人劝……权豪除，盗贼屏，教之以让也；斗

---

① （唐）梁肃：《独孤公行状》，《毗陵集校注》附录，第459页。
② （唐）崔祐甫：《独孤公神道碑铭（并序）》，《毗陵集校注》附录，第456页。
③ （唐）梁肃：《独孤公行状》，《毗陵集校注》附录，第459页。
④ （唐）梁肃：《独孤公行状》，《毗陵集校注》附录，第459页。
⑤ （唐）梁肃：《独孤公行状》，《毗陵集校注》附录，第459页。
⑥ 《独孤公谥议》，《毗陵集校注》附录，第462页。
⑦ 《全唐文》卷五一〇，第5185页。

讼止，商旅至，教之以和也"的事迹。权德舆赞颂叔伦地方官生涯："其阜人成化也，则东阳一同之人沐旬岁之治，抚人饫三年之惠，容人被逾月之教，夔人闻诏而欢，承讣而哀不及蒙其泽。""政成中和，播为颂歌，化被二邦。"① 叔伦离任后抚人为建遗爱碑。贞元三年（787），戴叔伦从抚州离任后受诽谤，诏回南昌对事。"鹤发州民拥使车，人人自说受恩初。如今天下无冤气，乞为邦君雪谤书。"② 足以看出抚州人民对戴叔伦的爱戴。提拔了戴叔伦的中唐计相刘晏，在其年轻时短暂地代守余杭之任上，发义兵坚壁，抵抗叛军，力保城池不失，也称得上智勇双全。

贞元八年（792）四月，独孤及的弟子唐次出任开州刺史。"既至，则敷宣化条，简易廉平，居者胥悦，流者自复，期月有成，三年大穰，狱有茂草，野无弃地。既均而安，既阜而蕃，官修其方，物有其容。"③ 唐次治开州期间，"惠而保之，四封熙熙，比岁连课，为百城表率"④。可谓政通人和，为循吏典范。元和十五年（820）六月，韩门弟子李翱出为朗州刺史，带领当地老百姓开考功堰。按《新唐书·地理志》载："朗州武陵郡县东北八十九里有考功堰，长庆元年刺史李翱因故汉樊陂开，溉田千一百顷。"长庆二年（822）李翱改刺舒州，正值舒州大旱，翱临危受命，安民于农，政绩斐然。

张纯明先生在《中国循吏研究》一书中将历代循吏的成就归结在三个方面：一是改善人民的经济生活；二是注重教育；三是理讼。萧—韩文学流派成员因为对文化与学术的传承有着自觉的责任感，因此在他们担任地方官期间对治下的教育事业也格外重视。比如元和十四年（819）韩愈因为迎佛骨事件被贬广东潮州，虽然在任只有不到一年的时间，却大力兴办学校、培育人才。当时唐代除中央学校之外，地方有府、州、县学，县学下有乡校，但像潮州这种偏僻蛮荒地区，

---

① 《戴公墓志铭》，《全唐文》卷五〇二，第5115页。
② （唐）权德舆：《同陆太祝鸿渐崔法曹载华见萧侍御留后说得卫抚州报推事使张侍御却回前刺史戴员外无事喜而有作三首》之二，《全唐诗》卷三二二，第3623页。
③ （唐）权德舆：《开州刺史新宅记》，《全唐文》卷四九四，第5040—5041页。
④ （唐）权德舆：《唐使君盛山唱和集序》，《全唐文》卷四九〇，第5001页。

不但乡校不复存在，即使州学、县学也废而不兴。韩愈到任后上《潮州请置乡校牒》请重振学风：

> 夫欲用德礼，未有不由学校师弟子者。此州学废日久，进士、明经，百十年间，不闻有业成贡于王庭，试于有司者。人吏目不识乡饮酒之礼，耳未尝闻《鹿鸣》之歌。忠孝之行不劝，亦县之耻也。……请摄海阳县尉，为衙推官，专勾当州学，以督生徒，兴恺悌之风。刺史出己俸百千，以为举本，收其赢余，以给学生厨馔。[1]

这种心系万世师表、重视治下教育文化事业的态度给了后世追随者很大触动。与韩愈同为贞元八年（792）"龙虎榜"进士的欧阳詹年轻时曾受常衮的器重和培养，常衮与独孤及、陈兼、郑絪等交往密切，官至丞相，对萧—韩文学流派发展有重要推动作用。建中元年（780），常衮观察福建。欧阳詹时年二十四岁，五月谒见常衮、薛播于南涧寺，泛舟西湖（福州闽县西之西湖），欧阳詹以文章为衮所看重推荐，文名远播宣城。同年，当时的名士秦系自北南来，隐居于南安九日山。薛播与其交好，向其引荐了欧阳詹，欧阳詹因此认识了一批当时的名士，通过他们欧阳詹名声先动于京师（事见《新唐书·欧阳詹传》）。贞元八年欧阳詹一举登第，在闽中学子的心中引起了极大的震动，兴起向学崇儒之风。欧阳詹也作为闽中第一个卷入唐代思想文化潮流中的人物，开风气之先，对福建文化教育事业的迅速发展起了极大的表率和推动作用。

流派末代继承者孙樵，生平史料较少，不知是否曾吏治一方，有所政绩。但他的《孙可之文集》中留下了很多讨论重大政治事件、记录民生官员事迹的文章。比如被选入中学教科书的《书何易于》一文，通过讲述这位益昌县令代替农忙的百姓服役拉纤、为民请命修改征收税收的命令等爱民行为，孙樵为读者树立了一个施政楷模形象，

---

[1] 《全唐文》卷五五四，第5612页。

并大加赞赏,认为自己应该以史官的责任感来为其留名,"继而言之,使何易于不有得于生,必有得于死者,有史官在"①。这种历史态度对所有真正体恤百姓、改善民生的循吏都是一个鼓励。北宋史官在精神上和萧—韩文学流派成员一脉相承,继承了孙樵的历史观,在《新唐书》中几乎全文引用了他所写的何易于事迹,让何易于这位循吏可以以县令之低微职位入选正史传记,流芳百世。另外,孙樵文集中还有《书田将军边事》《梓潼移江记》《复佛寺奏》等文章,分别讨论唐王朝对日渐强大的南诏应该采取的防御策略,梓州城外涪江移江的过程和结果,和宣宗皇帝佞佛所耗费的国家财力等事件,条理清晰,明理有据,展现了孙樵非凡的政务研判本领和体察民生的循吏之能。

小　结

本章所述流派成员通达干练的行政能力,无论是恢复帝国经济、幕府中坚还是吏治一方,都体现了中唐士人在特殊时代环境中的一种自我期许。萧—韩流派成员身上兼具社会责任感和通经致用的能力,这是他们在同时代的士人中能够脱颖而出、胜任胥吏僚佐之职能、承担护国安民重任的重要原因。这种通儒身份的觉醒给了宋代士人以启示,他们逐渐将文学、经学、政务、吏能作为士人的必备素质,努力把"政治主体、文学主体和学术主体"集于一身②,并创造了属于中国近世的官僚士大夫政治形态。

---

① (唐)孙樵:《书何易于》,《全唐文》卷七九五,第8334页。
② 沈松勤:《北宋文人与党争》,人民出版社1998年版,第115页。

第七章　唐宋变革视野中的萧—韩文学流派

八年安史之乱肆虐后，唐王朝遭受到极大破坏，政治、军事、文化、民生都处于分崩离析之中，统一结构的经济基础发生动摇，百废待兴。这次的内乱不仅仅是唐代发展的转折点，更是整个古代社会政治、文化、阶层转型期的开启，"有唐中叶，为风气转变之会"，"唐中叶后新开之文化，固与宋当划为一期者也"。[①] 在这个被过去很多研究者命名为"唐宋变革"的过程中，最基础和最显著的变革就是士人的转型，因为文化的转型最终要落实到文化的承担者——人的转型之上。如前所述，很多中唐士人在时代巨浪的推动下形成对通儒身份的肯定和追求，以萧—韩文学流派成员为代表，他们在文学家、思想家、礼官、史官、传奇作家和循吏等身份上展示出的综合素质给北宋士人群体树立了追仰的榜样，开启了宋代官僚士大夫政治形态的衍生。

第一节　唐宋变革的多元内涵

一　概念的生成

唐宋变革或者唐宋转型在学界是一个很多元的概念。首次从历史分期的角度提出"唐宋变革"命题的是日本学者内藤湖南（1866—

---

① 吕思勉：《隋唐五代史》，上海古籍出版社1984年版，第1330、1236页。

1934），早在1910年，他就在日本《历史与地理》杂志第9卷第5号上发表了《概括的唐宋时代观》一文，较全面地论述了唐宋之间的巨大差异。他认为："唐宋时期一词虽然成了一般用语，但如果从历史特别是文化史的观点考察，这个词其实并没有什么意义。因为唐和宋在文化的性质上有显著的差异：唐代是中世的结束，而宋代则是近世的开始，其间包含了唐末至五代一段过渡期。"在文章的结尾他又强调："中国中世和近世的大转变出现在唐宋之际，是读史者应该特别注意的地方。"① 内藤氏从上层政治体制的变动、君主与臣下民众的关系、经济形态、文化发展诸方面简略地叙述了唐宋之际的变革情况。他认为在政治层面上，门阀贵族的没落和君主独裁趋势在唐末五代相继而生，宋代科举考试提拔了大量平民文官进入政坛，促成了"贵族政治的式微和君主独裁的出现"，这是唐宋社会变革的主要表现。经济上，唐宋处在实物经济和货币经济交替期，宋代发达时期广泛使用的铜钱、交子、会子表示货币经济已经非常活跃。在文化发展方面，各类文体从宋代开始由注重形式变为注重自由表达，诗词文曲均蓬勃发展，文学艺术"一变成为庶民之物"，经学从尊家法、师法，转变为个人对儒经作出新的解释，绘画和音乐也成为广大庶民百姓所享受的艺术形式。② 从本质上讲，内藤湖南的唐宋变革论建立于社会政体分析之上，但是他的分析综合了经济、学术、思想、风俗等各个方面，在20世纪早期可以说具有革命性的意义。有学者断言这一理论"是日本的中国史研究可举出的最重要的成果之一，至今仍然是考察这一时代的坐标轴"。③ "唐宋变革说"一经发表在学界引起重大反响，相继有许多学者参与其修正和发展，其中包括内藤湖南的学生宫崎市定。宫崎市定把老师的研究向社会经济、阶级发展领域深入，并把视野扩大到东洋史甚至世界史的范围，代表作有《东洋的近世》《从部曲走

---

① ［日］内藤湖南：《概括的唐宋时代观》，收入刘俊文编，黄约瑟译《日本学者研究中国史论著选译》第1卷，中华书局1992年版。
② 详见内藤湖南《概括的唐宋时代观》一文。
③ 张广达：《内藤湖南的唐宋变革说及其影响》，收入《唐研究》第11卷，北京大学出版社2005年版。

向佃户》等①。他对近世政治和文化的进一步阐释可以主要概括为宋代以后出现的新贵族是凭借科举而形成的士大夫阶层,这一群体在都市经济和财富力量发展繁盛的基础上引领了通俗性白话文学的出现和世俗文化的发展、思想的解放等。这些补充不仅有力支持了内藤的观点,而且扩大了内藤学说的影响。

与日本学者关注唐宋时期中国社会政体经济结构变化不同,20世纪70年代前后,欧美史学界在将唐宋变革的研究视野转向士大夫阶级组成的变化和学术思想的演变。受社会学中精英与分层理论的影响,他们以唐宋时代士人的阶级变化和学术趣味为切入点,对内藤理论进行质疑和更新。最有代表性的是美国学者包弼德,他指出应该重视士大夫、思想文化在唐宋社会转型中的体现,他把唐宋转型定义为士或士大夫(他们是政治和文化精英)之社会身份的重新界定,以及他们逐渐变为"地方精英"的过程,以此来取代以往把这一转型定义为门阀制的终结和平民的兴起的说法,其主要论据之一是士大夫阶层关注目标的转变——他们从关心全国性事务和朝廷中央的政策,转为关心所居州县的地方利益。②美籍学者刘子健则把中古向近世的转型时间推延到两宋之交。他认为把唐末宋初视作"近代初期"的观点是把欧洲史观作为历史文化演进唯一标准的表现,中国历史新文化模式的出现应为北宋和南宋之间,北宋的政治文化特征是外向的,而南宋在本质上趋向于内敛,中国文化在内向化的过程中首先转向的是知识分子,而后士大夫逐渐地跟入,在精英文化走上内向化的影响下整个社会的统治阶层也继之发生转向,直至影响到社会各个阶层。③

国外史学界这些看似新颖独特的角度,在中国学者的研究中都曾有过体现。关于唐宋转型学说,周一良先生1934年发表了《日本内藤

---

① 收录于刘俊文编《日本学者研究中国史论著选译》第5卷,索介然译,中华书局1993年版。
② [美]包弼德:《唐宋转型的反思——以思想的变化为主》,收入《中国学术》第3辑,商务印书馆2000年版。
③ [美]刘子健:《中国转向内在:两宋之际的文化转型》,赵冬梅译,江苏人民出版社2012年版,第18页。

湖南先生在中国史学上之贡献》一文，专门介绍内藤氏的学术著作①，是国内首批关注这一成果的学者之一。但周文并不是中国学者第一次意识到中国唐宋之交的变化所在。早在明代，史学家陈邦瞻就曾清晰列出中国历史上出现的三次历史性转变：

> 鸿荒一变而为唐、虞，以至于周，七国为极；再变而为汉，以至于唐，五季为极；宋其三变，而吾未睹其极也。变未极则治不得不相为因，今国家之制，民间之俗，官司之所行，儒者之所守，有一不与宋近乎？非慕宋而乐趋之，而势固然已。②

19世纪后期至20世纪，中国学者严复、王国维、钱穆、陈寅恪、柳诒徵、漆侠等人都从自身所处的时代出发，描绘因唐宋变革而塑造的"近世"形象。如严复先生指出宋代是中国历史上"人心政俗之变"最为显著的时期，认为中国之所以成为今日现象者，大部分为宋人所造就。③ 钱穆先生把中国文化分秦汉、汉唐、宋元明清三个时期，唐宋是第二、第三期的分界线。④ 柳诒徵先生则直言："自唐室中晚以降，为吾国中世纪变化最大之时期。前此犹多古风，后则别成一种社会。"⑤ 只是始终没有人正式提出一个固定的概念。这一时期最具影响力的研究成果来自陈寅恪先生，他着眼于更长的历史进程，将魏晋南北朝与隋唐联系起来考察，上求隋唐制度文化的渊源，下溯宋代思想文化的源头。《论韩愈》一文中写道："唐代之史可分前后两期，前期结束南北朝相承之旧局面，后期开启赵宋以降之新局面，关于政治社会经济者如此，关于文化学术者亦莫不如此。退之者，唐代文化学术史上承先启后转旧为新关捩点之人物也。"⑥ 陈氏将韩愈生活的中唐时

---

① 发表于《史学年报》1934年第2卷第1号。
② （明）陈邦瞻：《宋史纪事本末》（附录一），中华书局1977年版，第1191—1192页。
③ 严复：《与熊纯如书》，《严复集》第3册，中华书局1986年版，第668页。
④ 钱穆：《中国文化史导论》，商务印书馆1994年版，第203—204页。
⑤ 柳诒徵：《中国文化史》下册，中国人民大学出版社2012年版，第569页。
⑥ 陈寅恪：《金明馆丛稿初编·论韩愈》，生活·读书·新知三联书店2015年版，第332页。

代作为中国政治、社会、经济、文化的变革时期,前承六朝,后启赵宋,借分析这一时期的历史动态来把握政治社会之划时代变动。

如上,自唐宋变革说出现以来,各种角度和层面的剖析不断丰富多元,抛开研究方法和关注点的不同,中国古代的这一转折期能在世界范围内引起史学家的重视,就在于它以新的社会经济结构为基础,政体、军事、经济、教育、法律等制度,哲学、文学、学术、宗教、风俗等意识形态都出现了根本性的变革。"就统绪相承以为言,则唐宋为一贯,就风气异同以立论,则唐宋有殊别。"[①] 中唐迄两宋是我国历史的近世之始,它开启了一种全新的社会形态,这种全新社会形态下的学术文化被后世的研究者称为"宋学",宋学的源头始于中唐。

二 从中唐文化到宋学

所谓宋学,指的是一种文化构型,里面包含了思想、学术、艺术等多种文化因子。其概念边界不是很清晰,历代学者多根据自己的研究旨趣为宋学划定范围。承接宋代的元明学者将南宋喜讲道德义理的理学作为宋学的主要内核,很多清代学人继承了这种观念,尤其是乾嘉时期的学者,崇尚考据训诂,标榜自己的学术范式是更加传统古奥的"汉学",以此来区别以宋代濂、洛、关、闽为代表的性理之学。用这种以学术范式强化宋学特征的方法划定出来的范围过窄,是在清代较为流行的狭义宋学概念。随着学术研究的深入,越来越多的学者意识到宋学不仅仅是以性理为代表的儒家之学,还包括了与之相关的其他经学、史学、文学、艺术内涵。因为宋代最有影响力的学者,如王安石、欧阳修、苏轼、胡瑗、孙复、薛季宣、陈傅良、叶适、陈亮等,都继承了中唐通儒崇尚经世致用、救时行道的思想,将"义理"的思维方式渗透进其他文化领域,使经术与文学政事紧密结合,在学术风尚、道德追求、文化心理上对后世影响深远。这种新的学术范式、知识旨趣可以被称为广义的宋学。

[①] 傅斯年:《傅斯年史学论著》,上海书店出版社2014年版,第45页。

从萧门到韩门

　　1972年，台湾学者傅乐成先生第一次使用了"唐型文化"和"宋型文化"的概念，代表了当代研究者对唐宋变革期学术形态的一种理解。傅先生说："唐代文化以接受外来文化为主，其文化精神及态度是复杂而进取的。唐代后期的儒学复兴运动，只是始开风气，在当时并没有多大作用。到宋，各派思想主流如佛、道、儒诸家已趋融合，渐成一统之局，遂有民族本位文化的理学的产生，其文化精神及动态亦转趋单纯而收敛。南宋时，道统的思想既立，民族本位文化益形强固，其排拒外来文化的成见，也日益加深。宋代对外交通，甚为发达，但其各项学术，都不脱中国本位文化的范围；对外来文化的吸收，几达停滞状态。这是中国本位文化建立后的最显著现象，也是宋型文化与唐型文化最大的不同。"[①] "宋型文化"是今人对广义宋学的理解，"宋型文化"不等于"宋代文化"，它是一种跨代的学术形态，肇始于中唐。安史之乱以后，辉煌的盛唐气象一去不复，士人在文化生活及人生态度上生发成新的精神面貌，经过晚唐五代的蛰伏，在北宋重新振起，南宋定型，并影响至元明清三代。这个概念弥补了"宋代文化"中遗失的中唐发端期文化因素，有助于突出唐宋变革期在整个中国传统文化发展中承前启后的重要地位。钱穆在《中国近三百年学术史》中指出近代学术从宋学始，并认为"不识宋学，即无以识近代也"。[②]

　　从源头上来说，宋学萌发于萧—韩流派第三代（梁肃、权德舆）和第四代（韩愈）活动时期。因安史之乱的影响，中晚唐藩镇割据、党争、地方叛乱等社会危机起复不休，士大夫的人格精神和文化追求发生了潜移默化的转变，主要表现为文、道的结合，对文学传道、经学致用的强调重视，文学与政事紧密结合。儒学上，啖助、赵匡、陆淳等人"从宜救乱"的救世之旨，对经学思想向宋代理学思想的转变产生了积极影响，也就是从训诂之学向义理之学开始转变，从训释古典变为个体解读经义，"从宏观上把握经学，而不是从章句上理解经

[①] 傅乐成：《唐型文化和宋型文化》，收入《汉唐史论集》，台湾联经出版事业公司1977年版，第380页。

[②] 钱穆：《中国近三百年学术史》，商务印书馆1997年版，第1页。

学要旨，使经学研究达到新阶段","宋学不仅与汉学并驾齐驱，而且浸浸乎超而过之"①。宋儒在此基础上发展。在文学上，被后世定名为"古文运动"的文学风潮是唐宋文化转型最重要表现之一，"古文运动"其实是一个儒学与文学共同复兴的运动，经历了浩劫的中唐士人努力寻求重振国威之道，寄希望于雅正淳厚、发明儒道之文，儒学的复兴唤起了古文的复兴，而古文的复兴则用来发扬儒学。萧—韩流派的几代宗主，从初期萧李一代开始就作为古文复兴的先驱，摒除浮华文字，宗经尚古，发展到韩柳时代，进一步提出文章要明道、养气、务去陈言等理论。北宋伊始，五代纷争方休，物质基础和礼乐精神一片混乱，继承了以萧—韩流派成员为代表的中唐通儒思想风范的一批宋代士人，重举文章复古、文道结合的旗帜，渴望通过对文学风气的革新来实现本朝道统及理想人格的重建，先后有柳开、王禹偁、穆修、范仲淹、石介等人以反对西昆体为主要方式，倡导"国之文章，应于风化；风化厚薄，见乎文章"②，继有欧阳修、宋祁、三苏、曾巩、王安石等人将文风与创作主体的个人德行情操相关联，将经义用于修身及施政，推尊韩愈，给予其"文起八代之衰，而道济天下之溺；忠犯人主之怒，而勇夺三军之帅"的超然地位。这种追求奠定了整个"宋型文化"的思想和文学基础。北宋士人将文体文风的改革赋予了现实主义精神，通过文章反映现实，有补于政，用"道"来充实文的内容，这种要求在宋代中后期形成了一种"内圣外王"的自修特质，在文体上"以文入诗"，摆脱韵律节奏的约束，为了更好地说明现实问题而大量使用散体句式和哲理性议论，晓畅与文采并聚。除宋文外，宋诗所独有的恬淡平易之风，宋词所确立的一代巅峰，宋杂剧、宋话本等都是文学史上有重要影响的经典范式，更不要说技艺上宋画、宋书、宋瓷、宋代印刷所具有的开创性意义。

宋代可以算是中国历史上唯一一个在诸多文艺领域取得了集成性、

---

① 漆侠：《唐宋之际社会经济关系的变革及其对文化思想领域所产生的影响》，《中国经济史研究》2000年第1期。
② （宋）范仲淹：《奏上时务书》，收入曾枣庄、刘琳主编《全宋文》第18册，上海辞书出版社2006年版，第207页。本书所引《全宋文》内容，全部来自此版本，余下只注卷数、页码。

创造性成就的朝代，有学者甚至断言："宋代是我国封建社会发展的最高阶段。两宋期内的物质文明和精神文明所达到的高度，在中国整个封建社会历史时期之内，可以说是空前绝后的。"① 从唐宋变革的研究视域看，这个时期处于中古与近世的交集，两种社会形态和文化形态激烈碰撞，碰撞下产生的化学反应除了这些文化艺术领域的高超技艺之外，还有完成这些技艺的新型士人。

　　继承了中唐通儒精神的北宋士大夫是宋学建构的主体，无论是王安石新学、张载关学、程朱理学或是陈亮、叶适的事功之学，都是他们为了适应变革期社会现实需要而建立的学派，代表了儒家士人文化承担精神和社会参与意识。余英时先生多次在著述中表彰宋代士大夫"以天下为己任"的精神②，这可以看作宋代士大夫对自己的社会功能的一种自我规范意识，唐宋变革的重要现象之一就是出现大批思想学术、文学辞章、政事吏能结合一身的新型士人。从上文对唐宋变革研究的概述中，我们可以看到宋代学术研究成果多集中在思想史、文化史领域，涉及作为实践者的北宋士人，焦点集中在他们的社会身份、教育出身、阶级流动等方面，很少有研究触及这一时期士人身份认同的话题。其实，从中唐开始萌生的通儒群体发展成为北宋崛起的官僚士大夫的过程，是一个我国古代士人群体从被动接受社会环境改造变成主动建立内心秩序和自我期许的过程。对这一时期士人自我认同心态的探求应该成为唐宋变革研究的重要一环。

第二节　从中唐通儒到北宋官僚士大夫的身份认同

　　通儒群体是中唐最有影响的一批士人，如萧—韩文学流派的独孤及、戴叔伦、梁肃、权德舆、崔祐甫、沈既济、韩愈等人，他们发扬儒家礼教的内在精神改革文风，以学干政，把经义面向现实政治，发

---

　　① 邓广铭：《谈谈有关宋史研究的几个问题》，《社会科学战线》1986 年第 2 期。
　　② 余英时：《朱熹的历史世界：宋代士大夫政治文化的研究》，生活·读书·新知三联书店 2011 年版。

挥对现实政治的参与意识和批判精神，兼有吏才。同样经世致用、务实革新的北宋士大夫身上也集中体现了崇尚理性、注重学问、以师古为新变、文政结合等特征。想要了解是什么造就了这两代士人群体相隔二百多年的时空尚能远绍遗志，就要先对比一下中唐与北宋建国之初的社会文化背景，因为"任何时代的文学艺术，都是从那个时代的社会生活里面产生出来的，并且都是通过复杂曲折的形式，为那个时代的政治路线和阶级斗争服务的。在一定时期内，文学艺术上出现了某种强烈倾向的潮流和运动，它就不能不是那个时代社会的剧烈变化和斗争的反映"①。

一 中唐 VS 北宋之初

学界普遍认为唐宋变革肇始于那场持续八年多的叛乱。在李唐国祚持续几个世纪的王朝历史中，八年的时间不长，却成为百代之中的转捩点。在突如其来的巨变胁迫之下，勇于面对现实、承担社会责任的一部分中唐士人迅速进化为通儒，他们对社会危机的各种应对之策为后来的近世社会制度的制定和文化发展提供了可参考的方向，也间接成为北宋士大夫群体安身立命的思想基础。

从社会政局形势上看，中唐以后藩镇林立、权宦专政、外患不断。平乱期扩大起来的藩镇设置和权力成为影响王朝命脉的重要因素，中央政府丧失了对河北、河南区域的有效控制，只能集中精力稳住长江、淮河流域地区，以确保漕运等朝廷税收的主要来源不失，维持王朝形式上的统一。中晚唐的宦官职权反超人主之上，宪宗、敬宗均为内侍所弑，文宗之立废仅在权宦一念之间，近臣与外廷官员利益交错，政治生态环境破坏殆尽。内忧不断之下，边疆也是四方不宁，吐蕃从陇右侵入西北各县，回纥借平乱之功索封无度，军费逐年升高，国库不堪重负。当我们把时间轴后移到960年北宋建国之初，发现新朝面临着与中唐类似的情况。百余年的混乱纷争之后重建一统，君主臣民皆心有

---

① 钱冬父：《唐宋古文运动》，上海古籍出版社1962年版，第7页。

余悸，时刻警惕战乱再起。太祖收归兵权，以文制武，全力防止内部政变，但"守内虚外"的政策导致收复燕、云地区的战役接连失败，宋再也没能积蓄力量应对辽、西夏、金和蒙古的军事侵扰，与中唐时代一样四方硝烟，这也为后来的靖康之变埋下祸患。面对残酷的社会现实，中唐通儒群体与北宋士人都以极大的热情投入政治活动和政策制定中，上辅君王下忧百姓，不论在朝在野，官职高低，谏议之声不绝。萧—韩流派中对宋代思想发展影响最大的是韩愈和李翱，他们的《迎佛骨表》和《进士策问》等非思想学术类的议政文章同样影响一代宋人。

经济上，政治权力推移和变化的背后一定伴随着社会经济实质的转变。初盛唐时期实行的均田制仰赖于农桑富庶的关中地带，但经历战争的破坏已经无法保证国家税收，王朝内部军事集团之间的斗争和叛乱进一步提高了赋税的要求，竭财养兵导致以此为基础的租庸调制破产，土地所有制的改变使土地朝有权势者手里集中，贫富分化严重，民生凋敝，德宗改革所用两税法也没有从根本上解决这一矛盾，中晚唐朝廷常年充斥对开源节流方法的讨论之声。北宋初期虽然有相对稳定的政局，可以实行恢复生产、奖励垦荒、繁荣商品经济等政策，但为了边防不得不增加大量军费粮饷，在与少数民族军事势力妥协的行为中又被迫支出数以百万的岁赐、岁贡，皇室的奢侈生活与大批文官的优厚俸禄也都依靠从下层百姓手中榨取各种苛捐杂税，民不聊生。北宋士大夫深感危机严重，迫切提出各种改革方案，并写下大量说理清晰、论证有力的文章参与政事讨论，熙宁新政中的青苗法、方田均税法均建立在此基础上。

思想学术方面，安史之乱带来的礼崩乐坏、道德沦丧无须多言，如何在经典中找到安顿人心、恢复秩序的方法，是每一位中唐通儒的心之所向。大乱之后，"文"被提升为支配一切的概念，用于恢复传统有力的社会秩序。另外，这一时期的思想危局"裹杂有华夷之辨的族群色彩，重建儒学本位活动也随之带有了重树华夏文化本位、重建民族自信力的现实意味"[①]。而北宋建国伊始便有中原沦丧的现实，这

---

① 刘顺：《中唐文儒的思想与文学》，中国社会科学出版社2013年版，第47页。

使宋代士大夫与中唐通儒之间有了思想延续的必然性,政治上强调正统、思想上强调道统、文学上强调文统,这种建构一统的思想渗透在宋人的意识里,他们将民族气节、忧患意识与兴利除弊的爱国之心交织在一起,关心社会、关注民生,由此创作出的文学作品大都带有重议论的理学底色。

二 唐宋变革视野下的士人身份认同

面对极其相似的困局,北宋士人从中唐通儒群体身上看到了生而为"士"的担当,以他们为楷模,把道德意识和社会责任感贯穿在自己的仕宦生涯和文章诗词之中,以政事及物,以天下为己任,在综合素质和精神追求方面完成士大夫的身份认同。

中唐时代产生的通儒不仅具有儒家正统道德观念,还能涉身纯粹行政事务和文学活动,兼具文学与吏事的才能,担当得起救国济民、匡风济俗的重任。萧—韩流派成员是中唐通儒的代表群体,他们的政治、文学活动给文化界带来了务实变革的新风气。如前几章所述,从综合素养来看,他们不但礼学素养深厚,能担当起礼官的职事责任与社会角色,而且贯通古今,通过重实用的史学充当统治者的政治顾问,使"文用"功能在史学界提到一个新的高度。更重要的是,除了经史知识和礼乐复兴的传统士人理想之外,萧—韩流派的成员能适应时事要求去解决唐王朝面临的各种实际问题,在恢复经济、治理地方、充当幕府智囊等方面扮演重要角色。这样的复合型人才自然是北宋士大夫心中的理想形象。从姚铉《唐文粹》的选编上,我们可以一窥宋初文人对他们的追慕之情。《唐文粹》序言里写道:

> 我宋勃兴,始以道德仁义根乎政,次以诗书礼乐源乎化。三圣继作,晔然文明。……《文粹》谓何?纂唐贤文章之英粹者也。《诗》之作,有雅颂之雍容焉。《书》之兴,有典诰之宪度焉。礼备乐举,则威仪之可观、铿锵之可听也。大《易》定天下之业,而兆乎爻象,春秋为一王之法,而系于褒贬。若是者,

从萧门到韩门

得非文之纯粹而已乎。是故志其学者必探其道;探其道者,必诣其极。……

有唐三百年,用文治天下,陈子昂起于庸蜀,始振风雅。繇是沈宋嗣兴,李杜杰出,六义四始,一变至道。洎张燕公以辅相之才,专撰述之任,雄辞逸气,耸动群听。苏许公继以宏丽,丕变习俗,而后萧李以二《雅》之辞本述作,常杨以三《盘》之体演丝纶,郁郁之文,于是乎在。惟韩吏部超卓群流,独高邃古,以二帝三王为根本,以六经四教为宗师,凭陵轥轹,首唱古文,遏横流于昏垫,辟正道于夷坦。于是柳子厚、李元宾、李翱、皇甫湜又从而和之,则我先圣孔子之道,炳然悬诸日月。故论者以退之之文,可继杨孟,斯得之矣。至于贾常侍至,李补阙翰,元容州结,独孤常州及,及吕衡州温,梁补阙肃,权文公德舆,刘宾客禹锡,白尚书居易,元江夏稹,皆文之雄杰者欤。……①

姚铉认为,唐代遗贤万千,值得在"道德仁义根乎政,诗书礼乐源乎化"的大宋传下文名的也不过数人,中唐时期所举萧颖士、李华、常衮、韩愈、柳宗元、李观、李翱、皇甫湜、贾至、李翰、元结、独孤及、吕温、梁肃、权德舆,几乎囊括了萧—韩流派乾元至贞元间的所有主要成员,他们的作品"以古雅为命,不以雕篆为工","气包元化,理贯六籍",足称文萃。相似的择汰结果还体现在《新唐书》的编撰中,宋祁《文艺传序》简述唐代文学发展过程,论及大历、贞元间美才辈出,称韩愈、柳宗元、李翱、皇甫湜、权德舆等流派成员卓然一世之冠,并且为在《旧唐书》中着墨不多的梁肃、独孤及、李观、欧阳詹等人立传,指出他们对文道发展有重大贡献。宋初这两部鸿篇巨制分别从文学界和史学界反映了时代对萧—韩文学流派成员的肯定,更不用提由柳开、王禹偁、穆修等古文家提出,经欧阳修、苏轼定型的"尊韩"之说。萧—韩流派成员作为宋初士人集体追慕的楷模,展示了理想士大夫的形象和综合素质,为宋代集文士官僚为一身

---

① (宋)姚铉:《唐文粹序》,《全宋文》第13册,第281—282页。

的士大夫群体寻求身份认同指明了方向。

宋初的朝廷重臣既是文官政治的基础，也是文坛的核心，在能力上注重文章诗赋与经术道德、吏能政事的结合，出现了如王禹偁、范仲淹、宋祁、欧阳修、王安石、苏轼、司马光等大批兼擅文章、经术、吏干的综合性官僚。有宋一代，士人皆以此标准衡审同道。

与中唐通儒在突如其来的危机下被迫思考自己应该成为何种士人不同，北宋士人身上带有与生俱来的忧患意识，他们在进入士人阶层之前就知道自己需要承担的责任。中唐通儒在我国整个古代社会政治、经济、文化最为昌明的时代生长并接受教育，他们饱读诗书，广纳百家之学，志向高远，以盛唐文儒为理想榜样，一心成就经国大业，礼乐春秋，却在理想付诸实现的年纪突逢巨变，只好将毕生所学和治世理想转化成救国济民之策，扛起复兴重任。中唐通儒的政治与社会责任感更多来源于动荡的社会背景，通过参与振兴国体等政治活动实现自我价值。这种理论思想与精神风貌经过晚唐五代的沉寂，在北宋士人身上得到延续，重现以萧—韩流派为代表的通儒群体建立文化秩序的愿望。"从8世纪晚期开始……通过掌握圣人之道，人可以转变世界，但是，随着政治形势的恶化，以及那些因学术成就而获得地位的人，对政治事件的影响变小，这个观念越来越得不到保证，变得不可信。宋代的统一使人们有可能重新估价'文'的价值，并且逐渐认为那些文以明道的人应该指导国家。"① 与中唐通儒有所区别的是，宋初士人是从乱世中走向一统的，殷鉴不远，他们一开始就带着强国救民的使命感进入朝廷，一手是安民政事，一手是道德文章，终身惕惕自省，砥砺奋进，并且在此过程中逐渐形成士大夫的身份自肃，把道德、文学、吏政等一系列能力自觉纳入本群体的身份特征之中，形成近世官僚士大夫阶层的规模和规范。

以宋初一手打造仁宗朝庆历新政的范仲淹为例，他大力支持文风改革，赞赏柳开、穆修、尹洙、欧阳修等人的古文写作。作为政治家，

---

① ［美］包弼德：《斯文：唐宋思想的转型》，刘宁译，江苏人民出版社2001年版，第184页。

他认为"国之文章，应于风化，风化厚薄，见乎文章"①，强调文章的社会功能，主张以行政手段矫正文风，包括改革科举，选拔时务人才等。他的《奏上时务书》《上执政书》《答手诏条陈十事》等论文识度超然、条理分明，体现了他忧国匡时的襟怀和议论功底。作为文学家，他的作品又包括了详述自己文艺见解的《唐异诗序》《尹师鲁河南集序》等文，而且范文公本人极具文采，笔锋晓畅自如，名篇《岳阳楼记》骈散结合，声调铿锵，警句迭出，足当宋文之典范。但是，范仲淹对于宋代士大夫群体的历史意义绝不仅仅在于文政两端，他所提出的"以天下为己任"唤起了宋初士大夫作为政治主体的共同意识，从而无愧于士大夫典范。百年之后，朱熹仍在《跋范文正公家书》中指出，范仲淹"先天下之忧而忧，后天下之乐而乐"是本朝士大夫的座右铭。"以天下为己任"是朱子对范仲淹的论断，但这句话也可以看作"宋代新儒家对自己的社会功能所下的一种规范性定义（normative definition）"②。先天下之忧的"先"，代表了北宋士大夫超越社会外部环境带来的困扰和压迫，主动投身自我道德和民生政治建设的心态转变。他们把个人的祸福得失、富贵贫贱置之度外，"不以物喜，不以己悲"，仕途的进退沉浮不能改变其志向，故无论居庙堂之高还是处江湖之远，皆心怀君民天下，并将此作为自身价值的体现。

范仲淹提出这一新的士大夫规范之后，很快在宋代士人群体中得到呼应，朱子赞扬他"振作士大夫之功为多"，说明大批士大夫的社会角色认知已经自觉统一，一个崭新的社会面貌已经浮现于宋代士人群体。"所谓'自觉精神'者，正是那辈读书人渐渐从自己内心深处涌现出一种感觉，觉得他们应该担负着天下的重任。"③ 范仲淹的精神辐射延续几辈宋人。关学创始人，后世称为横渠先生的张载比范仲淹稍晚，他少时便仰慕希文先生文能传道、武能定邦的能力，二十一岁曾写《边议九条》向主持西北防务的范仲淹请缨收复失地，为国家建

---

① （宋）范仲淹：《奏上时务书》，《全宋文》第 18 册，第 207 页。
② 余英时：《士与中国文化》，上海人民出版社 2003 年版，第 439 页。
③ 钱穆：《国史大纲》，商务印书馆 1996 年版，第 558 页。

功立业。嘉祐二年（1057），张载与苏轼、苏辙兄弟在欧阳修主持的科考中同年及第，步入仕途，先后任祁州司法参军、云岩著作佐郎、渭州军事判官等职，任上推行德政，重视道德教育，广受爱戴，还撰写了《经原路经略司论边事状》和《经略司边事划一》等文，展现其军事谋划才能。总的来说，在自身素质和身份特征方面，以范仲淹和张载为代表的北宋士人兼擅政事与文学，在肯定文学载道功能的同时，也具有积极参政的热情和独立的人格精神。张载著名的横渠四句："为天地立心，为生民立命，为往圣继绝学，为万世开太平"[①]，代表的是宋代士人普遍的自我理想信念。

第三节 萧—韩文学流派与官僚士大夫政治形态的形成

一 士与官僚士大夫

在中国古代历史上，士和官僚士大夫是两个非常不同的概念。官僚士大夫群体在北宋才出现，而士的概念出现很早，流动性也更强。早在周代文献中，便出现有天子、诸侯、卿、大夫、士这样的等级序列，这里的士指统治阶级中较为低等的人员，并且可以囊括卿、大夫、士等几个类别，所以常常以"士大夫"连用。《论语》中记载了很多孔子从儒家以道自任方面谈论士的谈话："士志于道，而耻恶衣恶食者，未足与议也"（《论语·里仁》），"士而怀居，不足为士矣"（《论语·宪问》），"士不可以不弘毅，任重而道远"（《论语·泰伯》），等等。当代学者阎步克先生曾以专书对汉代及汉之前的士人群体作以考察[②]，他认为士大夫是"官僚与知识分子这两种角色的结合"（知识分子有时也用文人代替），这一形态是封建时代士大夫在经过了战国秦汉时期儒生、文吏的分化，到东汉时期二者的再度结合而最终定型的，"帝国时代的儒生官僚士大夫阶级，以及由其承担的士大夫政治，就

[①]《近思录拾遗》，见《张载集》，中华书局1970年版，第326页。
[②] 阎步克：《士大夫政治演生史稿》，北京大学出版社1996年版。

演生出来了"。阎先生指出在中古时期，士大夫几乎是士族的同义语，此后局部的变迁并未终止，"随着士族的衰微和社会流动的活跃，科举制度破土而出"，士大夫官僚政治进而发展到更成熟的形态。

魏晋南北朝时期，士大夫多指门阀士族，因为彼时寒门百姓并无进官之阶，统治阶级更新换代只在门阀贵族内部流动。到了隋唐开试科举打破高门垄断之后，士大夫的内涵出现了带有唐宋变革时代特征的转变。有学者统计两《唐书》中出现的"士大夫"一词，发现初唐"士大夫"的含义沿袭南北朝时期，多指门阀士族，而后逐渐主要指称官员，特别是"熟诗书、明礼律"的官员，与百姓庶人相对，但并没有形成一个有固定特色的阶级，社会对他们还没有统一的要求，这个群体也不是社会舆论的主要担当者。①包括萧—韩流派初创期的代表人物李华也只用士大夫代表传统门第世家子弟，如"世传清白，子孝臣忠，山东士大夫以五姓婚姻为第一，朝廷衣冠以尚书端揆为贵仕，惟公兼之"②之类的表达。安史之乱以后，随着中唐通儒群体意识的逐渐形成，"士大夫"的身份特征不再仅仅是贵族血统，而是增加了道德操守在其中。研究者在《全唐文》中检索"士大夫"，共有109处。韩愈所生活的中晚唐时代"士大夫"一词出现频率急剧增加，有85处，韩愈使用多达23次，接近三分之一，另一位萧—韩流派承上启下的核心人物权德舆使用了9次③，这说明在唐代士大夫群体的发展历程中，萧—韩流派对自己所属的这一群体的自我认识也存在变旧为新的转化。韩愈率先使用了士大夫应具有道德操守这一含义，比如《释言》所云："人莫不自知，凡适于用之谓才，堪其事之谓力，愈于二者，虽日勉焉而不近。束带执笏，立士大夫之行，不见斥以不肖，幸矣，其何敢敖于言乎？"④

---

① 黄正建：《唐代"士大夫"的特色及其变化——以两〈唐书〉用词为中心》，《中国史研究》2005年第3期。
② （唐）李华：《唐赠太子少师崔公神道碑》，《全唐文》卷三一八，第3230页。
③ 胡明曌：《试析唐代士大夫的转型——以韩愈所论"士大夫"为中心》，《学术研究》2011年第10期。
④ 《全唐文》卷五五九，第5653页。

第七章　唐宋变革视野中的萧—韩文学流派

"士大夫"一词在宋代已经进化成一个概念清晰、特征明显的指称。在《旧唐书》中，"士大夫"一词出现了 28 次，《新唐书》出现了 46 次，《宋史》中出现了 316 次。虽然三部正史的体量不同，但《宋史》使用"士大夫"的频率远远高出两《唐书》①，这说明士大夫阶层在宋代已经成熟定型，它指的是"以进士及第者为主的文官及其预备队（及准备应试的士子），他们受过良好的教育，通过科举而走上仕途，并成为宋代社会在政治、法律、经济决策、思想学术和文艺活动甚至军事指挥等各领域的统一主体"②。随着北宋士大夫群体的定型和壮大，一种全新的官僚士大夫政治形态出现在历史舞台。

唐宋转型视野下的士大夫群体很大程度上是由科举制度造就的。隋唐开科，为平民打开晋升通道，但录取进士的比例过于悬殊。据《通典·选举三》记载，唐代常科每年应试者多则两千人，少则有一千人，而所收仅百一，"没齿而不登者甚众"。显然当时的开科取士对朝廷政治活动影响有限。而两宋通过科举共取士 115427 人，平均每年 361 人，大大超过了唐代的晋升人数③，且考试制度合理，很大程度上保证了录取的客观与公平，接纳大量平民入仕，为新兴士大夫阶层奠定了人员基础。当时从中央到地方的各级行政机构大都由科举士人担任，在宋代历史语境中，"士大夫"指通过科举进入国家官僚体系并担任官职的人，即官僚士大夫，如王禹偁所指"吾为士大夫，汝为隶子弟。身未列官常，庶人亦何异"④、王安石所指"伏惟阁下危言谠论，流风善政，简在天子之心，而讽于士大夫之口"⑤，这大大扩充了士大夫阶层的范围。加之宋太祖立国之初定下偃武兴文的治世方策，"以儒立国"，帝王与士大夫"共治天下"成为宋代政治架构的突出特点，"中国自古以来想使政治承担者和文化承担者合而为一的理想，

---

① 黄正建：《唐代"士大夫"的特色及其变化——以两〈唐书〉用词为中心》，《中国史研究》2005 年第 3 期。
② 朱刚：《唐宋"古文运动"与士大夫文学》，复旦大学出版社 2019 年版，第 180 页。
③ 张希清：《论宋代科举取士之多与冗官问题》，《北京大学学报》1987 年第 10 期。
④ （宋）王禹偁：《蔬食示舍弟禹圭并嘉祐》，《小畜集》卷三，文渊阁《四库全书》本。
⑤ （宋）王安石：《答孙元规大资书》，《全宋文》第 64 册，第 173 页。

在宋代终于实现了"①。宋代把古代中国的文人政治推向了极致,由此定型的官僚士大夫政治形态一直延续后世。

二 从中唐通儒到北宋官僚士大夫

士和士大夫是古代历史上非常重要的群体,他们在不同的历史时期掌握着不同的资源,有时是政治资源、血统姻亲资源,有时是思想文化资源甚至经济资源。北宋的士大夫群体与之前的士、士大夫阶层最明显的区别在于,他们是一群门第出身相对平等、通过科举竞争进入政治中心的士人,同时掌握着国家的思想、文化、政治、经济多方资源,具有文化承担者和行政官僚(尤其是文官)的双重属性,是国家精英文化建设和各项具体政策的制定者和执行者,"政治主体、文学主体和学术主体"集于一身②。他们的身份特征和精神认同从中唐通儒而来,却比中唐通儒的社会地位更高,因此在本阶层形成规模之后比唐代先贤们承载了更多的社会责任。

首先在北宋初创期,新型士大夫群体就积极从乱世中吸取教训,在自身道德修养和政治民生发展两方面图强奋进,带着深重的忧患意识履行自己的社会责任。名臣范仲淹"每感激论天下事,奋不顾身,一时士大夫矫厉尚风节,自仲淹倡之"③。苏轼论"张九龄不肯用张守珪牛仙客"时曾表态:"士大夫砥砺名节,正色立朝,不务雷同以固禄位,非独人臣之私义,乃天下国家所恃以安也。"④ 他们"言政教之源流,议风俗之厚薄,陈圣贤之事业,论文武之得失"⑤,体现了宋初士大夫不畏权势,勇于参政议政的精神气概和人格特征。宋代士大夫深信"上可与为善,若常得贤者辅导,天下有望矣"⑥。有宋一代,士

---

① [日]吉川幸次郎:《宋诗的情况》,收入章培恒译《中国诗史》,复旦大学出版社2012年版。
② 沈松勤:《北宋文人与党争》,人民出版社1998年版,第115页。
③ 《宋史·范仲淹传》,第10268页。
④ (宋)苏轼:《张九龄不肯用张守珪牛仙客》,《全宋文》第90册,第161页。
⑤ (宋)范仲淹:《奏上时务书》,《全宋文》第18册,第211页。
⑥ (宋)罗大经:《鹤林玉露》甲编,中华书局1983年版,第41页。

大夫以此为信条，以前贤为榜样。"其既仕也，必如文正有是非无利害，与上官往复论辨，不以官职轻人性命而后可。其仕而通显也，必如文正至诚许国，终始不渝，天下闻风，夷狄委命而后可。"[1] 哪怕是以思想家留名史书的士人也从未脱离政治生活。永康学派代表人陈亮就极论时事，他反对和议，以抗金复国为己任，多次上书"欲为社稷开数百年之基"（《宋史》本传）。中唐通儒身上饱含的国事为先、匹夫有责的精神风貌在宋代士大夫身上生动再现，韩文公"欲为圣明除弊事，肯将衰朽惜残年"的自白言犹在耳。

余英时先生研究《朱子文集》时，借朱熹的历史眼光将宋代政治文化发展分为三个阶段[2]：第一个阶段是宋初到仁宗朝，称为建立期，在重建政治社会秩序方面，思想领袖们都主张超越汉唐回到"三代"，范仲淹所倡导的"以天下为己任"的呼声成为士大夫政治主体的共同意识；第二个阶段是熙宁变法前后，可称为定型期，这是回向"三代"的运动进入实施阶段，士大夫作为政治主体在权力世界正式发挥功能，治理天下的权力源头仍在皇帝手中，但理论上治权的方向由皇帝和士大夫共同决定，治权的行使完全归以宰相为首的士大夫执政集团；第三个阶段是朱熹时代，即转型期，是南宋士大夫在王安石变法的影响下挣脱、反思和突破的时期。余先生所总结的第二个阶段即北宋官僚士大夫群体的壮大成型期，新型士大夫阶层成为可以左右朝廷重要决策的政治力量，在这一点上中唐通儒的社会地位与之无法同日而语。这一变化与士大夫群体人数和人员素质的迅速提升有直接关联。据马端临《文献通考》："今考唐每岁及第者，极盛之时不能五十人。姑以五十人为率，则三岁所放不过百五十人。而宋自中兴以后，每科进士及第动以四五百人计，盖倍于唐有余矣。"[3] 而且唐代的进士及第后，还要再经过吏部甄选才能授官，韩愈就有三试于吏部而不成的经历。但宋代进士则是一登第后马上入仕。所以到了神宗朝，由科举入

---

[1] （宋）郑虎臣：《吴都文粹》卷一，文渊阁《四库全书》本。
[2] 详见余英时《朱熹的历史世界：宋代士大夫政治文化的研究》，生活·读书·新知三联书店2011年版，第8—9页。
[3] （宋）马端临：《文献通考·选举二》，中华书局1986年版，第280页。

仕的平民进士数量相当可观。宋以前，尤其是魏晋至隋唐时期，铨选官吏的大权仍主要掌握在门阀权贵手中，如萧—韩流派代表史官柳芳所言："尊世胄，卑寒士，权归右姓已。"① 但是宋代的科举制度完善之后，进士入仕的途径和待遇都有很大改观，一定程度上标志着官僚士大夫阶层的确立。当时从中央到地方的各级行政机构，大都由文士担任，"上自中处门下为宰相，下至县邑为簿尉，其间台省郡府、公卿大夫，悉见奇能异行，各竞为文武中俊臣，皆上之所取贡举人也"②。士大夫成为各级官僚机构的主体力量，并且与萧—韩流派代表的中唐通儒一样，他们除了具有文学经义才能，还擅长行政工作，可以胜任各种岗位。"大臣，文士也；近侍之臣，文士也；钱谷之司，文士也；边防大帅，文士也；天下转运使，文士也；知州郡，文士也。虽有武臣，盖仅有也。"③

当朝廷上下被科举选拔出的平民士大夫占据时，他们的身份也从单纯处理政务的辅佐人员变成皇帝必须倚赖的"共治者"。熙宁年间，神宗与文彦博围绕变法进行讨论时，彦博就有"为与士大夫治天下，非与百姓治天下"的表述，可见在宋代当时"共治"已成为君臣之间的共识。宋庠所言"执政之官，与国同体。陟降四近，政靡不闻，参决万机，言无所隐"④，又从官僚士大夫的砥砺与否与国家兴衰同进退的角度说明本阶层的重要性，通诗书又擅吏能，可以在各个行政岗位上有所作为，这样的综合素质在中唐通儒身上也有过体现。不同的是，北宋士人阶层的地位远远高于中唐通儒群体，数量也成几何倍数增长，所以能在士大夫政治生态中达到与君主"共定国是"的高度。余英时先生说宋代士大夫在当时权力中的位置很高，"用现代观念说他们已隐然以政治主体自待，所以才能如此毫不迟疑地把建立秩序的重任放

---

① （唐）柳芳：《姓系论》，《全唐文》卷三七二，第3778页。
② （宋）柳开：《与郑景宗书》，《全宋文》第6册，第329页。
③ （宋）蔡襄：《国论要目十二疏·任材》，《全宋文》第46册，第378页。
④ （宋）宋庠：《资政殿答手诏》，《全宋文》第20册，第395页。

在自己的肩上"①。宋代官僚士大夫阶层包括并超越了中唐通儒的所有身份内涵，士大夫的自称成为他们的自我身份认同的一部分，这也是为什么"通儒"一词在《宋史》中只出现3次②，而"士大夫"出现316次的原因。宋代士大夫政治热情高涨，积极入世，这既源于宋初名臣士大夫"以天下为先"的济世精神，更源于他们社会政治地位提高、群体身份认同形成后所生发的自信："欲如平治天下，当今之世，舍我其谁。"③

三 "复合型人才"的盛世

本书的研究对象萧—韩文学流派成员是中唐通儒群体的代表，他们在盛唐文儒余晖中成长，思想文学都堪称时代翘楚，并且能将儒家的观念和理想融入日常行政事务之中。除了文学素养外，他们具备礼学素养，能积极恢复传统礼制，加强中央集权，改变科举风向；他们具备史学素养，可以用史鉴规劝和引导帝王执政；他们有经国济世的行政吏能，能够改革漕运税法，恢复国家收入，稳定民生基础，也能为军事谋划或者吏治一方，堪称"复合型人才"。流派集大成人物韩愈就被百年之后的宋代士人奉为典范。韩愈作为通儒代表，对儒学、文学、政事都表现出极大的热情和使命感，并且在各个领域卓有业绩，所谓"文起八代之衰，而道济天下之溺，忠犯人主之怒，而勇夺三军之帅"就是宋人从文学、儒学、政事三个方面对韩愈的成就予以高度赞扬。宋初复兴古文的先驱柳开曾自号"肩愈"，以表示对韩愈的追随之心，太宗真宗朝名臣王禹偁云："近世为古文之主者，韩吏部而已。"④ 姚铉《唐文粹序》则认为"退之之文，可继杨、孟"。穆修、欧阳修、孙复、石介，以及稍晚的苏轼、苏辙、张耒等人都视韩愈为

---

① 余英时：《朱熹的历史世界：宋代士大夫政治文化的研究》，生活·读书·新知三联书店2011年版，第6页。
② 通儒的统计和分析见第一章。
③ （宋）朱熹：《四书集注·孟子集注·公孙丑章句下》，岳麓书社1987年版，第360页。
④ （宋）王禹偁：《答张扶书》，《全宋文》第7册，第396页。

从萧门到韩门

"文宗儒师"。"韩昌黎之在北宋,可谓千秋万岁,名不寂寞矣。"[1] 韩愈是萧—韩流派前后百年的精英代表,独占鳌头,前后都难目比肩者。但是到了宋代士大夫定型的全盛时期,政坛位极人臣、文学堪为宗师、思想高屋建瓴、吏术强干明敏的"复合型人才"屡现于世,正如包弼德先生总结的:"北宋对于入仕的关注普及了思想文化,而最有影响的思想人物,同时也是最有影响的政治角色,范仲淹、欧阳修、王安石和司马光的经历就说明了这一点。"[2] 包说中列出的四位是宋代官僚士大夫中具有通才特征的典型代表。

范仲淹,前文提到他是宋代士大夫政治第一阶段的士人榜样。《宋史》本传称他"泛通《六经》,长于《易》。学者多从质问,为执经讲解,无所倦"[3]。文学才能极高,主张文风复古,言之有物,诗文词均有名篇传世,甚至"图画、博弈、音律无所不通"。在政事上,范仲淹是庆历新政的设计者和实施者,呈《上十事疏》,即明黜陟、抑侥幸、精贡举、择长官、均公田、厚农桑、修武备、减徭役、覃恩信、重命令,主张澄清吏治、整修武备、改革科举、重整生产等,内容涉及政治、经济、军事、教育、科举各个方面,充分体现了他通经致用的社会实践特色。庆历新政虽只推行一年,却开北宋改革风气之先,成为王安石"熙宁变法"的前奏,"宋学从创始阶段到发展阶段,亦即从范仲淹到王安石一再把经世济用的经学放在社会实践上"[4]。

曾写《朋党论》支持范仲淹为政的欧阳修,是宋代以文章名冠天下的一代文宗。修早年因科举致力学习骈俪之文,后读韩文幡然转志,复兴古文,并最终成为新的文坛宗主。门生苏轼曾说"自欧阳子出,天下争自濯磨,以通经学古为高,以救时行道为贤,以犯颜纳说为忠"[5],从文学、儒学、政事三方面总结了老师的成就。欧阳修倡导诗

---

[1] 钱锺书:《谈艺录》,中华书局1984年版,第62页。
[2] [美] 包弼德:《斯文:唐宋思想的转型》,刘宁译,江苏人民出版社2017年版,第80—81页。
[3] 《宋史·范仲淹传》,第10267页。
[4] 漆侠:《宋学的发展和演变》,《文史哲》1995年第1期。
[5] (宋)苏轼:《六一居士集叙》,《全宋文》第89册,第180页。

文革新，主张经学变古，刊修《新唐书》《新五代史》，且官至参知政事，代表了宋代集政治家、文学家、史学家、经学家于一身的复合型士人，且修主持文坛多年，拔识王安石、司马光、曾巩、"三苏"等人，培养苏轼成为继任文化领袖。把欧阳修和萧—韩流派代际中的核心人物相比较，他的作用应该与权德舆类似，都是慧眼识人、奖掖后进的一代宗主，只不过欧阳修的文学成就要远远高于权德舆。

如果只能选择一位最能代表北宋官僚士大夫形象和成就的士人，那对有宋一代影响最大的当属王安石，余英时先生甚至说王安石的巨大阴影一直笼罩在他后辈的士大夫身上，直到朱熹生活的时期仍被称为"后王安石时代"。① 安石，自介甫，号半山，抚州临川人，晚年封荆国公，百年后追封舒王，谥号文。作为文学家，临川公诗、词、文都有很高的造诣，欧阳修曾以"翰林风月三千首，吏部文章二百年"（《赠王介甫》）来称赞他。在学术思想上，王安石主张"惟理求理"，注重对旧经学的改造，在秉政期间亲自主持了《诗》《书》《周礼》的训释，完成《三经新义》的写作，创立了区别于先儒的新学，使经学向后来的性命义理之学迈进了一步。纵观王安石一生，比他的文学、思想成就影响更大的是他领导和执行的熙宁变法。王安石主导的神宗朝变法涉及范围既广且深，他针对宋代开国百年来的积贫积弱局面，在执政的几年内陆续颁行了均输、青苗、募役、保甲、水利等法案，同时改革科举、培养变法人才，在官僚体系、军事、理财等方面都取得一定成效。变法使政府的财政收入大幅增长，宋神宗年间，国库积蓄可供朝廷二十年财政支出。据《宋史·食货志一》载，王安石实行农田水利法以来，起熙宁三年（1070）至九年，全国各地兴修水利田10793处，受益土田面积共为361178顷，所收功效甚伟。变法的强兵措施扭转了西北边防长期以来屡战屡败的被动局面，熙宁六年一举收复河、洮、岷等五州，拓地两千余里，是北宋军事上少见的进击胜利。宋史专家邓广铭先生认为："不论就11世纪中后期北宋、契丹、西夏

---

① 余英时：《朱熹的历史世界：宋代士大夫政治文化的研究》，生活·读书·新知三联书店2011年版，第9页。

三政权鼎峙的军政格局来探索,还是就北宋政权本身的政治、经济、社会、文化诸方面的现实情况来探索……王安石关于变法改制的全部构想可以说都是合乎时势之发展趋向,应乎民众解除患苦的迫切需求的。"① 即使在政治、文学、经学、艺术乃至自然科学等各方面人才最为繁盛和密集的宋代,王安石也是尤为杰出的一位。他的政治魄力、文学才能、思想深度乃至人格魅力丰赡了复合化士大夫阶层的形象和内涵,完全可以代表新兴士大夫的身份特征和精神风貌,从中唐通儒身上发展起来的文学政事道德吏干等多重才能在他身上得到完美汇合。

与王安石所领导的变法派堪称一生之敌的司马光同样是一位怀有政治忧患意识,积极寻求变革的有志士大夫。王安石和司马光二人都是出类拔萃的政治家,一切为了新的政治秩序,只是理念和方式截然相反,他们之间的斗争反而可以看作是"士"作为一个社会群体界定其共同价值的方式。与王安石不同,司马光最大的成就不在政绩而在史作。文正公从青年时代就致力修史习史,政治失意退居洛阳时,"专取关国家兴衰,系生民休戚,善可为法,恶可为戒者"(《进〈资治通鉴〉表》),历时十九年写出我国第一部年经事纬、贯通古今的传世史籍《资治通鉴》献给君上。史学与社会进步关系很大,史官的职分就在于正人伦、辅国策,萧—韩流派史官一直在奉行这种有利君明国强的史鉴原则,柳冕认为为史就是"明天道、正人伦、助治乱"。李翱元和初年担任史馆修撰,他给同门皇甫湜的信中提出:"取天下公是公非以为本。群党之所谓为是者,仆未必以为是;群党之所谓非者,仆未必以为非。使仆书成而传,则富贵而功德不著者,未必声名于后,贫贱而道德全者,未必不烜赫于无穷。"② 司马光无疑也是传统信念的执行者,所谓"览前王之得失,为在身之龟镜"③,让君王能从政治得失中得到启示,从史学典故中借鉴经验,司马光用这部皇皇史学巨著实现了他作为士大夫的自我价值。

---

① 邓广铭:《北宋政治改革家王安石》,生活·读书·新知三联书店2007年版,序言。
② (唐)李翱:《答皇甫湜书》,《全唐文》卷六三五,第6410页。
③ (宋)李昉等编纂:《太平御览》第5卷,河北教育出版社1994年版,第746页。

邓广铭先生曾在论文中列举过北宋三十三位政要加学者型"复合人才"[1]，除了上文简述的四位，还有曾巩、苏轼、苏辙，天文博物学家苏颂、科学家沈括，等等，他们"比唐人渊博，格局宏大"[2]，一起构成了北宋复合型人才的全盛时代。

小　结

从唐宋变革的研究视野看，中唐特殊时代造就的通儒群体是中古向近世转型期多重身份士人的发起者，他们具有在乱世危局中以礼学重振朝纲、以史学龟鉴兴亡、以文学复古明道、以吏干兼济天下的身份特征，萧—韩流派中的韩愈就是其中集大成者。韩愈的多领域成就和综合素质得到了宋代士人的推尊，并自觉以他作为楷模追奉，以至于他在重要时代的卓越成就"最终成为促成变革的强劲的原动力"[3]。北宋前期由于士大夫社会阶层流动和人数的增多，出现大批思想学术、文学辞章、政事吏能集于一身的复合型士人，他们在新的社会环境中组成官僚士大夫阶级。自宋代以降，从明代到晚清，北宋确立的士大夫政治形态主导着中国历史发展的走向，导致其后自"国家之制，民间之俗，官司之所行"，到"儒者之所守"，皆与宋相近[4]，由此奠定了中国近世历史文化的基本风貌。

元明清三代士人身上强烈的忧患意识和参政热情都带有宋代新兴士大夫群体的影子。元代的异族统治使得传统士大夫地位降到最低，甚至有"九儒十丐"之说，元末衰乱之际，士大夫扶危定倾，身任天下的经世意识重新觉醒，陶安、陈遇、孔克仁、詹同等一批士大夫应时而起，为明代重新回归华夏正统奔走呼号。至明初洪武时期，刘基、

---

[1] 邓广铭：《论宋学的博大精深》，收入《新宋学》第二辑，上海辞书出版社2003年版，第6页。
[2] 《王水照自选集》，上海教育出版社2000年版，第31页。
[3] [美] 宇文所安：《中国"中世纪"的终结》，陈磊、陈引驰译，生活·读书·新知三联书店2006年版，第8页。
[4] （明）陈邦瞻：《宋史纪事本末》附录一，中华书局1977年版，第1191页。

宋濂等一大批士大夫跃登政治舞台，承担起议定礼制、布陈王道、考定制度、编修典籍、安顿民生、扶植教化等政权重建大业，努力完成辅国济民的使命。明代后期的东林党人讽议朝政、对抗权贵，提出很多改革弊政的直谏之言。清朝后期内忧外患同时迸发，道光以下考据之风式微，经世致用的儒者风尚重新回归学界政界，曾国藩和陈澧都曾经提倡"略观大意""存其大体"的士大夫之学。更值得一提的是，宋代官僚士大夫"以天下为己任"和现代知识分子的"社会承当"在精神上也一脉相承。"如果用现代观念作类比，我们不妨说'以天下为任'涵蕴着'士'对于国家和社会事务的处理有直接参预的资格，因此它相当于一种'公民'意识。这一意识在宋以前虽存在而不够明确，直到'以天下为己任'一语出现才完全明朗化了。"[1]

---

[1] 余英时：《朱熹的历史世界：宋代士大夫政治文化的研究》，生活·读书·新知三联书店 2011 年版，第 210 页。

附录一 萧—韩流派成员活动年表
（735—836年）

唐玄宗 开元二十三年（735） 乙亥

萧颖士年十九（开元五年生人），与李华（开元三年生人）、赵骅、柳芳、杨拯、李崿、李颀、张南容等二十七人登进士第（萧李赵邵四位此前在开元二十年前后同入太学），考功员外郎孙逖（同时代的"文宗"，开元二年十九岁，举手笔俊拔、哲人奇士隐沦屠钓、贤良方正等科，开元十年，举文藻宏丽科，擢左拾遗，张说重其才）知贡举（二十二年开始孙逖知贡举，初年杜鸿渐至宰辅，颜真卿为尚书）。逖谓人曰："此三人（萧李赵）堪掌纶诰。"

萧颖士授金坛尉，惜其父得罪被推按，未成（事见李华《三贤论》，《全唐文》卷三一七）。

高适、杜甫应进士举，不中。

元结年十七，从学于宗兄元德秀（开元二十一年登进士第）（事见颜真卿《元结表墓碑》，《全唐文》卷三四四）。元德秀与萧颖士、刘迅各结徒众宗亲，称三贤。

独孤及（开元十三年生人）父亲独孤通理除宁州（今甘肃宁县）司马。

开元二十四年（736） 丙子

三月，朝廷以考功员外郎资望浅，改由礼部侍郎知贡举。《旧唐

· 247 ·

书·玄宗纪上》：开元二十四年，"三月乙未，始移考功贡举，遣礼部侍郎掌之"。

颜真卿登吏部拔萃科，授校书郎（事见殷亮《颜真卿行状》，《全唐文》卷五一四）。李昂知贡举。

孙逖迁中书舍人（《旧唐书》本传）。

皇甫冉年十九，为张九龄所叹异。

独孤及年十二，在长安之小学。罗联添考：《毗陵集》（以下简称"集"）卷一四《送弟恤之京序》："苍龙居元枵之岁，与尔吹埙篪于长安灵台之下。当时予方青襟，子适纨袴，各志小学，相期大来。"按："苍龙居元枵之岁"，苍龙为太岁星，元枵于辰为子，可知为子岁。《汉书·食货志》："八岁入小学，学六甲、五方、书计之事，始知室家长幼之节。十五入大学，学先圣礼乐，而知朝廷君臣之礼。"本年及十二，年龄符合。

开元二十五年（737）　丁丑

春，礼部侍郎姚奕因进士以声律为学，多昧古今，明经以帖诵为功，罕穷旨趣，奏请进士当帖经。玄宗从之，制曰："其进士宜停小经，准明经例帖大经十帖，取通四已上，然后准例试杂文及第（策），通者与及第。"（见《唐会要》卷七五）

邵轸、高盖、陶举等二十七人登进士第，礼部侍郎姚奕知贡举（参见孟二冬《登科记考补正》开元二十三年条）。

宋璟卒，年七十五，颜真卿撰《宋璟神道碑》（《全唐文》卷三四三）。

本年前后，殷璠编润州籍诗人包融与储光羲、余杭尉丁仙芝、缑氏主簿蔡隐丘、监察御史蔡希周、渭南尉蔡希寂、处士张彦雄、张潮、校书郎张晕、吏部常选周瑀、长洲尉谈戭、忠王府仓曹参军殷遥、硖石主簿樊光、横阳主簿沈如筠、右拾遗孙处玄、处士余延寿（原为徐延寿，据《唐五代文学编年史》改）、江都主簿马挺、申堂构十八人诗为《丹阳集》。

开元二十六年（738）　戊寅

八月，萧颖士在扬州任参军，后丁家艰去官（事见李华《萧颖士文集序》，《全唐文》卷三一五）。

本年前后，杜甫与监门胄曹苏源明交游。杜诗《壮游》"苏侯据鞍喜"原注：监门胄曹苏预，苏预后避代宗讳改名源明。

本年前后至天宝中，李华兄事元德秀，友萧颖士、刘迅，时颜真卿、高适、贾至、柳识、陈兼、赵骅、柳芳等均从之游。事见李华《三贤论》，概述玄、肃、代三朝著名文士。《全唐文补遗》第六辑中《源衍墓志》云："后来有柳芳、王端、殷晋、颜真卿、阎伯玙……为莫逆之交。"又云，衍开元二十八年卒，盖诸人交游在开元二十年后期至天宝中（见《唐五代文学编年史》开元二十六年条）。

开元二十七年（739）　己卯

十一月，崔沔卒，年六十七。颜真卿为撰《陋室铭记》，有集三十卷，李华为之序（见《全唐文》卷三一五）。

吕諲等二十四人进士及第，礼部侍郎崔翘知贡举。

孙逖丁父忧。

开元二十八年（740）　庚辰

十月，以徐安贞、裴朏、权澈（彻）（独孤及为《权彻神道碑》，李华为文集序）等十学士考吏部选人判。

本年，史书称："天下无事，海内雄富，行者虽适万里，不持存刃，不赍一钱。"（《南部新书》）

萧颖士至长安，国子司业韦述（开元九年，韦述撰《群书四部录》序例）屡访之，有诗文酬答。萧颖士《赠韦司业书》（《全唐文》卷三二三）作于本年五月，自称为文"必希古人"，"魏晋以来，未尝留意"。韦述作《答萧十书》（《全唐文》卷三〇二）称赞其才思。

房琯在宋城令任，与高适有诗唱和。

源衍卒，年三十四，陆据为撰墓志（《全唐文补遗》第六辑）。

独孤通理迁颍川（今河南许昌）郡长史。独孤及亦当在此时随父离京。罗考：《灵表》："二十八年迁颍川郡长史。"另集卷一有《壬辰岁过旧居》诗："负剑度颍水，归马自知津。缘源到旧庐，揽涕寻荒蓁。"可知及本年当随父任职于颍川。

开元二十九年（741） 辛巳

春，柳芳等十三人登进士第，朱巨川登明经科，礼部侍郎崔翘知贡举（见《登科记考》卷八）。

孙逖丁父忧服阕，复为中书舍人。

萧颖士来到长安拜谒韦述，后授秘书正字，与邹象先有诗赠答（《全唐诗》卷一五四《答邹象先》）。

唐玄宗 天宝元年（742） 壬午

柳载（后改名柳浑）、许登等二十三人登进士第，贾至（开元六年生人）以进士登明经科，礼部侍郎韦陟知贡举（《登科记考》卷九）。

萧颖士在秘书正字，刘方平（开元十四年生人）、沈仲昌应进士举，颖士有文赠之（《唐诗纪事》卷四七，萧颖士《送刘方平沈仲昌秀才同观所试杂文》）。本年颖士奉使搜括图书赵卫间，十月至临河，作《登临河城赋》（《全唐文》卷三二二）。

颜真卿登文词秀逸科，授醴泉尉（殷亮《颜鲁公行状》，《全唐文》卷五一四）。礼部侍郎韦陟知贡举。

高适离淇上，至滑州，途中有《自淇涉黄河途中作十三首》等诗（《全唐诗》卷二一二）。

孙逖扈从骊山，应制作诗。本年前后，为贺知章自秘书监迁太子宾客行制。

贾至自校书郎迁单父尉，作《微子庙碑颂》《宓子贱碑颂》（《全唐文》卷三六八）。

独孤通理为颍川长史，加朝散大夫。独孤及及母长孙夫人封封邱县君。罗考：《灵表》："天宝元年，加朝散大夫。……公之加命服也，夫人封封邱县君。"

独孤及三兄憕卒于颍川，年二十二。罗考：《唐故颍川郡长史赠秘书监独孤公第三子憕墓志》："唐天宝元年，岁次壬午，颍川郡长史府君第三子曰憕寝疾，卒于颍川。……年才二十二而殁。"

天宝二年（743）　　癸未

李华以进士登博学宏词科，为科首，礼部侍郎达奚珣知贡举。由南和尉授秘书省校书郎（见独孤及《李华中集序》，《全唐文》卷三八八）。

裴耀卿卒，年六十三。两《唐书》有传，以直言见称于世，与当时文士多有交往，看重萧颖士（见许孟容《裴耀卿神道碑》，《全唐文》卷四七九）。

高适自滑州归宋州，与太守李少康等文士唱和。

本年前后，萧颖士为有司弹劾罢职（《新唐书》本传："奉使括遗书赵、卫间，淹久不报，为有司劾免"），客居濮阳开帐授徒，于是尹征、王恒、卢异、卢士式、贾邕、赵匡、阎士和、柳并等皆执弟子礼，以次授业，号萧夫子。时刘太真（开元十三年生人）、刘太冲兄弟亦从学。与宋华有四言诗唱和。

独孤及父亲通理七月七日卒于颍川，年五十七。罗考：《灵表》："二年七月七日寝疾终于位，春秋五十七。位不尊，寿不遐，志不行，善不报。其直虚语，守道者相吊以为痛。是岁八月，殡于郡东。"今按：通理为人正直，不苟而取荣于世，故仕途坎壈。《灵表》："初公为御史，尝以直忤吏部侍郎李林甫。至是林甫当国，尝欲骋憾于我。而五府三署每有高选，群公皆昌言称公全才，且各以臧文窃位自引，由是免咎。然十年再迁，位不离郡佐。或劝公卑其道可，以取容于世。公曰：'可卑，非道也。屈伸，天也，非人也，人如予何？'"

独孤及年十九，丁忧，勺饮不入口，时称其孝。罗考：《神道碑》："成童，丁秘监忧，勺饮不入口者累日。先夫人同郡长孙氏，谕以不可灭性之义，由是微进饘粥，杖而后起。既免，丧加于人一等，乡族称其孝焉。"又《行状》："十五秘书捐馆，公茹血在疚，踰时而后杖，由是乡党称孝。"按：及开元十三年（725）生，本年及当年十九，《行状》误。

天宝三载（744） 甲申

夏，高适在宋州，有诗送魏郡太守苗晋卿。游宓子贱琴台、碑刻，观李蓊树，作诗。

高适、李白、杜甫同游梁宋。高九月东行。

玄宗至温泉宫，登朝元阁赋诗，群臣和，以席豫诗工，手制褒奖。

本年前后，孙逖有诗送李成式赴河西。

独孤及年二十，本年前后著《吴季子札论》。

天宝四载（745） 乙酉

崔祐甫等二十五人进士及第，殷寅、赵骅登博学宏词科，礼部侍郎达奚珣知贡举。

刘方平年约二十，自洛阳赴河北宁省，李颀作《送刘方平》（《全唐诗》卷一三三）。

高适东南行至泗州涟水，作《东征赋》，复自襄贲西北行，有诗留别。

孟云卿年二十一，与元结（开元七年生人）以词学相友（见元结《送孟校书往南海序》，《全唐诗》卷二四一）。

天宝五载（746） 丙戌

高适在东平郡，有诗赠太守薛某，后赴北海。

刘晏（开元三年生人。七岁举神童，授秘书省正字。八岁随玄宗封泰山，献颂行在，称神童，授太子正字）洛阳尉秩满赴京，李颀作诗送之。

皇甫曾自洛阳游襄阳，谒太守韦陟，李颀作诗送之（《全唐诗》卷一三四）。

孙逖以风疾改太子左庶子（事见《旧唐书》本传）。

元结泛隋运河至淮阴，广隋人《冤歌》之意，作《闵荒诗》一篇（《全唐诗》卷二四一），有借古讽今之意。

天宝六载（747）　丁亥

元结、杜甫等应举长安，时李林甫恐草野之事对策言其奸恶，上表称"野无余贤"，不中。元结应举长安时著《皇谟》三篇，《二风诗》十篇，拟献于有司而未果（见元结《二风诗序》，《全唐诗》卷二四〇）。

包佶（开元十四年或稍前生人）等二十三人登进士第，礼部侍郎李岩知贡举（事见《登科记考》卷九）。

刘晏出为夏县令，李颀在洛阳，作《送刘四赴夏县》（《全唐诗》卷一三三）送之。

本年前后，皇甫冉（开元六年生人，十五岁作文老成，为张九龄叹异，谓清颖秀拔，有江、徐之风）居嵩颍，有诗咏山中生活。

独孤及年廿三，于本年前后游于梁（河南开封）、宋（河南商丘），与贾至、陈兼交往。罗考：《行状》："二十余，以文章游梁宋间。通人颍川陈兼、长乐贾至、渤海高适，见公皆色授心服，约子孙之契。"集卷二十有大历七年作《祭贾尚书文》："某获见于兄，二十有六年矣。兄有七年之长，蒙以伯仲相视。"上推二十六年，恰为本年。又据《新唐书·贾至传》，至以大历七年卒，年五十五，时独孤及年四十八，正合"兄有七年之长"之说。今按：及始游梁宋之期不可考，然必在守父丧终制之后，不早于天宝四载。为陈兼作序，作《送司华自陈留移华阴赴任序》。独孤及从弟独孤恤赴长安，及作《送弟恤之京序》赠行。

天宝七载（748）　戊子

正月，席豫卒，年六十九，谥曰文。

二月，李华在秘书省校书郎任，作《著作郎厅壁记》（《全唐文》卷三一六）。本年前后作《含元殿赋》万余言，自以为不让《两都赋》，萧颖士、贾至称赏，诗人皆诵（《唐语林》卷二）。

权皋、李栖筠、包何、李嘉祐等二十四人登进士第，礼部侍郎李岩知贡举。

李栖筠与权皋（开元十三年生人，父权倕）、贾至等从游。

贾至自宋州至洛阳，作《虎牢关铭》(《全唐文》卷三六八)。

韦述任左庶子。

颜真卿以监察御史奉使河西、陇右，岑参作歌送之。

天宝八载（749）　己丑

高适至长安，举有道科，礼部侍郎李岩知贡举。授封丘尉，不得志，过洛阳有诗送别友人。

贾至在洛阳为官，作序送友人，嘱过汴州时问候陈兼、于逖。

皇甫冉在洛阳，与河南少尹郑某唱和，同访嵩山萧居士时和。

李华由校书郎迁伊阙尉，崔祐甫代李华为校书郎。

沈千运年五十，居濮阳，有《濮中言怀》(《全唐诗》卷二五九)。

萧颖士自集贤校理贬广陵郡员外参军，作《伐樱桃树赋》刺李林甫(《全唐文》卷三二二)。

戴叔伦（开元二十年生人）年十八，萧颖士时在扬州，拔于诸生之中，授以文史（见梁肃《戴叔伦神道碑》）。

天宝九载（750）　庚寅

元结归隐商余山，自称元子，著《元子》十篇（见《全唐文》卷三八三《自述》）。又作《演兴》四首（《全唐诗》卷二四〇）。

苏源明（原名苏预，后避代宗讳改名源明）任河南令，与元结结交，为其作《商余操》。

本年前后，李翰（开元十七年生人）登进士第，授卫县尉。

高适经濮阳，有诗赠沈千运。后在封丘任上，北上使清夷军送兵，归至幽州，有诗。

天宝十载（751）　辛卯

十一月，李华在伊阙县尉任，为崔迥作墓志。

高适自蓟门北使南归。

萧颖士罢广陵参军，漂泊吴越，游剡中有诗作。韦述荐萧颖士至京，待制史馆，不屈于李林甫，免官。

贾至在洛阳，有诗寄高适、陆据（《全唐诗》卷二三五）。后擢明经第。

元结本儒家诗教之旨，作《系乐府》十二首，有《贱士吟》《贫妇词》等（《全唐诗》卷二四〇）。

李翰任卫县尉，作《殷太师比干碑》（《全唐文》卷四三一）。

本年前后，皇甫曾东游吴越，皇甫冉以诗赠之。

杨拯（与元德秀交游）罢右骁卫骑曹参军，稍后卒，年五十八，有集十卷，李华为之序。

孟郊生。

戴叔伦二十岁，随颖士进京入国子监习业。国子监普通生员年龄限制在十四岁至十九岁，叔伦年已逾十九岁，故只能入年龄限制稍宽的律学或算学。这当与他日后仕宦关系密切（熊飞考）。

独孤及由河南赴下阳（今山西平陆县），途中作《古函谷关铭》（《全唐文》卷三八九），格高理精，为当代词人畏服。

天宝十一载（752）　壬辰

十月，陈兼在汴州，时孔子新庙落成，为作碑《陈留郡文宣王庙碑》（《全唐文》卷三七三）。

冬，李华以监察御史奉使朔方，有诗赠郭子仪（《新唐书》本传）。

萧颖士至河南府任参军，作《庭莎赋》（《全唐文》卷三二二），喻其托非其所之窘迫。

柳识自洛阳东游，至颖阳许由遗庙，作文酹之，颂其高风，又至首阳山作文吊伯夷叔齐。

高适罢封丘尉，西至长安，与崔颢、綦毋潜唱和。秋，与岑参、储光羲、杜甫、薛据等同登长安慈恩寺塔，各有诗作。

元结继续隐居商余山，作《述时》《述命》，并前作《述居》，命为《自述》三篇（见《全唐文》卷三八三《自述序》）。

本年前后，贾至为关内道采访使判官。

本年前后，元季川从元结居商余山，有《山中晓兴》等诗。

本年前后，皇甫冉在洛阳，与刘方平、张諲、僧湛然交游唱和

（见《全唐诗》卷二四九皇甫冉诗作）。

独孤及年二十八，有诗酬于逖、毕燿。在汴州，作《阮公啸台颂》（《全唐文》卷三八四）。本年春，访颍川旧居，作《壬辰岁过旧居》诗。十月，及游陈留，作《陈留郡文宣王庙堂碑》。秋，在陈留送张郧赴洛阳选，作《送陈留张少府郧东京赴选序》以赠之。

天宝十二载（753）　癸巳

春，李华奉使在朔方三受降城，作张仁愿庙碑，又作《吊古战场文》（《全唐文》卷三二一），归长安后得到萧颖士赞赏（事见《旧唐书》本传）。

春，萧颖士授河南府参军，门人贾邕、刘太冲等十二人饯行于长安东门，各有诗作，刘太真为之序，萧亦有诗留别。其时萧颖士之名远播国外，倭国使者入朝，曾求为国人师，中书舍人张渐等谏不可而止（事见《新唐书》本传等）。

十月，陈兼应辟赴京。

皇甫曾、刘太冲、房由、郑愕、刘舟、殷少野、邰载、张继等五十六人登进士第，礼部侍郎阳浚（杨浚）知贡举（见《登科记考》卷九及岑仲勉《登科记考订补》）。

皇甫冉自洛阳赴长安，有诗留别刘方平。

元结应进士举，作《文编》投纳，受到礼部侍郎阳浚（杨浚）赞赏，又作《订古》五篇，订前世君臣、父子、夫妇、兄弟、朋友之道（见《全唐文》卷三八一《文编序》）。

李林甫死，萧颖士授河南府参军，贾邕、刘太冲、刘太真、刘舟、长孙铸、房由、元晟、姚发、郑愕、殷少野、邰载等十二位门人和诗送行。

颜真卿自武部员外郎出为平原太守，岑参作诗送之。

苏源明任东平太守，与崔季重、李兰、田琦、李俊四太守宴于回源亭，作诗及序（见《全唐诗》卷二五五《小洞庭回源亭宴四郡太守诗序》）。

萧颖士至鲁山访元德秀，作诗赠别，德秀旋罢官居陆浑（见《全唐诗》卷一五四）。

日本来使晁衡归国，赵骅、王维等作诗送别（见《全唐诗》卷一二九《送晁补阙归日本国》）。

李华使江南，李白陪华登宣城谢朓楼作歌《宣州谢朓楼饯别校书叔云》。

梁肃生，一岁。

天宝十二载至十四载，河西哥舒翰幕下，高适、李华、吕諲、杨炎、陈兼。

独孤及年二十九，在宋州（今河南商丘），春夏间李白自曹南赴江南，及作《送李白之曹南序》留别。四月，独孤及归汴梁，作《宋州送姚旷之江东刘冉之河北序》。六月，张泳赴举入京，独孤及作《送张泳赴举入关序》赠行。十月，陈兼应辟赴京，及有《送陈兼应辟兼寄高适贾至》诗、《送陈赞府兼应辟赴京序》赠行。本年前后，开始与史处士交游，某冬作《送史处士归滏阳别业序》，与梁二十、梁少府酬答，作《酬梁二十宋中所赠兼留别梁少府》。秋，独孤及作《送开封李少府勉自江南还赴京序》。

天宝十三载（754）　　甲午

二月乙亥（九日），玄宗制曰："自临御以来四十余年，械朴延想，寤寐求贤。……犹虑升平已久，学业增多，至于征求，或遗僻陋。其博通坟典，洞晓玄经，清白著闻，词藻宏丽，军谋出众，武艺绝伦者。任于所在自举，仍委郡县长官精加诠择，必取才实相副者奏闻。"（《唐大诏令集》卷九《天宝十三载册尊号赦》）

元结、韩翃、尹征、刘太真、吕渭等三十五人登进士第，杨绾等词藻宏丽科，独孤及、李舟洞晓玄经科，礼部侍郎阳浚（杨浚）知贡举。

苏源明入朝任国子司业，直到天宝末，在长安三年与郑虔、杜甫、独孤及交往。与权倕（权德舆祖父）、席预友善，《新唐书·权皋传》载"父倕与席预、苏源明以艺文相友"。

皇甫冉再赴长安应举不第，作诗上礼部侍郎阳浚（杨浚）（见《全唐诗》卷二四九）。

高适自河西使长安，复归河西，杜甫送之。

刘太真及第后，授校书郎，为戎幕掌书记，东归江表，时萧颖士在河南府参军任上，有诗序送之（《全唐诗》卷一五四《江有归舟三章序》），褒奖尹征之学，刘太真之文。

哥舒翰收黄河九曲，以其地置洮阳郡，高适作《九曲词三首》颂其边功。

萧颖士托疾罢河南府参军，客陈留，与太守李某宴于蓬池，为之序（见《全唐文》卷三二三）。

元德秀卒，年六十，门人谥曰文行先生，弟子乔潭为营葬，李华为作墓碣，元结作墓表（见《旧唐书》本传）。

颜真卿在平原太守任，高适有诗寄之。

刘方平在洛阳，有诗寄怀严武、皇甫冉、郑丰等（见《全唐诗》卷二五一），皇甫冉亦有诗寄方平（见《全唐诗》卷二九四）。

陆据，萧颖士友，卒司勋员外郎人，王端撰墓志（《全唐文补遗》）。

陈兼授右补阙，与李华同在谏垣，杜甫有诗赠陈兼。

包何官太子正字。

独孤及应诏入京，作《庆鸿名颂》。以洞晓玄经科对策高第，解褐拜华阴尉，与苏源明交往。罗考：《行状》云："天宝十三年应诏至京师，时元宗以道莅天下，故黄老教列于学官。公以洞晓元经，对策高第，解褐拜华阴尉。"《册府元龟》卷六四三："十三载十月，御含元殿，亲试博通坟典、洞晓玄经、词藻宏丽、军谋出众等举人。命有司供食，既而暮罢。其词藻宏丽科，问策外更试律、赋各一首。制举试诗赋，自此始也。时登甲科者三人，太子正字杨绾最为所称，乙第者凡三十余人。"据《登科记考》，本年取进士三十五人，诸科各一人，词藻华丽科杨绾，洞晓玄经科独孤及，军谋出众科胡某（名不详）。独孤及为房琯、李华、苏源明所称，名振天下。罗考：《行状》："故相国房琯方贰宪部，请公相见，公因论三代之质，又问六经之指归，王政之根源。宪部大骇，曰：'非常之才也！'赵郡李华、扶风苏源明并称公为词宗，由是翰林风动，名振天下。"今按：苏源明，字弱夫，武功人。天宝中登第，曾为东平太守，迁国子司业。禄山之乱，不受伪署。肃宗复两京，擢考功郎中。终秘书少监。与杜甫、郑虔善。诗二首。

天宝十四载（755）　乙未

十一月，安史之乱起，李华在右补阙之任，上株守之策，皆留不报（见《新唐书》本传）。

萧颖士客居陈留，与太守李公禊饮于蓬池，有诗序（见《全唐文》卷三二三《蓬池禊饮序》）。六月旅居滑州韦城县，左肋生肿，时于逖、张南容在陈留，远致莲蕊散，颖士作《莲蕊散赋》（《全唐文》卷三二二）。

李华在右补阙任，张倚为御史大夫，庾光先为御史中丞，华各为撰厅壁记，又撰《中书政事堂记》，以告诫在位者（见《全唐文》卷三一六）。

高适在武威，与奉使西来的窦侍御有诗唱和。后为左拾遗、监察御史，辅佐哥舒翰守潼关。

于逖居陈留，有《野外行》，述病愁之苦，稍后卒。元结后收其诗二首入《箧中集》。

萧颖士旅居卫州，仓皇南奔。

独孤及年三十一，为华阴尉。正月，及兄（名不详）任元城主簿，有《奉送元城主簿兄赴任序》赠行。正月，及因公务赴京，二月清明前后与薛华、裴冀、郑衷等人饮宴，作《仲春裴冑先宅宴集联句赋诗序》。三月上巳归华阴，作《三月三日自京到华阴水亭独酌寄裴六薛八》诗。因经时未雨，为杨国忠、韦见素等作《为杨右相祭西岳文》。夏中卧病，与于逖、毕耀互有酬答，作《夏中酬于逖毕耀问病见赠》诗。夏五月，在郑县刘少府宅与陇西李华、荥阳郑洵、琅琊王休、河东裴觊、郑尉、京兆韦造等饮宴，作《郑县刘少府兄宅月夜登台宴集序》。六月，宴临汝令裴冀于华山，作《华山黄神谷宴临汝裴明府序》。本年礼部尚书裴宽卒，独孤及代郡守李某（名不详）作《为华阴李太守祭裴尚书文》。本年秋，独孤及入山东，至登州，登渤海岛，览秦皇遗迹，作《海上怀华中旧游寄郑县刘少府造渭南王少府鉴》《观海》《海上寄萧立》寄刘造、王鉴、萧立。返陕途经东平（今山东泰安市东平县）与姚太守、杨判官等人饮宴，作《东平蓬莱驿夜宴平卢杨判官醉后赠别姚太守置酒留宴》。作《仙掌铭》，刻石。

天宝十五载　肃宗至德元载（756）　丙申

二月，韦述撰《集贤注记》三卷。

二月，皇甫冉、郎士元、令狐峘等三十三人登进士第，礼部侍郎阳浚（杨浚）知贡举。

七月，肃宗即位于灵武，改元至德，遥尊玄宗为太上皇。

八月，贾至在成都，作肃宗即位册文。

独孤及年三十二。春，高适拜左拾遗，佐哥舒翰守潼关，及在华阴作《雨后公超谷北原眺望寄高拾遗》赠之。六月，华阴弃守，玄宗奔蜀。及当奉母避于华阴乡间。据《旧唐书·玄宗纪》，禄山叛军自幽州起兵，先杀太原尹杨光翙于博陵郡（今河北安平一带），接着抵灵昌郡（今河南滑县），过黄河，进入河南道境内。攻陷陈留（今河南开封东南），西进荥阳，陷洛阳。"（天宝十五载六月）辛卯，哥舒翰至潼关，为其帐下火拔归仁以左右数十骑执之降贼，关门不守，京师大骇，河东、华阴、上洛等郡皆委城而走。"又独孤通理灵表云："至德二年，（夫人）随子东征。"可知本年母子必在华阴附近。

萧颖士年四十，山南东道节度使源洧聘其为掌书记，共赴荆南节度使之任。五月，安禄山手下的武令殉、毕思琛进攻南阳，源洧惧，欲退守江陵，萧颖士根据他对局势的分析认为襄阳是向潼关输送财用的必经之道，其地理位置举足轻重。源洧听从他的建议按兵不动，虢王李巨很快引兵趋南阳，贼闻之而逃，南阳得以解围。后源洧卒，颖士往客金陵，入淮南节度副大使李成式幕。

柳淡（中庸）约本年避乱居江南。

元结，至德至上元二年间在山东南道来瑱幕府任里行参谋。

李华年约四十一，为哥舒翰掌书记，潼关失守，陷安禄山军中，被授予中书舍人。

贾至年三十九，从玄宗幸蜀，拜起居舍人、知制诰。

包佶年二十九，秋季与皇甫冉同避乱来越州。

至德二载（757）　　丁酉

十二月，陷贼官以六等定罪，郑虔贬台州司户，陈兼贬清江丞，李华贬杭州司功，赵骅贬晋江尉，韦述流渝州。

戴叔伦年二十六，隐居金坛，约本年底与京兆韦氏结婚。

江西采访使皇甫侁幕下柳浑（判官）、崔祐甫。《隋唐五代墓志汇编·崔祐甫墓志》："寻江西连帅皇甫侁表为庐陵郡司马，兼倅戎幕。时永王总统荆楚，搜访隽杰，厚礼邀公。公以王心匪臧，坚卧不起。人闻其事，为之惴惴栗。公临大节，处之怡然。王果拥兵浮江东下，劫侁爱子，质于军中。公励元戎以断恩，激平察以扶义，凶徒挠败，□公之力。转洪州司马，入拜起居舍人，历司勋、吏部二员外郎。……遂出佐江西廉使，改试著作郎殿中侍御史……转检校吏部郎中，改永平军行军司马，金印紫绶，兼中司之秩，入为中书舍人，天下望公居久矣。……寻知吏部选事，善政洋溢，金氵仑以为能继先孝公分掌十铨之美。"

独孤及年三十三。及奉母东行至颍川，迁葬父亲灵柩。罗考：据《灵表》："至德二年，（夫人）随子东征。""至德二年，岁次癸酉（当作丁酉），十月十有四日，权迁窆于洛阳龙门山西冈。"及父通理天宝二年葬于颍川郡东，本年及奉母东行，目的在于至颍川迁葬父柩至洛阳。今按：迁葬于洛阳当在十二月，《灵表》有误，详见下文。本年冬，自颍川之嵩山，又自嵩赴洛，途中作《季冬自嵩山赴洛道中作》诗。十二月，迁葬父于洛阳龙门山。《灵表》云："至德二年，岁次癸酉（当作丁酉），十月十有四日，权迁窆于洛阳龙门山西冈。"今按：《灵表》恐误。据上则，本年十月乙巳朔，则唐军入东京在十月十八日（壬戌），绝无十四日迁葬之事。又据上则《季冬自嵩山赴洛道中作》诗，独孤母子季冬始赴洛阳，迁葬父柩当在十二月。本年，独孤及与杨绾相遇于途，作《杨起居画古松树赞》。

皇甫冉在越州，有诗赠韦黄裳。

至德三载、乾元元年（758） 戊戌

二月，贾至在中书舍人任，作《早朝大明宫》。

春，肃宗排挤玄宗朝的旧臣，贾至坐房琯党被贬汝州。

李翰年约三十一，自越至吴，刘长卿赠诗。本年末至长安，出其撰《张巡传》《姚訚传》。

皇甫冉在越州，春季与独孤峻同游法华寺。

灵一居杭州宜丰寺，与李华、朱放、李纾、皇甫冉等交游，有诗相赠。

韦述卒于渝州流所，著述甚丰。

独孤及年三十四。正月离洛，与昆弟万侍母如越，作《丙戌岁正月出洛阳书怀》诗。于河南道境内作《代书寄裴六冀刘二颍》诗。二月，至安徽谯郡（今安徽亳县），作《为谯郡唐太守贺赦表》。春，途经濠州，作《为张濠州谢上表》。约本年春，作《伤春赠远》。六月，至楚州（今江苏淮安），六弟万卒，年方十九。罗考：按《独孤万墓志》云："乾元三年夏六月，与昆弟同侍板舆将如吴，遇疾殁于楚州，春秋二十九。"岑氏云："按旧纪十，乾元三年闰四月，始改元上元，本可有乾元三年，但万为第六子，若享年二十九，则比第五子丕尚长数岁，不合。故知二十九之'二'为衍文。复次志有'同侍板舆'语，则母尚在堂，而据后文其母乾元元年七月终于会稽，已抵吴矣，谓万乾元三年卒亦不合。……三年殆元年之讹也。"案及五弟丕乾元二年九月卒，年二十三，丕视万年长三岁，岑氏谓"二十九"之"二"为衍文，"三年"为"元年"之讹，诚是不刊之论。七月，母长孙夫人卒于会稽，年六十四。罗考：按《灵表》云："至德二年，随子东征。明年岁在甲戌，七月二十四日，终于会稽，享寿六十有四。八月某日，权殡于雷门之南汜。"案旧纪十，至德三载二月辛未（五日）改元乾元元年，岁次戊戌，作甲戌，误。又本年及侍母及越，在禄山之乱后，《神道碑》云："俄属中原兵乱，避地于越。丁太夫人忧，毁瘠过礼。"今按：罗先生考证是，但上文征引有误。原文当为："八月某日，权殡于雷门之南（汜、巨、及、正等遭天不吊，无恃无怙）。"另据《灵表》，长孙夫人事迹如下："夫人河南洛阳人也，薛国长孙览之元孙,咸阳县丞讳顿府君之女,左金吾将军讳子哲府君之妹。禀天元和,生知孝慈,含德之厚,与坤体合。执笲助祭,四十余载,人莫见夫人喜怒之容。躬欢顺承,动协《礼经》,宗族以睦,长幼以序,无言无为,化成于家。公之加命服也,夫人封封邱县君。泛等既孤,夫人弃采苹之度,修释氏教,受正观法于长老比邱尼上方服勤,一年得四念,处三昧,视去诸结,犹弃涕唾。至德二年,随子东征。明年岁在甲戌,七月二十四日,终于会稽,享寿六十有四。八月某日,权殡于雷门之南。"同月,为从叔、时任御史中丞、浙江东道节度使、越州刺史独孤峻作《为独孤中丞天长节进镜表》。约在本年七月以后,作《梦远游赋》。九月,为独孤峻作《为独孤中丞让官爵表》。

戴叔伦居金坛,年中暴兵突至,举家仓皇出逃,避乱至江西饶州(今鄱阳)。

李舟赴汉南,杜甫等赠诗。

李华因陷贼兵授伪职,房琯、刘秩求肯,从轻贬为杭州司功参军。(谢力《李华生平考略》)在江南与灵一、萧颖士游。

乾元二年(759) 己亥

李华母卒,去官居江南。

权德舆生。父皋,母李氏(参韩愈《唐故相权公墓碑》《旧唐书·权德舆传》)。父皋三十四岁,丁母忧,隐居洪州,不应征辟(参《旧唐书·权德舆传》)。

独孤及年三十五,在会稽守母丧。四月,端午节谢赏,为独孤峻作《为独孤中丞谢赐紫衣银盘椀等表》。同月,龚厉起义被扑灭,代李峘作《为江东节度使奏破余姚草贼龚厉捷书表》。九月,五弟丕卒于会稽,年二十三。罗考:本集十独孤丕墓志云:"乾元二年,从季父峻为御史中丞都督江东军事,盛选僚佐,表为剡县主簿。军书羽檄,悉以咨访。……不幸短命,卧疾累旬,卒于会稽,春秋才二十三,位不过部从事。是岁乾元三年,岁次己亥秋九月也。"按己亥为乾元二年,据旧纪九,乾元三年四月己卯(十九日)改元上元,秋九月安得复称乾元,依是,三年必二年之讹无疑。今按:据丕墓志:"丕字山甫，少聪明，有志操，好学博古，年十五能属文，祖述典谟，实而不华，有古人风采，至若探综图纬，推步六甲，昊天历象，太乙之奥，悉究其趣。尤好黄老道与脉藏荣卫之数，奉之以为卫生之经，每饵药錬气，谓丹砂可学。"本年，李涛卒，及为作《祭衢州李司士文》。

上元元年（760）　庚子

萧颖士卒，年四十四，李华、柳并为其文集作序。

李华征复左补阙，秋至洛阳，作诗怀陈兼。本年前后作《三贤论》。

宋州判史刘展叛乱，平卢兵马使田神功奉命讨之。后独孤及多次为田神功上军功书。

独孤及年三十六，在会稽守母丧，服除，授左金吾兵曹参军掌都统江淮节度书记。罗考：按《神道碑》云："俄属中原兵乱，避地于越。丁太夫人忧，毁瘠过礼。既外除，江淮都统使户部尚书李峘奏为掌书记，授左金吾卫兵曹参军。"《行状》："上元初授左金吾兵曹，掌都统江淮节度书记，非其好也。"本年春，刘长卿贬南巴（今广东电白东）尉，发苏州，及作《送长洲刘少府贬南巴使牒留洪州序》送之。秋，在扬州客舍，作《客舍月下对酒醉后寄毕四耀》。在扬州与崔论等水亭宴集，及作《扬州崔行军水亭泛舟望月燕集赋诗序》。十一月前后，独孤及因刘展乱至江宁（今南京），遇郑县故人刘少府造，别时作《江宁酬郑县刘少府兄赠别作》。岁末，自江宁避地至信州玉山（今江西玉山）。

上元二年（761）　辛丑

权德舆三岁，已知变四声（参韩愈《唐故相权公墓碑》）。

朝廷加恩于流贬官员，苗晋卿荐，李华授左补阙。

荆南节度使吕諲聘元结为判官，撰《大唐中兴颂》。

上元二年至大历三年（768），淮南崔圆幕下，殿中侍御史判官董晋、判官殷寅、大理司直掌书记李翰。卞孝萱先生《韩愈评传》第69页说，韩愈叔父韩绅卿此时也在崔圆幕下为僚，未知何考。

贾至在越州司马任，本年有诗送南巨川贬崖州。

皇甫曾在越州杜鸿渐幕，府罢，有诗送鸿渐入朝。

孙逖卒，有集二十卷，颜真卿为序。

独孤及年三十七。正月，在信州玉山，作《庚子岁避地至玉山酬韩司马所赠》诗酬韩洄。自信州玉山赴洪州，于弋阳江上作《下弋阳江舟中代书寄裴侍御》。至洪州（今江西南昌），为李峘作《祭纛文》。正月末，刘展为平卢军田神功部所败，死，及作《为江淮都统使奏破刘展兵捷书表》《为江淮都统使贺田神功平刘展表》。二月，刘展乱平，及作《上元二年豫章冠盖盛集记》。三月，在洪州，侍御史韩志清为庐州（今安徽合肥）长史徐浩写真，及作《尚书右丞徐公写真图赞》。五月，在洪州，作《洪州大云寺铜钟铭》。本年夏，自洪州还越，作《将还越留别豫章诸公》诗。六月，李峘应诏入京，随即贬袁州司马，及当于六月去职。《资治通鉴》卷二二二上元二年六月："江淮都统李峘畏失守之罪，归咎于浙西节度使侯令仪。丙子，令仪坐除名，长流康州。加田神功开府仪同三司，徙徐州刺史。征李峘、邓景山还京师。"据《旧唐书·李峘传》："峘拒之寿春，为展所败。峘走渡江，保丹阳，坐贬袁州司马。"本年夏，在杭州作《为杭州李使君论李藏用守杭州功表》。九月，至吴郡（今苏州），作《唐故河南府法曹参军张公墓表》。十二月十五日在吴郡虎丘山夜宴，有《建丑月十五日虎丘山夜宴序》纪事。本年末，张休自润州（今江苏镇江）刺史迁洪州刺史，为作《为张洪州谢上表》。约在本年，薛业西游庐山，及作《送薛处士业游庐山序》以送之。

宝应元年（762）　　壬寅

本年停贡举。

李华在江州，作《衢州刺史厅壁记》。

戴叔伦年三十一。在京，因刘晏表荐授秘书正字。

权德舆四岁，已能作诗（参韩愈《唐故相权公墓碑》）。

代宗即位，贾至从岳州召回，重新担任中书舍人。

宝应元年至广德元年，李华在李峘幕府从事（见独孤及《赵郡李公中集序》）。

灵一卒于杭州龙兴寺，年三十六，有集一卷，李纾等刻石武林山，独孤及次年作塔铭。

李华卧疾江州，冬，作诗及序送李佐赴刘晏辟。

独孤及年三十八。本年春，在润州作《为崔使君让润州表》。及在会稽（今浙江绍兴），宇文协律赴洪州张休幕，及作《送宇文协律赴西江序》以赠之。至明州（今浙江宁波附近），为独孤问俗作《为明州独孤使君祭员郎中文》。本年三吴大疫，死者十七八，城郭邑居为之空虚，作《吊道殣文》。包佶与独孤及同在吴中。

宝应二年　代宗广德元年（763）　癸卯

春正月，国子祭酒兼御史大夫、京兆尹刘晏为吏部尚书、同中书门下平章事（《旧唐书·代宗纪》）。

六月，礼部侍郎杨绾上疏，请停进士、明经考试。

九月，刘晏赴任江淮转运使，以钱起为首众人以诗饯行。

十二月，戴叔伦作诗送谢夷甫赴越州，伤浙东残破。熊飞考：戴叔伦迁国子监律学博士。据两唐书之职官志，叔伦此前一年任正九品下阶秘书正字，一年后，不可能骤升正六品上阶的广文博士。叔伦在国子监任博士职，只能是从八品下阶的律学博士。这个职务，当与前叔伦在国子监习律学有关。

贾至迁为尚书左丞。

李华被诏征，作诗及序赠别相里造、范伦。春在鄂州，与卢象同登头陀寺楼，二人各有诗作，华为之序。

独孤及年三十九。三月，及在楚州（今江苏淮安），为韦幼章作《唐故朝议大夫申王府司马上柱国太常卿韦公神道碑铭》。春夏间，及在扬州仪征县，作《唐故扬州庆云寺律师一公塔铭》。遇贾至侄于海边，作《贾员外处见中书贾舍人巴陵诗集览之怀旧代书寄赠》。七月之前，为人作《唐故尚书祠部员外郎赠陕西刺史裴公行状》。八月，及在洪州，会张镐卒于位，及作《唐故太子宾客兼御史大夫洪州刺史洪吉八州都防御观察处置使平原郡开国公张公遗爱碑》。十一月，在江西作《送贺若员外巡按毕归朝序》（卷一四）。同月前后，及赴抚州南丰（今江西广昌县东），途中闻京师失守，作《癸卯岁赴南丰道中闻京师失守寄权士繇韩幼深》（权皋、韩洄）。本年，为萧直作《唐故殿中侍御史赠考功郎中萧府君文章集录序》。

广德二年（764）　甲辰

春正月，刘晏罢相兼罢度知，代宗以第五琦专判度支及诸道盐铁转运等使。三月复任河南、江淮转运使，漕运再开。

八月，皇甫冉入河南王缙幕，为掌书记。

九月，李华在洪州，受辟为李岘从事，加检校吏部员外郎。

十月，李华在江西，约本年为李瀚《蒙求》作序。

礼部侍郎杨绾知贡举，点中杨栖梧榜十三人又十二人。

李华在鄂州，诏司封员外郎，以疾不赴，作《无疆颂》八首以献。

梁肃年十二。定居常州。师事湛然，受天台佛学，与元浩、灵沼等僧徒交游。作《〈维摩经略疏〉序》（胡大浚《梁肃年谱稿》）。

权德舆六岁，薛十九罢砀山尉过访，公有诗赠别（参《送薛十九丈授将作主簿分司东都序》）。

贾至转任吏部侍郎，奏请长安、洛阳两都同时举办科举考试，并要求去洛阳主持科考，得到代宗批准。

苏源明卒于秘书少监任，有集三十卷。

广德二年至大历十四年（779），柳镇在朔方郭子仪幕府做推官。《柳宗元集》卷十二："先君讳镇，字某。天宝末，经术高第。遇乱，奉德清……尚父汾阳王居朔方，备礼延望，授左金吾卫仓曹参军，为节度推官，专掌书奏，进大理评事。"

独孤及年四十。约本年春，在江西余干，作《题思禅寺上方》。六月，在抚州南城县，作《抚州南城县客馆新亭记》。七月以后，自抚州南上至庐山，作《早发若岘驿望庐山》诗。在浔阳（今江西九江一带），作《卢郎中浔阳竹亭记》。在江州（今江西九江一带），作《江州刺史厅壁记》。秋季，及自九江沿长江返吴越，与刺史李岵宴饮，作《李卿东池夜宴》。九月重阳，及将离吴郡，宴于李苏州东楼，作《九月九日李苏州东楼宴》。秋季，遇恩命以左拾遗召，诸友以诗送之,及作《李张皇甫阁权等数公并有送别之作见寄因答》《将赴京答李纾赠别》。约在本年,及作《送陈王府张长史还京》。

永泰元年(765)　　乙巳

正月,李抱真出守泽州,独孤及为作《送泽州李使君兼侍御史充泽潞陈郑节度副使赴本道序》。

二月,始置两都贡举,上都尚书左丞杨绾知贡举,东都礼部侍郎贾至知贡举。

三月,及任左拾遗,上《谏表》论政。

春,皇甫冉在徐州作诗送丘丹使越。

七月,李华罢李岘幕府,至杭州,作《杭州刺史厅壁记》。

九月,皇甫曾自江南赴长安。

本年初,相里造因面折鱼朝恩。秋,出为江州刺史,独孤及作《送相里郎中赴江西》以送之。

李岘领选江南,表李华为幕府,擢检校吏部员外郎,未几离开幕府。

权德舆七岁,李季卿为江淮黜陟使,奏权皋节行,诏授著作郎,不起(参《旧唐书·权德舆传》)。

贾至迁为集贤院待制。

独孤及年四十一。正月,及应召入长安。至洛阳,崔昭饯送徐浩归京,同会者十八人赋诗,及作《崔中丞城南池送徐侍郎还京序》。二月,孙成赴任李抱玉凤翔节度使幕,及作《送孙侍御赴凤翔幕府序》以赠行。约本年清明,与僚友会于司封元员外宅,作《清明日司封元员外宅登台燕集序》。春,与岑参会于韦员外宅,作《同岑郎中屯田韦员外花树歌》诗。韦员外自京赴洛阳充副元帅判官,及作《送韦员外充副元帅判官之东都序》赠之。马燧赴任郑州,及作《送马郑州》诗与钱起送之。四月,苗晋卿薨,及为元载作《佛顶尊胜陀罗尼幢赞》。月末,严武卒,五月,及为元载作《为元相祭严尚书文》以祭之。五月,作《唐新平长公主故季女姜氏墓志铭》。六月,梁镇离京返李抱玉幕府,及作《送梁郎中奏事毕归幕府序》以赠之。同月,库部郎中郑某卒，八月下葬，及作《唐故尚书库部郎中荥阳郑公墓志铭》。本年秋，在京作《送商州郑司马之任序》。黎燧赴江陵少府任，及作《送江陵全少府赴任》诗赠之。十月前，及迁太常博士，作《请降诞日置天兴节表》。罗考及迁太常博士不得早于永泰二年，然其依据仅为及曾于永泰二年以太常博士作文数篇，似嫌不足。《唐会要》卷二九："永泰元年太常博士独孤及上表曰：'臣闻天有春夏秋冬之气，时也。……伏愿以十月十二日为天兴节，王公士庶上寿作乐，并如开元乾元故事。'表奏不报。"知表作于今年十月前。十一月，作《送成都成少尹赴蜀序》。十一月前，作《送虢州王录事之任》，作《送李宾客荆南迎亲》。本年，长孙全叙拜歙州刺史，及作《送长孙将军拜歙州之任》诗以送之。本年，作《送何员外使湖南》诗，作《吏部郎中厅壁记》。约在本年，及作《为吏部李侍郎祭李中丞文》。

裴度约在本年生。

永泰二年　大历元年（766）　丙午

上都尚书右丞贾至知贡举，点中二十六进士，陈京、裴枢、窦叔向等人登进士第。

戴叔伦年三十五，春后入刘晏盐铁转运使幕。

皇甫曾在长安任监察御史。

春正月，以户部尚书刘晏充东都京畿、河南、淮南、江南东西道、湖南、荆南、山南东道转运、常平、铸钱、盐铁等使，以户部侍郎第五琦充京畿、关内、河东、剑南西道转运、常平、铸钱、盐铁等使。二人分理天下财赋（《旧唐书·代宗纪》）。

春，李华在常州，作刺史厅壁记。

春，杜亚、杨炎入杜鸿渐幕赴蜀中，作《送吏部杜郎中兵部杨郎中入蜀序》。

独孤及年四十二。五月，作《唐故范阳郡仓曹参军京兆韦公墓志铭》。同月，李光弼部将袁傪平浙东方清起义，及作《贺袁傪破贼表》。约在五月，及作《太常少卿厅壁记》。本年夏，作《景皇帝配昊天上帝议》，作《故左武卫大将军持节陇右节度经略大使兼鸿胪卿御史中丞赠梁州都督太原郡开国公郭知运谥议》，作《故御史中丞卢奕谥议》，作《故江陵尹兼御史大夫吕諲谥议》，作《送韦评事赴河南召募毕还京序》。七月，太庙芝草生，及作《代文武百官贺芝草表》。同月，作《故太保赠太师韩国苗公谥议》。本年秋以前，及在太常博士位。《神道碑》："迁太常博士。时新平大长公主之子裴仿尚永清公主，初以太子少傅裴遵庆为婚主，将行五礼，公实相焉。中使口宣诏旨，易之大长公主后夫姜庆初。常州曰：'婚姻之礼，王化之阶，以异姓之人主之，不可甚矣！某不奉诏。'中书令汾阳王时为五礼使，从焉。"《行状》："时大盗之后，百度草创，而太常典故，尤所坏缺。公为博士，祗考古道，酌沿革之中，凡有损益，莫不悉居其当。"本年秋，及迁礼部员外郎。罗据《行状》，以为及迁礼部员外郎在大历二年。今按：《行状》云："时有上议谓景皇帝未升尊位，不宜为太祖。诏下百寮，公按《礼经》，以为……因具故事条奏，从之。于是郊庙之礼遂定。踰月，拜公尚书礼部员外郎。"可知迁礼部郎在上《景皇帝配昊天上帝议》后不久，故系于本年夏末秋初。十月，作《唐故朝散大夫中书舍人秘书少监顿丘李公墓志》。同月，杨济使吐蕃还朝，吐蕃遣首领论泣藏等百余人随济来朝，及作《敕与吐蕃赞普书》。十一月，作《唐故右金吾卫将军河南阎公墓志铭》。同月，李翰以大理司直参淮南崔圆幕。约在本年，独孤及与韩洄访李纾不遇，作《与韩侍御同寻李七舍人不遇题壁留赠》。约在本年，作《贺潞州芝草嘉禾表》，作《祭吏部元郎中文》。

约本年，贾至在长安为李适文集作序，再阐宗经之旨。

约本年，李华在润州，作法云碑，本年前后作怀仁、玄素、玄朗诸碑。

张籍约在本年生。

大历二年（767）　丁未

权德舆九岁，权皋卒于丹徒，李华为撰墓表而殡（参李华《著作郎赠秘书少监权君墓表》）。

戴叔伦督赋荆南。熊飞考：《权志》："始在转运府也，量则（集作董赋）于南荆，会蜀将杨琳拥徒阻命。"《梁碑》："精吏理，始一命职于云安，时蜀将杨琳拥兵据城。"权、梁均记叔伦始在刘晏转运府任职，是至荆南"督赋"。荆南盐铁院当设在夔州（云安，今四川奉节）。杨琳之乱在大历三年五月至四年春，因此，叔伦既在蜀遇杨琳乱，说明督赋荆南在三年五月之前。暂系本年。

春，皇甫冉在朝官左拾遗，李纾官补阙。

《册府元龟》卷六八一《刑法部·平凡》："柳浑为江西观察使魏少游判官，是与崔祐甫同在使府，并推公正。"

独孤及年四十三。为吏部员外郎。罗考：《神道碑》："迁尚书吏部员外郎，受诏考第吏部选人词翰，旌别淑慝，朝野称正。"《行状》："时有上议谓景皇帝未升尊位，不宜为太祖。……公按《礼经》，以为……于是郊庙之礼遂定。踰月，拜公尚书礼部员外郎，迁吏部。每岁以书判试多士，而朝列有以文学称者，必参校辩论，定其甲乙丙科。"正月，周智光乱平，及作《贺擒周智光表》。二月，作《唐太府少卿兼万州刺史贺若公故夫人河南郡君元氏墓志铭》。本年春，作《送蒋员外奏事毕还扬州序》。春夏间，及作《为杨右丞祭李相公文》。七月，李季卿卒，及作《唐故正议大夫右散骑常侍赠礼部尚书李公墓志铭》。同月，作《为吏部杨侍郎祭李常侍文》。八月，作《唐故开府仪同三司试太常卿怀州刺史赠太子少傅杨公遗爱碑颂》。九月，作《为李给事让起复尚书左丞兼御史大夫等六表》。同月，作《送屯田李员外充宣慰判官赴河北序》。秋，作《送洪州李别驾还任序》。十月，作《唐故秘书监赠礼部尚书姚公墓志铭》。同月，栎阳县有醴泉涌出，及作《贺栎阳县醴泉表》。本年冬，作《送韦司直还福州序》。约在本年末，虞说擢第后离京，及作《送虞秀才擢第归长沙》与钱起送之。

李华从子李观生。

大历三年（768）　　戊申

戴叔伦督赋荆南，遇杨琳之乱。

权德舆十岁，在丹阳居父丧。

从萧门到韩门

韩愈生于长安,父亲韩仲卿时任秘书郎,长兄韩会在江南一带。二兄韩介此年前后亡故。

贾至改兵部侍郎。

大历三年至十四年,邠宁郭子仪帐下,殿中侍御史掌书记柳并。《唐语林》卷二:"代宗独孤妃薨,赠贞皇后。将葬,尚父汾阳王子仪在邠州,其子尚主,欲致祭。遍问诸吏,皆云:'古无人臣祭皇后之仪。'子仪曰:'此事须柳侍御裁之。'时殿中侍御史柳并,字伯存,掌书记,奉使在邠,即急召之。既至,子仪曰:'有切事,须藉侍御为之。'遂说祭事。殿中初亦对如诸人,既而曰:'礼缘人情。令公勋德,不同常人。且又为姻戚,今自令公始,亦谓得宜。'子仪曰:'正合某本意。'殿中草祭文,其官衔称驸马都尉郭暧父具官某,其文并叙特恩许致祭之意,辞简礼备,子仪大称之。"

独孤及年四十四。正月,《唐故吏部郎中赠给事中韦公墓志铭》。二月,御史中丞归崇敬奉使新罗吊祭册立,及作《送归中丞使新罗吊祭册立序》。三月,日有蚀之,及作《贺太阳当亏不亏表》。五月一日,除濠州(今安徽凤阳)刺史。罗考:《神道碑》:"上方大恤黎庶,精选牧守,以公为濠州刺史,平其徭赋,恤其冤弱。"《行状》:"至是公分其任,求为郡守,以行其道,除濠州刺史。公下车,以淮土轻剽,承兵革之后,率多不法,长吏不能制。遂先董之以威,格之以政。然后用恺弟宽厚,渐渍其俗。三年而阖境大穰。优诏褒美。"《谢濠州刺史表》:"臣及言:臣伏奉今年五月一日敕,授臣使持节濠州诸军事、濠州刺史。……以闰六月十二日到所部上讫。"据《旧唐书·代宗纪》,大历三年六月闰,知及授濠州刺史在此年。五月,赴濠途经洛阳,作《唐故特进太子少保郑国李公墓志铭》。月末,在洛阳作《唐故银青光禄大夫太子左庶子严公墓志铭》。六月,在河南境内遇张寅赴江南,作《送张征君寅游江南序》。本年夏,作《送颍州李使君赴任序》。闰六月,自礼部员外郎除濠州刺史,有《谢濠州刺史表》。秋,皇甫冉在长安转左补阙,及有诗言怀。十一月,作《唐故亳州刺史郑公故夫人河南独孤氏墓版文》。

大历四年（769） 己酉

戴叔伦约本年底受辟为刘晏转运府湖南留后，兼监察御史里行。

权德舆年十一，在丹阳居父丧。

韩愈三岁，父亲韩仲卿去世。

大历四年至七年，朱巨川在独孤问俗幕下。

独孤及年四十五。二月作《唐故朝议大夫高平郡别驾权公神道碑铭》（并序）。三月，在濠州游庄周台，作《垂花坞醉后戏题》。五月，及父通理诏赠秘书监。罗考：《灵表》："大历四年五月十三日，诏赠秘书监。"七月，自濠州归洛阳，迁葬父、母、三兄憕、五弟丕、六弟万于洛阳寿安县甘泉乡之原。同月，在洛阳作《唐故朝散大夫颍川郡长史赠秘书监河南独孤公灵表》。同月，作《唐故颍川郡长史赠秘书监独孤公第三子憕墓志》，作《唐故浙江东道节度掌书记越州剡县主簿独孤丕墓志》，作《唐故颍川郡长史赠秘书监独孤公第六子万墓志》。本年秋，在洛遇故友王釜，归濠州时作《自东都还濠州奉酬王八谏议见赠》。上年六月，及嫂韦氏殁于舒州，约本年秋，及离洛前作《前左骁卫兵曹参军河南独孤公故夫人京兆韦氏墓志》，十一月，葬于洛阳。本年，为魏少游作《金刚经报应述》。

大历五年（770） 庚戌

春，皇甫冉在润州丹阳，卧病，陆羽、张南史有诗互赠。

李翰在扬州，本年或稍后为杜佑《通典》作序。

梁肃年十八。在常州，守父丧。以文投谒前辈古文家李华、独孤及，受到他们的赞誉。时李华隐于山阳（今江苏淮安）为农；独孤及是年自濠州（今安徽凤阳）转舒州（今安徽潜山）刺史。肃以文投谒而未面晤二公。

独孤及年四十六。七月，移舒州（今安徽潜山）刺史兼加朝散大夫，九月到任，有《谢舒州刺史兼加朝散大夫表》。罗考：表云："臣奉七月十八日敕，加臣朝散大夫、使持节舒州诸军事、舒州刺史、充当州守捉使，兼知淮南岸当界缘江贼盗。……今以九月二十七日到州上讫。"卷八《舒州山谷寺觉寂塔隋故镜智禅师碑铭并序》："岁次庚戌，及剖符是州。"庚戌，指大历五年。又《神道碑》："以公为濠州刺史，平其徭赋，恤其冤弱，课绩闻上，加朝散大夫，迁舒州刺史。"《行状》："除濠州刺史。公下车，以淮士轻剽，承兵革之后，率多不法，长吏不能制。遂先董之以威，格之以政；然后用恺弟宽厚，渐渍其俗。三年而阖境大穰。优诏褒美，移拜舒州刺史。"可知移舒州在本年。八月，作《唐故天水赵琚墓志铭》。本年秋，作《诣开悟禅师问心法次第寄韩郎中》。约在本年，作《喜辱韩十四郎中书兼封近诗见示代书题答》，作《祭寿州张使君文》。约在本年秋冬，相里造卒，及作《祭相里造文》。

大历六年（771）　辛亥

杨於陵等进士二十八人，上都礼部侍郎刘单知贡举。

戴叔伦在湖南，巡郴洲、永州等地。梁肃年十九。居常州，间游吴，作《梁高士碣》。

正月，柳识在润州，作文记李栖筠、樊晃琴会之事。

独孤及年四十七。三月，及加检校司封郎中赐紫金鱼袋，作《谢加司封郎中赐紫金鱼袋表》。同时作《暮春于山谷寺上方遇恩命加官赐服酬皇甫侍御见贺之作》。同月，在滁州琅琊溪作《琅琊溪述》。本年春，皇甫曾自殿中侍御史贬为舒州司马，及作《酬皇甫侍御望天灊山见示之作》《登山谷寺上方答皇甫侍御卧疾阙陪车骑之后》《同皇甫侍御斋中春望见示之作》等篇酬答。春，皇甫冉卒于丹阳，年五十四，及为其文集作序。六月，作《禜土龙文》。本年夏，舒州大旱，及作《祭吴塘神文》。夏，作《祭岏山文》。八月，韦元甫卒，及作《祭扬州韦大夫文》。本年秋，作《答杨贲处士书》。本年，与皇甫曾共祭韦炎，作《祭韦端公炎文》。约在本年，作《代书寄上李广州》，作《答李滁州题庭前石竹花见寄》。

本年前后，李华居楚州，风病目疾，吴楚间人多远道求其文，疾甚，寓书柳识求其为后集序。李华为萧颖士文集作序。梁肃旅苏州，作《梁高士碣》。十一月，越州开元寺僧昙一卒，梁肃为作塔铭。

大历七年（772）　　壬子

四月，贾至以右散骑常侍卒（生于开元六年），享年五十五岁，谥号"文"。独孤及作《祭贾尚书文》。

梁肃年二十。居常州。曾游于"临淮之下邳"，作《圯桥石表铭》。同年受湛然所托作《越州开元寺律和尚塔碑铭》，还作了《舒州望江县丞卢公墓志铭》。

元结卒于京师，年五十四。杨炎、常衮为作碑志，颜真卿为作墓碑。结有《元子》十卷，《文编》十卷，自为之序。

约本年春，皇甫曾北归，独孤及作《答皇甫十六侍御北归留别作》。

独孤及年四十八。去岁皇甫冉卒，其弟皇甫曾编次其文集，及为作《唐故左补阙安定皇甫公集序》。五月，作《唐故睢阳郡太守赠秘书监李公神道碑铭》。约在同时，为李涵作《苏州刺史兼御史大夫襄武李公写真图赞》。在舒州，为禅宗三祖僧璨请谥，谥曰镜智，塔曰觉寂，及作《舒州山谷寺觉寂塔隋故镜智禅师碑铭》。崔祐甫约在本年为崔日用文集作序。并集其父崔沔遗文二十九卷，撰先志一卷，李华为之序。

刘禹锡本年生。

李翱本年生。

吕温约本年生。

大历八年（773）　　癸丑

二月，陆贽、严绶、郑利用等三十四人登进士第。礼部侍郎张谓知上都举，东都留守蒋涣知东都举。

戴叔伦入京官广文博士，有诗赠李纾。

大历八年至兴元元年（784），义成永平军节度使李勉幕下，掌书记崔元翰（年五十余）、御史中丞行军司马崔祐甫。淮南节度使陈少游幕下刘太真掌书记、判官，赵匡、陆质（《旧唐书·儒学传》原名陆淳，深于《春秋》，师从赵匡，赵匡师啖助）、吕渭等。其中赵匡和刘太真一直跟在陈少游幕下。

独孤及年四十九，守舒州刺史。二月，作《送王判官赴福州序》。

同月，作《祭亡妻博陵郡君文》。四月，侄韦八葬于洛阳，及作《殇子韦八墓志》。九月重阳，及在越州徐浩新亭宴集，作《同徐侍郎五云溪新亭重阳宴集作》。本年，李华旅疾楚州，其子李羔编集华为监察御史以后诗文一百四十三篇为《中集》十二卷，及为作《检校尚书吏部员外郎赵郡李公中集序》。十二月廿三日，擢拜常州刺史。罗考：次年三月《谢常州刺史表》云："臣伏奉去年十二月二十三日敕，授臣使持节常州诸军事、守常州刺史、充常州团练守捉使。"《神道碑》："属淮南旱歉，比境之人，流佣甚众，公悉心以抚，舒独完安。天子闻而休之，擢拜常州刺史。"《行状》："吴楚大旱，饿夫聚于萑蒲者十七八，唯舒安阜近者悦，远者来；犬牙之境，草窃不入。上闻之，诏曰：'断狱岁减，流庸日归。以人俗之丰给，当淮湖之灾旱。尔守之力也。'擢拜常州刺史本州岛都团练使。"约在本年，及岳母李氏去世，及作《唐司直博陵崔氏故夫人赵郡李氏墓志铭》。十一月，柳浑在江西路嗣恭幕，时讨哥舒晃，主行营兵马，以诗书寄独孤及，及有诗《得柳员外书封寄近诗书中兼报新主行营兵马代书戏答》。

本年冬，刘晏知三铨选事，用常衮、杜亚、李翰等考吏部选人判。

权德舆年十五，著文数百篇，为《童蒙集》十卷。

柳宗元生，一岁。

大历九年（774）　　甲寅

三月，韩翃在汴州田神玉幕，送诗独孤及。

杨凭状元，进士二十三人，上都礼部侍郎张谓知贡举。

戴叔伦在湖南转运留后任，约本年前后与继室崔氏结婚。

梁肃年二十二。师事独孤及，随居常州四年。作《为常州独孤使君祭李员外文》《常州建安寺止观院记》《冠军大将军检校左卫将军开国男安定梁公墓志铭》《陪独孤常州观讲〈论语〉序》《为独孤常州祭福建李大夫文》。

皇甫曾从湖州归润州，颜真卿、皎然以诗相送。

柳淡在湖州，本年春授洪府户曹。

权德舆年十六，居丹阳。谒独孤及于常州郡斋。七月，县丞卢岘卒，为撰墓志铭。时已有文名，编所作文字为《童蒙集》十卷（参《祭故独孤常州文》）。

韩愈七岁，随长兄韩会入京。韩会服父丧毕，任起居舍人。未来几年，韩愈叔父韩云卿任礼部郎中。

独孤及年五十，赴任常州刺史。三月，到常州（今江苏常州、无锡一带），作《谢常州刺史表》。本年春，滁州李幼卿频致书及，述离别之情，并以常州别墅玉潭庄见托。及先后作《答李滁州见寄》《得李滁州书以玉潭庄见托因书春思以诗代答》《题玉潭》《答李滁州忆玉潭新居见寄》。四月，仲父屿卒，及作《唐故大理寺少卿兼侍御史河南独孤府君墓志铭》。四月，作《唐故衢州司士参军李府君墓志铭》。五月，李华卒，年五十七，《前集》《中集》均为及作序。本年秋，作《奉和中书常舍人晚秋集贤院即事寄赠徐薛二侍郎》。十一月，作《唐前楚州司马河南独孤公故夫人博陵崔氏墓志铭》。同月，作《唐故商州录事参军郑府君墓志铭》。约在本年，与故友王员外游于常州，作《水西馆泛舟送王员外》《雨后陪王员外泛后湖》《陪王员外北楼宴待月》等诗。约在本年，朱巨川赴京任职，及作《送朱侍御赴上都序》送之。本年，李幼卿卒，及为作《祭滁州李庶子文》。

李翱生于本年或稍晚。（何智慧《李翱年谱稿》）

大历十年（775）　乙卯

上都礼部侍郎常衮知贡举，点进士二十七人。

梁肃年二十三，在常州，作《昆山县学记》《杭州临安县令裴君夫人常山阎氏墓志铭》《德州安德县丞李君夫人梁氏墓志铭》。

独孤及年五十一。本年春，作《登后湖亭伤春怀京师故旧》。四月，作《奉和李大夫同吕评事太行苦热行兼寄院中诸公》。八月，作《唐故虢州宏农县令天水赵府君墓志》。本年秋，作《送少微上人之天台国清寺序》。本年，及长子朗生。岑先生《唐集质疑》"独孤及系年录"条云："李翱《独孤朗志》云：'年二十一，与弟郁同来举进士，其二年，既得之矣，会有司出赋题，德宗不悦，宰相喻使减人数，故公与十余人皆黜。……太和元年……九月壬子，以疮卒，年五十三。'

《登科记考》一四云：'以大和元年卒年五十三计之，二十一岁当贞元十一年，举进士之二年，则十三年也。'据同记，十三年所试赋题为西掖瑞柳，正《会要》所谓德宗闻而恶之者。合此推之，是朗明生于大历十年乙卯矣。"约在本年，柳弱用赴上都，及作《送柳员外赴上都序》。

崔元翰年四十七，本年前后致书独孤及《与常州独孤使君书》，讨论文章与政教，并献文五篇。

柳淡卒于本年。

大历十一年（776）　丙辰

正月，御史大夫李栖筠卒，权德舆为之文集序。

秋，戴叔伦以大理评事兼监察御史始佐湖南观察之政，在京口与贬舒州司马辞满北归洛阳的皇甫曾相逢相送，不久，即又返回湖南。作《京口送皇甫司马副端曾舒州辞满归去东都》。

上都礼部侍郎常衮知贡举，点杨凌等进士十四人。

梁肃年二十四，在常州，作《金刚般若波罗密经石幢赞》《为独孤郎中祭皇甫大夫文》《绣观世音菩萨像赞》《送耿拾遗归朝廷序》《郑州原武县丞崔君夫人源氏墓志铭》。

权德舆年十八，居丹阳，作舅母卢氏墓志（参《润州丹阳县尉李公夫人范阳卢氏墓志铭》）。

独孤及年五十二，守常州刺史。十二月，常州甘露降松树，及作《常州奏甘露降松树表》。本年冬，李纵赴上都，及作《送李副使充贺正使赴上都序》。及牧常州三年，百姓蒙化迁善，道不拾遗。罗考：《神道碑》云："擢拜常州刺史。常州当全吴之中，据名城沃土，兵兴之后，中华鬲覆，吴中州府，此焉称大，故朝之选牧，恒属意焉。公宣中和平易之教，务振人毓德之体，百姓蒙化迁善，不知所以安而安之，吏不忍欺，路不拾遗，余粮栖口，膏露降庭。"《行状》："擢拜常州刺史本州岛都团练使。常州为江左大郡，兵食之所资，财赋之所出，公家之所给，岁以万计。公削其烦苛，均其众寡，物有制，事有伦，刑罚罕用，颇类自息。公又谓安人之道，清而静之则定。为而察之则扰，故宽以居之，仁以行之。一变，而百姓不知其理；又一变，知其理而不知理之所由。比及三年，吏不忍欺，路不举遗；年谷屡熟，灾害不作。甲辰岁冬十月二十日，甘露降于庭树，二十七夕乃止。"本年，及七弟正卒于鲁陵郡。罗考：梁肃《恒州真定县尉独孤君墓志铭》："君讳正，河南洛阳人……春秋四十六，大历十一年某月日，卒于晋陵郡。"约在本年，作《送崔员外还鄂州序》。

大历十二年（777）　丁巳

郑余庆、杨凌等十二人登第，礼部侍郎常衮知贡举。

沈传师生。

皇甫湜约本年生（刘真伦《皇甫湜行年考》）。

梁肃年二十五，独孤及卒，先后为作《祭文》、编文集，作《后序》。本年尚有《外王父赠秘书少监东平吕公神道表铭》《衢州司士参军李君夫人河南独孤氏墓志铭》《陇西李君墓志》《恒州真定县尉独孤君墓志铭》《送周司直赴太原序》诸文。约本年前后，梁肃与僧人同游稽山、若耶，至云门寺，各有诗作，李舟、齐抗相约未至，亦同赋，肃为之序《游云门寺诗序》（《全唐文》卷五一八）。

权德舆年十九。四月二十九日，独孤及卒于常州。其弟子有梁肃、唐次、高参、齐抗、陈京、赵璟、崔元翰等，后多与公交游。《祭故独孤常州文》云："况兹菲薄，实忝眷私"，则公亦为门下士之一，属时尚未登朝耳。

大历十二年至大历十四年，李舟（观察使）与独孤汜（独孤及兄）同在浙东崔昭幕下。

独孤及年五十三。四月前，作《福州都督府新学碑铭》。考：碑云："大历十年，岁在甲寅，秋九月公薨于位。……公讳椅，字某……大历七年冬十有一月，加御史大夫、持节都督福建泉漳汀五州军事、领观察处置都团练等使。"大历十年岁在乙卯，甲寅为大历九年，"十年"殆"九年"之误。碑又云："公薨之明年……诏赠礼部尚书。"可知作于大历十年。今按：碑云："初哥舒晃反书至，公履及于门，遽命上将帅戈船、下濑之师……既而大憨就戮，五岭底定。民是以康，繄我师是赖，人无奸宄寇贼之虞矣。"据《旧唐书·代宗纪》，大历十年十一月"路嗣恭攻破广州，擒哥舒晃，斩首以献"。时李椅尚存，其殁必在十一年九月，文云其八年四月至福州，治三年而政成，亦可证也。"大历十年，岁在甲寅"，纪年、干支均有误。文复谓"公薨之明年，太常议……"则文应作于大历十二年。文云："缦胡之缨，化为青衿。"闽人欧阳詹对此议论深以为耻，与友人集于泉山，"同指此山，誓报山灵"，发愤读书。同月前，及次子郁生。罗考：按《昌黎集》二九《独孤郁墓志》："（元和）十年正月，病遂殆……年四十。"元和十年（815）乙未年四十，则郁应生于大历十一年。今按：韩愈《唐故秘书少监赠绛州刺史独孤府君墓志铭》云："年二十四，登进士第。"据徐松《登科记考》，郁登第在贞元十四年，则当生于大历十年。故可知韩愈文中年龄数有误，今据"君生之年，宪公殁世，与其兄朗，畜于伯父氏"系于大历十二年。又《神道碑》："公有子朗、郁等，年未龆龀。厥兄检校水部员外郎兼侍御史汜，方佐浙河东帅，闻丧来奔，半旬而至，惋毒之甚。"可知郁生于本年四月及卒以前。四月二十九日，及卒于常州，年五十三。崔祐甫、梁肃各有祭文，崔祐甫为作《神道碑》。罗考：《神道碑》："奄忽捐馆。其时也，大历十二年夏四月二十九日；其地也，常州之路寝；其寿也，五十三年。"《行状》："为郡之四载，大历十二年四月壬寅晦，暴疾薨于位。行路恸哭，罢市者相吊踰月。又吁嗟之声相闻，自寮属相吏，下逮乡老里尹，皆率以备斋祭。及葬之日，缌衰送丧者数千人。"据《朔闰表》，是岁四月小，晦日（二十九日）应为庚戌。四月，起居舍人韩会等十余人，皆坐元载贬官也（《旧唐书·代宗纪》）。六月六日引其柩归洛阳，十月葬之于河南府寿安县。罗考：《神道碑》："以六月六日引使君之柩去常州归洛阳，其年岁次，丁巳十月朔七日，葬我使君于河南府寿安县某原先秘监之茔左（英华无左字）。以夫人博陵县君崔氏祔焉，礼也。"梁肃《〈毗陵集〉后序》："大历丁巳岁夏四月，有唐文宗常州刺史独孤公薨于位，秋九月既葬。"与碑稍异，当以碑为是。今按：梁集无"秋九月既葬"五字，《英华》有，当为衍文。

大历十三年（778）　戊午

七月，中书舍人崔祐甫知吏部选事（《旧唐书·代宗纪》）。

九月，戴叔伦辞湖南转运留后东归，又作诗寄常州刺史萧复。

十二月，以吏部尚书刘晏为左仆射，判使如故（《旧唐书·代宗纪》）。

杨凝状元，进士二十一人，礼部侍郎潘炎知贡举。

梁肃年二十六。春，偕友人欧阳仲山游吴，过周公瑾（瑜）墓，作《周公瑾墓下诗序》；六月返常州，作《郑处士墓志》《唐故衢州司士参军府君李公墓志铭并序》《送谢舍人赴朝廷序》。秋后应诏至京师，任职于"东观"修史，旋因母老病辞归。作《代太常答苏端驳杨绾谥议》《送李补阙赴少室养疾序》《补阙李君前集序》。

权德舆年二十。居丹阳。吴筠本年卒于宣城，权德舆为其文集作序。

皇甫曾北归洛阳，戴叔伦于润州送之。

本年，刘太真任扬州陈少游幕侍御史、节度判官，上书宰相杨绾，献文章三十余篇。

大历十四年（779）　己未

闰五月，贬中书舍人崔祐甫为河南少尹。同月，起为门下侍郎、同中书门下平章事（《旧唐书·德宗纪》）。

八月，沈既济在京官协律郎，上《选举议》，以为选用官吏当据其德才劳，建言六品以下及僚佐之属许州府辟用。

礼部侍郎潘炎知贡举，点进士二十人。崔元翰年五十一，登博学宏词甲科。河东节度使马燧（大历十四年至贞元三年）聘崔元翰为掌书记。《旧唐书·崔元翰传》："后北平王马燧在太原，闻其名，致礼命之，又为燧府掌书记。入朝为太常博士、礼部员外郎。"

梁肃年二十七，居常州。春或至吴，作《吴县令厅壁记》；撰《越州长史李公墓志铭》《心印铭》《药师琉璃光如来画像赞》。冬，入京应制举（见《过旧园赋》）。

以吏部尚书刘晏判度支盐铁转运等使。初与户部侍郎韩滉分掌天下财赋，至是刘晏都领之（《旧唐书·德宗纪》）。

权德舆年二十一，居丹阳。九月，包佶自岭外贬所归润州闲居，权德舆陪游有诗作。

此年或之后短时内，韩会卒，韩愈随长兄一家远途迁徙，甫抵韶州不久，韩会因忧伤劳累过度病死。又随嫂将兄灵柩送回河阳原籍安葬。葬毕，原拟在河阳久住，中原多故，再随兄嫂郑氏避居江南宣州庄。韩会死时，韩愈十二三岁，由郑氏抚养长大。

戴叔伦为转运使河南留后，在汴州，冬与李勉唱和。

唐德宗　建中元年（780）　庚申

正月，改元，用杨炎议，废租庸调，改行两税法。

二月，贬尚书左仆射刘晏为忠州刺史。盖杨炎之排晏也（《旧唐书·德宗纪》）。

同月，柳载黜陟江东，表荐试秘书省校书郎，有书申谢。权德舆有《与黜陟使柳谏议书》。

三月，权德舆为韩洄所辟。春，授校书郎，为从事，旋因韩洄改官罢职，曾上书黜陟使柳浑。

五月，戴叔伦授婺州东阳令，赴任途中经润州，有诗赠包佶、陆羽，诗中表达对刘晏及其故吏无辜遭贬的不满。

六月，中书侍郎、同中书门下平章事崔祐甫卒。邵说为撰墓志，有集三十卷，权德舆为序。去岁，常衮与时任中书舍人的崔祐甫不和，奏贬崔祐甫为河南少尹，后德宗知情，贬常衮常州司马，诏崔祐甫为相（《旧唐书·德宗纪》）。

七月，刘晏遭秘密缢杀。

八月，李翰居阳翟，编所作三十卷为《前集》，梁肃为《李翰前集序》，论唐文三变。

约本年秋，包佶授江州刺史，权盐铁转运。

唐次等二十一人中进士，礼部侍郎令狐峘知贡举。崔元翰年五十二，登贤良方正能直言极谏科头。

梁肃年二十八，中文辞清丽科，礼部侍郎令狐峘知贡举。授东宫校书郎，八月，请告归觐于江南。作《指佞草赋》《给事中刘公墓志铭》《过旧园赋》。

戴叔伦年四十九，年初在河南留后任，与包佶、李勉等人唱和。夏五月，诏以监察御史里行出为东阳令。

右补阙柳冕贬巴州司户（《旧唐书·德宗纪》）。

杜佑任江淮水陆运使，辟权德舆为从事（《旧唐书·德宗纪》及权德舆《与张秘监书》）。

常衮观察福建，欧阳詹以文章为衮所看重推荐，文名远播宣城。欧阳詹时年二十四岁，五月，谒见常衮、薛播于南涧寺，并于西湖泛舟。西湖，位于福州闽县西二里。"乡县小民有能诵书作文辞者，衮亲与之为客主之礼。观游宴响，必召与之。"对欧阳詹更是喜爱，"比君为芝英"，"游娱燕响，必召同席"。同年，当时的名士秦系自北南来，隐居于南安九日山。薛播与其交好，向其引荐了欧阳詹，欧阳詹因此认识了一批当时的名士，通过他们，欧阳詹"声渐腾于江淮，且达于京师矣"。"建中、贞元间，往往闻詹名闾巷间，詹之称于江南也久。"

权德舆年二十二，在丹阳，游刺史马炫之门，与其族子马正字交往（参《送马正字赴太原谒相国叔父序》）。

建中二年（781）　　辛酉

春初，戴叔伦离东阳，出参嗣曹王李皋湖南观察幕为从事，兼大理司直。李皋与叔伦约大历间在湖南相知，时皋为衡州刺史，叔伦为转运留后（熊飞考）。

七月，刘太真官吏部员外郎。

十月，沈既济坐杨炎累自左拾遗、史官修撰贬处州司户，途中话任氏事，作《任氏传》，又感宦海沉浮作《枕中记》。

十一月，杜佑代韩洄判度支、户部事，权盐铁使、户部郎中包佶充江淮水陆运使（《旧唐书·德宗纪》）。

十二月，河中节度使马燧检校左仆射（《旧唐书·德宗纪》）。

崔元翰等十七人登进士第，礼部侍郎于邵知贡举。

梁肃年二十九，在常州侍奉其母，作《监察御史李君夫人兰陵萧氏墓志铭》。此年萧复再次荐肃,朝命擢授右拾遗,召至京,因母"有沉痼之疾"辞归。间游越,至桐庐,作《汉高士严君钓台碑》。《台州隋故智者大师修禅道场碑铭》《天台法门议》亦约当作于本年前后至明年湛然圆寂之前。本年入淮南陈少游幕府。

包佶为户部郎中,权盐铁使。

权德舆年二十三,在扬州杜佑幕中,署朝职为试右金吾卫兵曹参军(参《祭故屯田柳郎中文》)。秋,行役江西南昌,渡江南下。九月,道经杭州,值刺史元全柔调任黔中经略使,预祖饯,作序送行。复经睦州(参《奉送黔中元中丞赴本道序》《与睦州杜给事书》《旧唐书·德宗纪》)。经饶州,谒崔造,深见赏爱,约为兄弟,以年辈不伦辞(参《与张秘监书》)。

杨凝本年或在京为校书郎。

柳识卒,弟为名臣柳浑。

建中三年(782)　　壬戌

本年停试诗赋,以箴论表赞代之。

梁肃年三十,在常州。二月,湛然圆寂于天台,肃赴天台为撰碑志,惜已佚,唯《佛祖统纪·湛然传》中录其部分。作《游云门寺诗序》《奉送刘侍御赴上都序》。

权德舆年二十四。春,还扬州复命,仍为江淮水陆运使幕僚。同僚有张登、崔述、卢坦(参《唐故漳州刺史张君集序》《卢坦墓志铭》《奉和许阁老酬淮南崔十七端公见寄》)。后返丹阳,得崔造书议婚,复书承命(参《与张秘监书》《答左司崔员外书》《祭外舅相国安平公文》)。

沈既济在处州司户任,与权德舆同游栖霞寺留诗。

崔元翰年五十四,释褐为典校秘书。李勉辟为从事。

杜亚致书包佶为权德舆延誉,权有书申谢(参权德舆《与睦州杜给事书》)。

建中三年至贞元元年(785),柳镇、杨於陵任职李兼幕下。

建中三年至贞元元年,曹王李皋领江西,戴叔伦罢东阳令,幕下随往。《新唐书·戴叔伦传》："戴叔伦，字幼公，润州金坛人。师事萧颖士，为门人冠……嗣曹王皋领湖南、江西，表在幕府。皋讨李希烈，留叔伦领府事，试守抚州刺史。"

朱巨川在京官中书舍人。

柳芳撰《唐历》，成书四十卷，崔令钦又抄其事目为《唐历目录》一卷。

李翰约在本年卒，年五十四。

建中四年（783）　癸亥

正月，常衮卒于福建观察使之任，年五十五。衮器重陈京，以兄之女妻之。

三月，朱巨川卒，年五十九，李纾为作《神道碑》。

九月，杨凌任协律郎，娶韦应物长女。

十月，包佶财赋为陈少游劫夺，辗转往江西。遂出幕，居丹阳。去职时朝衔仍为右金吾卫兵曹参军（参《旧唐书·陈少游传》及权德舆《自杨子归丹阳初遂闲居聊呈惠公》《酬李二十二兄主簿马迹山见寄》二文）。

十二月，以祠部员外郎陆贽为考功郎中（《旧唐书·德宗纪》）。

韩弇等二十七人登进士第，礼部侍郎李纾知贡举。

戴叔伦年五十二，在江西观察李皋幕掌书记，兼大理司直，随之讨李希烈。十二月自江西行营奉使奉天行在，经申、均诸州，有诗。

梁肃年三十一，在常州。十二月，萧复荐为右拾遗，修史，后未应召。冬，谢良弼自吉州刺史入为大理少卿，梁肃等十一人作诗送行，肃为序。

权德舆年二十五，在江淮水陆运使幕中。七月，叔父自洛阳往新定，经丹阳，侍宴饯送（参《秋夜侍姑叔宴会序》）。本年在丹阳送许孟容赴李皋江西节度使幕（参《送许校书赴江西使府序》《月夜泛舟重送许校书联句序》《旧唐书·德宗纪》）。

王建约在本年出关辅往山东求学，与张籍同窗。

兴元元年（784）　甲子

正月，德宗在奉天下罪己诏，翰林学士陆贽执笔，"赦下，四方人心大悦"（《资治通鉴》卷二二九）。自此陆贽从驾于奉天、梁州，翰林制诰多出其手，后编入《翰苑集》。

二月，戴叔伦使至奉天，得召见。九月任抚州刺史。

梁肃年三十二。在常州，居母丧。始撰述《删定止观》。作《郑州新郑县尉安定皇甫君墓志铭》《送皇甫七赴广州序》《房正字墓志铭》《为雷使君祭孟尚书文》。

权德舆年二十六。元日，在丹阳作诗呈县令郑侍御（参《甲子岁元日呈郑侍御明府》）。三月，杜佑任广州刺史、岭南节度使，辟为从事，以疾辞（参《送岭南韦评事赴使序》及《旧唐书·德宗纪》）。在丹阳送从姨弟王仲舒往衢州（参王仲舒《祭权少监文》《送王仲舒侍从赴衢州觐叔父序》）。

崔元翰年五十六，马燧辟为掌书记。《旧唐书·崔元翰传》："后北平王马燧在太原，闻其名，致礼命之，又为燧府掌书记。"

兴元元年至贞元三年（787）五月，韩愈从父兄韩弇，先后为朔方地方长官浑瑊、杜希全掌书记，后随瑊入吐蕃遇害（见《韩弇夫人韦氏墓志》）。

贞元元年（785）　乙丑

二月，刘太真任工部侍郎，往两河宣慰。时河南河北饥荒，米斗千钱。

三月，以汴东水陆运等使、左庶子包佶为刑部侍郎，时年六十岁（《旧唐书·德宗纪》）。冬，拜国子祭酒。

春，皇甫曾卒，李纾、包佶有诗哭之。

七月，以左散骑常侍柳浑为兵部侍郎（《旧唐书·德宗纪》）。

梁肃年三十三，在常州母丧服满，作《李晋陵茅亭记》。秋曾西行至华州、京师，作《郑县尉厅壁记》《释迦牟尼如来像赞》，旋返常州，作《壁画二像赞》。《贺苏常二孙使君邻郡诗序》大抵亦作于此年。

戴叔伦年五十四，授抚州刺史兼尚书祠部郎中。德宗诏书褒奖，加朝散大夫，赐爵谯县男。

权德舆年二十七。二月，与夫人崔氏结缡于扬州。时崔造在京任给事中，柳氏太夫人主婚（参《祭外舅相国安平公文》及《旧唐书·德宗纪》）。闲居丹阳，与李畅游（参《酬李二十二兄主簿马迹山见寄》）。李华子秩子相访于权（参《祭李处士秩子文》）。冬，权德舆生女，后归独孤郁（参权德舆《独孤氏亡女墓志铭》）。

贞元初，柳冕召回为太常博士。

柳宗元年十三，南游长沙，随父游江西，与杨凭之女订婚。

颜真卿被李希烈杀害于蔡州，终年七十七岁。

张籍、王建约在本年同在荆州鹊山、漳水一带同窗求学。

贞元元年至贞元六年，李兼幕府中有杨於陵、权德舆、皇甫湜、穆赏。

贞元初至五年，淮南杜亚幕下，殿中侍御史内供奉掌书记梁肃。

贞元二年（786）　　丙寅

礼部侍郎鲍防、国子祭酒包佶知贡举。孟郊在京应举，有诗投献。

韩愈年十九，始来长安，应举未第。

戴叔伦在抚州刺史任。与陆羽、崔载华、权德舆等人唱和。八月前后离任，秋受谤，诏回南昌对事（熊飞考）。

权德舆年二十八，在润州，苦贫作诗。二月，外舅崔造拜相，有书致贺（参《与张秘监书》《贺外舅崔相国书》《旧唐书·德宗纪》）。秋，得江西观察使李兼辟书（参《酬李二十二兄主簿马迹山见寄》及《旧唐书·德宗纪》）。秋冬间，奉母赴江西任观察使判官，朝衔试大理评事摄监察御史。十二月，在南昌与送崔述之会（参梁肃《著作郎赠秘书少监权公夫人李氏墓志》《祭李处士秩子文》《送崔端公赴江陵度支院序》《房州刺史崔公墓志铭》《旧唐书·德宗纪》）。

梁肃年三十四。至扬州，入淮南节度使杜亚幕，领殿中侍御史内供奉管书记之任。作《送元锡赴举序》。完成《删定止观》三卷，撰《止观统例议》。《祭李处州文》《处州刺史李公墓志铭》亦当作于此年。

李观约于本年客居睦州，上书独孤汜，以师古复古自许，汜谓之文奇之又奇。

贞元三年（787）　丁卯

正月，以兵部侍郎柳浑同中书门下平章事（《旧唐书·德宗纪》）。

六月，萧颖士弟子柳并目盲，滞于吉州。

八月，以兵部侍郎、平章事柳浑为散骑常侍，罢知政事（《旧唐书·德宗纪》）。

梁肃年三十五，在淮南节度使杜亚幕下。作《送韦拾遗归嵩阳旧居序》。

权德舆年二十九。正月，戴叔伦坐谤被推案，会得澄清，和陆羽诗同为之庆（参《同陆太祝鸿渐崔法曹载华见萧侍御留后说得卫抚州报推事使张侍御却回前刺史戴员外无事喜而有作三首》《萧侍御喜陆太祝自信州移居洪州玉芝观诗序》）。春间曾返丹阳探家。二月甲子（九日），为会稽虚上人作《会稽虚上人石帆山灵泉北隅记》。春，奉使袁州。四月，送王绍使淮南浙西（参《奉陪李大夫送王侍御史往淮南浙西序》）。六月大旱，李兼祈雨于洪州西山风雨池。八月，为之记。（参《洪州西山风雨池记》）九月，外舅崔造卒。十二月初，作文祭之（参《祭外舅相国安平公文》及《旧唐书·德宗纪》）。权德舆致书诗僧皎然，索其文辞。二十日，皎然托元判官报书，荐灵澈与居士豆卢次方，且转述二人之言，称权文可比扬雄、司马相如（参皎然《答权从事德舆书》）。

韩愈在贞元三、四、五年连续三年未中。受马燧接济。本年在长安，感吐蕃寇边，兄长韩弇被害作诗。

崔元翰年五十九，离开马燧幕，六月入朝为太常博士。

贞元四年（788）　戊辰

二月，道一（大寂禅师）卒于洪州，包佶作碑，权德舆作塔铭。

春，戴叔伦在抚州辨对，昭雪，抚州吏民立遗爱碑。七月，诏戴叔伦为容州刺史，兼御史中丞、本管经略使（《旧唐书·德宗纪》）。

五月，诏包佶、李纾等补诸庙所缺乐章。

六月，顾况任著作郎，柳浑、刘太真等访之于宣平里，各赋六言诗，刘太真为序。

崔元翰举贤良方正、能直言极谏科，礼部侍郎刘太真知贡举。

欧阳詹年三十二。初涉科场，不第。此后数年，直至贞元八年方及第。

梁肃年三十六。在淮南杜亚幕。春赴吴、越，作《送灵沼上人游寿阳序》《送皇甫尊师归吴兴卞山序》；旋返扬州，作《送张三十昆季西上序》《通爱敬陂水门记》。

权德舆年三十。五月，在南昌送诗僧灵澈归沃州（参《送灵澈上人庐山回归沃洲序》）。六月，太夫人病故，奉丧返葬丹阳，遂居丹阳丁忧（参梁肃《著作郎赠秘书少监权公夫人李氏墓志》《先公先太君灵表》）。

柳宗元年十六。柳镇入朝为殿中侍御史。

杨凌约卒于本年，任大理评事，有文集，柳宗元为之序。

贾岛生。

贞元五年（789） 己巳

正月，右散骑常侍宜城县子柳浑卒（《旧唐书·德宗纪》）。

二月，中和节，德宗宴百僚，赋诗，诏写本赐戴叔伦于容州，天下荣之。

二月，柳浑卒于长安，年七十五，集十卷。

三月，贬礼部侍郎刘太真为信州刺史（《旧唐书·德宗纪》）。

同月，宰相李泌卒，年六十八，有集二十卷，梁肃为序。

六月，戴叔伦卒于容州任，年五十八。权德舆撰墓志，梁肃撰神道碑。有集二十卷，马总为序。戴氏曾撰《戴氏世传》，编《唐诗》凡数万言，草稿。

礼部侍郎刘太真知贡举，点裴度等三十六进士。欧阳詹三十三岁，正月于长安参加科举，不第。五月十五日游曲江池，作《曲江池记》。

唐次贞元五年至八年四月任礼部员外郎。

梁肃年三十七。在淮南幕。作《送郑子华之东阳序》《送朱拾遗赴朝廷序》《中和节奉陪杜尚书宴集序》《为杜尚书祭侍御史文》《为杜尚书祭殁将文》《侍御史摄御史中丞赠尚书户部侍郎李公墓志铭》《著作郎赠秘书少监权公夫人李氏墓志铭》。十二月杜亚赴东都留守任时，肃以监察御史征入京。

权德舆年三十一。春，葬太夫人于丹阳，请梁肃作墓志。居丹阳丁忧。

贞元六年（790） 庚午

五月，包佶在秘书监任，奉诏作祀风师、雨师乐章。

李观应举不第，居长安。曾投书赵某，讥宋之问、严维、皇甫曾之作皆师延之余音，又上书陈京，谓不当仅以辞赋、声取士。九月作文吊韩弇。

梁肃年三十八。在京，为监察御史，转右补阙。李观、韩愈、李绛、崔群等，均游于其门。秋冬之际有江东之行。作《晚春崔中丞林亭会集诗序》《送韦十六进士及第后东归序》《京兆府司录西厅卢氏世官记》《为杜东都祭窦庐州文》《丞相邺侯李泌文集序》《戴叔伦神道碑》。

权德舆年三十二。正月，为友人戴叔伦撰墓志铭。时居丹阳丁母忧（参《朝散大夫使持节都督容州诸军事守容州刺史兼侍御史充本管经略招讨制置等使谯县开国男赐紫金鱼袋戴公墓志铭》）。三月，服阕还江西，与幕府同僚游龙沙熊氏清风亭（参《暮春陪诸公游龙沙熊氏清风亭诗序》）。

崔元翰年六十二，为礼部员外郎。

柳宗元年十八，应举不第，作《上权德舆补阙温卷决进退启》求引荐。

韩愈年二十二，至滑州，投书刺史贾耽，献文十五篇。

本年前后，柳冕为太常博士，加吏部郎中。

贞元七年（791）　辛未

春，李兼卒（参权德舆《祭故薛殿中文》《祭故李祭酒文》）。

八月，陆贽为宰相窦参所忌，罢翰林学士，为兵部侍郎（《旧唐书·德宗纪》）。

同月，李观作书与弟兑，言虽明经应试，亦需有文，且文贵天成。

九月，李观在长安，投文十篇于兵部侍郎陆贽。

梁肃年三十九。在京为右补阙，加翰林学士，领东宫侍读。作《祭李祭酒文》《奉送泉州席使君赴任序》。

崔元翰年六十三，转职方员外郎知制诰。陆贽知贡举，元翰推荐艺实之士。《唐会要》卷七十六载："贞元七年，兵部侍郎陆贽知贡举，崔元翰、梁肃文艺冠时。贽输心于肃，与元翰推荐艺实之士，升第之日，虽众望不惬，然一岁选士，才十四、五，数年之内，居台省者十余人。"

权德舆年三十三。正月，李兼征为国子祭酒，府罢。时任观察支使，带宪职为监察御史里行。裴胄继任江西观察使，与淮南节度使杜佑辟书同日至京，遂应杜佑辟（参《祭故李祭酒文》《从事淮南府过亡友杨校书旧厅感念愀然遂书十韵》及《旧唐书》德宗纪、本传）。返丹阳居。晤诗人秦系于丹徒，为作《秦征君校书与刘随州唱和诗序》。本年冬诏以太常博士征入朝，携眷赴京。至西岳庙停车祝谒（参《送歙州陆使君员外赴任序》《贞元七年蒙恩除太常博士自江东来朝时与郡君同行西岳庙停车祝谒元和八年拜东都留守途次祠下追计前事已二十三年于兹矣时郡君以疾恙续发因代书却寄》）。

韩愈从宣州赴京，第四次参加科考。

孟郊于湖州乡贡拔解，至长安谋应明年进士试。

陈京贞元七、八年之际至贞元末在考功员外郎任。

齐抗贞元七年至八年二月任苏州刺史。

吕温本年前后从父渭学《诗》《礼》，从陆质学《春秋》，从梁肃学文章。

贞元八年（792） 壬申

三月，刘太真移疾去信州，卒于道，年六十八。太真有集三十卷，顾况为序。

四月，李观、裴度登博学宏词科。

同月，包佶卒于长安，年约六十七。权德舆为祭文，梁肃为文集序，孟郊以诗哭之。

同月，陆贽与尚书左丞赵憬并为中书侍郎、同平章事。

八月，上疏论江淮水灾（参《论江淮水灾上疏》及《旧唐书》本传）。十一月十二日，权德舆上疏论裴延龄之奸（参《论度支上疏》）。

九月，孟郊再至长安，献诗梁肃求举荐。

韩愈、李观、欧阳詹、穆质、崔群、王涯、张季友、李绛、侯季等二十三人进士及第，元稹中明经科，兵部侍郎陆贽知贡举。号为得人，时称"龙虎榜"。

梁肃年四十。在京居官。佐陆贽知贡举，推荐李观、韩愈、李绛、崔群等及第，皆一时名士。观明年又上书于肃，荐孟郊、崔宏礼；孟郊作《古意赠梁补阙》诗以自陈。作《睦王墓志铭》《秘书监包府君集序》《朝散大夫使持节常州诸军事守常州刺史赐紫金鱼袋独孤公行状》《大罗天尊画像赞》《送沙门鉴虚上人归越序》。

权德舆年三十四。正月，始至京师。十四日任职，散官为将仕郎（参《太常博士举人自代状》《送台州崔录事二十一丈赴官序》）。六月二十五日转左补阙，散官如故（参《右补阙举人自代状》，按两《唐书》本传及公诸文结衔均为左补阙，此作右补阙，当为传刻之误）。

孟郊不第，有诗赠李观，述悲怀，韩愈赠诗慰之。

柳宗元以行卷来谒权德舆，数日后复温卷（参柳宗元《上权德舆补阙温卷决进退启》）。

贞元九年（793） 癸酉

正月，韩愈、李翱、柳宗元、孟郊、石洪等人同登长安慈恩寺塔，题名。按《广川书跋》载李翱《慈恩题名》："李翱第一，张仲素次之。十人解送而九人入等。盖李、张皆于上年为京兆等第也。"张仲素，字绘之，贞元十四年李随榜进士，与李翱、吕温同年，张建封之子。

二月，诏赐杭州僧法钦谥号大觉，崔元翰为撰影堂记。

五月，柳宗元之父柳镇卒，年五十七（五十五？）。梁肃代人作祭文。

八月，李观将归觐，有《上陆相公书》于陆贽。

九月，李翱举乡试贡举，至长安，携文谒梁肃得赏识。《感知己赋序》："贞元九年翱始就州府之贡与人事。其九月执文章一通谒于右补阙安定梁君。当是时梁君之誉塞满天下，属辞求进之士，奉文章造梁君之门下者，盖无虚日。"十一月梁肃卒，李翱失去庇佑，渐游朋友公卿间。之后五年学圣人经籍教训文句之旨，为文将数万言。

十月，张籍在邢州求学，约本年秋入京应试，有诗赠别王建。

十一月十六日，梁肃卒，终四十一岁。本年在京居官，作《述初赋》。或于此年加史馆修撰。其时肃"誉满天下"，识拔李翱等。病逝长安万年县之永乐里，诏赠礼部郎中。贞元十年春正月二十八日，葬于京师之南小赵村之原。后崔恭为编文集并作序。

十二月，宣武军乱，都知兵马使李万荣逐节度使刘士宁。陆贽请另选一文武大臣为节度使，上书云："若使倾夺之徒便得代居其任，利之所在，人各有心，此源潜滋，祸必难救。"德宗姑息李万荣，仍予实权，任汴州刺史、宣武军节度等职。

柳宗元、刘禹锡、穆寂等三十二人进士及第，户部侍郎顾少连知贡举。

权德舆年三十五。六月，上疏再论裴延龄不宜判度支（参《旧唐书》德宗纪及本传，《论裴延龄不应复判度支疏》）。

韩愈在贞元九年、十年两年的博学宏词试中连续落选，生活非常窘困，《苦寒歌》等足表此期贫困生活的反映。

李观为校书郎，有《上梁补阙诗》推荐孟郊给梁肃。

贞元十年（794）　　甲戌

五月，德宗性猜忌，官无大小必自决，群才淹滞。陆贽上奏谏，不听。

本年夏，李观卒，终二十九岁。有集三卷。韩愈为墓志铭。

八月二十一日，权德舆兼知制诰（参《起居舍人举人自代状》）。

九月，吕温于本年秋举河南府乡贡进士试第一。

十月三日，权德舆奉诏主考制科，擢贤良方正、能直言极谏十七人，裴度为首（参《旧唐书·德宗纪》）。

十二月，陆贽受裴延龄之谗，罢相，贬为太子宾客（《旧唐书·德宗纪》）。

同月，崔群登贤良方正科，授校书郎。归觐洛阳，柳宗元有文送之。

权德舆年三十六。三月，作文祭韩洄，为撰行状。时散官已迁征事郎（参《祭故韩祭酒文》《太中大夫守国子祭酒颍川县开国男赐紫金鱼袋赠户部尚书韩公行状》）。四月二十八日，迁起居舍人，由奚陟荐（参《起居舍人举人自代状》及《旧唐书》本传）。刘禹锡上公书，呈近作十余篇（参刘禹锡《献权舍人书》）。

欧阳詹年三十八。十月，参加直言极谏制举，不第。

柳宗元年二十二，游邠州，访故老，得段太尉逸事，后发给韩愈作《顺宗实录》史料。

柳冕在婺州刺史任，本年或稍后与徐岱论文《与徐给事论文书》。

沈既济本年前后为礼部员外郎，作《词科论》，论进士试以文章取士之流弊。

李翱试于礼部，连续五年不第。按《感知己赋并序》："梁君殁于兹五年，每岁试于礼部，连以文章罢黜。"

贞元十一年（795）　乙亥

三月，韩愈在长安，三次上书宰相求仕未果，有诗文抒怀。

四月，陆贽由太子宾客贬忠州别驾，贽友京兆尹李充、卫尉卿张滂等皆受裴延龄之谤。阳城时为谏议大夫，联络拾遗王仲舒等上疏陆贽等人无罪，上不听。八旬高龄金吾将军张万福于延英门外遍拜阳城与仲舒等人直言，自此名重天下。此为当年京城一大事（《旧唐书·德宗纪》）。

夏，崔元翰卒于长安，时任职方员外郎知制诰，守比部郎中，年六十七。

八月，北平郡王马燧薨（《旧唐书·德宗纪》）。

崔玄亮等二十七人登第，礼部侍郎吕渭知贡举。

白行简撰《李娃传》。

权德舆年三十七。三月，外姑病故，作文祭之（参《祭外姑河东县君文》）。十一月二十一日，权德舆改尚书省驾部员外郎，仍知制诰。散官迁宣德郎，勋官为云骑尉（参《驾部员外郎举人自代状》）。

灵澈于本年前后西游京师，与刘禹锡、权德舆、柳宗元、吕温等交游。

李翱于本年或稍后献文于杨於陵，求荐引。

贞元十二年（796）　丙子

七月，韩愈受宣武军节度使董晋辟为节度巡官。孟郊在长安有诗送之。

八月，张籍居和州，孟郊于秋天来访，籍以诗赠之。

孟郊（四十六岁）、崔护等三十人中进士，柳宗元中博学宏词科，授校书郎，礼部侍郎吕渭知贡举。

贞元十二年至十五年，宣武节度使董晋帐下，观察推官韩愈，判官杨凝。七月，汴州（今河南开封）发生了兵乱，朝廷任命董晋检校尚书左仆射、同中书门下平章事、汴州刺史、宣武军节度使及汴宋亳颍等州观察处置使等急赴汴州，韩愈等随同董晋赴任。

李翱于本年自徐游汴，与韩愈订交。李翱三试于礼部未果，生活困顿，曾谒杨於陵，献所著文章，累获咨嗟（见《谢杨郎中书》）。由此可知，杨於陵对李翱有称誉荐进后学之恩，可谓又一知己。

柳宗元年二十四，娶礼部郎中杨凭之女。

权德舆年三十八，在驾部员外郎任、知制诰。与同僚祭李泌（参崔损《祭成纪公文》）。

欧阳詹年四十。正月，于京师应博学宏词科，落第。

贞元十三年（797） 丁丑

三月，以婺州刺史柳冕为御史中丞、福州刺史、福建观察使（《旧唐书·德宗纪》）。

八月，独孤及子郁有书来谒权德舆，答之甚眷（参《答独孤秀才书》）。本年作《崔元翰集序》。

冬，张籍因孟郊之荐，至汴州见韩愈，二人订交，与李翱同游韩门。

本年，李翱在汴州闻韩愈言高愍女事迹，作《高愍女碑》，《杨烈妇传》亦作于本文前后。翱因屡试不第，恨无知己如梁肃者，作《感知己赋》怀之。并书荐孟郊于张建封，盛推其作诗。

独孤申叔（与皇甫湜交好，803年离世，持正作《伤独孤赋》）等二十人登进士第，礼部侍郎吕渭知贡举，独孤朗中举又落下。吕温应"别头试"不中。《全唐文》卷六三九李翱撰《唐故福建等州都团练观察处置等使兼御史中丞赠右散骑常侍独孤公墓》："年二十一，与弟郁同来举进士，其二年，既得之矣，会有司出赋题，德宗不悦，宰相喻使减人数，故公与十余人皆黜。"

权德舆年三十九，在驾部员外郎任，充进士试策官（参《贞元十三年中书试进士策问二道》）。

欧阳詹年四十一。正月，应吏部科目选，落第。

李渤本年前后与萧存、魏弘简游庐山大林寺，题诗于壁。

贞元十四年（798） 戊寅

秋，董晋命韩愈主持汴州乡试，张籍应试中第，是年冬，以汴州"首荐"的资格往长安，十五年登进士第。张籍步入科场已在中年，但乡试、礼部试连捷，与韩愈的识拔、推荐很有关系，所以张籍对韩愈始终怀着感激的心情。

李翱、吕温、独孤郁等二十人进士及第，柳宗元中博学宏词科，为集贤殿书院正字，尚书左丞顾少连知贡举。

权德舆年四十。四月一日，迁尚书司勋郎中，兼知制诰，散官为朝议郎，赐绯鱼袋，勋官如故（参《司勋郎中举人自代状》）。上昭陵寝宫奏议（参《旧唐书·德宗纪》及《昭陵寝宫议》）。

张籍本年与韩愈有书往还，论为文之道《上韩昌黎书》，谓愈"尚驳杂之说""为博赛之戏"。

欧阳詹约本年任四门助教，柳宗元作壁记。

贞元十五年（799）　己卯

二月，宣武军节度使董晋卒，韩愈为文以祭。汴州军中乱，杀代为节度使的行军司马陆长源，韩愈以送董晋灵柩离汴州归河中老家得免祸。孟郊、白居易等作诗文悼陆长源。

八月，李翱过泗州，应开元寺僧请，作钟铭《泗州开元寺钟铭并序》。

九月，张建封辟韩愈为武宁军节度推官，观击毬，上书张建封谏之。

冬，韩愈以徐州从事身份代表张建封往京城朝正，重遇欧阳詹，时詹四十五岁，举荐韩愈为四门博士，未果。

本年取进士张籍等十七人，吕温中博学宏词科，中书舍人高郢知贡举。

本年底至明年，韩愈完成著名"五原"文，奠定了其在儒学上的领导地位。

权德舆年四十一。冬月，擢中书舍人，勋散赐如故（参《中书舍人举人自代状》）。

贞元十六年（800）　庚辰

正月，白居易年二十九，在长安应试，上书给事中陈京，献诗文行卷。

二月，白居易、崔玄亮等十七人登进士第，礼部侍郎高郢知贡举。

同月，杨於陵拜京兆少尹，权德舆为作西厅壁记（参《京兆少尹西厅壁记》）。

四月，李翱由泗州至徐州，娶韩愈从兄韩弇之女为妻。

五月，徐州兵乱在即，韩愈辞去徐州推官，即携全家与李翱夫妇离徐，沿泗水至下邳，再由下邳西行至洛阳。韩愈、李翱、王涯、侯喜等泛舟下邳之清泠池，题名于壁。

同月，徐州刺史张建封卒，年六十六，有集，权德舆为之序。

七月，权德舆为宰相郑馀庆弟具瞻作秘书郎壁记（参《秘书郎厅壁记》）。

同月，吕温为校书郎，母柳氏、父吕渭相继去世，作墓志铭。

十月，独孤郁将出仕，有书答孟郊论仕进，又作《辨文》，以为文贵自然。权德舆之女归于独孤郁（参韩愈《唐故秘书少监赠绛州刺史独孤府君墓志铭》、《旧唐书》独孤郁本传、《祭子婿独孤少监文》）。

权德舆年四十二。正月，上《淮西招讨事宜》（参《淮西招讨事宜》）。

皇甫湜年二十五，于本年前后在扬州感孝寺见顾况，受知重。

韩愈冬至京师谋调选。

贞元十七年（801）　辛未

三月，韩愈、孟郊在京从调选，孟郊吏部铨选得溧阳尉，韩愈落选。韩愈归洛阳，孟郊迎母来溧阳，作《游子吟》。二人均有不平之气，韩愈作《送孟东野序》。

六月，韩愈在洛阳，有答李翊书二文，论为文养气之道。

秋，韩愈得陆俟举荐，授四门博士。四门博士为四门学的学官。四门学与国子学、太学、律学、书学、算学都隶属国子监，称为"六学"。"六学"之中，国子学地位最高，其次为太学，再次才是四门学。赴长安，与李景兴、侯喜、尉迟汾游。

十月，杜佑在淮南，修改补充《通典》二百卷完稿，使人诣阙献之。

权德舆年四十三，任中书舍人，勋散赐如故（参《祭故房州崔使君文》）。冬，以中书舍人典礼部贡举（参《旧唐书》本传）。

欧阳詹自太原归长安，未几去世，年四十余。孟简有诗叹欧阳詹因钟爱的太原妓疾逝而伤心致死。

柳宗元年二十九，由集贤殿书院正字调蓝田尉。

柳冕在福州，约本年有书与裴胄论文《答荆南裴尚书论文书》（《全唐文》卷五二七）。

李翱为义成军节度使李元素幕观察判官。

贞元十八年（802）　壬午

正月，韩愈为四门博士，《与祠部陆员外书》向陆傪推荐侯喜等十人。其上四人为侯喜、侯云长、刘述古、韦群玉，其次六人为沈杞、张弘、尉迟汾、李绅、张后余、李翊。

三月，陆傪出为歙州刺史，韩愈以诗序送之，四月卒于洛阳道，是年五十五岁。

九月，以太常少卿杨凭为潭州刺史、湖南观察使（《旧唐书·德宗纪》）。

十月，韩愈作《与崔群书》，自述穷苦之状，抒发与崔的友情，愤世事之不公。

李翊、侯云长、韦纾、尉迟汾等二十三人中进士，王涯中博学宏词科，中书舍人权德舆知贡举，祠部员外郎陆傪佐之。

权德舆年四十四，任中书舍人，放进士二十三人及第。四月，为宰相贾耽作《贞元十道录》（参《魏国公贞元十道录序》）。十月，拜礼部侍郎，勋散赐如故（参《礼部侍郎举人自代状》《酬崔舍人阁老冬至日宿直省中奉简两掖阁老并见示》）。

僧文畅自京将游河朔，杨凝等以诗送之，柳宗元为序《送文畅上人登五台遂游河朔序》。

韩愈约于本年作《师说》贻举子李蟠，阐明从师之重要，并首创"古文"之名。

柳冕在福建任观察使，本年前后致书礼部侍郎权德舆，论当以经义、治道而不当以诗赋取士，作《与权侍郎书》。

贞元十九年（803）　癸未

正月，杨凝卒于长安，柳宗元为墓碣。杨凭辑其遗文二十卷，权德舆为序，论其作文之意《兵部郎中杨君集序》。

春闱取侯喜等进士二十人，礼部侍郎权德舆知贡举。白居易、元稹、崔玄亮等以书判拔萃科登第，吏部侍郎郑珣领选事。

春，僧文畅复有东南之行，柳宗元代其请韩愈作序送之《送浮屠文畅师序》，吕温亦有诗送《送文畅上人东游》。

五月，韩愈之侄老成卒，愈为之作《祭十二郎文》。

闰十月，柳宗元年三十一，由蓝田尉调监察御史里行，刘禹锡由渭南主簿擢监察御史，韩愈已由四门博士授监察御史，三人同在御史台。

本年前后，韩愈在《答韦珩示韩愈推以文墨事》中推许柳文，柳宗元亦对韩文盛赞。时宗元在长安为士人所重，有人造门或修书请教，约于本年作梓人、郭橐驼、宋清等传。

权德舆年四十五，任礼部侍郎，放进士二十人及第，据京兆尹李实请托（参《旧唐书·李实传》）。七月，因旱上疏论朝政之失（参《新唐书》本传及《论旱灾表》）。冬，与张荐等曾任或现任太常博士者十九人宴会于韦宾客宅，各即兴赋诗，权德舆序之《韦宾客宅宴集诗序》。

韩愈奉旨作《禘祫议》《论今年权停举选状》《请复国子监生徒状》等文。罢四门学博士，作《与陈给事（京）书》《上李尚书（实）书》求荐引。冬，授监察御史，同署有柳宗元、刘禹锡、王播、李程、张署等。十二月因上书言（京兆尹）李实瞒报旱情之过，被贬连州阳山令。多方后学闻之前来拜谒求学。

唐次于本年冬自开州刺史迁夔州刺史，集其在开州二十三人唱和诗为《盛山唱和集》，权德舆为之序。

吕温守丧服除，约于本年授左拾遗。

贞元二十年（804） 甲申

四月，太子宾客齐抗卒，年六十五，有集二十卷（《旧唐书·德宗纪》）。

五月，吕温为工部侍郎张荐副使一同入藩。七月张荐殁于途中，年六十一，有集三十卷。

七月，福建观察使柳冕奏置万安监牧于泉州界，置群牧五，悉索部内马牛羊近万头匹，监史主之（《旧唐书·德宗纪》）。

九月，太子李诵得风疾，不能言，翰林待诏王伾与山阴王叔文俱娱侍太子，并与吕温、柳宗元、刘禹锡等结交。

本年停贡举。

孟郊约于本年辞去溧阳尉职位。

区册、区弘、刘师命向韩愈学文。

柳宗元年三十二。吕温为给事中，二人同住长安兴化里，宗元向他学习《春秋》。

柳冕约于本年卒于福州，赠工部尚书，有集。

贞元二十一年　顺宗永贞元年（805）　乙酉

正月，德宗薨，年六十四。太子李诵即位为顺宗。

二月，柳宗元由监察御史里行擢礼部员外郎。

同月，吕温被羁吐蕃，卧病。

三月，杜佑为度支盐铁使。

同月，沈传师、杨嗣复、陈鸿、窦参、刘述古、韦珩等进士二十九人，礼部侍郎权德舆知贡举。皇甫湜二举不及第，有《答刘敦质书》。

同月，陆贽在忠州贬所与阳城、郑余庆同诏征还。诏未至而贽卒，年五十二。有《翰苑集》，权德舆为文集序。

八月，顺宗禅位于太子李纯，是为宪宗，改元永贞元年。

同月，韩愈授为江陵法曹参军。

同月，夔州刺史唐次为吏部郎中，并知制诰（《旧唐书·宪宗纪》）。

九月，永贞革新失败，柳宗元、刘禹锡等连贬，二王八司马事件。

十月，给事中陆淳卒，吕温为文以祭。时温已从吐蕃归长安。

十一月，杨凭从湖南观察使转江西观察使。

权德舆年四十七，任礼部侍郎。正月，撰德宗谥册文（参《唐德宗皇帝谥册文》）。三月三日上巳，在贡院考杂文。放进士二十九人，试《沽美玉》诗（参《上巳日贡院考杂文不遂赴九华观祓禊之会以二绝句申赠》）。七月二十一日，转户部侍郎，勋散赐如故（参《旧唐书》本传）。十月，散官迁朝散大夫（参《祭故贾魏公文》）。先公追命为工部尚书（参《先公先太君灵表》）。

宪宗即位，唐次和李吉甫同自三峡召还，授次礼部郎中，寻以本官知制诰，正拜中书舍人，卒于道。权德舆、柳宗元有祭文。

李翱本年前后在京任京兆司户参军。

唐宪宗　元和元年（806）　丙戌

正月，顺宗薨，年四十六。

皇甫湜、李绅等二十三人中进士，中书舍人崔邠知贡举。四月，独孤郁、元稹、白居易、沈传师登才识兼茂、明于体用科，授元稹左拾遗，独孤郁右拾遗，白居易盩厔尉。

权德舆年四十八。正月，在户部侍郎任（参《祭故唐舍人文》）。赐爵成纪县伯，夫人封安喜县君（参《元和元年蒙恩封成纪县伯时室中封安喜县君感庆兼怀聊申贺赠》）。七月，顺宗葬，公为卤簿使。[参《顺宗至德大安孝皇帝挽歌三首（时充卤簿使）》]秋，转兵部侍郎，散官如故，勋官迁骁骑尉（参《旧唐书》本传及《兵部侍郎举人自代状》）。冬，迁吏部侍郎，勋散封赐如故（参《吏部侍郎举人自代状》）。先妣追封为敦煌县太君（参《先公先太君灵表》）。

韩愈任江陵法曹参军。六月，召回，权知国子学博士。此年孟郊、张籍、张彻、崔立之、孟几道均在长安，唱和联句。十月，僧文畅将北游，韩愈有诗相送《送文畅师北游》。十一月，韩愈作《荐士》诗，论作诗之旨，盛赞孟郊之诗，荐于河南尹郑余庆，奏授水陆运从事，试协律郎。十二月，张籍为韩愈之子韩昶授诗，愈于本年作《赠张籍》诗述其事。

本年七月后李翱从京兆司户参军转任国子博士兼史馆修撰，分司东都。按旧书本传："三迁至京兆府司录参军。元和初转国子博士、史馆修撰。"

张籍约于本年调补为太常寺太祝，官卑禄少，且不事逢迎，任太祝十年未得升迁。

柳郢约于本年作《上清传》。

柳宗元年三十四，在永州贬所任司马。给赵骅之子赵宗儒上书陈情。

刘禹锡在朗州贬所，上书杜佑，陈情求助。

元和二年（807）　丁亥

正月，杜佑以年老请致仕，诏不许。

二月，权璩、吴武陵、白行简等二十七人进士及第，礼部侍郎崔邠知贡举。

同月，韩愈为国子博士，为避谗言，请分司东都国子监，与孟郊、裴度、侯继等同在洛阳。

四月，韩愈于张籍家中得李翰《张巡传》，补其阙，作《后叙》。

权德舆年四十九。春，改太子宾客，散官迁朝议大夫，勋封赐如故（参《旧唐书》本传及《太子宾客举人自代状》）。先公追命为太子少傅，先妣追封为绛郡太夫人（参《先公先太君灵表》）。

杨凭入官左散骑常侍。

元和二年至五年，江西韦丹幕下独孤朗（以处士起征）、李肇。

元和三年（808）　戊子

四月，贬翰林学士王涯为虢州司马，时涯甥皇甫湜与牛僧孺、李宗闵并登贤良方正科第三等，策语太切，权幸恶之，故考官杨於陵、李益、韦贯之、王涯坐亲累贬之。皇甫湜补河南陆浑尉（《旧唐书·宪宗纪》）。

同月，裴均、杨凭在京，编《荆潭唱和集》一卷，韩愈为序。

十月，李贺自昌谷至洛阳，以诗谒韩愈，愈读《雁门太守行》奇之，作《讳辩》鼓励其科举。

同月，吕温坐诬李吉甫贬均州刺史，再贬道州刺史。

十二月，刘叉闻韩愈之名，归于门下，作《冰柱》《雪车》诗，谓出卢仝、孟郊之上。

· 303 ·

同月，皇甫湜为陆浑尉，有诗文寄送韩愈。

春试樊宗师中军谋鸿达科，中书舍人卫次公知贡举。

柳宗元在永州，约在本年为吴武陵之父作序。

权德舆年五十。三月，复任兵部侍郎，散官迁太中大夫，勋官迁上柱国，爵封襄武县开国侯（参《旧唐书》本传及《祭杨校书夫人文》《送徐咨议假满东归序》）。

韩愈正式成为国子博士。

元和三年至五年，岭南东道杨於陵征辟李翱为掌书记。

元和四年（809） 己丑

正月，李翱自洛阳赴广州，赶赴岭南节度使杨於陵辟为从事之任，韩愈、孟郊等相送。六月抵达广州，作《来南录》记录行程。

七月，杨凭由京兆尹贬临贺尉。张籍作歌伤之。

七月后，柳宗元得京兆尹许孟容书，柳于答书中述其郁结之情。

十月，以神策左军中尉吐突承璀为镇州行营招讨处置使等使，率众军攻讨成德王承宗。白居易、京兆尹许孟容、右补阙独孤郁等上奏不宜令宦官作统领，宪宗不听，仅改处置为宣慰。

同月，柳宗元在永州得西山诸胜，作《永州八记》之首四记。

十一月，李翱以岭南节度掌书记奉牒知循州。

本年前后，李翱作《答朱载言书》，言为文当"文理义三者兼并"。

权德舆年五十一。四月十五日，上奏论昭义军事宜（参《山东行营条件》《昭义军事宜状》）。四月二十九日，迁太常卿，赐紫金鱼袋，散官迁通议大夫（参《旧唐书》本传、宪宗纪及《太常卿举人自代状》）。七月十八日，友人杨凭刚升为京兆尹，旋为御史中丞李夷简弹劾，贬临贺尉，交亲无敢祖送者，独徐晦送至蓝田，权德舆称徐于朝（参《旧唐书·徐晦传》《旧唐书·宪宗纪》）。十月十七日，上奏论恒州招讨事宜（参《恒州招讨事宜状》）。孙奉常生，璩子也，母裴氏。

韩愈从国子博士改都官员外郎，仍分司东都。与元稹有交往。

柳宗元年三十七。本年前后作《非国语》，与吕温、吴武陵书信讨论。本年与许孟容、杨凭等人也有书信往来。

元和五年（810）　庚寅

三月，孟郊在洛阳连伤三子，悲甚作诗，韩愈为诗释之。

五月，裴均集其父避乱江西时与柳识、柳浑等唱和诗为《裴氏海昏集》，吕温为序。

同月，吕温改衡州刺史，六月赴任。道过永州，以李吉甫手札转交柳宗元。

七月，李翱罢岭南从事北归，宣歙观察使卢坦遣使征为判官，未行。

九月，丁卯，翰林学士独孤郁守本官起居，以妻父权德舆在中书，避嫌也（《旧唐书·宪宗纪》）。

同月，韩愈为都官员外郎，分司东都。

秋，沈亚之将入贡京师，舍于扬州鲍溶宅，叹赏溶之诗才。

十二月，李翱受浙东观察使李逊辟为从事。元和五年至九年，李翱和独孤朗在浙东李逊幕下，二人均为观察判官。元和五年二人俱在宣歙卢坦幕下，李翱《祭福建独孤中丞文》："昔我与君，自少而欢。中暂乖阻，周荆眇绵。宣城越中，二府周旋。同事于公，职以相连。子常推后，我唱其先。"

权德舆年五十二，任太常卿。三月二十七日，上山东行营条件（参《山东行营事宜状》）。四月，斋荐于太清宫（参《全唐文》四九四《太宗飞白书答诏记》）。散官迁正议大夫（参《全唐文》卷五六《授权德舆礼部尚书同平章事制》）。九月十九日，守礼部尚书，同中书门下平章事，余如故（参《旧唐书》本传及宪宗纪）。

韩愈作《毛颖传》，时人笑之，宗元称之。

元和六年（811）　辛卯

春，柳宗元在永州，作《送僧浩初序》，辩韩愈曾讥其嗜佛老，并以为释氏往往与《易》《论语》合。

春，韩愈有诗寄卢仝，并接济。

五月，沈亚之应进士举落第，夏，往鄜州、夏州求荐，求接济。

八月，李翱因公干自浙东入京，还至江上作《解江灵》。

同月，吕温卒于衡州，年四十，有集十卷，刘禹锡为序。十月，吕温丧至江陵，柳宗元、刘禹锡、元稹等有诗哭之。柳宗元作《祭吕衡州文》《诔文》等作品悼念。

九月，韩愈由河南令召为职方员外郎，奏减诸司流外总一千七百六十九人（《旧唐书·宪宗纪》）。贾岛随韩愈入京，居青龙寺。

十一月，韩愈坐论柳涧事由职方员外郎降为国子博士。

闰十二月，杨凭由临贺尉迁杭州长史，旋入京为恭王傅。

权德舆年五十三，任宰相。二月，权知门下省过官（参《谢权知门下省过官状》）。

元和六年至九年，刘太真门人杨巨源在张弘靖幕府（见裴度《刘太真神道碑铭并序》，《全唐文》卷五三八）。

陈鸿撰编年史《大统纪》，序上之。

张祜投诗韩愈求荐。

元和七年（812） 壬辰

六月，杜佑致仕。十一月逝世，年七十八。有《通典》二百卷等。

李汉等二十九人中举兵部侍郎许孟容知贡举。

权德舆年五十四。正月二十五日，上请祔庙状（参《请祔庙状》）。二月一日，上谢追赠先公太子太保表（参《谢追赠表》）。夏，与李吉甫、李绛对事延英殿（参《新唐书·李绛传》）。

李翱在越州，有《答皇甫湜书》，述己有志于史，自称《高愍女碑》《杨烈妇传》不让班固、蔡邕。

元和八年（813） 癸巳

二月，沈亚之再落第。

三月，韩愈作《进学解》，由国子博士授比部郎中、史馆修撰。六月有《答刘秀才论史书》，和柳宗元有书信论辩。十一月，与沈传师、宇文籍采访、重修《顺宗实录》。

八月，李翱与灵澈在越州，从观察使李逊游妙喜寺，逊作文记之。

权德舆年五十五。正月七日，制以正议大夫、守礼部尚书、同平章事、上柱国、扶风郡开国公权德舆守礼部尚书，罢知政事，仍守礼部尚书，时爵已进扶风郡开国公，余如故（参《旧唐书·宪宗纪》、《新唐书》本传及《礼部尚书举人自代状》）。六月二十二日，应诏进旧诗五十首（参《旧唐书·宪宗纪》及《进诗状》）。七月三日，制命检校吏部尚书、兼御史大夫、充东都留守，判东都尚书省事。散官迁银青光禄大夫，余如故（参《旧唐书·宪宗纪》及《东都留守举人自代状》）。二十四日，抵东都，作谢表（参《东都留守谢上表》）。

王建任昭应县丞，后历太常寺丞、太府寺丞、秘书郎。

元和九年（814）　　甲午

正月，张籍眼病，贫甚，韩愈代书求接济于浙东太守李逊，托李翱代转交。

八月，孟郊受山南道节度使郑余庆辟为参谋，试大理评事，赴任途中暴病而卒，年六十四。有诗集十卷。王建、贾岛有诗哭之。韩愈、樊宗师等营葬。韩愈为撰墓志。张籍等私谥曰贞曜先生。

九月，浙东观察使李逊迁给事中入京，李翱亦携家离浙东北归洛阳听调。

十二月，柳宗元在永州，本月前撰《段太尉逸事状》上史馆，并致书史官韩愈。

同月，诏征刘禹锡、柳宗元等逐臣，距二王八司马事件已十年，二人在诗文创作丰富，从学者甚众。

权德舆年五十六。十月二十四日，复入为太常卿（参《旧唐书·宪宗纪》及《谢除太常卿表》）。

韩愈任考功郎中，仍兼史馆修撰，柳宗元作《与韩愈论史官书》，韩愈有复。十二月出史馆，以考功郎中知制诰。

元和九年至十一年，山南西道郑余庆幕下有樊宗师，聘孟郊为参谋，郊未赴任卒。

元和十年（815）　乙未

正月，柳宗元得宪宗诏书赴长安，二月到达，三月再贬柳州刺史，弟宗直、宗一随行。六月到达柳州，有诗赠刘禹锡等。

正月二十二日，独孤郁卒，终年四十岁，曾与元稹、白居易撰《元和判策》三卷。刘禹锡有诗伤之。

二月，沈亚之、吕让（吕渭之子）等三十人及第，礼部侍郎崔群知贡举。

五月，韩愈在考功郎中知制诰，史馆修撰任，上言立主用兵征讨淮西。夏，《顺宗实录》五卷修成。

同月，沈亚之受泾原李汇辟任掌书记，时姚合客游泾州，亚之于座上闻李汇、姚合述邢凤、王炎异梦之事，作《异梦录》。七月李汇卒，亚之罢去东归。

十月，柳宗元在柳州撰《大鉴禅师碑》。

十二月，章敬寺僧怀晖卒，权德舆撰碑铭，贾岛撰述德碑。

权德舆年五十七，任太常卿。四月，作文祭婿独孤郁（参《祭子婿独孤少监文》）。改刑部尚书。十月三日，奏请行用新删定《敕格》（参《旧唐书·宪宗纪》及本传）。二十一日，女独孤郁夫人卒（参《独孤氏亡女墓志铭》）。

皇甫湜于本年或稍后贬居吉州庐陵。

李翱被河南尹辟为河南府户曹参军。

元和十一年（816）　丙申

正月，韩愈迁中书舍人，赐绯鱼袋。五月议淮西战事忤执政，以他事改太子右庶子。裴度入相，引为知己。

秋，张籍由太常寺太祝转国子助教，韩愈有诗寄之。

十二月丁未，以翰林学士、尚书工部侍郎、知制诰王涯为中书侍郎、同平章事（《旧唐书·宪宗纪》）。

权德舆年五十八，任刑部尚书。九月十七日，从弟少成卒（参《唐故河南府登封县令权君墓志铭》）。十月二十五日，以检校吏部尚书兼御史大夫充山南西道节度使，余如故（参《旧唐书·宪宗纪》及本传)。次临阙驿,逢郑馀庆还朝,作诗赠之(《全唐诗》四〇七元稹《奉和权相公行次临阙驿逢郑仆射相公归朝俄顷分途因以奉赠诗十四韵》)。为赓和之作,原唱今佚。

柳宗元年四十四,在柳州有善政,开凿水井利民。秋,柳宗元在柳州,与浩初上人有诗《浩初上人见贻绝句欲登仙人山因以酬之》等酬赠。

李贺卒,年二十七。

顾况本年卒,年九十,有集二十卷,皇甫湜为之序。

皇甫湜年三十六,仍为侍御史分司东都,在洛阳。

元和十二年（817）　丁酉

六月,沈亚之行岐陇间采风。

七月,韩愈在淮西节度裴度帐下任太子右庶子兼御史中丞行军司马,以随裴度平淮西军功迁刑部侍郎。

八月,吴武陵自北边入京,本月前后上书崔群求荐,上书韩愈献平淮西策,遗孟简书为柳宗元鸣不平。

同月,李翱罢官居家,剑南东川节度使卢坦辟翱为僚佐,翱赴东川,行至陕州境而卢坦卒。

十二月,以右庶子韩愈为刑部侍郎（《旧唐书·宪宗纪》）。

同月,翰林学士沈传师奉诏修续唐次《辩谤略》三篇,广为十卷。

同月,元稹归通州,独孤朗、刘猛以诗与之唱和。上书呈权德舆诗文五十四篇（参元稹《上兴元权尚书启》）。

权德舆年五十九。正月,代郑余庆镇兴元。二月,奏请子弟营护迁祔。十五日宪宗优诏批答（参《全唐文》卷五三《允权德舆请缘迁祔令子弟营护奏手诏》）。四月二十日,迁先公先太君葬于润州丹徒县,男璩营护（参《缘迁祔请令子弟营护状》、《千唐志斋藏志》卷一〇一〇《权氏殇子墓志铭》）。奏请削检校官兼职并散官勋爵,回充先祖追赠（参《请追赠先祖故羽林军录事参军状》）。六月,外孙女妹妹、孙奉常相继夭亡,作文哀祭（参《祭外孙女文》、《祭孙男法延师文》及《千唐志斋藏志》卷一〇一〇《权氏殇子墓志铭》）。七月十五日，先人迁祔事毕，作告文及祔葬墓志铭等（参《王妣夫人弘农杨氏祔葬墓志铭》）。

柳宗元作《龙城石刻》。

杨凭卒于长安，婿柳宗元为文遥寄。

元和十三年（818）　戊戌

正月，柳宗元在柳州，作《平淮夷雅》二篇献上。

正月十四日，刑部侍郎韩愈奉旨作《平淮西碑》，三月二十五日进呈，诏段文昌重书。

四月，郑余庆为详定礼议使，奏韩愈、李程为副使。

八月壬子，以中书侍郎平章事王涯为兵部侍郎，罢知政事（《旧唐书·宪宗纪》）。

权德舆薨，终年六十岁。本年初任山南西道节度使。八月，因病乞还，诏以崔从代公（参《旧唐书》宪宗纪及本传）。二十七日，归至洋州白草，薨（参韩愈《唐故相权公墓碑》《旧唐书·宪宗纪》）。葬于河南北山（参韩愈《唐故相权公墓碑》）。赠尚书左仆射，谥文（参韩愈《唐故相权公墓碑》）。杨於陵等为文祭，韩愈作神道碑，有集五十卷，杨嗣复为之序。权德舆二子。璩，字大圭，官至郑州刺史，《新唐书》有传；珏字大玉（见《新唐书·宰相世系表》）。

沈亚之撰传奇《湘中怨》。

元和十四年（819）　己亥

正月，韩愈上《迎佛骨表》，十四日贬潮州刺史，即日上道。十月量移袁州。

四月，裴度罢相，出为河东节度使，张籍、王建有诗送之。

同月，李翱入朝为国子博士，史馆修撰，上言改革时政，又以百官所上行状不实之事论之。

十一月，柳宗元卒于柳州刺史任，年四十七。病笃时遗书刘禹锡、韩愈，托以编集抚孤之事。有集三十卷，刘禹锡序之。韩愈为撰墓志。

同月，沈亚之于本年过滑州黎阳军，得闻平卢军节士郭旿事迹，撰文旌之。

元和十五年（820）　庚子

正月庚子，宪宗暴毙于中和殿，年四十三。时人言为宦官陈弘志毒害，外人不明。太子李恒继位，是为穆宗。

六月，李翱授考功员外郎，并兼史职。随即坐与李景俭相善故，出为朗州刺史。

九月，以袁州刺史韩愈为朝散大夫、守国子祭酒，复赐金紫（《旧唐书·穆宗纪》）。十月回京途中过江州，访庐山萧存故居，题诗旧堂。

本年秋，张籍为秘书省秘书郎。约本年末受韩愈举荐，除国子博士。

十一月，以宗正卿李翱为华州刺史、潼关防御、镇国军使（《旧唐书·穆宗纪》）。

同月，郑余庆卒于长安，年七十五，有集五十卷。

年末，王建投诗给国子祭酒韩愈，颂其文章道德，求荐。

刘禹锡撰吕温集序。

约本年，侯喜受国子祭酒韩愈引荐，为国子主簿。

唐穆宗　长庆元年（821）　辛丑

三月，沈亚之中贤良方正、能直言极谏科，礼部侍郎钱徽知贡举。八月，沈亚之为栎阳尉，有《上冢官书》。

四月，秘书监蒋乂卒于长安，年七十五。居史职二十年，著《大唐宰辅录》等，修《德宗实录》，预修《宪宗实录》。乂子蒋係为韩愈女婿。

七月，以国子祭酒韩愈为兵部侍郎（《旧唐书·穆宗纪》）。

十一月，李翱改刺舒州。

十二月，独孤朗、温造等坐与李景俭同饮醉诋宰相贬官。

孙樵约出生于本年。

长庆二年（822） 壬寅

正月，白居易以诗招张籍同游曲江，籍酬之。本月，韩愈、张籍同游林亭，三月同游曲江，韩愈均有诗寄白居易。

二月，兵部侍郎韩愈受召宣抚镇州。三月还京（《旧唐书·穆宗纪》）。

三月，张籍由国子博士迁水部员外郎。七月衔命使南。

李翱大约于本年初到达舒州，舒州遭罹旱灾，翱力救之，使民安于农。

九月，韩愈由兵部侍郎转吏部侍郎。

柳登卒，年九十余。

王建迁秘书丞，复为侍御史。

长庆三年（823） 癸卯

三月，郑冠榜下袁不约（来择之友）、韩湘（韩弇之孙，韩愈侄孙）等二十八人进士及第，礼部侍郎王起知贡举。

六月，韩愈由礼部侍郎改为京兆尹兼御史大夫，为时所称。沈亚之作《为韩尹祭韩令公文》，即代韩愈祭韩弘。任上有为贾岛定句"推敲"之文坛佳话。又奏姚合为万年县尉。

十月，台参事件。以京兆尹韩愈为兵部侍郎，以御史中丞李绅为江西观察使。宰相李逢吉与李绅不协，绅有时望，恐用为相。及绅为中丞，乃除韩愈为京兆尹兼御史大夫，仍放台参。绅性峭直，屡上疏论其事，遂与愈辞理往复，逢吉乃两罢之。然绅出而愈留。宰相杜元颖罢知政事，除成都尹、剑南西川节度使。龙武统军陈楚卒。以兵部侍郎韩愈为吏部侍郎，新除江西观察使李绅为户部侍郎。绅既罢除江西，上令中使就第赐玉带，绅因除叙泣而请留，中使具奏，故与愈俱改官（《旧唐书·穆宗纪》）。

同月，李翱召为朝议郎守尚书礼部郎中，上轻车都尉。十月二十七日离舒州赴京，大约于本年冬抵京。

樊宗师约于本年或稍后卒于绛州，韩愈为墓志铭，有集，又《樊子》等七十五卷。

侯喜卒（罗联添先生考）。

长庆四年（824）　甲辰

正月，穆宗卒，年三十。长子李湛继位，年十六，是为敬宗。

三月，李群榜下韩昶（韩愈子）等三十三人进士及第，中书舍人李宗闵知贡举。

四月庚辰朔。甲申，以御史大夫王涯为户部尚书兼御史大夫，充盐铁转运等使。

五月，韩愈于本年夏告假，养病城南山庄，张籍、贾岛时常陪游。

六月，山南西道节度使、守司空裴度加同中书门下平章事。度之拜兴元也，为宰相李逢吉所排，不带平章事，李程、韦处厚日为度论于上前，故有是命。

八月，韩愈由南溪归靖安里第，后疾加，求免吏部侍郎，致信皇甫湜托为墓志（"死能令我躬所以不随世磨灭者惟子，以为嘱。"《韩文公墓志铭》）。本年作《送杨少尹（巨源）序》。

九月，波斯大商李苏沙进沉香亭子材，拾遗李汉谏云："沉香为亭子，有异瑶台、琼室。"上怒，优容之。

十月，李翱面责宰相李逢吉之过失，逢吉不之校，翱心不自安，乃告假。

十二月，吏部侍郎韩愈卒，终五十七岁。有文集四十卷，李汉为之序，后李翱作行状，次年皇甫湜作《韩文公墓志铭》和《韩愈神道碑》。

长庆末至宝历初，李汉坐言忤旨，出为裴度山南西道兴元从事。

长庆四年至宝历二年，福建团练徐晦幕下副使为沈亚之，《直斋书录解题》卷一六："《沈下贤集》十二卷，唐福建团练副使吴兴沈亚之下贤撰，元和十年进士，仕不出藩府。"

唐敬宗　宝历元年（825）　乙巳

二月，柳璟（柳登之子，柳芳之孙）榜下，三十三人登进士第，来择（字无择）中贤良方正、能直言极谏科，礼部侍郎杨嗣复知贡举。

同月，李翱去岁面责宰相李逢吉之过，逢吉奏请出翱为庐州刺史。

三月，敬宗殿试，柳璟以博学宏词科登第。

同月，韩愈将葬，皇甫湜受韩昶托作墓志铭、神道碑。张籍作《祭退之》诗，刘禹锡自和州遥祭，李翱自庐州遣使以祭。

同月，张籍在水部郎中任，过贾岛长安升道坊居所，有诗唱和。

九月，张籍与姚合多次踏秋，有诗唱和。

十二月，沈亚之为福建副使，本年上书观察使徐晦三书。

皇甫湜年四十八。正月在洛，作《韩文公墓铭》《韩愈神道碑》，旋以侍御史、内供奉为李渤桂管观察从事。

宝历二年（826）　丙午

二月，朱庆馀因试进士，作《近试上张籍水部》，以诗名得以登科，及第归越，张籍、贾岛、姚合有诗送之。

同月，裴俅榜下朱庆馀、刘蕡、卢求等三十五人登进士第，礼部侍郎杨嗣复知贡举。

五月，湖南观察使沈传师入为尚书左丞。传师镇湖南期间，曾奉诏修《宪宗实录》。

十一月，李逢吉为山南东道节度使赴镇襄阳，皇甫湜为幕僚从之。张籍有诗赠逢吉。

唐敬宗宝历三年　唐文宗大和元年（827）　丁未

春，李郃榜下陈会（来择之友）等三十三人进士及第，礼部侍郎崔郾知贡举。

三月，李翱在庐州刺史任。九月，李翱撰文祭其友人独孤朗，时已由庐州刺史入朝任右谏议大夫，知制诰。

四月，杨於陵以右仆射致仕。

七月，张籍本年六十二岁，在京任主客郎中。

十二月，吴武陵为太学博士，冬，以杜牧《阿房宫赋》荐于即将主持明年春进士考试的礼部侍郎崔郾。

沈亚之任职朝中，春有邠州之行，作《梦挽秦弄玉》等诗。

大和二年（828） 戊申

三月，裴休（孙樵友）、南卓、郑亚中贤良方正、能直言极谏科，礼部侍郎崔郾知贡举。

十月，顾非熊为其父顾况之诗集请皇甫湜作序，来年九月再提。

张籍年六十三，由主客郎中转国子司业，与白居易、刘禹锡、贾岛等人交游甚密，互相之间有诗赠答，并唱和联句以寄兴。

皇甫湜罢李逢吉府，归洛阳。

王建出为陕州司马，白居易、张籍有诗文相送。

大和三年（829） 己酉

二月，李翱拜中书舍人（《旧唐书》本传）。

三月，沈亚之以殿中侍御史为柏耆宣慰德州判官，柏耆遭贬，亚之本年秋贬南康尉。

五月，李翱坐谬举柏耆，由中书舍人贬少府少监。

沈传师年五十一，春季在江西观察使任上。

大和四年（830） 庚戌

年初，李翱出为郑州刺史（《旧唐书》本传）。

十二月，杨於陵卒。

张籍于本年或稍后卒，终年六十五岁。

大和五年（831） 辛亥

四月，李翱在郑州刺史任，时杨於陵归葬郑州，翱为墓志，并有文祭奠。贞元中，杨於陵对李翱有称誉荐进后学之恩。元和三年至五年，翱为岭南节度使杨於陵辟在幕府，有知遇之恩。

五月，沈亚之在郢州司户参军任，有《谪掾江斋记》等文记之。

十二月，以郑州刺史李翱为桂管观察使、桂州刺史（《旧唐书》文宗纪及本传）。

宜春郡人黄颇学韩愈文章，有文名，然今年落第（见《唐摭言》卷四）。

大和七年（833）　癸丑

六月，李翱由桂管观察使改授潭州刺史、湖南观察使（《旧唐书》本传）。

大和八年（834）　甲寅

二月，陈宽榜下雍陶等二十五人登进士第，诸科登第者十一人，礼部侍郎李汉知贡举。

十二月，李翱征为刑部侍郎（《旧唐书·文宗纪》）。

吴武陵卒于潘州司户贬所，有集。

皇甫湜为尚书工部郎分司、东都留守判官。

大和九年（835）　乙卯

四月，沈传师卒于吏部侍郎任，年五十九。杜牧为撰《沈公行状》。《新唐书·艺文志》著录沈传师与郑澣等人撰《宪宗实录》四十卷，与令狐楚等人撰《元和辩谤略》十卷。

年中，李翱转户部侍郎、检校户部尚书、襄州刺史、充山南东道节度使。

十一月，李训、郑注与文宗谋，欲诛杀宦官仇士良等，被反杀，士卒及长安民众死者千余，史称"甘露之变"。王涯、舒元舆均死于该事件。

皇甫湜年五十九。其《谕业》一文评论唐诸家之文，最早当作于本年（见陶先生年表考证）。本年后行迹不可考，未知离世的确定时日。

唐文宗　开成元年（836）　丙辰

六月，李翱约于此时卒于山南道任，年约六十五，谥号文。有文集十卷。

附录二 流派中人物生平考证等前人研究成果综述

一 前期古文运动与先驱人物

20世纪三四十年代，王锡昌先生《唐代古文运动》把唐代古文运动的发展过程分为"滋生""完成"和"销沉"三部分，在"滋生"一章中又从"破坏"和"建设"两方面论述了早期古文作家的贡献。五六十年代，钱冬父先生《唐宋古文运动》列专章探讨了"古文运动的准备期"。后期陆续有曾了若先生《隋唐骈散文体变迁概论》、龚书炽先生《唐宋古文运动》、刘大杰先生《韩愈与古文运动》、陈幼石先生《韩柳欧苏古文论》、孙昌武先生《唐代古文运动通论》、刘国盈先生《唐代古文运动论稿》、葛晓音先生《唐宋散文》、李道英先生《唐宋古文研究》等各具学术个性和学术创见的专著。其中孙昌武《唐代古文运动通论》辟专章"古文运动的发展""古文运动前期理论主张"分析前古文运动，较为细致。钱基博先生《韩愈志》中"古文渊源篇"，讨论了韩柳之前萧颖士、李华、贾至、元结、独孤及、梁肃六人的生平与创作，指出他们作为古文运动先驱的历史地位。近年来有台湾清华大学赵殷尚《唐代古文运动先驱者及其散文研究：以萧颖士、李华、贾至、元结为主》（博士学位论文，2003年）、四川大学李丹《唐代前古文运动研究》（博士学位论文，2011年）等论及萧李至韩愈间的古文运动发展轨迹。

二　安史之乱前后儒学的道德转向、文道关系和文儒身份

　　研究盛唐和中唐思想史的著作很多，罗根泽先生是 20 世纪较早且较细致对唐代古文运动的理论进行分期研究的学者，他的《唐代早期古文论》（《学风》1935 年第 8 期，第五卷），分八个部分对唐代古文运动的准备期和先驱作家进行研究，细致指出萧颖士、李华之极端的宗经尚简说、两个胡人的意见（元结、独孤及）、梁肃提出文气与李观重视文辞、古文理论家之柳冕的文论、权德舆等的天文说与人文说。另外，还有如罗宗强先生主编的《隋唐五代文学思想史》、杨明先生等编著的《隋唐五代文学批评史》、郭绍虞先生所撰《中国文学批评史》、查屏球先生《从游士到儒士——汉唐士风与文风论稿》等。葛晓音先生写系列文章论及中唐文人的文儒身份，如《盛唐"文儒"的形成和复古思潮的滥觞》《论唐代的古文革新与儒道演变的关系》等。

三　单个作家生平研究

　　萧颖士：俞纪东《萧颖士事迹考》（《中华文史论丛》1983 年第 2 期）是大陆研究萧颖士生平的首批重要作品之一，对其事迹进行了一个大致梳理，并对史料记录不明之处做了一些推测性考证，如所任官职时代先后等。同时代的台湾学者潘吕祺昌出版了专著《萧颖士研究》（台湾文史哲出版社 1983 年版），对萧氏的家世、生平、交游、文学思想、作品编年等方面进行了比较全面的研究，是萧门研究的第一本专著。1993 年，陈铁民先生《萧颖士系年考证》（《文史》第 37 辑）、姜光斗先生《萧颖士习籍世系和生平仕履考》（《南通师专学报》1993 年第 4 期）两篇论文补充了大部分萧氏事迹和作品的系年。最近的研究工作集大成之作是 2007 年西北大学张卫宏先生的博士学位论文《萧颖士研究》。文章主体分为上下两编：上编对萧颖士的家世、生平、交游、性格思想、诗文创作、文学史贡献与影响等一一进行述评；下编是对其现存诗文编年校注，该论文是对以往萧颖士及其作品

研究的一次重要汇编和总结。另外，在萧颖士的弟子和文学史影响上还有两篇重要论文值得参考：汪晚香《论唐代散文革新中的肖李集团》（《湖北师范学院学报》1987年第2期），吴企明《萧门考》（《唐代文学研究第六辑——中国唐代文学学会第七届年会暨唐代文学国际学术讨论会论文集》，1994年）。

李华：早期研究李华的文章聚焦在文学史上不明确的生卒年上，如尹仲文《李华卒年考辨》（《河北大学学报》1979年第2期），汪晚香《李华卒年考》（《湖北师范学院学报》1989年第2期），杨承祖《李华系年考证》（《东海学报》1992年第33期）等。其他生平考略比较重要的论文包括谢力《李华生平考略》（《唐代文学研究——中国唐代文学学会第四届学术讨论会论文集》，1989年），陈铁民《李华事迹考》（《文献》1990年第46期）。其中尹仲文先生的论文是最早对李华生平史料进行开拓性整理的文章，陈铁民先生的《事迹考》则是对李华一生的梳理，用功极深。李辉先生的《李华交游考略》（《和田师范专科学校学报》2006年第4期）是比较早的李华人际交游考。另外，鉴于李华古文运动先驱的特殊身份，研究他的古文理论和文学史影响的文章也占了大多数，例如张思齐先生《李华的诗歌创作》（《殷都学刊》2006年第3期）、《李华涉史文章研究》（《殷都学刊》2010年第3期），[韩]赵殷尚《"厅壁记"的源流以及李华、元结的革新》（《文献》2006年第4期），王德权《李华政治社会论的素描——中唐士人自省风气的转折》（台湾《政治大学历史学报》2006年第26期）都在作品和思想领域将李华研究带入一个新高度。

独孤及：台湾罗联添先生对中唐作家生平事迹用功最早，他的《唐代六家诗文年谱》收录了《独孤及年谱》（学海出版社1986年版），是最早对独孤及生平系统考证的专著。大陆方面，岑仲勉先生《独孤及系年录》（收入《唐人行第录》，上海古籍出版社1978年版），蒋寅《独孤及文系年补正》（《山西师范大学学报》1996年第1期），赵望秦《唐文学家独孤及生平二事祛伪》（《淮阴师范学院学报》2000年第3期）都是对独孤及事迹、作品综合考证的重磅文章。2006年，辽海出版社出版了《〈毗陵集〉校注》（刘鹏、李桃校注，蒋寅审订）

一书，是对独孤及文集的第一次全面校勘注释，书中收录了注家综合前人成果对独孤及作品系年——《独孤及年表》，该年表单独发表为《独孤及行年及作品系年补正》（上）（下）（刘鹏，《南阳师范学院学报》2007年第2期、第3期）。此外，郭树伟先生的《独孤及研究》（中州出版社2011年版）也是目前独孤及综合研究的重要专著，尤其对其宽减赋税、开源节流的"口赋法"经济主张做了详细分析。

梁肃：研究界对梁肃生平的基础性考证开展得也比较早，现有日本学者神田喜一郎之作《梁肃年谱》，发表于《东方学会创立二十五周年纪念·东方学论集》1972年刊，后蒋寅先生《大历诗人研究》（中华书局1995年版）专门收有一章《梁肃年谱》。胡大浚、张春雯二位先生整理校点的《梁肃文集》2005年由甘肃人民出版社出版，书中收录的《梁肃年谱稿》后来单独发表于《甘肃社会科学》1996年第6期、1997年第1期，作者自述："神田首创功巨，然疏失颇多；蒋谱于神田谱多所增补辨正，精见迭出，亦间有可商榷处。我们在编纂《梁肃文集校点编年》中，曾撰为《梁肃年谱稿》，虽敝帚非足珍者，然或有一得之见不敢苟同于前人；故详参神田、蒋寅二谱，增删拙稿。"胡大浚先生另有《梁肃交游考》（《甘肃广播电视大学学报》2000年第6期），从梁肃一生交游可考的百余人物中选择了数十位文学成就影响较大的作为考辨对象，从一个侧面展示了梁肃在中唐文学集团中的地位、作用及古文运动的文学渊源。

权德舆：作为中唐贞元后期至元和年间的文坛盟主，权德舆以其在政治和文章领域中的影响力主持风雅，引领后进，承上启下，对中唐古文运动的发展起到不可忽视的推动作用。他死后韩愈为其撰墓碑，称其"是生相君，为朝德首。行世祖之，文世师之"，由此可见，其作为一时道德与文艺的领袖。蒋寅先生早期研究大历诗人，发表过《权德舆前期作品系年》（《学术论丛》1992年第1期）、《权德舆年谱略稿》（《古典文献研究（1991—1992）》，南京大学出版社1994年版）。日本学者对权德舆生平的系统研究起步也比较早，中原健二《权德舆年谱初稿》发表在1993年第4期《西北大学学报》上。紧随其后的是郭广伟《权德舆年谱简编》《权德舆年谱简编（续）》（《徐州师范学院学报》1994年第3期、第4期)。严国荣的《权德舆生平与交游考略》(《唐都学刊》1997年第4期)系统梳理了权德舆的文学交游事迹。2015年,由唐元、张静、蒋寅校注的《权德舆诗文集编年校注》在辽海出版社出版,该书是目前研究权德舆诗文的重要注释版本,书中收录的《权德舆年谱简编》主要是参考蒋寅先生之前的成果汇编修正而成。

韩愈:在整个中国文学史上占有极其重要地位的韩愈是流派第四代核心人物,对他的研究从宋代起就层出不穷,这里只列举几部对本书写作参考意义重大的今人著作。钱基博先生的韩愈研究最早震动学界,《韩愈志》《韩愈文读》是韩愈研究史上的重要史体著作,写成于1929年,1935年由上海商务印书馆初版,1958年修改后再版,1988年中国书店再次影印出版,其后不断地给后学启示和指导。罗联添先生的《韩愈研究》(台湾学生书局1981年版)自问世以来在学界的影响也是经久不衰,该书以充分的第一手资料为基础,深入探讨了韩愈的郡望、家世、生平、交游、仕宦等生活背景,着重研究了韩愈的文学创作特别是古文创作的渊源、技巧、特色、承传和古文运动的相关情况,卷末附有韩愈年表,对于后学概括性地了解韩愈的生平,深入、全面地认知韩愈古文的思想内容和艺术技巧有重大意义。其他如陈克明《韩愈述评》(中国社会科学出版社1985年版)、李卓藩《韩愈诗初探》(台北文史哲出版社1999年版)、[日]市川勘《韩愈研究新论》(台北文津出版社2004年版)及卞孝萱、张清秋、阎琦《韩愈评传》(南京大学出版社2007年版)都从不同方面对韩愈的生平和文学影响做总结。

韩门弟子:近年来,研究者对于韩愈作为诗派、文派盟主的自觉意识和文学思想的传承等方面时有注意,除在钱基博等老一辈先生研究韩愈的专书中介绍弟子的章节之外,也出现了几篇对于韩门弟子单独考证的重要论文,比如李商千《"韩门弟子"小考》(《古典文学知识》2000年第1期)、郭春林《有意为派:韩愈诗派意识的表现方式及其价值》(《西南民族大学学报》2013年第3期)、钱得运《"韩门弟子"考论》(《中国文化研究所学报》2014年总第59期)等。

孙樵：新时期以来研究孙樵的论文有 20 余篇，再加上一些专著中涉及孙樵的论述，涵盖了版本文献、家世生平、古文理念、史学思想等方面的内容。其中比较重要的有王志昆《孙樵集版本源流考》（《重庆师范学院学报》1988 年第 1 期），杨波《〈孙可之文集〉版本小考》（《河南教育学院学报》2003 年第 4 期），李光富《孙樵生平及孙文系年》（《四川大学学报》1997 年第 2 期），刘国盈《孙樵和古文运动》（《北京师范学院学报》1983 年第 3 期），孙昌武《唐代古文运动通论》（百花文艺出版社 1984 年版），刘芳琼《评晚唐孙樵的散文》（《南京大学学报》1991 年第 1 期），丁恩全《孙樵研究》（博士学位论文，华中科技大学，2009 年），以及傅璇琮先生主编《唐五代文学编年史》晚唐卷对孙樵篇散文的编年，陈文新主编《中国文学编年史·隋唐五代卷》对孙樵散文的考订。

参考文献

一 古代

《二十四史》，中华书局 1975 年点校版。
《唐五代笔记小说大观》，上海古籍出版社 2000 年版。
（春秋）孔子著，杨伯峻译注：《论语译注》，中华书局 2002 年版。
（春秋）左丘明著，陈桐生译注：《国语》，中华书局 2013 年版。
（战国）孟子著，杨伯峻译注：《孟子译注》，中华书局 2005 年版。
（战国）庄子著，陈鼓应注释：《庄子今注今译》，中华书局 2009 年版。
（东汉）王充著，陈蒲清点校：《论衡》，岳麓书社 2006 年版。
（东汉）应劭撰，王利器校注：《风俗通义校注》，中华书局 1981 年版。
（东汉）郑玄：《礼记正义》，上海古籍出版社 2008 年版。
（南朝宋）刘义庆：《世说新语》，上海古籍出版社 2012 年版。
（南朝梁）刘勰著，范文澜注：《文心雕龙注》，人民文学出版社 1958 年版。
（南朝梁）萧统编，（唐）李善注：《文选》，上海古籍出版社 1986 年版。
（唐）戴叔伦著，蒋寅校注：《戴叔伦诗集校注》，上海古籍出版社 2010 年版。
（唐）独孤及撰，刘鹏、李桃校注：《毗陵集校注》，辽海出版社 2006 年版。
（唐）杜佑：《通典》，中华书局 1988 年版。
（唐）封演撰，赵贞信校注：《封氏闻见记校注》，中华书局 2005 年版。

（唐）韩愈撰，刘真伦、岳珍校注：《韩愈文集汇校笺注》，中华书局2010年版。

（唐）李翱：《卓异记》，中华书局1985年版。

（唐）李林甫等撰，陈仲夫点校：《唐六典》，中华书局2014年版。

（唐）梁肃著，胡大浚、张春雯校：《梁肃文集》，甘肃人民出版社2005年版。

（唐）刘知几著，（清）浦起龙释：《史通通释》，上海古籍出版社2009年版。

（唐）柳宗元撰，尹占华、韩文奇校注：《柳宗元集校注》，中华书局2013年版。

（唐）权德舆撰，蒋寅笺，唐元校，张静注：《权德舆诗文集编年校注》，辽海出版社2013年版。

（宋）洪迈著，夏祖尧、周洪武点校：《容斋随笔》，岳麓书社2006年版。

（宋）司马光：《资治通鉴》，中华书局2011年版。

（宋）宋敏求编，洪丕谟、张伯元、沈敖大点校：《唐大诏令集》，学林出版社1992年版。

（宋）苏轼撰，孔凡礼点校：《苏轼文集》，中华书局1986年版。

（宋）孙光宪：《北梦琐言》，中华书局1960年版。

（宋）王谠著，周勋初校正：《唐语林校正》，中华书局2008年版。

（宋）王溥撰，牛继清校正：《唐会要校正》，三秦出版社2012年版。

（宋）姚铉编，（清）许增校：《唐文粹》，浙江人民出版社1986年版。

（宋）郑樵：《通志》，中华书局1987年版。

（元）陶宗仪：《南村辍耕录》，中华书局1959年版。

（元）辛文房撰，傅璇琮主编：《唐才子传校笺》，中华书局1995年版。

（明）胡应麟：《少室山房笔丛》，中华书局2012年版。

（明）胡震亨：《唐音癸签》，齐鲁书社2005年版。

（明）许学夷：《诗源辨体》，人民文学出版社1998年版。

（清）董诰等编：《全唐文》，中华书局1983年版。

（清）顾炎武撰，栾保群、吕宗力校点：《日知录集释》，上海古籍出版社 2013 年版。

（清）顾炎武：《顾亭林诗文集》，中华书局 1983 年版。

（清）何文焕辑：《历代诗话》，中华书局 1981 年版。

（清）黄绍箕：《中国教育史》，商务印书馆 1925 年版。

（清）彭定求等编：《全唐诗》，上海古籍出版社 1986 年版。

（清）沈德潜：《说诗晬语》，凤凰出版社 2010 年版。

（清）王士禛：《带经堂诗话》，人民文学出版社 1963 年版。

（清）徐松撰，孟二冬补正：《登科记考补正》，北京燕山出版社 2003 年版。

（清）章学诚：《校雠通义通解》，王重民通解，上海古籍出版社 2009 年版。

（清）章学诚著，叶瑛校注：《文史通义校注》，中华书局 2014 年版。

（清）章学诚：《章学诚遗书》，文物出版社 1985 年版。

（清）赵翼撰，曹光甫校点：《廿二史札记》，凤凰出版社 2008 年版。

二　现当代

卞孝萱、张清秋、阎琦：《韩愈评传》，南京大学出版社 2007 年版。

岑仲勉：《唐人行第录》，上海古籍出版社 1978 年版。

陈克明：《韩愈述评》，中国社会科学出版社 1985 年版。

陈弱水：《唐代文士与中国思想的转型》，广西师范大学出版社 2009 年版。

陈尚君辑校：《全唐诗补编》，中华书局 1992 年版。

陈尚君辑校：《全唐文补编》，中华书局 2005 年版。

陈文新：《中国文学流派意识的发生和发展》，武汉大学出版社 2003 年版。

陈寅恪：《金明馆丛稿初编》，生活·读书·新知三联书店 2015 年版。

陈寅恪：《金明馆丛稿二编》，生活·读书·新知三联书店 2015 年版。

陈寅恪：《隋唐制度渊源略论稿　唐代政治史述论稿》，生活·读书·新知三联书店 2001 年版。

陈寅恪：《元白诗笺证稿》，生活·读书·新知三联书店2001年版。
陈幼石：《韩柳欧苏古文论》，上海文艺出版社1983年版。
陈柱：《中国散文史》，东方出版社1996年版。
成复旺：《中国文学理论史》，中国人民大学出版社2009年版。
程千帆：《唐代进士行卷与文学》，上海古籍出版社1980年版。
戴伟华：《唐代幕府与文学》，现代出版社1990年版。
戴伟华：《唐代使府与文学研究》，广西师范大学出版社2007年版。
戴伟华：《唐方镇文职僚佐考》，广西师范大学出版社2007年版。
邓小军：《唐代文学的文化精神》，文津出版社1993年版。
邓小南：《宋代文官选任制度诸层面》，中华书局2021年版。
丁福保编：《历代诗话续编》，中华书局1983年版。
杜晓勤：《初盛唐诗歌的文化阐释》，东方出版社1997年版。
冯志弘：《北宋古文运动的形成》，上海古籍出版社2009年版。
傅绍良：《唐代谏议制度与文人》，中国社会科学出版社2003年版。
傅璇琮：《唐代科举与文学》，陕西人民出版社2007年版。
傅璇琮：《唐代诗人丛考》，中华书局1980年版。
傅璇琮：《唐翰林学士传论》，辽海出版社2005年版。
葛晓音：《汉唐文学的嬗变》，北京大学出版社1990年版。
葛晓音：《唐宋散文》，上海古籍出版社2011年版。
葛兆光：《中国思想史》，复旦大学出版社2019年版。
龚鹏程：《唐代思潮》，商务印书馆2007年版。
龚鹏程：《文化符号学：中国社会的肌理与文化法则》，上海人民出版社2009年版。
郭绍虞：《中国文学批评史》，百花文艺出版社2008年版。
郭树伟：《独孤及研究》，中州出版社2011年版。
郭英德：《中国古代文人集团与文学风貌》，北京师范大学出版社1998年版。
郭预衡：《中国散文史》，上海古籍出版社2011年版。
何寄澎：《唐宋古文新探》，北京大学出版社2009年版。
胡大雷：《中古文学集团》，广西师范大学出版社1996年版。

胡可先：《唐代重大历史事件与文学研究》，浙江大学出版社 2007 年版。
蒋寅：《大历诗风》，凤凰出版社 2009 年版。
蒋寅：《大历诗人研究》，北京大学出版社 2007 年版。
蒋寅：《金陵生文学史论集》，辽海出版社 2009 年版。
蒋寅编译：《日本学者中国诗学论集》，凤凰出版社 2008 年版。
李丹：《唐代前古文运动研究》，中国社会科学出版社 2012 年版。
李德辉：《唐代文馆制度与及其与政治和文学之关系》，上海古籍出版社 2006 年版。
李浩：《唐代关中士族与文学》，中国社会科学出版社 2003 年版。
李剑国：《唐五代志怪传奇叙录》（增订本），中华书局 2017 年版。
李剑国编：《唐五代传奇集》，中华书局 2015 年版。
李锦绣：《唐代财政史稿》，社会科学文献出版社 2007 年版。
李卓藩：《韩愈诗初探》，台湾文史哲出版社 1999 年版。
林建中：《文化建构与文学史纲》，北京大学出版社 2005 年版。
刘宁：《唐宋诗学与诗教》，中国社会科学出版社 2012 年版。
刘顺：《中唐文儒的思想与文学》，中国社会科学出版社 2013 年版。
刘扬忠：《唐宋词流派史》，福建人民出版社 1999 年版。
刘跃进：《门阀士族与永明文学》，生活·读书·新知三联书店 1996 年版。
刘跃进：《文学史的张力》，复旦大学出版社 2021 年版。
柳诒徵：《中国文化史》，中国人民大学出版社 2012 年版。
陆扬：《清流文化与唐帝国》，北京大学出版社 2016 年版。
罗联添：《韩愈研究》，天津教育出版社 2012 年版。
罗联添：《唐代诗文六家年谱》，台湾学海出版社 1986 年版。
罗香林：《唐代文化史研究》，上海文艺出版社 1992 年版。
罗宗强：《隋唐五代文学思想史》，中华书局 2003 年版。
吕思勉：《隋唐五代史》，上海古籍出版社 1983 年版。
马自力：《中唐文人之社会角色与文学活动》，中国社会科学出版社 2005 年版。
宁欣：《从唐太宗到唐德宗》，河南人民出版社 2019 年版。

潘吕祺昌：《萧颖士研究》，台湾文史哲出版社 1983 年版。
钱冬父：《唐宋古文运动》，上海古籍出版社 1979 年版。
钱基博：《韩愈志》，上海古籍出版社 2012 年版。
钱穆：《国史大纲》，商务印书馆 1996 年版。
钱穆：《中国学术思想史论丛》，东大图书公司 1983 年版。
乔象钟、陈铁民等编：《唐代文学史》，人民文学出版社 1995 年版。
瞿林东：《唐代史学论稿》，北京师范大学出版社 1989 年版。
邵传烈：《中国杂文史》，上海文艺出版社 1991 年版。
沈松勤：《宋代政治与文学研究》，商务印书馆 2010 年版。
石昌渝：《中国小说源流论》，生活·读书·新知三联书店 2015 年版。
石云涛：《唐代幕府制度研究》，中国社会科学出版社 2003 年版。
孙昌武：《唐代古文运动通论》，百花文艺出版社 1984 年版。
唐晓敏：《中唐文学思想研究》，北京师范大学出版社 2000 年版。
田耕宇：《中唐至北宋文学转型研究》，中国社会科学出版社 2009 年版。
王德权：《为士之道：中唐士人的自省风气》，中西书局 2020 年版。
王基伦：《宋代文学论集》，台湾学生书局 2016 年版。
王水照：《宋代文学通论》，河南大学出版社 1997 年版。
王水照：《王水照自选集》，上海教育出版社 2000 年版。
王水照选编：《历代文话》，复旦大学出版社 2004 年版。
王勋成：《唐代铨选与文学》，中华书局 2001 年版。
王亚南：《中国官僚政治研究》，商务印书馆 2010 年版。
王运熙、杨明主编：《隋唐五代文学批评史》，上海古籍出版社 1994 年版。
吴光兴：《八世纪诗风：探索唐诗史上"沈宋的世纪"（705—805）》，社会科学文献出版社 2013 年版。
吴怀东：《唐诗流派通论》，新华出版社 2004 年版。
吴文治编：《韩愈资料汇编》，中华书局 1983 年版。
吴夏平：《唐代制度与文学研究述论稿》，齐鲁书社 2008 年版。
许凌云：《中国儒学史·隋唐卷》，广东教育出版社 1998 年版。
严家炎：《中国现代小说流派》，人民文学出版社 1995 年版。

阎步克：《士大夫政治演生史稿》，北京大学出版社 1996 年版。

杨伯：《欲采蘋花不自由——复古思潮与中唐士人心态研究》，南开大学出版社 2010 年版。

于俊利：《唐代礼制文化与文学》，中国社会科学出版社 2014 年版。

于志鹏、成曙霞：《中国古代文学流派辞典》，山西人民出版社 2010 年版。

余英时：《士与中国文化》，上海人民出版社 2003 年版。

余英时：《朱熹的历史世界：宋代士大夫政治文化的研究》，生活·读书·新知三联书店 2011 年版。

查屏球：《从游士到儒士——汉唐士风与文风论稿》，复旦大学出版社 2005 年版。

曾枣庄、刘琳主编：《全宋文》，巴蜀书社 1990 年版。

曾枣庄、吴洪泽：《宋代文学编年史》，凤凰出版社 2010 年版。

张荣芳：《唐代的史馆与史官》，台湾私立东吴大学中国学术著作奖助委员会 1984 年版。

张少康、刘三富：《中国文学理论批评发展史》，北京大学出版社 1995 年版。

张跃：《唐代后期儒学》，上海人民出版社 1993 年版。

周绍良、赵超编：《唐代墓志汇编续集》，上海古籍出版社 2001 年版。

周绍良编：《唐代墓志汇编》，上海古籍出版社 1992 年版。

朱义禄：《儒家理想人格与中国文化》，复旦大学出版社 2006 年版。

［法］皮埃尔·布迪厄：《艺术的法则——文学场的生成和结构》，刘晖译，中央编译出版社 2001 年版。

［美］包弼德：《斯文：唐宋思想的转型》，刘宁译，江苏人民出版社 2001 年版。

［美］本杰明·艾尔曼：《经学·科举·文化史：艾尔曼自选集》，复旦大学文史研究院译，中华书局 2010 年版。

［美］杜维明：《道、学、政：论儒家知识分子》，钱文忠等译，上海人民出版社 2000 年版。

［美］傅佛果：《内藤湖南：政治与汉学（1866—1934）》，陶德民、何

英莺译，江苏人民出版社2016年版。

［美］刘子健：《中国转向内在：两宋之际的文化转型》，赵冬梅译，江苏人民出版社2012年版。

［美］倪豪士编选：《美国学者论唐代文学》，黄宝华等译，上海古籍出版社1994年版。

［美］伊恩·瓦特：《小说的兴起》，鲁燕萍译，台湾桂冠图书股份有限公司1994年版。

［美］宇文所安：《中国"中世纪"的终结——中唐文学文化论集》，陈磊、陈引驰译，生活·读书·新知三联书店2006年版。

［美］宇文所安：《盛唐诗》，贾晋华译，生活·读书·新知三联书店2004年版。

［美］宇文所安：《中国文论：英译与评论》，王柏华、陶庆梅等译，上海社会科学院出版社2003年版。

［美］宇文所安等：《剑桥中国文学史》，刘倩等译，生活·读书·新知三联书店2013年版。

［日］川合康三等：《终南山的变容——中唐文学论集》，刘维治、张剑、蒋寅译，上海古籍出版社2007年版。

［日］吉川幸次郎：《中国诗史》，章培恒、骆玉明等译，复旦大学出版社2012年版。

［日］内藤湖南：《中国史学史》，马彪译，上海古籍出版社2008年版。

［日］内藤湖南等著，刘俊文编：《日本学者研究中国史论著选译》，黄约瑟等译，上海古籍出版社1992年版。

［日］浅见洋二：《距离与想象——中国诗学的唐宋转型》，上海古籍出版社2013年版。

［日］市川勘：《韩愈研究新论》，台湾文津出版社2004年版。

［日］丸桥充拓：《唐代军事财政与礼制》，张桦译，西北大学出版社2018年版。

［英］崔瑞德编：《剑桥中国隋唐史》，中国社会科学院语言研究所译，中国社会科学出版社2007年版。

［英］杜希德：《唐代财政》，丁俊译，中西书局2016年版。

后　　记

　　这本小书在我的博士论文基础上修改增删而来。2013年底，我在蒋寅老师的指导下开始构设这篇博士论题的时候不曾想过，未来的十年间我会在学术上、生活上经历如此多的成长体验。

　　感谢我的导师蒋寅先生，他不止学养深厚，还一直饱含着赤子之心，从蒋师身上我学到的不仅仅是知识与治学之法，更是一种眼界以及与世界相处的心态。谢谢蒋师把我带入学术之门，从未放弃鲁钝和心思粗疏的我，在我哪怕有一点点进步时都鼓励有加，即使是博士毕业后的这许多年，也每每在第一时间为我答疑解惑，提供指导和帮助，做我学术道路上的明灯。读书、工作以来，同门师友和社科院同事的优秀奋进也一直给予我鞭策和砥砺，让我对学术研究始终保持敬畏之心，我考研时半途出家转理从文，时至今日仍能带着当年的真诚热爱完成这部书的修改出版工作，从心底觉得那时选择投入社科院，投入蒋师门下是我此生所作最正确也是最幸运的决定。

　　感谢一直陪伴我的家人，你们的支持是我坚实的后盾。在攻读博士学位期间，我陪妈妈走完了她癌症复发的最后三年，四次化疗、多处器官转移、痛入骨髓，她拼尽全力给了我一个漫长的告别，让我可以有机会和她慢慢地说再见，她对生命本身的尊重和绝不轻言放弃的精神让我知道自己以后的路该怎么走。我生性懒散，没有从爸爸那里继承勤勉，但是他的自强、坚定、质朴是我终身学习的榜样。

　　我的先生，秉性纯良，他以最大的包容陪伴我走过在职读博、照顾家人病痛的艰难岁月，在工作中无数个面对课题写作停滞不前的日子里，每一次新的灵感和小小成果，都伴随他的信任和鼓励。我一直都知道在我们两个人之间，温和宽厚的他是比性情急躁的我更好的人生伴侣。值得纪念的是，本书付梓之时，也是我们的小宝贝即将出世的日子，我的成长履历上忽然增加了两个最重要的成果，欣喜与责任感同时涌上心头。

最后，无比感谢本书的责任编辑刘志兵老师，在书稿修改和排版的过程中他提出了很多宝贵意见，他耐心细致的审编工作为最终的定稿减免了很多疏漏之处，作为作者的我既感激又汗颜。

待产前夕匆匆写完这篇书稿后记，我才感觉到自己的博士学习暂时画上一个句号，希望这本凝结了读书时思考的小书也能成为自己新的学术起点。那些当年写作时孤独、焦灼又无比宁静的夜晚一去不复返，它们只属于我一个人。

十年为记。

李　桃

2023 年 4 月 11 日